물과 물결
그리고 하느님 3

물과 물결 그리고 하느님 3

류해욱 신부

Water
and
Waves
And
God

솔과학

추 천 사

따뜻한 봄날 아지랑이가 피어오르는 4월 중턱에 사순절을 마무리하며, 성 주간을 보내는 시기에 류해욱 신부님은 우리에게 또 다른 선물을 건네주셨습니다. 아직 몸도 성하지 않으신 것으로 보이는데도 불구하고, 그 어떤 사제보다도 열정적이고 헌신적으로 자신의 일상을 오롯이 주님께 봉헌하시는, 류 신부님만의 기적(奇籍)이 아닐 수 없습니다.

이 기적 같은 선물은 류 신부님께서 사랑하시는 예수 그리스도께서 일편단심으로 향하신 '하느님에 대한 사랑'을 이 책을 읽는 우리에게 고스란히 비추어 줍니다. 마치 고요한 연못 위에 떨어진 돌멩이가 작은 물결을 통해서, 우리 가슴에 파동을 일으키듯이 어둠 속에 빛을 비추어 줍니다. 사실, 저는 2013년 12월 성탄 직전 주말에 류 신부님께서 뇌졸중으로 병원에 입원하시자마자, 초기 MRI 뇌 검사를 받으셨던 결과를 직접 보았습니다.

담당 의사는 여기저기 허연 부위를 가리키며, 다시는 전의 모습을 기대하지 말라는 매우 어두운 소견을 나누었습니다. 저는 병상에 누워계신 류 신부님의 손을 붙잡고 간절히 기도드렸던 기억이 지금도 또렷합니다. "참 생명의 주인이신 하느님, 류 신부님의 모든 죄와 잘못을 용서해 주시고, 아품과 상처를 어루만져 주시고 당신만이 주실 수 있는 생명의 기운을 북돋아 주십시오."

누구에게든 따뜻하고 사랑과 정이 많은 류 신부님은 그야말로 기적처럼 일어났고 이처럼 아름다운 글을 쓰며, 하느님의 사랑을 온 마음을 다해 나누며 살아오고 계십니다. 그 어떤 어둠의 세력에도 아픔과 고통에도 굴하지 않고, 정진하시는 류 신부님의 삶의 자락에는 죽음을 넘어 생명을 주시는 빠스카 신비의 향내가 짙게 묻어납니다.

류 신부님은 타고난 예술가이자 언어의 마술사 같은 시인입니다. 손으로 다루시는 것은 시 그리고 수필, 그림, 조각, 사진, 하물며 테니스 같은 운동도 기예가 출중한 전문가 수준이셨습니다. 그렇게 다재다능하고 타고난 재능을 다 활용하지 못하지 않나 못내 안타까웠지만, 류 신부님은 허허 웃으시며 푸근한 미소를 보이시니 그저 놀라운 따름입니다.

오랫동안 재활운동과 고통스러운 치료 과정을 뚫고 오시며(저는 이를 에크하르트가 표현한 break through라고 표현하고 싶습니다) 님을 향한 사랑의 마음이 더욱 단순해지신 것 같습니다. 류 신부님은 '사순, 봄'이라는 단락에서 "진정한 의미에서, 사순절은 우리 안에 있는 죽은 것들을 알아보는 때입니다. 우리 안에 죽은 것이 있다는 것을 인정하면서, 이제 하느님께서 다시 우리에게 생명을 불어넣으시도록 마련해 드리는 시기입니다."라고 합니다.

이어서 "사순절은 우리를 초대하고 있습니다. 우리의 옛 삶을 등지고 돌아서서 생명으로 우리 자신들을 열라고 초대합니다."라고 몸소 걸어오신 삶의 여정을 통해서 우리에게 복음의 기쁨으로 초대하고 계십니다. 그의 삶이 그러하였기에 이 책은 주로 '위로'와 '휴식'을 전하고 있습니다.

류 신부님은 매번 강론을 나눌 때마다 왼손 손가락 하나로 어미 닭이 모이를 쪼아 새끼 하나 하나에게 먹여주듯이, 지극정성으로 원고를 작성해 오셨습니다. 사랑이 더 깊어질수록, 더 단순해지고 더 많이 내어주는 그 사랑의 신비야말로 류 신부님을 부지런히 움직이게 만드는 원동력이 아닌가 싶습니다. 모름지기 '내리사랑'이야말로 동양과 서양의 자연법이 아닌가요?

최고의 선(善)은 물과 같이 아래로 흐르기에, 나만의 칼을 버리고 흙의 가슴이 따뜻해지기를 기다리도록 류 신부님은 우리에게 작은 초대장을 보내십니다. 류 신부님은 물 한잔에 비춰진, 당신의 얼굴을 바라보는 일상적이고 소소한 '만남'의 충만함을 통해 우리의 명상과 기도가 삶의 자리, 사람 안에 육화되기를 간절히 바라시는 예수님의 마음이 겹칩니다.

부디 이 책이 류 신부님 바람대로 읽는 사람들에게 '위로'와 '휴식'이 되기를 저도 간절히 바랍니다. 류 신부님 같은 천재적인 문장가에게 저같이 어린 사람이 추천사를 쓰는 게 모양이 안 맞아서 앞으로는 다신 안 해야겠다고 생각했지만, 한편 저로서는 영광이었습니다. 그냥 한번 읽고 끝내지 마시고 가끔 '위로'와 '휴식'이 필요할 때, 가끔 꺼내어 읽는 영적 독서로 삼으시기 바랍니다.

— 오세일 예수회 신부

서 문

 지난해 제가 서품 30주년을 맞아 '물과 물결 그리고 하느님'을 냈습니다.
그 책의 첫 소제목이 '길(성지)을 따라 걷다'이었는데, 그것을 보충하여 '허형,
순례, 시, 그리고 하느님'이라는 책으로 묶었습니다. 그 후 '물과 물결 그리
고 하느님'이 무엇인가 부족하다고 느껴져서 '물과 물결 그리고 하느님 2'를
다시 내게 되었습니다. 그때 저는 '시를 담은 강론'과 '이야기'와 '사랑, 믿음
그리고 희망'을 주로 다루었지요.

 첫 책에서 다루었던 영화와 성인들의 이야기를 조금 더 보충했고, 평소
나누고 싶은 내용을 '강의'라는 주제로 다루었습니다. 그 후 몇 달이 지나지
않아서, 그 책들에서 너무 전례를 소홀히 다루지 않았나 반성을 많이 했습
니다. 하여 이 책 '물과 물결 그리고 하느님 3'에서는 되도록 전례에 따라
주로 사람들과 나누고 싶은 이야기를 담아 책을 내게 되었습니다.

 이 책 '물과 물결 그리고 하느님 3'에서는 코로나 시대를 맞아서 따뜻한
위로가 담긴 이야기를 주로 나누고 싶었습니다. 우리는 코로나로 아주 힘
든 시기를 보내고 있습니다. 코로나로 사람들 모두 자기도 모르게 각박해
졌습니다. 저는 비록 지금은 힘들지만, 지속하여 희망을 외치고 싶습니다.

제가 지난 사순 특강으로 제주 중문 본당을 다녀왔습니다. 그때 대전에서 온 교우 한 분을 만났었지요.

그분이 제게 편지를 써서 주었지요. 그분에게 제 강의가 위로되고 힘이 되었던 가봐요. 그 편지에 이렇게 썼더군요. "류해욱 신부님, 분명한 음성으로 들려주신 말씀은 좋기도 하려니와, 더욱 집중하여 듣게 되었습니다. 여행자의 발걸음을 중문 성당으로 인도하여, 치유의 순간을 체험하도록 이끄시는 주님에 그저 탄복할 따름입니다. 당신의 약점으로 우리의 결함을 치유하시는 예수님에게 깊이 감사드립니다."

그분은 제 강의를 아주 잘 들었더군요. 그분의 편지를 조금 더 나누면, "하이에나를 정성껏 돌보는 호랑이, 소동을 밟기 전에 소년을 깨끗이 씻어 주려고 기다리시는 예수님의 사랑, 성물을 조각하는 할아버지가 들려주시는 이야기들이 모두 우리가 삶에서 이루고 싶은 무엇인지를 분명히 아는 축복이었습니다."

그분은 치유의 순간을 주신 주님의 치유가 저에게 가득하기를 기도하며, 감동과 은총, 기적 같은 만남을 주셔서 감사드린다고 썼더군요. 제가 코로나에 감염되어 1주일 연기하여 제주 중문 성당에 다녀온 것은, 분명 주님의 이끄심이었습니다. 제가 코로나로 격리되어 이틀 후에 원장 신부님에게 방문을 나와 잠깐 마당이나 옥상을 걷고 싶다고 하였더니, 다른 사람들을 생각하여 안 된다고 거절하더군요.

그 순간 저는 아주 편안한 자유로움을 느꼈고, 1주일 격리하면서 '물과 물결 그리고 하느님 3'을 쓰겠다고 생각했지요. 1주일 동안 그간 모아두었던 이야기들을 정리해 나갔습니다. 저는 격리가 해제되고 다시 음성 판정을 받은 후, 동생에게 책 표지로 쓸 그림을 부탁하고 '솔과학' 출판사에 연락했습니다. 되도록 빨리 독자들에게 위로를 드리고 싶었습니다.

소제목은 주로 전례력에 따라 정했지만 저는 제 나름대로 이 책이 사람들에게 위로를 전하고, 이 책을 읽는 자체로 휴식의 시간이 되었으면 하고 바라서 소제목에 '위로'와 '휴식'을 넣은 것입니다. 제가 좋아하는 영화 이야기는 소제목 '위로'에 한 개만 넣었고, 따로 단락을 만들지 않았습니다. 그리고 이야기 중간에 시를 넣었습니다. 제가 쓴 시도 있고, 다른 사람의 시도 있습니다.

다시 한번 선뜻 응해 주신 출판사 대표 김재광 님과 동생, 류해일 화백에게 고맙다는 인사를 드립니다. 추천사를 기꺼이 써 준 오세일 신부님께 감사드립니다. 오세일 신부님은 지금 서강대에서 재직하며 제가 예수회 성소 담당이었을 때, 입회하신 신부님입니다. 오 신부님은 서강대학교에서 논문을 가장 많이 내시고, 학생들을 가장 따뜻하게 면담하기로 유명한 분입니다.

아무쪼록 이 책이 독자들에게 힘든 코로나 시대에 작은 위로와 힘이 되고 휴식의 시간이 되었으면, 더 바랄 게 없겠습니다. 제가 코로나에 감염된 것이 이 책을 내는 직접적인 계기가 되었습니다. 제가 조심하지 못하여 코로나에 걸린 것이 공동체 식구들에게 무척 미안했지만, 이 또한 저로서는 감사한 시간이었습니다. 코로나로 고생하고 계시는 분들에게 위로의 인사를 전하고 진정 휴식이 되기를 바랍니다.

차 례

1 대림 그리고 기쁨

2 사순, 봄

3 부활

4 성령, 그리고 십자가

하느님 그리고 시

제 **1** 장

대림 그리고 기쁨

기다림 – 문설주에 기대어

대림이라는 말이 무슨 뜻입니까? 임하시기를 기다린다는 한자 말이지요. 대림 시기는 말 그대로 '누군가 오시기를 기다리는 때'라는 뜻이지요. 누구를 기다립니까? 어린아이에게 물으면, 분명 "신부님이 그것도 몰라요? 예수님이지요."라고 대답할 것입니다. 늘 아이는 어른의 스승이지요.

그렇습니다. 예수님입니다. 우리의 주님을 기다립니다. 그런데, 소위, '어른 병'에 걸린 저는 다시 묻게 됩니다. 2000년 전 베들레헴 언덕 마구간에서 태어나신 아기 예수님입니까? 아니면, 마지막 날 다시 오실 '사람의 아들' 예수님입니까? 아니면, 부활하셔서 우리 안에 현존하고 계신 스승 예수님입니까?

여러분들, 어떻게 생각합니까? 사지선다형에 익숙한 우리는 빨리 머리를 굴립니다. 모르는 사람은 머리 대신 연필을 굴리지요. 그런데 이것의 답은 하나가 아닙니다. 위의 모두 그 답입니다. 그분은 이미 오셨고, 와 계시며, 오실 분이시기 때문입니다. 그분은 과거, 현재, 미래를 주관하시는 분이십니다.

가깝게는 우리 모두 다가오는 '성탄'을 기다립니다. 성탄은 분명, 2000년 전 일어난 과거의 사건입니다. 그러나 우리가 성탄을 기다리고 있다면, 그것은 단지 과거의 베들레헴이라는 어느 한 지역에서 일어났던 사건이 아니라, 이제 다시 일어나고 있는 사건이기도 하다는 것을 의미합니다.

그렇습니다. 성탄은 어제의 사건일 수만은 없고 오늘의, 그리고 내일의 사건이기도 합니다. 우리가 만일 성탄을 단지 예수님께서 2000년 전에 유다 고을에서 태어나신 탄신 일로 기념하고 축하한다면 굳이 대림절, 이 기다림의 시기를 가질 필요가 없을 것입니다.

우리는 이 대림 시기에 오셨던 분이 아니라 오시는 분, 오실 분을 기다리고 준비하는 것입니다. 우리는 누군가를 기다릴 때, 무엇인가를 준비합니다. 귀한 손님이 집에 찾아오신다고 한다면, 우리는 집을 청소하고 대접할 음식 등을 준비합니다. 우리는 그분을 맞이하기 위해 어떻게 준비해야 합니까?

이 대림 시기에, 우리는 여러 번 매일 미사의 복음 말씀에서 오시는 그분을 맞이하기 위한 준비로서 '회개하라.'라는 세례자 요한의 외침을 듣게 됩니다. "회개하라. 하늘나라가 가까이 왔다." '하느님 나라'는 이 세상 너머 어디엔가 있는 장소가 아니라, 바로 주님의 오심을 의미합니다.

하느님 나라는 바로 오시는 그분, 주님의 가르침과 행동과 삶에서 시작되었기 때문입니다. 우리의 준비는 바로 회개입니다. 우리는 '회개'라는 말을 너무 많이 들었기 때문에 그 말에 거부감을 가지고 있지는 않은지요? 내가 무슨 큰 죄인이라고 자꾸 회개하라고 하는가? 회개의 의미를 다시 한번 상기해 봅니다.

회개란 어원적으로 보면 '가던 길을 바꾸어 돌아선다.'라는 뜻입니다. 다시 말해, 하느님이 아닌 곳을 향해 가던 길을 돌아서서 이제 하느님을 향해 나아간다는 뜻입니다. 그렇기에 회개가 무엇인지 가장 잘 가르쳐 주고 있는 성서의 대목이 바로 우리가 너무나 잘 알고 있는 루카 복음 15장의 '잃었던 아들'의 비유입니다.

그 비유에서 둘째 아들이 아버지의 집을 향해 돌아서는 그 발길이 바로 회개입니다. 비유에서의 아버지는 하느님이시고, 하느님은 바로 사랑이십니다. 그러므로 회개는 사랑의 부재나 결핍에서 사랑이 가득함으로 바뀌는 변화입니다. 밤에서 낮으로 바뀌는 때가 바로 회개의 때입니다.

어느 스승이 제자들에게 물었답니다.

"그대들 중에 누가 밤에서 낮으로 바뀌는 때가 언제인지 아는 사람이 있는가?"

어떤 제자가 답했습니다.

"새벽, 먼동이 트기 시작하여, 저 멀리에 있는 나무가 물푸레나무인지, 자작나무인지를 알아볼 수 있으면, 그때가 밤이 낮으로 바뀌는 때입니다."

스승이 말했습니다.

"아니다."

다른 제자가 답했습니다.

"새벽 어스름 동구 밖에 있는 밭에서 일하는 농부의 모습을 보고 누구인지 알아볼 수 있으면, 밤이 낮으로 바뀐 것입니다."

스승이 말했습니다.

"아니다. 잘 들어라. 그대들이 잠에서 깨어나 창문 밖에 지나가는 사람들을 보면서 그들을 형제요 자매로 알아본다면, 그때가 밤에서 낮으로 바꿔는 때이다.”

회개에는 두 단계가 있습니다. 첫 단계는 우리의 삶을, 그리고 이 세상, 이 시대를 깊이 바라보는 것입니다. 우리는 하느님 앞에 겸손하지 않을 수 없습니다. 우리는 깨닫게 됩니다. 우리도 비유에서의 둘째 아들처럼 하느님을 멀리 떠나 있었음을, 우리의 마음을 아프게 했던 사람들을 용서하지 않았음을 깨닫습니다.

이 깨달음이 바로 하느님을 향해 발길을 돌리는 순간입니다. 우리가 하느님을 향해 발길을 돌리는 바로 그 순간, 우리는 그분의 용서를 체험합니다. 우리가 그분을 향해 발길을 돌렸기 때문이 아니고 그분이 바로 사랑이시고, 사랑은 용서를 포함하고 있기에 하느님은 사랑으로 우리를 용서하시는 것입니다.

아버지가 떠나갔던 아들을 꾸짖지 않으시고 기쁨에 넘쳐 끌어안았습니다. 아들은 눈물을 흘렸을 것입니다. 우리도 하느님이 우리를 사랑하시고 무조건 용서하신다는 것을 깨달을 때, 안도의 숨을 쉬며 진정 행복을 느끼게 됩니다. 이 행복이 우리가 회개의 다음 단계로 나아가게 합니다.

회개의 둘째 단계는 바로 나눔입니다. 루카 복음 19장의 세관장 자캐오의 이야기를 생각해보십시오. 그는 예수님을 만나 그분의 초대, 그분의 받아들임을 보고 감격하며 자기가 가진 것을 나누겠다고 합니다. 나눔이 없다면, 진정으로 회개한 것이라고 할 수 없지요.

우리가 하느님의 사랑과 용서를 체험할 때, 우리는 우리 자신과 우리가 지닌 것을 나누지 않을 수 없습니다. 우리 자신도 그분의 선물이고, 우리가 지닌 모든 것이, 다 그분의 선물입니다. 다만 잠시 그분이 우리에게 맡겨 놓으신 것임을 알기 때문입니다.

회개의 둘째 단계는 실상 회개의 첫째 단계가 이루어지면 자연스럽게 따라옵니다. 그렇기에 저는 회개에 대해 말하면서 회개의 첫째 단계, 즉 우리 자신의 모습을 바르게 바라보는 것에 초점을 맞추고, 그것을 강조하고자 합니다. 어떻게 우리 자신을 바르게 되돌아볼 수 있습니까?

한마디로 하느님이 사랑이라는 것을 깨달을 때, 다시 말해, 하느님을 체험할 때입니다. 언제 우리가 하느님을 체험하게 됩니까? 바로 기도할 때이지요. 그렇기에 우리는 기도할 때, 우리 자신을 바르게 볼 수 있습니다. 기다림, 대림은 멀리 계시는 분이 오시기를 기다리는 것만이 아닙니다.

실상, 이미 우리 안에 와 계시는 분, '항상 너희와 함께 있겠다.'라는 약속대로 늘 우리 안에 와 계시는 그분을 느끼고 체험하는 것입니다. 그러기에, 기다림, 대림 시기는 무엇보다 기도하는 시기입니다. 문설주에 기대어 그분이 오심을 기다릴 게 아니라, 우리 마음의 문 안으로 들어가 거기서 주님을 만나시기 바랍니다.

대림 환의 의미

　대림 시기를 맞으며 나뭇가지를 꺾어, 작고 소박한 대림 환을 만들었습니다. 촛불을 하나 켜고 대림 환을 바라보니, 그분의 오심을 기다리는 마음이 커짐을 느낍니다. 성당에 꾸며진 아름다운 모습의 대림 환 사진을 보며 대림 환이 우리에게 던져 주는 메시지를 음미하고 함께 나누어야겠다는 생각이 들었습니다.

　대림 환의 환은 화환을 의미합니다. 화환이 아닌 단순한 장식은 보기에 모습이 아름답다고 하더라도, 원래의 의미를 퇴색시킬 수 있습니다. 화환은 고대로부터 승리와 영예의 표지로 인식되어왔습니다. '승리의 월계관'이라고 하지 않습니까? 여러 가지 관이나 화환들이 아름다운 장식으로 승리자의 머리에 씌워졌지요.

　대림 환은 승리자로서, 다시 오실 주님에 대한 경의의 표지입니다. 그분이 말씀하신 대로 영광중에 다시 오실 때에 그분에게 바쳐져야 할 화환입니다. 그리스도교에서는 고대 승리의 화환이 또 다른 의미를 지니고 있습니다. 바로 구원의 표지, 우리 삶이 그리스도를 통해 구원되고 완성된다는 표지입니다.

흙에 묻히는 낙엽처럼, 덧없이 스러지는 우리 삶이 그분에 의해 다시 새롭게 태어나고 영원에서 영원으로 이어지리라는 약속입니다. 묵은해의 끝과 전례 주년의 시작에 밝혀지는 대림 환은 또 다른 시작이며, 우리가 지금 겪고 있는 어려움이나 고통도 지나가며 그것을 통해 우리가 영적인 성장을 이루리라는 새로운 희망입니다.

대림 환은 화환과 더불어 네 개의 초로 만들어지지요. 원래는 네 번의 주일이라는 단순한 수적 의미를 지녔습니다. 주일마다 하나씩 초에 불을 붙여가며 촛불의 수가 늘어날 때마다 더 가까이 다가오는 성탄을 기대하며 서서히 기쁨을 키워나가게 되지요. 그러나 4는 또한 상징적 숫자입니다.

4라는 숫자는 우선 사각형을 떠올리게 되지요. 4라는 상징 수는 정방형, 즉 모든 정돈된 것의 총체라고 합니다. 둥근 화환 위에 켜지는 4개의 초는 화합을 나타냅니다. 원과 정방형이 하나가 된다는 의미입니다. 서양에서는 불가능한 과제, 능력을 초월하는 어떤 상황에 대해 흔히, '둥근 사각형'이라는 표현을 씁니다.

불가능해 보이는 일을 이룰 수 있는 분은, 오직 그리스도뿐이십니다. 그분께서 다시 오실 때, 참 그리스도의 나라가 우리 안에 세워질 때, 불가능할 것 같은 진정한 용서와 화해가 이루어질 것입니다. 성서는 4를 거룩한 수로 이해했다고 합니다. 낙원에는 네 개의 강이 발원하고 각각 네 상징을 가진 네 복음 사가가 있지요.

대림 환은 원과 사각형으로 이루어진 만다라 형태입니다. 만다라는 신적인 것과 하나가 되기 위해 인도 사람들이 묵상하는 원 형태입니다. 4는 변화를 예비하는 수이기도 합니다. 이스라엘 백성은 약속의 땅에 들어가기 위해 40년을 광야에서 헤맸지요. 사람이 자기 본래의 중심을 찾기까지 40년 정도가 걸린다고 합니다.

공자는 나이 40이 되어서 세상의 어떤 유혹에도 마음이 흔들리지 않는 경지에 이르게 되었다고 하지요. 그래서 불혹의 나이라고 하지요. 저처럼 60이 넘어도 여전히 헤매는 사람도 있지만요. 성탄을 준비하는 4주간은 변화를 기다리는 시간을 상징합니다.

그분 안에서 참 변화를 기대하며 대림 환 앞에 앉아 조용히 우리 자신을 바라보고 옆에 있는 사람들, 가족과 공동체의 형제자매들, 직장의 동료들과 함께 '마음의 대행자'인 손을 잡고 우리 모두 기다림의 시간을 갖도록 합시다. 대림 환처럼 서로 각각의 모양이지만, 둥근 원을 이루어서 하나가 됩시다.

대림 제1주일 - 어릿광대와 불타는 마을

대림 시기입니다. 기다림의 시기입니다. 주님의 오심을 기다리는 때입니다. 벌써 12월, 두툼하던 달력에서 마지막 한 장을 보며, '아니, 벌써'라는 말이 저절로 나옵니다. 여러분 모두 저와 거의 같은 생각을 하며 여러 가지 많은 상념이 떠오르시지요?

마지막 달, 어느 때보다 자신을 돌아보게 되는 때입니다. 새해가 밝았을 때, 마음속에 다짐했던 계획이나 결심들을 얼마만큼 충실하게 살았는지 돌아보며 우리는 아쉬움과 부끄러움을 느끼기도 합니다. 그러나 실망할 필요는 없습니다. 끝은 늘 새로운 시작이기 때문입니다.

과거에 연연할 것이 아니라, 다가오는 미래를 위해 우리는 다시 새로운 시작을 준비해야겠습니다. 대림 시기는 지금이 어느 때인지를 알아보고 잠에서 깨어나서 준비해야 하는 때입니다. 철학자 키에르케고르의 유명한 '어릿광대와 불타는 마을'이라는 우화를 들려드리면서 우리의 삶을, 우리의 처지를 돌아보고 싶습니다.

덴마크를 순회하던 어느 서커스단에서 공연 준비 중에 불이 났습니다. 급한 김에 단장은 관중 앞에 나설 준비를 끝낸 광대를 이웃 마을에 지원을 청하러 보냈습니다. 때는 지금처럼 초겨울, 가을 추수가 끝나서 전답에 불씨가 옮아 번졌다가는 그 마을에도 불이 옮겨붙을 위험이 많았습니다.

광대는 급히 그 마을로 뛰어가 마을 사람들에게 서커스장의 진화작업을 호소하였습니다. "불이요! 불이 났어요! 불이 번지면 이 마을도 위험합니다!" 그러나 마을 사람들은 광대의 이러한 호소를 구경꾼을 끌어들이려는 기발한 수법으로만 생각할 뿐이었습니다. 우리말로 "미치고 환장할 노릇"이 아니겠습니까?

광대가 자기 말이 진담이지 장난이나 익살이 아니라고, 정말 불이 옮겨붙고 있다고 아무리 애걸하듯 설득하여 보았으나 모두가 허사였습니다. 아니, 호소를 거듭할수록 더 흥겨워할 뿐이었습니다. 결국, 불길은 마을에까지 번져서 손을 쓸 겨를도 없이 마을은 온통 잿더미가 되고 말았습니다.

이 우화를 여러분 각자 나름대로 한번 묵상해 보십시오. 전 교황이신 베네딕토 16세께서는 신학자로서 이 비유를 드신 적이 있습니다. 교황님은 이 우화에서 광대에게 초점을 맞춰 이 이야기가 신앙인들 특히 신앙을 전하려는 사람들, 예컨대 사제나 수도자 또는 신학자들의 처지를 잘 말해주고 있다고 했습니다.

현대의 고도의 물질문명을 사는 사람들, 즉 교회의 전통과 언어와 사상과 거리가 먼 신세대의 젊은이들에게 그리스도교의 신앙을 말하려고 하는 사람이라면, 자신의 시도가 얼마나 생소하게 느껴지는지 모른다고 합니다. 하여 자신의 처지가 마치 광대 옷을 입고 불이 났다고 외쳐대는 광대의 모습으로 느껴진다는 것입니다.

아시다시피 본시 광대란 먼 옛적부터 광대 옷을 입었기 때문에 아무도 진지하게 대해 주는 이가 없기 마련입니다. 광대는 무슨 소리를 하든 틀에 박힌 광대 질이라는 굴레를 벗어날 길이 없습니다. 진정한 말을 전하려 아무리 애써도 사람들은 애초부터 그가 광대라는 것을 알고 있으므로 어쩔 도리가 없습니다.

무슨 말을 해도 그것이 현실과는 아무 상관이 없는 연극을 하고 있다고 생각합니다. 이러한 교황님의 지적에 저 역시 공감합니다. 그러나 저는 조금 달리 광대보다는 불길에 초점을 맞추고 싶습니다. 여기서 불길이 상징하는 것은 무엇일까요? 우리 시대의 사회상을 잠시 살펴보면 금방 알 수 있습니다.

도덕과 인륜이 날로 퇴폐하여지고 이기주의와 탐욕이 만연하여 자신의 이익을 위해 남을 해치는 일이 서슴없이 자행되는 시대입니다. 폭력이 난무하고 불의가 자행되어도 모두 입을 다뭅니다. 오늘날 우리 시대를 위협하고 있는 온갖 광란의 몸짓들이 바로 마을을 향해 번져 오는 불길입니다.

이렇게 불길은 시대의 징조이며 광대의 호소는 이 시대 예언자의 외침이고, 마을 사람들은 현대를 사는 우리 자신들입니다. 우리는 왜 진실을 보지 못할까요? 우리의 눈은 무엇에 가린 것일까요? 어쩌면 우리는 아직 잠을 자고 있거나 눈을 감고 있는지도 모릅니다.

오늘 제1 독서는 예레미야서입니다. 희망의 예언자, 약속의 예언자 예레미야는 "보라, 그날이 온다. 주님의 말씀이다."라고 하면서 이제 주님께서 이스라엘 집안과 유다 집안에게 한 약속을 이루어 주겠다고 전합니다. 그것은 세상에 공정과 정의를 이루는 것이라고 합니다. 우리도 깨어 있어야 하겠습니다.

오늘 제2 독서에서 사도 바오로는 자기가 가르친 대로 살아가라고 권고합니다. 그것은 바로 서로 사랑하고, 서로 아껴주며 서로를 진심으로 나누는 삶이며, 또한 늘 깨어 있는 삶, 다시 말해 늘 주님의 다시 오심을 기다리는 삶이라고 합니다.

오늘 복음에서 예수님은 다시 한번 "늘 깨어 기도하여라."라고 우리를 초대하십니다. 시대의 징조를 알아보고 예언자의 외침을 알아듣기 위해, 우리는 모름지기 깨어 있어야 합니다. 깨어 있다는 것은 무엇입니까?

깨어 있다는 것은 불의가 현존함을 직시하고 이에 항거하여 정의를 추구함을 의미합니다.

깨어 있다는 것은 사랑을 실천함을 의미합니다.

깨어 있다는 것은 어떤 어둠과 고난에도 절망하지 않고 희망을 지닌다는 것을 의미합니다.

깨어 있다는 것은 나아가서 이 시대의 어둠을 밝히는 빛이 됨을 의미합니다. 작은 촛불 하나가 어둠을 깨뜨리듯, 우리는 이 시대에 작은 촛불이 되어야 합니다.

대림 첫 주일, 교회 전례의 새로운 한 해를 시작하며 주님이 우리 안에 오시기를 갈망합니다. 그리고 이 시대에 참다운 정의와 평화 그리고 개혁이 실현되기를 기원하며, 우리 다 함께 깨어 있도록 합시다.

깨어 있다는 것은 또한 우리의 마음을 하느님께로 향하는 것입니다. 우리는 이제 남을 깨울 것이 아니라 우리부터 깨어 있어야 합니다. 시대를 탓할 것이 아니라 시대의 한 사람인 나 자신을 돌아보아야 합니다.

우리부터 사랑을 실천하고 우리부터 우리 자신을 나누고, 우리부터 정의를 추구하고, 우리부터 남의 권리를 인정해 주어야 합니다. 그렇게 할 때, 우리 사회는 조금씩 변화될 것이며, 진정한 의미의 개혁이 일어날 것입니다. 우리는 우리가 깨어 있을 때만 우리 마을로 번져 오는 물질만능주의의 불길을 진화할 수 있습니다.

우리가 깨어 있을 때만 예수님이 우리 안에 오심을 알아볼 수 있습니다. 또한, 우리 안에 오신 그분과 만나게 될 것입니다. 그러기에 기다림은 이미 만남입니다. 바로 오시는 그분과 만남입니다.

대림 제2주일 - 세례자 요한

어떤 사람이 스승을 찾아 천하를 주유하다가 드디어 어느 강가에 가면 유명한 구루가 있다는 소문을 듣고 가서 그에게 제자로 삼아 달라고 청했습니다. 그런데 실은 그 구루는 가짜였습니다. 그 구루가 말했습니다.

"내 제자가 되려면 먼저 시험에 통과해야 한다. 도를 닦는 데 가장 중요한 것은 순명 정신이다. 그대의 순명 정신을 시험하겠다. 그대는 걸어서 강을 건너갔다 와야 한다."

그 강에는 악어가 우글거렸습니다. 살아서 그 강을 건너갔다 온 사람이 하나도 없었습니다. 그런데 그 사람이 아무 두려움 없이 강을 건너기 시작했습니다. 강을 건너면서 외쳤습니다. "우리의 위대한 스승의 이름은 찬미를 받으소서. 우리의 위대한 스승의 이름은 찬미를 받으소서."

그러자 악어들이 모두 물러났고 그 사람은 유유히 강을 건너갔다가 돌아왔습니다. 구루는 깜짝 놀랐습니다. 자기의 이름이 그렇게 위대한 줄은, 자기도 예전에 미처 몰랐습니다. 와! 저 친구가 내 이름을 부르자 악어들도 경의를 표하기 위해 물러서다니! 그 구루가 생각했습니다.

저 친구가 단지 나의 이름을 부르면서 찬미를 받으라고 하는데 악어가 경의를 표했다면, 내가 직접 강에 들어서면 악어들이 얼마나 커다란 경의를 표할 것인가! 그래서 그는 온 마을 사람들을 불러 모으고 그 광경을 보여주리라고 생각했습니다. 온 마을 사람들이 모여왔고, 그 구루가 드디어 강물로 들어가면서 외쳤습니다.

"나의 이름을 찬미하라. 나의 이름을 찬미하라."

어떤 일이 일어났겠습니까? 악어들이 떼로 달려들어 그 구루를 삼켜버렸습니다. 오늘날 가짜가 판을 치는 세상이 되었습니다. 정치인들의 행태를 보십시오! 모두 자기의 이름을 찬미하라고 외칩니다. 우리는 가짜가 아닌 진짜를 만나고 싶습니다. 정치인이든 종교인이든, 정말 나라를 위하고 백성을 구할 사람을 만나고 싶습니다.

오늘 대림 제2주를 맞아 우리는 세례자 요한의 외침에 대해 듣습니다. 그는 가짜가 아닌, 진짜입니다. 그는 그 시대의 진정한 예언자였습니다. 그 시대의 세례자 요한과 같은 진정한 예언자가 필요하듯이 오늘날도 진정한 예언자, 가짜 구루가 아닌, 진짜 구루 진정한 스승이 필요한 시대입니다.

김수환 추기경께서 세상을 떠나신 후, 너무나 허허로운 것은 경쟁과 대결로 치닫고 있는 이 시대에 가짜가 아닌 진짜 구루, 영적 스승, 국민의 정신적 지주를 찾기가 힘들다는 것입니다. 오늘날 문제는 우리에게 진짜를 알아볼 능력이 없는 것이 아닐까 생각합니다. 진짜는 잘 드러나지 않기 때문이 아닐까요?

오늘 복음에서 많은 바리사이와 사두가이가 자기에게 오는 것을 보고 세례자 요한이 외칩니다. "독사의 자식들아, 다가오는 진노를 피하라고 누가 너희에게 일러 주더냐? 회개에 합당한 열매를 맺어라." 저는 우선 저 자신부터 삶에 대한 근본적인 회심이 필요하다는 반성을 하게 됩니다.

세례자 요한은 참으로 위대한 인물, 물론 가짜가 아닌 진짜 위대한 인물이었습니다. 예수님께서 여인의 몸에서 태어난 자 중에 세례자 요한보다 더 큰 인물은 없다고 했지요. 예수님께서도 그렇게 말씀하실 만큼, 요한이 왜 그렇게 위대한 인물일까요? 당시 수많은 군중이 그를 따랐습니다.

많은 제자가 그를 추종했고, 그가 메시아가 아닐까? 생각하면서 기대를 걸었고 그를 받들었습니다. 그러나 그는 자기는 메시아가 아니라고 했습니다. 나는 그분의 신발 끈을 풀어드릴 자격조차 없는 사람이라고, 자기 자신을 낮추었습니다. 자기는 물로 세례를 주지만, 그분은 성령과 불로 세례를 주실 것이라고 했습니다.

요한복음을 보면, 세례자 요한은 우리가 오늘 복음에서 듣는 이 말씀의 사건 이후에 예수님께서 자기 쪽으로 오시는 것을 보고 이렇게 외쳤습니다. "보라, 세상의 죄를 없애시는 하느님의 어린양이시다." 우리가 잘 아시다시피 어린양은 속죄의 제물로 바치던 희생제물이었습니다.

이제 인간의 죄를 대신 속죄하기 위해 자신을 희생제물로 바치실 구세주께서 오신다는 외침이었습니다. 자기는 구세주가 아니라고 했습니다. 자기는 다만 물로 세례를 베풀 분이라고 외쳤습니다. 요한은 위대한 사람입니다. 그렇지만 그는 다만 약함을 지닌 인간입니다.

그는 고백합니다. 나는 이분이 누구신지 몰랐노라고. 그래서 제자들을 시켜 묻게 했지요. "당신이 바로 오시기로 되어있는 분, 메시아입니까?" 이제 그는 알았고, 알았기에 증언하는 것입니다. "과연 나는 그 광경을 보았다. 그래서 나는 지금 이분이 하느님의 아드님이시라고 증언하는 것이다."

이 증언은 바로 하느님에 대한 찬미입니다. 요한의 증언은 바로 '하느님, 당신의 이름은 찬미를 받으소서.'라고 외치는 것과 같습니다. 요한의 위대함은 바로 여기에 있습니다. 자기는 아무것도 아니고 다만 예수님께서 하느님의 어린양이심을 깨닫고 그것을 증언할 수 있는 마음을 지녔던 위대한 인물입니다.

예수님께서 말씀하셨던 것입니다. "이 여인의 몸에서 태어난 인물 중에 세례자 요한만큼 위대한 인물은 없었다." 오늘 세례자 요한의 외침, 나아가서 그의 고백을 들으며 두 가지를 마음에 새기고 싶습니다.

첫째는 세례자 요한의 열려 있는 마음, 겸손한 마음, 깨어 있는 의식입니다. 많은 사람이 자기를 따르며 스승으로 삼고 추종했지만 자기보다 더 앞서신 분, 예수님께서 나타나셨을 때 자기는 아무것도 아니라고, 다만 그분의 신발 끈을 풀어드릴 자격조차 없는 사람이라고 자신을 낮출 수 있었던 그 겸손입니다.

그것은 실상 쉬운 것이 아닙니다. 예화로 드린 이야기에서의 그 가짜 구루처럼 많은 사람은 쉽게 착각합니다. 자기가 잘나서 사람들이 자기를 대단하게 생각한다고. 예수님께서도 말씀하셨지요. '선하신 선생님'이라고 불었을 때였지요. "왜 나를 선하다고 합니까? 선하신 분은 오직 하느님 한 분이십니다."

그렇습니다. 참으로 위대하신 분은 한 분 하느님이십니다. 그런데, 예수님 그분이 바로 하느님, 하느님의 아드님이라는 것이 우리가 요한에게 듣는 증언입니다.

두 번째로 묵상해야 할 대목이 바로 이 요한의 증언입니다. 요한은 보았고 알았고, 그래서 외쳤습니다. 그리고 분명하게 증언했습니다. 이분이 바로 하느님의 아드님이시라고. 우리도 요한처럼 처음에는 그분이 누구신지 몰랐지만, 그분이 우리에게 오셔서 당신이 누구신지를 보여주십니다.

믿음의 눈을 지니기만 한다면 우리는 볼 수 있습니다. 우리의 마음을 열기만 한다면 요한이 보았던 그 광경, 성령이 내려와서 주님, 바로 예수님 위에 머무시는 것을 볼 수 있습니다. 그렇다면, 우리도 요한처럼 증언해야 합니다. 세상에 외쳐야 합니다. 이분이 바로 우리의 주님이시라고.

작은형제회의 유명한 까를로 까레또 수사님이 쓴 책 중에 '나는 찾았고, 그래서 발견했습니다.'라는 제목이 있습니다. 리치아르레토라는 작가의 '나는 찾았으나 발견하지 못했습니다.'라는 제목의 책에 대한 항변으로 붙인 제목입니다. 그는 묻습니다. 왜 발견할 수 없었다는 말일까요? 찾는 대상이 바로 하느님 그분이었는데도.

우리는 리치아르레토처럼 "나는 하느님을 찾았는데 발견하지 못했습니다."라고 말하는 사람들은 만나게 됩니다. 아니, 약한 인간인 저 자신도 그렇게 느낄 때가 있습니다. 우리가 늘 그럴 수 있다고 생각합니다. "오늘 주님의 말씀을 듣게 되거든, 너희 마음을 무디게 지니지 말라."는 성경 말씀을 되새깁니다.

까르또 수사님은 "나는 하느님을 찾았는데 발견하지 못했습니다."라는 말은 틀렸다고, 리치아르레토에게 항변합니다. 아니, 그런 마음이 드는 우리에게 항변하는 것입니다. 그것은 있을 수 없다고. 왜냐하면, 그것은 마치 태양을 바라보면서 '태양은 존재하지 않는다.'라고 하는 것과 같다고. 그는 리치아레또에게 말합니다.

"사랑하는 형제여, 나는 당신 책의 제목을 보았지요. 내가 무슨 생각을 했는지 아십니까? 당신은 바다에 가서 옷을 벗고 해변으로 다가가서 바닷

물에 발을 담갔습니다. 그러다가 헤엄을 치기 시작했습니다. 한참을 물속에 있다가 나와서 당신 곁의 사람에게 물었습니다. 저는 물을 찾는데 물이 어디 있나요? 물이 무엇인가요?"

히브리 속담에 이런 말이 있답니다. "물고기가 맨 마지막에 보는 것은 물이다."까레토 수사님은 말합니다. 물을 잃고야 물의 존재를 깨닫게 된다. 그렇습니다. 그분의 현존을 의식하지도 알아채지도 못하지만, 뭔가가 잘 안되어 갈 때 어떤 전율을 느끼며 그분을 생각하게 됩니다.

그분의 목소리를 듣게 됩니다. 우리의 삶에서 어떤 어려움을 느낀다면, 이때야말로 주님의 목소리를 듣고 그분의 사랑을 느껴야 할 때입니다. 그분의 목소리를 듣게 되거든 우리의 마음을 무디게 가지지 말고 겸손한 마음으로 그분 앞에 다가가서 그분의 도우심을 청해야 할 것입니다. 그리고 외쳐야 할 것입니다.

"지극히 높으신 분, 주님의 이름은 찬미를 받으소서. 주님의 이름은 찬미를 받으소서."

대림 제3 주일 - 기쁨의 주일

대림 제3주일입니다. 기쁨의 주일이기도 합니다. 코로나가 하루 10만 명이 넘는데, 우리는 희망과 기쁨을 이야기하고 있습니다. 그럴수록 더 우리는 희망과 기쁨을 이야기해야 합니다. 제대 앞의 대림 환을 바라보십시오. 대림초가 세 개 켜졌고, 세 번째 초는 분홍빛, 또는 장밋빛이지요.

장밋빛 초가 켜진 것은 기쁨을 상징하며 그렇기에 오늘을 장미 주일이라고도 합니다. 한국천주교회는 이 기쁨을 나누는 대림 제3주일을 자선 주일로 정해서 소외된 사람들과 함께 서로 나누도록 권고합니다. 저는 이날의 의미를 생각합니다. 주님께서 자신을 나누시는 성체성사의 의미가 담겨 있습니다.

성체성사는 무엇보다 기쁨을 나누고 그 나눔의 신비를 느끼는 날이라고 생각합니다. 또한, 그분이 오실 날이 가까워 왔다고 알리며 함께 기쁨을 나누고 또한, 우리가 기쁘게 사는 모습을 이웃과 함께 나누어야 하겠지요. 입당송과 화답송은 우리에게 기뻐하라고 외치고, 제1 독서 제2 독서도 기쁨에 대해서 우리에게 들려줍니다.

제1 독서 이사야서는 "광야에서 메마른 땅은 기뻐하여라."라고 전해줍니다. 제2 독서인 야고보서에서는 "형제 여러분, 주님의 이름으로 말한 예언자들을 고난과 끈기의 본보기로 삼으십시오."라고 격려합니다. 여러분들 기쁩니까? 아니라고요? 우리 그리스도인들은 근원적으로 기쁨을 사는 사람들입니다.

만약 우리의 삶이 기쁘지 않다면, 우리 자신을 돌아보아야 합니다. 우리 삶을 돌아보면, 기쁘고 즐거운 일보다 슬프고 고통스러운 일이 많게 느껴지는 것이 현실이지요. 그러나 우리는 기쁠 수 있습니다. 주님께서 우리의 힘, 우리의 구원이기 때문입니다. 놀랍게도 우리가 지닌 것을 나눌 때, 기쁨이 커집니다.

오늘 복음에서는 세례자 요한은 우리에게 이렇게 말합니다. "나는 물로 세례를 준다. 내 뒤에 오시는 분이신데, 나는 그분의 신발 끈을 풀어드리기에도 합당하지 않다." 요한은 자기 자신을 분명히 알았습니다. 그분은 기쁨이 온 세상에 물안개 번지듯 우리에게 스며든다는 것을.

옛날 어느 나라에 Mr. Straw라는 사람이 살았습니다. Straw는 우리말로 지푸라기이지요. 하여 그를 지푸라기 씨라고 부릅시다. 지푸라기라고 하면 어떤 이미지가 연상됩니까? 좀 힘없고 금방이라도 쓰러질 것 같고, 왠지 쓸모없는 어떤 것이 떠오르지요?

지푸라기 씨는 너무나 깡마르고 약해서 정말 볼품없는 지푸라기 같은 사람이었습니다. 그러나 그는 아주 착한 마음을 지닌 사람이었지요. 자기보다 더 어려운 처지에 있는 사람을 만나면, 무엇이든지 선뜻 내어주는 그런 사람이었습니다. 그런데 그는 하는 일마다 제대로 되는 것이 없이 늘 실패만을 거듭했지요.

어느 날 그는 신전에 가서 행운의 여신에게 자신에게도 행운을 달라고 기도했답니다. 기도 중에 환청을 듣는 듯 어떤 소리가 들려오는 것 같았답니다. 기도 중에 졸다가 "이 신전에서 나가 제일 먼저 손에 잡히는 것이 너에게 행운을 가져다줄 것이다." 하고 말하는 여신의 목소리를 들었습니다.

그는 꿈이 아닌가 생각했지만, 금방 들은 목소리가 너무나 생생하게 느껴졌지요.

그는 기뻐서 신전을 뛰어나가다가 그만 계단에 굴러 땅바닥에 넘어졌습니다. 먼지투성이의 땅바닥에서 일어나려다가 문득 손에 잡히는 것이 있었습니다. 지푸라기였습니다. '하필 지푸라기를!'이라고 푸념이 흘러나왔지요.

그는 아무것도 쓸모없는 지푸라기가 자신에게 행운을 가져다주리라고는 생각되지 않았지만, 애써 자기가 들은 목소리를 믿고 싶은 마음에 지푸라기를 들고 신전을 나와 길을 걸었습니다. 그런데 잠자리 한 마리가 계속 따라옵니다. 그는 그 잠자리를 잡아서 지푸라기에 매달고 계속 길을 걸었습니다.

얼마쯤 걷다가 아이를 데리고 오는 꽃 파는 여인을 만나게 되었습니다. 아이는 걷기에 지쳐 칭얼거리고 있다가 지푸라기에 매달린 잠자리를 보며, 금방 얼굴이 환해지며 그 잠자리를 갖기를 원했습니다. 지푸라기 씨는 선뜻 그 아이에게 잠자리가 매달린 지푸라기를 아이에게 주었지요.

아이의 엄마인 꽃 파는 여인은 너무나 감사하면서, 장미 한 다발을 건네주었지요. 그는 또 계속 길을 걸어갔습니다. 지쳐서 나무 그늘에서 쉬고 있는데, 어떤 젊은이가 지나가는 것을 보고 말을 걸었습니다. 젊은이는 사랑하는 여인에게 청혼하려고 하는데, 마땅히 줄 선물이 없어서 근심에 차 있노라고 말했습니다.

지푸라기 씨는 얼른 장미 다발을 건네주면서, 그것을 여인에게 주라고 했습니다. 젊은이는 기뻐하면서 자기가 가지고 있는 오렌지 세 개를 주었지요. 그는 또 계속 길을 걸었습니다. 이번에는 무거운 수레를 끌고 가는 상인을 만나게 되었지요. 상인은 얼굴에 땀을 흘리고 있었고, 너무나 갈증이 나서 죽을 지경이었습니다.

지푸라기 씨는 구슬땀을 흘리고 있는 그 상인을 보자 그만 연민의 마음이 일어 그에게 다가가서 오렌지를 주며 갈증을 풀라고 했지요. 상인은 가장 좋은 비단 한 필을 선물로 주었답니다. 이제 그는 마침 그 나라의 공주를 만나게 됩니다. 공주는 임금의 생신을 맞아 옷을 지어드리기 위해 좋은 비단을 사러 가는 길이었지요.

지푸라기 씨가 들고 있는 비단을 본 공주는 그에게 그 비단을 자기에게 팔 수 있겠냐고 물었지요. 지푸라기 씨는 기꺼이 공주에게 그 비단을 거저 드리겠노라고 답했지요. 그 말을 들은 공주는 기뻐하면서, 자기가 지닌 아주 좋은 보석을 선물로 주었답니다.

이렇게 하루 사이에 지푸라기 하나가 아주 귀한 보석으로 바뀌어 있었답니다. 지푸라기 씨는 그 보석을 팔아 크고 기름진 밭을 샀답니다. 그리고 열심히 농사를 지으면서 풍족하게 되었답니다. 늘 가난한 이웃과 함께 농사지은 것을 나누면서 행복하게 살았답니다.

사람들은 지푸라기 하나가 지푸라기 씨에게 엄청난 행운을 가져다주었다고 말한답니다. 그럴까요? 그것이 단순히 행운일까요? 아니지요. 우리는 압니다. 그의 연민의 마음, 다른 사람과 기꺼이 자기 것을 나누고자 했던 그 마음이 그에게 행운을 가져다준 것을 압니다.

우리는 오늘 자선 주일을 맞아 우리가 지닌 것을 이웃과 함께 나누고자 하는 구체적인 결심을 해야 합니다. 우리가 지닌 것을 나눌 때 실은 더 많은 것을 받게 된다는 것을 알게 됩니다. 사랑의 산수, 연민의 산수, 나눔의 산수에서는 나눌수록 수가 증가하는 마술이 이루어집니다. 경험해 본 사람은 알지요. 아니라고요?

물론 아닐 때도 있지요. 그러나 우리는 나눔을 자꾸 하다 보면 마술이 이루어지는 것을 깨닫게 되고 기뻐하실 것입니다. 오늘 하루 아주 기쁘게 지내시고 기쁨을 여러 사람과 나누시기를 바랍니다.

대림 제4주일 – 에크하르트의 물음

대림 4주, 성탄은 분명 빛의 축제입니다. 우리는 대림 4주일을 맞으며 하얀색의 초로 사각형의 정방형을 이루는 빛을 받아 축제를 엽니다. 오늘 복음으로 '주님의 탄생 예고'의 대목을 듣습니다. 이 대목에서 우리 신앙의 모범이신 마리아의 모습이 뚜렷이 다가옵니다.

마리아의 두려움과 의문, 그러나 침묵 안에서의 내어 맡김, 그 절대적인 피아트, '예'는 참으로 위대한 역사의 장을 엽니다. 마리아의 '이 몸은 주님의 종입니다. 그대로 제게 이루어지기를 바랍니다.'라는 순명은 하느님이 인간이 되어 오시는 역사의 정점을 가능하게 한 응답이기에, 참으로 위대한 사건입니다.

제가 졸시 '은총의 사닥다리'에서 "어머니/ '말씀대로 이루어지소서'라고 하신/ 당신의 응답은/ 강생의 신비를 열었던 문이었고/ 구원의 샘이 되었습니다."라고 썼었지요. 그렇습니다. 이 순명의 응답이 구원사의 시작인 것입니다.

지금부터 600년 전 도미니코 회원이면서 탁월한 설교가요, 신비신학의 대가였던 마이스터 에크하르트가 이런 물음을 던졌습니다. "마리아께서 1400년 전에 하느님의 아들을 낳으셨는데 우리 역시 우리가 살아가는 이 시대, 이 문화 안에서 하느님의 아들을 낳지 않는다면, 성탄이 무슨 소용이 있는가?"

신비 신학자인 그는 하느님께서는 순간마다 모든 창조물 안에서 당신의 아들을 낳으심을 볼 수 있었습니다. 저는 마리아께서 하느님의 아들을 낳으신 지, 2021년이 되는 성탄을 기다리면서 에크하르트가 던졌던 물음을 다시 상기해보자고 여러분들을 초대합니다.

정말 이 시대, 이 문화 안에서 우리가 다시 하느님의 아들을 낳지 않는다면, 다시 말해, 우리가 세상에 사랑의 씨앗을 뿌리지 못한다면, 2021년을 맞이하는 성탄이 무슨 의미가 있겠습니까? 우리는 참으로 세상에 사랑을 낳고 씨앗을 뿌리고 나누어야 합니다. 하느님의 아드님은 바로 사랑으로 세상에 오신 분입니다.

오늘 제1 독서로 들은 사무엘 2서에서 왕인 다윗은 자기는 향백나무 궁에 사는데, 하느님의 궤는 천막에 머물고 있음을 불편해합니다. 예언자 나탄이 주님의 말씀을 받아 전합니다. "때가 아직 아니다. 나는 우선 이스라엘 왕권을 튼튼하게 세우겠다. 내가 너의 하느님이며 나의 말을 참되다는 것을 보여주겠다."

우리는 우선 사랑을 나누어야 합니다. 그것이 바로 그분을 탄생시키는 것입니다. 그런데 사랑을 나누기 위해서는 우리가 사랑받는 존재라는 것을 먼저 알아야 합니다. 마리아도 참으로 은총 받는 마리아도 참으로 은총 받는 존재라는 것을 알 필요가 있었습니다. 천사의 탄생 예고의 첫 마디는 아주 중요합니다. "두려워하지 말라. 마리아, 너는 하느님의 은총을 받았다."

이 탄생 예고에 앞선 축복은 마리아에게 참으로 떨리는 기쁨이었고, 깨달음이었을 것입니다. 마리아에게 주어졌던 그 축복이 이제 우리에게도 주어집니다. 우리 역시 '예수 탄생 예고'를 듣습니다. 마리아에게 주어졌던 이 예고는 하느님께서 건네시는 예고이며, 이 예고와 함께 우리에게 축복의 말씀을 들려주십니다.

우리 역시 오늘날, 이 시대에 이 문화 안에서 이 세상에 그리스도를 탄생시키려 하는 것입니다. 어떻게 그것이 가능합니까? 마리아가 그랬듯이 온전히 맡김으로써만, 그것이 가능합니다. 의문을 던지되 그것을 뛰어넘어 "예"라고 응답할 때, 하느님의 아들, 사랑은 우리 안에 마치 꽃잎이 피어나듯 우리 안에 새롭게 다가옵니다.

참으로 마리아는 우리의 모범이십니다. 마리아의 마음을 열고 자유로운 응답을 통해 자신을 내어 맡기는 태도는 오늘을 사는 우리에게 절실히 요구되는 순명의 정신입니다. 우리가 마리아처럼 침묵을 지키며 내어 맡길 수 있다면, 하느님께서는 우리 안에 당신의 아드님을 탄생시킬 수 있는 생명과 힘을 주실 것입니다.

마리아는 두렵고 답을 알 수 없는 의문에 싸였지만, 침묵과 내어 맡김에서 그 알지 못하는 세계를 향해 발걸음을 내어 디뎠습니다. 우리도 그렇습니다. 그분이 우리를 어떻게, 어디로 이끄실지 우리는 알지 못합니다. 마리아가 지녔던 두려움과 의문, 그 물음은 우리의 삶 안에서도 중요합니다.

우리에게 그 물음이 없다면, 신앙은 맹목으로 흐를 수 있기 때문입니다. "어떻게 그런 일이 있을 수 있겠습니까?"라는 회의와 물음 거기서 출발하되, 그것을 뛰어넘을 수 있는 믿음이 은총입니다. 모든 것을 가능하게 하는 것은 우리의 힘이 아닙니다. 하느님의 은총에 자신을 온전히 맡길 수 있는 내어 맡김의 믿음인 것입니다.

오늘 복음에서 우리는 마리아에게서 그것을 보며 놀라워하며 우리 안에도 새로운 힘이 솟아남을 느낍니다. 그 힘을 그분께서 주셨듯이 우리 안에 그리스도를 탄생시킬 힘을 주실 것입니다. 다가오는 성탄, 우리가 세상 안에 참으로 그리스도를 새롭게 탄생시키도록 은총에 우리를 내어 맡깁시다.

2021년 성탄 밤 미사

여러분, 안녕하세요? 성탄 인사드립니다. 코로나로 모두 힘드시지요. 아무리 힘들어도 아기 예수님은 탄생하십니다. 오늘 성탄 밤 미사 복음에서 우리는 "마리아는 해산날이 되어, 첫아들을 낳았다. 그들은 아기를 포대기에 싸서 구유에 뉘었다. 여관에는 그들이 들어갈 자리가 없었다."라는 말씀을 들었습니다.

하느님이 인간이 되어 오시는데, 그분이 머물 방이 없어 말구유에 눕힙니다. 하느님의 기꺼이 자신을 우리 인간에게 내어주시는 관대하심과 방한 칸 내어드리지 못하는 인간의 야박함이 대조를 이룹니다. 그러나 인간 모두가 야박한 것은 아니지요. 오히려 밤을 새우며 양 떼를 치던 목자는 아기 예수님이 탄생하셨다는 소식을 듣고 아기 예수님께 달려갑니다.

그들이 기쁜 마음으로 아기 예수님을 뵙기 위해 달려갔다는 말씀이 우리의 마음을 따뜻하게 합니다. 성탄은 모든 이들의 축제이겠지만, 특별히 가난하고 소외된 사람들, 이민자들, 이주 노동자들의 축제라고 생각됩니다. 왜 특별히 가난하고 소외된 사람들의 축제일까요?

바로 예수님께서 그분들의 모습으로 오셨고, 그분들에게 당신 탄생의 기쁜 소식을 가장 먼저 알려주었으니까요. 목자들은 한밤중에 양 떼를 치고 있었습니다. 천사는 목자들에게 아기 구세주를 알아보는 표로 '포대기에 싸여 구유에 누워있는 아기'를 보게 될 것이라고 전해줍니다.

여러분, 앞에 구유가 보이지요? 아름답지요? 그런데 구유가 무엇입니까? 구유는 짐승의 밥통이지요. 저에게 구유는 예수님께서 어떤 분으로, 그리고 무엇을 위해서 이 세상에 오셨는지를 가장 극명하게 드러내는 상징으로 느껴집니다. 바로 다른 이들의 밥이 되기 위해서 오신 것입니다. 그것이 예수님 탄생의 의미입니다.

오늘 우리가 탄생을 축하드리는 분은 바로 밥통 안에 밥으로 오신 아기 예수님이십니다. 제가 수원 빈센트 병원의 원목 사제를 한 적이 있는데, 병원 각 부서, 병동별로 구유를 만들어서 경연 대회를 했습니다. 모두 너무나 예쁘고 아름답게, 또 의미 있게 구유를 만들어서 저는 정말 놀랐습니다.

병원장 수녀님, 의무원장, 그리고 원목인 제가 심사위원으로 심사를 했었는데, 모든 부서, 병동들이 너무나 정성으로 잘 만드셔서 따로 1, 2, 3등을 뽑기가 어려웠습니다. 저희는 모든 부서에게 다 특별상으로 큰 보너스를 주기로 합의했던 기억이 납니다.

제가 오래전, 구유 만들기 경연 대회를 심사했다고 하였는데, 구유는 원래 그렇게 아름다운 모습은 아니지요. 냄새나고 지저분한 짐승의 밥통을 상상해 보십시오. 그것이 아기 예수님이 눕혀진 구유입니다. 예수님께서 "나는 생명의 빵이다."라고 말씀하셨는데 빵은 바로 밥이지요. 밥은 우리에게 생명을 유지하여 줍니다.

예수님은 바로 우리에게 생명을 주는 우리의 밥이 되시기 위해서 세상에 오신 것이네요. 그렇지요? 그런데 누가 우리에게 '너, 나의 밥이야'라고 하면 여러분들, 어떻게 느낍니까? 기분 나쁘지요. 우리 안에서는 즉시 "내가 왜 너의 밥이냐? 네가 나의 밥이지."라는 반응이 저절로 나오지요.

우리는 누구나 남의 밥이 되기 싫어합니다. 그런데, 예수님께서는 우리의 밥이 되어 주시기 위해 우리에게 오시는 것입니다. 이것이 성탄의 참 의미입니다. 오시는 그분을 맞이하면서 우리도 그분처럼 우리가 밥이 되어, 우리를 다른 사람들에게 내어주어야 하는 것이 성탄의 참된 의미가 아닐까 생각합니다.

그렇습니다. 가만히 생각하면, 우리는 서로 서로에게 밥이 되어야 합니다. 예수님께서 우리의 밥이 되어 주시기 위해 오셨습니다. 우리는 모두 예수님처럼 되기를 원하는 사람들이니까요. 우리가 예수님 때문에 남의 밥이 되기를 기쁘게 할 수 있다면, 성탄의 의미를 제대로 알아들은 것이 아닐까 생각합니다.

제가 뉴질랜드에 갔을 때의 일입니다. 가장 좋은 일은 아침에 일어나면 새 소리가 들리는 것입니다. 날이 밝아오면서 새 소리에 잠을 깨게 됩니다. 새 소리는 잊고 있던 책 하나를 다시 떠올리게 해주었습니다. [The Song of the Bird]이었습니다.

그 책은 인도의 예수회 신부님셨던 안토니 드 멜로 신부님의 책으로 우리나라에 처음에 [종교 박람회]라는 이름으로 번역이 되어 소개되었고, 다시 몇 년 후에는 [새 소리가 들리느냐?]라는 제목으로 번역된 책입니다. 그 책에서 안토니 드 멜로 신부님은 새 소리에 문득 깨달음을 얻는 선사의 이야기를 들려줍니다.

우리가 진정 새 소리에 귀를 기울일 수 있다면, 우리도 깨달음을 얻을 수 있지 않을까 생각합니다. 뉴질랜드의 어느 신자 중에 주식에 고수이신 분을 만나게 되었습니다. 그분 말씀을 들어보니, 그분이 그곳 새 소리를 들으면서 고수의 경지에 오르게 되었나 봅니다.

그분이 새 소리에 귀를 기울이면, 새가 '주가는, 주가는'이라고 운답니다. 주식에 온 촉각과 청각마저 집중하다 보면, 새 소리마저 '주가는, 주가는'이라고 들릴 정도가 된 것이지요. 그것이 고수의 경지입니다. 그분이 영성적으로도 고수가 되기를 진심으로 바랍니다.

주님께서 오십니다. 단순히 2000년 전에 탄생하신 것이 아니라 바로 오늘 우리 마음에 오시는 것입니다. 성탄을 맞으면서 우리 마음 안에 그분을 탄생시켜야 합니다. 그러기 위해서 우리는 새 소리에 귀를 기울여야 합니다. 그리고 그 새가 '주께서, 주께서'라고 우는 소리를 들을 수 있어야 합니다.

여러분, 뉴질랜드에서 가장 유명한 새가 뭡니까? 키위이지요. 뉴질랜드를 키위 랜드라고도 하지요. '키위'는 뉴질랜드 국조라고 들었습니다. 키위는 수컷이 '키위 키위'라고 운다고 해서 원주민인 마오리족이 지어준 이름이라고 합니다. 저도 뉴질랜드에서 키위를 보았습니다.

그 키위를 보면서 상상 안에서 키위가 우는 소리를 들었더니, 저에게는 '키위 키위'라고 들리지 않고, '키리에, 키리에'라고 들리던데요. 키리에는 여러분들 알다시피 주님이라는 뜻이지요. 그러니, 키위가 '주님, 주님'이라고 부르는 것입니다. 하하.

키리에는 '주님'을 부르는 호칭이지만, 자비송, '주님, 자비를 베푸소서'의 앞 단어이기 때문에 자비송이라는 뜻으로도 쓰입니다. 여러분들, 키위

불쌍히 여기어 잡지 마세요. 이제 키위를 보고 주님의 자비를 생각하세요. 여러분들, 잘 아시다시피 키위는 날개가 퇴화하여 날지 못하지요.

그렇기에 다른 동물이나 사람들의 밥이 됩니다. 키위는 특성상 '주님'을 닮았나 봅니다. 이제 키위를 보면, 주님을 생각하세요. 여러분, 다시 한번 성탄 축하 인사드리며, 오시는 아기 예수님의 은총과 평화가 가득하시기를 빕니다. 그리고 새해에는 주님께 더욱 의탁하기를 바랍니다.

성탄 이야기 – 루카 복음서

　여러분들, 예수님의 탄생, 성탄 이야기가 들어있는 복음이 어느, 어느 복음인지 아시는 분 있어요? 그렇습니다. 마태오 복음서와 루카 복음서입니다. 두 복음서 모두 예수님이 탄생하셨다는 이야기가 있고, 이어서 마태오 복음에서는 동방박사 이야기가 나오고 루카 복음서에서는 목자들의 이야기가 나옵니다.

　루카 복음서에서는 천사가 목자들에게 나타나서 예수님의 탄생을 알려줍니다. 둘 중에 어느 이야기가 더 재미있어요? 동방박사 이야기가 더 재미있지요? 그러나 저에게는 목자들의 이야기가 더 마음에 와서 닿고 의미가 깊은 것 같아요. 루카에 나오는 성탄에 관한 이야기는 먼저 그 당시의 역사적인 배경과 상황을 들려줍니다.

　"그 무렵 아우구스투스 황제에게서 칙령이 내려, 온 세상이 호적 등록을 하게 되었다. 이 첫 번째 호적 등록은 퀴리니우스가 시리아 총독으로 있을 때 실시되었다."(2, 1~2)

왜 역사적 배경을 들려줄까요? 이 이야기는 먼 옛날 옛적의 동화가 아니라 실제 역사 안에서 일어났던 사건이라는 것을 분명히 들려주는 것이지요. 믿지 않는 많은 사람은 성경 말씀이 구체적인 역사 사건의 기록이 아니라 소설 같은 이야기로 알고 있잖아요.

여러분들, 성탄 이야기가 소설입니까? 실제 사건입니까? 당연히 실제 사건이지요. 하느님께서는 역사 안에서 일하시는 분이십니다. 루카가 전하는 역사적 배경을 잠깐 살펴볼까요? 아우구스투스는 로마 제국에서 가장 번성하는 시절의 유명한 황제입니다.

그의 원래 이름은 가이우스 옥타비아누스이며 유명한 줄리어스 시저의 양아들이었습니다. 줄리어스 시저가 죽고 난 후에 시저의 부하였던 안토니우스와 옥타비아누스 사이에 치열한 권력 투쟁이 일어나게 되는데, 결국 옥타비아누스가 승리하고 로마의 황제가 되는 것이지요.

그는 전 지중해 영역과 이집트 일부, 그리고 지금의 유럽, 프랑스까지 거대한 로마 제국을 건설하게 됩니다. 그리고 로마의 문학과 건축의 황금기를 열었습니다. BC 27년에 로마의 원로원은 그에게 '존엄한 자'라는 뜻을 가진 아우구스투스라는 칭호를 부여하여 아우구스투스 황제라고 부른 것입니다.

예수님은 바로 아우구스투스가 황제로 있던 때에 탄생한다고 루카 복음사가가 전합니다. 황제 아우구스투스는 로마의 지배 밑에 있던 전 지역에 호적을 하라는 명령을 내렸습니다. 왜 그렇게 했을까요? 바로 인구를 조사해서 세금을 효과적으로 걷기 위해서였습니다.

모든 사람은 그의 명령대로 호적을 하기 위해 자기 고향으로 가야 했습니다. 그 당시 팔레스타인은 로마의 행정 구역상 시리아에 속해 있었기 때문에 시리아 총독으로 있는 퀴리니우스의 지시 아래 호적을 등록하고 세금을 내었습니다. 많은 사람이 제 고장을 찾아갔지요.

요셉 성인과 성 마리아가 어느 곳에 살았지요? 갈릴래아의 나자렛에 살았습니다. 그런데 요셉은 다윗의 집안이었기 때문에 다윗의 고향인 베들레헴으로 정혼한 마리아와 함께 호적을 등록하러 가야 했습니다. 마리아는 어느 집안사람이지요? 마리아도 역시 다윗 집안사람이었습니다.

그때 마리아는 이미 배가 불러 해산할 날이 가까워 왔습니다. 갈릴래아의 나자렛에서 유대 베들레헴까지는 약 120km입니다. 보통은 걸어서 3~4일 걸리는 거리였지만, 요셉은 만삭이었던 마리아를 데리고 가야 했기 때문에 아마 일주일은 족히 걸렸을 것입니다.

루카 복음 사가는 들려줍니다. "그들이 거기에 머무르는 동안 마리아는 해산날이 되어, 첫아들을 낳았다. 그들은 아기를 포대기에 싸서 구유에 뉘었다. 여관에는 그들이 들어갈 자리가 없었습니다." 그리 크지 않은 마을이었던 베들레헴은 호적 등록하러 갑자기 몰려오는 사람들로 몹시 붐볐을 것입니다.

성경은 "여관에는 그들이 들어갈 자리가 없었다."라고 되어있습니다. 여관은 당시 용어로 칸이라고 불렀던 여행자 숙소라고 합니다. 간단히 잠을 잘 수 있는 오늘날 산에 가면 볼 수 있는 침대가 여러 개 놓여 있는 산장 같은 곳이지요. 그런데 침대 하나도 얻을 수 없어서, 겨우 마굿간 하나를 얻어 해산하게 됩니다.

성지 순례로 베들레헴에 가면 그 마굿간 자리는 지하 동굴인 것을 알 수 있습니다. 마굿간이 주로 동굴 안에 있었거든요. 베들레헴에 예수 탄생성당이 있고, 그 성당 지하 동굴에 예수님이 탄생하신 말구유 자리에 별을 새겨 놓았습니다. 대리석 바닥에 놋쇠로 만든 별을 부치고 14개의 광채가 나도록 했습니다.

이것은 아브라함부터 다윗까지 14대라는 것과, 다윗부터 바빌로니아에 포로로 끌려간 때까지 14대라는 것, 그리고 바빌로니아 포로로 끌려간 때부터 예수 그리스도가 탄생할 때까지 14대라는 것을 상징하는 것입니다. 별 중앙에는 구멍이 뚫려 있고 그 주변에 라틴어로 글자가 새겨져 있습니다.

"이곳에서 예수 그리스도가 동정녀 마리아에게서 태어나셨다."

첫 번 크리스마스 이야기에서 가장 놀라운 것은 성탄의 소식을 제일 먼저 들은 사람들이 목자들이었다는 것입니다. 탄생 교회에서 약 2km 떨어진 곳에 "목자들의 들"이 있는데, 그곳에 역시 교회가 서 있습니다. 목자들이 들판에 쳤던 천막 모양으로 교회를 건축했습니다.

사람들은 목자들을 겸손한(humble) 사람들이라고 말해 왔습니다. 사회적으로 낮은 지위의 사람들이기 때문에 화려한 삶과는 거리가 멀고, 마음이 교만할 수 없는 사람들이었습니다. 하느님은 모세를 훈련하는 과정에서 40년 동안 목자의 삶을 살게 하셨습니다.

목자들의 마음은 항상 양들을 향하고 있었습니다. 직업의 특성상 목자들은 양 떼를 떠날 수 없었고, 그래서 율법의 의무를 준수할 수 없는 사람들이었습니다. 이런 이유로 사회적으로 목자는 천대받는 사람들이었지만, 동시에 바로 그런 이유가 목자들의 마음을 겸허하게(humble) 만들었습니다.

"그러자 천사가 그들에게 말하였다. 두려워하지 마라. 보라, 나는 온 백성에게 큰 기쁨이 될 소식을 너희에게 전한다. 오늘 너희를 위하여 다윗 고을에서 구원자가 태어나셨으니, 주 그리스도이시다. 너희는 포대기에 싸여 구유에 누워있는 아기를 보게 될 터인데, 그것이 너희를 위한 표징이다."

"오늘 그리스도가 나셨다! 오늘 메시아가 나셨다! 오늘 구세주가 나셨다!" 이 소식이야말로 온 인류가 들어야 할 가장 기쁜 소식이었습니다. 우리가 아무리 이 말씀을 깊이 묵상한다고 해도, 유대 사람들이 수백 년 동안 가지고 있었던 메시아에 대한 희망을 다 이해할 수 없습니다.

바빌로니아에서 포로 생활을 할 때도, 로마의 지배 밑에 있을 때도 그들이 가지고 있었던 메시아사상은 고난을 견디게 해준 버팀목이었습니다. 그들은 언젠가는 강력한 지도자가 나와서 그들을 해방하여 줄 것이라고 굳게 믿었습니다. 그리고 언젠가는 그들을 가난과 빈곤, 질병으로부터 해방하여 줄 것이라고 믿었습니다.

그들이 생각했던 메시아는 정치적으로 민족의 독립을 가져올 힘센 지도자였습니다. 그러나 천사가 들려준 기쁜 소식은 한 아기가 탄생했다는 소식이었습니다. 이것은 보내신 메시아는 우리가 기대했던 방법이 아니라 하느님의 방법으로 우리를 구원한다는 것입니다.

그때 갑자기 그 천사 곁에 수많은 하늘의 군대가 나타나 하느님을 이렇게 찬미했습니다(루카 2, 13~14). "지극히 높은 곳에서는 하느님께 영광, 땅에서는 그분 마음에 드는 사람들에게 평화!" 이 말씀이 라틴어 성경에서 "Gloria in excelsis Deo" 이렇게 시작되었습니다. 글로리아(Gloria)로 알려졌습니다.

첫 성탄 이야기는 우리에게 많은 상상력을 줍니다. 그 이야기를 들을 때마다 왠지 우리 마음을 설레게 합니다. 몇 가지 우리가 짚고 넘어가야 할 문제가 있습니다. 첫째로 역사상 가장 위대한 로마의 황제 아우구스투스가 통치하고 있을 무렵에, 하느님의 아들 예수 그리스도가 탄생했습니다.

아우구스투스는 강력한 힘을 가지고 세계를 지배했지만, 그의 제국은 멸망했고, 그의 이름도 잊혔습니다. 그러나 베들레헴의 마구간에서 태어난 예수님은 세계의 역사를 바꾸어 놓고 인류의 운명을 바꾸어 놓았습니다. 지금도 많은 사람이 그분의 이름을 부르고 있습니다.

둘째로 아우구스투스는 무력으로 세계를 지배하고 로마의 평화(Pax Romana)를 실현하려고 했습니다. 그러나 로마의 평화는 오래가지 않았습니다. 그리스도는 무력으로 세계를 지배하지 않고 사랑으로 사람들의 마음을 지배하셨습니다. 그 자신이 사람들의 마음에 들어오심으로써 하느님의 평화를 주셨습니다.

셋째로 아우구스투스는 그의 제국을 유지하는 수단으로 인구 조사를 했지만, 하느님은 인구 조사의 기회를 사용하여 옛 예언자의 예언을 성취하셨습니다(미카 5, 1~2). "너 에프라타의 베들레헴아, 너는 유다 부족들 가운데에서 보잘것없지만 나를 위하여 이스라엘을 다스릴 이가 너에게서 나오리라."

넷째로 하느님의 일을 하다가 사람들의 칭찬이 없다고 낙심할 필요가 없습니다. 예수님께서 나실 때도 사람들의 축하 연주가 없었습니다. 그 대신 하늘의 군대가 찬미의 노래를 불렀습니다. 사람들의 칭찬이 아무리 달콤해도 하느님의 칭찬과는 비교할 수 없습니다.

제 **2** 장

사순, 봄

사순-봄, 그리고 생명

　사순절입니다. 사순절은 해빙기에 시작됩니다. 얼음이 녹기 시작하는 해빙기에 사순절이 시작된다는 것이 상징적인 의미를 함축하고 있습니다. 지금은 나무가 잘 자라도록 가지치기를 하는 시기이며 추위가 뒷걸음치는 시기입니다. 사순절은 생명의 회복을 위해서 필요한 준비를 하는 시기입니다.

　진정한 의미에서, 사순절은 우리 안에 있는 죽은 것들을 알아보는 때입니다. 우리 안에 죽은 것이 있다는 것을 인정하면서 이제 하느님께서 다시 우리에게 생명을 불어넣으시도록 마련해 드리는 시기입니다. 사순절은 우리를 초대하고 있습니다. 우리의 옛 삶을 등지고 돌아서서 생명으로 우리 자신들을 열라고 초대합니다.

　그 생명은 바로 부활하신 예수님께서 우리를 위해 승리하신 생명입니다. 사순절은 우리에게 속삭입니다. 우리의 죽은 부분들을 뒤에 그냥 내버려 두라고, 미련을 두지 말라고 가만히 우리의 귀에 속삭이고 있습니다. 우리의 삶에 부활하신 예수님과 함께 완전히 새로운 삶을 살도록 준비하라고 들려주는 것입니다.

우리는 모두 삶의 '겨울'이라고 지칭할 수 있는 과정들을 통과하기 마련입니다. 겨울이라고 제가 지칭하는 것은 말하자면 우리의 삶에서 우리가 마치 죽는 것과 같은 체험을 하는 시기를 말합니다. 우리에게는 긴 터널을 지나는 것과 같은 우리를 춥고 어둡고 우울하게 만드는 시간이 있습니다.

우리는 모두 생명으로부터 우리를 절연시키는 겨울의 계절을 통과하게 됩니다. 때로는 이 겨울의 추위가 밖으로부터 우리에게 다가옵니다. 우리는 실연을 당하기도 하고 친구로부터 배신을 당하기도 합니다. 너무나 사랑하던 사람의 죽음을 맞아 슬픔을 감당하지 못하고 괴로워하기도 합니다.

때로는 겨울의 추위가 우리가 저지른 어떤 행위로부터 오기도 합니다. 우리가 신뢰를 저버렸을 때, 우리는 우리 안에 죽은 모습을 발견하게 됩니다. 때로는 우리의 깊은 내면으로부터 오기도 합니다. 우리는 정신적인 아픔을 체험하고 깊은 실의에 빠지기도 합니다. 또는 우리 자신을 타인으로부터 완전히 고립시키기도 합니다.

어떤 경우이든, 겨울은 다양한 방법으로 우리의 삶을 메마르게 하거나 심지어 죽게 합니다. 이 음침한 계절의 징조는 어떤 것입니까? 우리가 이웃과 더불어 서로 잘 화합하며 살지 못하고 있다면, 우리가 다소 위축되거나 이유 없는 분노가 일고 있다면, 우리의 삶은 바람이 부는 겨울이지요.

우리가 자신에게 정말 진실하다면, 우리에게 이와 같은 겨울은 한 번 바람이 불고 끝나는 것이 아니라 계속해서 불고 또 불어온다는 것을 인정해야 합니다. 또한, 우리는 살아가면서 찬바람이 이는 사람들을 만나게 되지 않습니까? 제가 말씀드리는 것은, 그들의 겨울은 너무 깊어서 결코 봄이 오지 않을 것 같은 사람들 말입니다.

우리가 살아가면서 겨울에 압도되어 결코 인생의 따뜻함이나 웃음과는 담을 쌓은 것처럼 보이는 사람들을 만나게 되지 않느냐는 말씀입니다. 적어도 저는 그런 사람들을 만났었지요. 그러나 저는 그런 사람들에 대해서도 희망을 잃지 않습니다. 왜냐하면, 예수 그리스도에 대한 믿음 때문입니다.

그분의 사명이 바로 우리 안에 죽은 겨울을 몰아내고 다시 생명을 가져오시는 것임을 믿기 때문입니다. 앞으로 다가오는 몇 주 동안 교회는 우리에게 우리 삶 안에 나날들을 돌아보며 그 의미들을 되새겨보도록 격려합니다. 우리의 겨울이 우리를 메마르고 죽게 했던 장소들을 점검해 보도록 초대합니다.

어디에서 하느님께서 사랑의 새 삶을 살도록 우리를 위해 마련하시는지를 바라보라고 합니다. 오! 우리 안에 죽은 나무에 새순이 돋아나기를 갈망했습니까? 지금이 그때입니다. 죽은 나무에 새순이 돋아나도록 준비를 할 때입니다. 그분이 새 생명을 주시기를 청하면서 우리 자신을 열어야 할 때입니다.

자, 이제 우리가 시작한 곳에서 끝을 맺읍시다. 사순절은 해빙기입니다. 얼음이 녹고 강물이 흐르는 봄입니다. 나무가 잘 자라도록 가지치기를 하는 시기이며 추위가 뒷걸음치는 시기입니다. 사순절은 생명의 회복을 위해서 필요한 준비를 하는 시기입니다. 진정한 의미에서, 사순절은 우리 안에 있는 죽은 것들을 알아보는 때입니다.

도스토예프스키-성경과의 만남

매일 미사 책의 '오늘의 묵상'은 도스토예프스키의 이야기입니다. 저는 '오늘의 묵상'의 이야기에 조금 보충하면서 강론에 대하고자 합니다. 도스토예프스키는 19세기 러시아 문학을 대표하는 세계적인 문호이지요. 인간의 내면을 추구하여 근대소설의 새로운 가능성을 열어놓았으며 근현대의 가장 탁월한 작가로 추앙을 받지요.

그는 근현대로 들어서는 과도기의 러시아에서 시대의 모순에 고민하면서, 그 고민하는 자신의 모습을 전적으로 작품세계에 투영하였습니다. 그의 문학세계는 현대성을 두드러지게 지니고 있다고 합니다. 그는 20세기의 사상과 문학에 깊은 영향을 끼쳤습니다.

그는 빈민구제병원 의사의 둘째 아들로 태어나, 어려서부터 도시적인 환경 속에서 자라났습니다. 그는 어려서부터 문학을 좋아하여, 특히 W.스콧의 환상적이며 낭만적인 전기와 역사소설에 흥미를 느꼈다고 합니다. 16세 때 상트페테르부르크 공병사관학교에 입학했고 졸업한 다음에는 공병국에 근무했습니다.

그러나 싫증을 느껴 1년 남짓 있다가 퇴직했습니다. 때마침 번역 출간된 발자크의 '외제니 그랑'가 호평을 받은 데 힘을 얻어, 전업 작가에 뜻을 두게 되었습니다. 1849년 봄 페트라셰프스키 사건에 연좌되어 사형선고를 받았으나, 총살 직전 황제의 특사로 징역형으로 감형되어 시베리아로 유배되었습니다.

그때의 일화는 유명하지요. 사형이 집행되던 날은 영하 40도의 추운 겨울이었다고 합니다. 도스토예프스키는 두 사람의 사형수와 함께 두 눈이 가려진 채 사형대에 묶였습니다. 사형수들에게는 최후의 5분이 주어졌습니다. 5분 후에는 총살이 집행되는 순간입니다.

당시 도스토예프스키의 심정은 훗날, 그가 펴낸 장편소설 '백치'에 잘 드러나 있지요. 이 책에서 그는 자신의 경험을 투영해 "이 세상에서 숨 쉴 수 있는 시간은 5분뿐이다. 그중 2분은 동지들과 작별하는데, 2분은 삶을 되돌아보는데, 나머지 1분은 이 세상을 마지막으로 한번 보는데, 쓰고 싶다."라고 술회했습니다.

짧은 5분의 시간은 눈 깜짝할 사이에 흘러가 버렸답니다. 도스토예프스키는 '이제는 죽는구나.' 하고 눈을 감았지요. 그때 기적이 일어난 것입니다. 멀리서 한 병사가 흰 수건을 흔들며 황제의 특사령을 가지고 달려왔던 것이지요. 그는 다른 두 동지 사형수와 함께 사형 직전 죽음의 사슬에서 풀려나게 된 것입니다.

불과 몇 분만 늦게 병사가 그곳에 도착했어도 그는 형장의 이슬로 사라지게 되었을 것이고, 우리는 도스토예프스키라는 이름과 '죄와 벌', '카라마조프의 형제' 등의 주옥같은 작품을 알지 못하게 되었을 것입니다. 이 기적은 하느님의 놀라운 섭리라고밖에 달리 설명할 수 없지요.

　그는 4년간 시베리아에 유형을 가는 것으로 감형됐습니다. 옴스크에서의 감옥생활 체험은 나중에 장편소설 '죽음의 집의 기록,'에 사실적으로 묘사되었습니다. 그는 감옥에서 주님을 만나는 체험을 합니다. 매일 미사의 '오늘의 묵상'에서 읽는 것처럼, 그가 감옥 안에서의 유일한 책이 성경이었던 것이지요.

　그는 매일 성경을 읽고 묵상하면서 서서히 변모되었습니다. 그의 세계관이 달라진 것이지요. 그 이전까지 그는 형용하기 어려울 정도로 인간적이었으며 인간 중심적이었습니다. 인간의 문제가 그를 광기로 몰아갈 정도였다고 합니다. 평론가들이 인간이 그의 소우주, 존재의 중심이었다고 썼지요.

　이제 성경을 깊이 읽고 묵상한 그는 인간과 함께 하느님이 중심이 됩니다. 여전히 그의 관심은 인간에 대한 추구이지만, 인간을 하느님과의 관계 안에서 바라보게 됩니다. 이것은 전혀 다른 시각이고, 새로운 지평이지요. 인간의 문제를 해결하는 것이, 곧 하느님의 문제를 해결하는 것이었습니다.

　평론가들은 '도스토예프스키의 세계관'은 그가 인간을 그리스도교적으로 깊이 취급했다고 말합니다. 도스토예프스키의 작품 전체는 인간과 그 운명의 변호입니다. 모세가 하느님께 백성을 위해 항변했듯이, 그는 하느님께 대한 깊은 믿음을 지니게 되었기 때문에 하느님에게까지 항변할 수 있었던 것이지요.

　그는 늘 최후에 인간의 운명을, 궁극적인 인간에 대한 답을, 하느님, 더 구체적으로 인간이며 하느님이신 그리스도에게 넘겨 버림으로써 인생에 대한 궁극적인 해답을 찾고 있습니다.

오늘 복음에서 예수님께서는 "너희는 나를 알고, 또 내가 어디에서 왔는지도 알고 있다."라고 하십니다. '오늘의 묵상'에서 질문을 던지고 있습니다마는 우리가 예수님을 어떻게 알 수 있을까요? 어떻게 그분과 인격적인 관계를 맺고 그분을 깊이 깨달을 수 있을까요?

도스토예프스키가 그랬듯이 우리도 성경을 읽고 묵상하는 시간을 가질 때, 그분을 만나게 됩니다. 그분이 우리에게 말씀을 건네오실 것입니다. 그분은 우리가 그분을 알기를 원하는 것보다 그분 자신을 알려 주시기를 바라십니다. 늘 우리를 기다리십니다. 우리가 그분을 향해 손을 내밀고 나아가기를.

다시 한번 말씀드리지만, 사순절은 초대의 때이고, 은총의 때입니다. 따라서 축복의 때이고요. 그냥 우리의 마음의 문을 열기만 하면 그분 축복의 손길을 느낄 수 있을 것입니다.

유혹

여러분, 안녕하세요? 여러분들 중에 이 피정을 올까? 말까? 망설이면서 가지 말라는 유혹을 받으신 분이 계시리라 생각합니다. 이렇게 유혹은 우리 삶의 한 부분입니다. 예수님께서도 삶에서 유혹을 받으셨고, 그 유혹을 물리치신 분이십니다. 예수님께 다가온 유혹은 세 가지입니다.

첫째, 돌을 빵으로 바꾸어 보라는 유혹입니다.

둘째, 성전 꼭대기에서 뛰어 내려보라는 유혹입니다. 사람들을 놀라게 하라는 유혹이지요.

셋째 사탄이 자기에게 무릎 꿇고 경배하라는 유혹입니다. 그러면 모든 것을 다 주겠다는 것입니다.

이 성경 말씀을 우리가 알고 있습니다. 그러나 그 의미를 제대로 알아듣고 있습니까? 우리가 성경을 읽고 그 내용을 압니다. 그러나 그 뜻을 제대로 이해하지는 못합니다. 우리는 성령의 도움이 필요합니다. 때로 교회의 가르침이나 성경 내용의 배경이 무엇인지를 아는 것이 성경을 이해하는 지침이 되기도 합니다.

이 유혹은 예수님의 세례 사건 이후에 일어납니다. 그 배경을 아는 것이 이 사건을 이해하는 관건이 됩니다. 유혹이 세례 후에 일어났다는 사실이 중요합니다. 예수님의 세례 때에 어떤 일이 일어났습니까? 하늘에서 소리가 들려왔습니다. "이는 내 사랑하는 아들, 내 마음에 드는 아들이다."

하느님께서 예수님이 공생활을 하시도록 파견하신 것입니다. 메시아로서 인정을 받으신 것입니다. 비전을 보았고, 사명이 주어진 것입니다. 이 비전을 어떻게 현실화하여 사명을 어떻게 수행할 것인가? 하는 문제에 당면한 것입니다. 예수님께서는 사람들이 하느님께로 되돌아오도록 할 사명이 주어졌습니다.

예수님께서는 어떻게 사람들을 하느님의 사랑으로 되돌아오며 나름 꿈을 실현할 방법을 찾으셔야 했습니다. 이때 사탄이 찾아와서 말합니다. "내가 그대에게 지름길을 보여주겠다. 내가 가르쳐 줄 테니 그것을 따라라." 예수님에게 주어진 과제는 사람들을 하느님께로 되돌려 오도록 하는 자기 임무를 준비하는 일입니다.

우리는 삶에서 최고 정점이 이르게 되면 거기에 반드시 사건이 뒤따르게 됩니다. 삶의 최고 정점에 이르면 거기 위험이 도사리고 있습니다. 세례는 예수님의 삶의 정점을 이루는 순간이었습니다. 바로 이 순간에 유혹이 찾아왔습니다. 우리 삶에도 좋은 일이 생기면 거기 반드시 유혹이 뒤따라옵니다.

예를 들어, 결혼을 생각해봅시다. 결혼은 하느님의 축복으로 아름다운 일입니다. 그런데 결혼 후에 유혹이 찾아듭니다. 가장 중요한 정점의 순간에 유혹이 찾아옵니다. 그래서 우리는 하느님을 무시하면 안 됩니다. 우리 삶이 하느님 없는 삶이 되어서는 안 됩니다. 우리는 그 위험을 알아야 합니다.

우리가 알아야 하는 것은 이 유혹이 외부에서만 오는 것이 아닙니다. 예수님의 유혹도 예수님의 마음과 정신 안에서 겪으신 것이기도 합니다. 유혹은 항상 우리 마음 안에서의 속삭임입니다. 그래서 우리는 내적 투쟁을 벌이는 것입니다. 우리 마음의 내밀한 욕망을 통해, 유혹자가 다가와서 속삭입니다.

다른 중요한 점을 말씀드립니다. 유혹은 이겨내고 바로 안심하면 안 됩니다. 왜 그렇습니까? 유혹자가 잠시 떠난 것입니다. 다음 기회를 노리면서 다시 돌아옵니다. 우리가 얼마나 하느님의 도움이 필요한지 모릅니다. 하나의 유혹을 이겨내는 것이 아니라, 마지막 순간까지 유혹을 이겨야 합니다.

예수님을 보십시오. 십자가에 매달리시는 순간까지 유혹이 따라왔습니다. 그 순간까지 유혹자가 다가와서 유혹을 했습니다. 다른 중요한 사실 하나도 말씀드립니다. 예수님께서 유혹받으실 때, 혼자이셨습니다. 아무도 듣거나 보지 못했습니다. 그런데 우리가 어떻게 그것을 알고 있습니까?

예수님께서 당신의 경험을 사도들에게 말씀해 주신 것입니다. 복음서는 예수님의 자서전과 같은 것입니다. 예수님께서는 왜 사도들에게 당신의 경험을 말씀해 주셨습니까? 예수님의 경험이 바로 우리의 경험이 되기 때문입니다. 예수님이 겪으신 유혹을 우리도 받기 때문입니다.

우리의 사명은 하느님의 자녀로서 사는 것입니다. 어떻게 우리가 하느님의 자녀로서 올바르게 살 수 있는가? 그렇게 하고자 할 때, 유혹이 따라옵니다. 우리가 하느님의 말씀에 귀를 기울일 것인가? 유혹자의 달콤한 말에 귀를 기울일 것인가? 선택의 가림 길에 놓여 있습니다.

우리가 가지고 있는 재능, 받은 선물을 통해서도 유혹이 온다는 사실을 알아야 합니다. 그러면 우리가 받은 하느님의 선물, 재능을 어떻게 사용할 것인가? 하느님께 봉헌해 드려야 합니다. 우리는 어떻게 하느님을 찬미할 수 있는지를 생각해야 합니다. 우리가 그 선물에 대해 감사드리지 않으면, 그 귀중한 것을 잃어버리게 됩니다.

예수님께서는 재능이 많은 분이셨습니다. 예수님은 완전한 하느님이시지만, 또한 완전한 인간이십니다. 인간적으로 재능이 많으신 분이십니다. 그 재능을 통해 유혹자가 예수님께 다가온 것입니다. 40일 동안 단식하시고 몹시 시장하실 때입니다. 유혹자가 다가와서 예수님께 말합니다. "이 돌이 빵이 되라고 해보라."

이 유혹을 통해 사탄이 예수님께 무슨 말을 하는 것입니까? "하느님께서 그대에게 능력을 주셨잖은가! 그 능력을 왜 안 쓰지?" 그 능력을 이기적인 목적을 위해 쓰라고 유혹하는 겁니다. 예수님이 지니신 능력을 통해 예수님을 공격했습니다. 예수님께서는 그 유혹, 그 제안을 거부하셨습니다.

왜 그렇게 하셨습니까? 예수님께서는 당신과 함께 계시던 분이 모든 것을 주실 거라는 신뢰를 지니고 계셨습니다. 우리가 기도하는 것은 좋은 일입니다. 그런데 유혹자는 슬며시 다가와서는 속삭입니다. "너, 이제 기도 끝났잖아. 너는 이제 하고 싶은 것을 할 수 있어. 왜 그렇게 하지 않는 거야. 괜찮아."라고 유혹합니다.

우리는 기도를 통해 하느님께 감사드리고 사랑으로 차올라야 합니다. "미사 후에는 살고 싶은 대로 살아! 다 괜찮아."라고 악마는 유혹합니다. 우리 삶에 이렇게 늘 유혹이 있습니다. 예수님께서는 하느님으로부터 받은 선물, 재능을 자기를 위해 사용하지 않으셨습니다.

두 번째 유혹은 성전 꼭대기에서 뛰어내리라는 겁니다. 천사가 보호해 줄 거라고 속삭입니다. 뛰어내리라는 그 이유가 뭡니까? 사람들에게 감각적인 것을 보이라는 겁니다. 그러면 사람들이 놀라며 왕으로 모실 거라고 합니다. "그렇게 해서 사람들을 하느님께로 되돌려 놓을 수 있잖아?"라고 은근히 속삭이는 겁니다.

우리는 알아야 합니다. 감각적인 것은 곧 잊힙니다. 그것은 영원한 것이 아닙니다. 오늘의 뉴스가 내일이면 역사가 됩니다. 굉장히 놀라운 뉴스도 내일이면, 다 잊히는 역사가 됩니다. 예수님의 방법은 감각적인 것으로서 사람들을 하느님께로 되돌려 오는 것이 아닙니다.

세 번째는 자기에게 무릎 꿇고 경배하라는 겁니다. 이것이 무슨 의미입니까? 자기와 조금만 타협하자는 겁니다. 마귀와 타협하면서 마귀를 이길 수는 없습니다. 악과 타협하면서 악을 이길 수는 없습니다. 예수님께서는 악과 타협하면서 악을 이길 수 없다는 것을 아셨습니다.

많은 사람이 모든 것과 타협할 준비가 되어있습니다. 그러나 그것은 예수님의 방법이 아닙니다. 악과 타협할 수는 없습니다. 사실 악마는 아무것도 가지고 있지 않습니다. 모든 것을 지닌 것처럼 행동하지만, 실은 아무것도 가지고 있지도 않고 우리 동의 없이는 아무것도 할 수도 없습니다.

유혹자가 하느님의 선물을 통해 유혹한다는 사실을 잊지 마십시오. 예를 들면, 돈은 하느님의 선물입니다. 예수님께서는 그 유혹을 물리치셨습니다. 유혹을 물리치신 그분이 우리와 함께 계십니다. 우리는 그분과 함께 유혹을 물리칠 수 있습니다. 다시 정리합니다.

첫째, 뇌물을 주면서 유혹했습니다.

둘째, 감각적인 것을 줌으로써 유혹했습니다.

세째, 죄와 타협하도록 유혹했습니다.

예수님께서 어떻게 유혹을 물리치셨습니까? 십자가의 길을 통해서입니다. 우리도 이 길을 통해 하느님의 사랑에 초대를 받습니다. 십자가가 우리에게 마지막 생명을 줍니다. 우리 그리스도인들은 십자가의 길을 걷는 사람들입니다. 그 길이 고통스럽습니다. 유혹에 "아니오"라고 하기가 힘듭니다.

십자가의 길은 외로운 길입니다. 혼자라고 느낄 수 있습니다. 그런데 우리는 결코 혼자가 아닙니다. 거기 다른 사람들이 있습니다. 우리가 십자가를 지고 쓰러지면 다른 사람, 시몬이 도와줄 것입니다. 우리가 십자가를 지고 땀을 흘리면 베로니카가 수건으로 닦아줄 겁니다.

그리고 거기 성모 어머니가 계십니다. 전임 교황님, 베네딕도 16세의 말입니다. 믿는 자는 결코 혼자가 아닙니다. 우리는 하느님의 말씀을 듣고 실천할 힘을 주시도록 기도해야 합니다. 유혹을 이겨나갈 수 있도록 기도해야 합니다. 우리의 선택은 무엇입니까? 바로 십자가입니다.

소경의 노래 (요한복음 9, 1~11에 대한 단상)

내 삶은 처음부터 깊은 어둠이었네
어느 날 길을 걷다가
빛 한 점 내게 다가옴 느껴 멈추어 섰네.

빛이신 그분이 말씀하셨다네
"내가 세상의 빛이다."
그 말씀 울려 왔을 때
내 가슴은 이미 희망으로 부풀었네

그분의 손이 내 눈을 어루만지셨다네
침과 흙 손수 개어 내 눈에 바르시며
내게 말씀하셨네.
"실로암 연못으로 가서 씻어라."

설렘으로 실로암 향하였다네

실로암 물로 얼굴 씻으니

어둠 사라지고 빛이 보였네.

빛 속에 처음 본 풍경 잊을 수 없네.

햇살에 반사된 물결 반짝이고 있었네.

나는 이제 빛 안에서 보네

내 눈을 뜨게 해주신

그분이 참으로 세상의 빛이심을.

그분이 내게 주신 실로암의 의미를,

나는 이제 안다네

실로암은 파견된 자라는 뜻이어니

빛이신 그분이 나를 세상에 파견하시네

가라

너는 빛을 받았으니

세상에 빛을 비추어 주어라.

요한복음 9장의 '소경으로 태어난 사람의 치유' 이야기로 기도하기로 해
요. 우리는 눈먼 사람입니까? 환히 볼 수 있는 사람입니까? 복음 말씀을 깊
이 묵상하기 위해 태어날 때부터 눈먼 사람의 처지를 헤아리면서 우리 자
신을 소경이라고 여기고 길을 걷도록 해요.

장면은 길입니다. 저는 태어나면서부터 눈을 떠 보지 못한 눈먼 소경입니다. 저는 너무 오랫동안 어둠에 길들여져서 빛이 무엇인지조차 느낄 수 없지요. 제 삶은 오직 어둠뿐이었습니다. 오늘도 저는 지팡이에 의지하여 길을 가고 있습니다. 길은 볼 수 없는 저에겐 늘 낯설고 힘겨운 여정이지요.

오늘 문득 가까이서 부드러운 힘과 이끌림이 느껴집니다. 그것을 무엇이라 해야 할지 어리둥절하며 길을 가는 저는 사람들의 웅성거림을 듣습니다. "저 사람이 소경으로 태어난 것은, 누구의 죄입니까? 자기의 죄입니까? 그 부모의 죄입니까?"(요한 9, 2)

어쩌면 눈을 뜨지 못하고 살아가는 것보다 더 힘들었던 것은 제 불행이 죄 때문일지도 모른다는 자책과 사람들의 비난이었습니다. 사람들은 육신의 병을 죄 탓으로 여겼으니까요. 그것이 제게는 볼 수 없는 아픔보다 더 큰 어둠이었습니다. 저를 보면 사람들은 늘 이렇게 쑥덕거리곤 했어요.

무슨 죄로 소경이 되었을까? 천벌을 받은 게야. 그런데 이번에는 달랐습니다. 어디에선가 들려오는 목소리, "자기 죄 탓도 아니고, 부모의 죄 탓도 아니다. 다만 저 사람에게서 하느님의 놀라운 일을 드러내기 위한 것이다."(요한 9, 3) 그 소리가 소경의 가슴에 전해졌을 순간을 상상해 보십시오.

죄에서 해방하여 주신 예수님은 이어서 계속 말씀하십니다. "내가 이 세상에 있는 동안은 내가 세상의 빛이다."(요한 9, 3) 이 말씀은 아마도 빛이 무엇인지도 몰랐을 소경을 위한 그분의 배려였을지도 모릅니다. 볼 수 없는 소경에게 빛은 알 수 없는 실체입니다.

소경은 예수님과 제자들의 대화를 통해 자신이 처음으로 느꼈던 부드러운 힘과 이끌림이, 그리고 오랜 세월 억눌려 있었던 죄의식에서 벗어나게 해준 목소리의 주인이, 바로 빛이라는 음성을 듣게 되지요. 여러분도 세상의 빛이라고 말씀하시는 예수님의 목소리에 귀 기울여 보십시오.

우리가 빛을 볼 수 없을 때, 그분은 우리의 귀에 자신이 빛이라고 속삭여 주십니다. 그 빛을 따르라고 말씀하십니다. 예수님은 세상의 빛이십니다. 그 빛은 어두운 영혼의 가슴을 향한 그분의 고백이기도 하지요. 우리의 어둠과 죄, 우리의 상처와 아픔 가운데서 자기 자신을 빛이라고 선포하시는 예수님의 음성에 머물러 보십시오.

예수님은 이제 직접 그 빛을 이루십니다. 예수님이 몸소 소경에게 다가가십니다. 빛이신 그분이 소경에게 다가가는 모습을 마음속에 그려보세요. 여러분이 예수님이 되어 그분의 마음을 헤아려보는 것도 좋습니다. 늘 어둠 속에서 살아야 했던 소경을 바라보며 느끼셨을 예수님의 마음과 그분의 연민 안에 머물러 보세요.

여러분의 가장 어두운 부분을 바라보고 계시는 그분의 마음을 상상해 볼 수도 있습니다. 연민에 찬 마음으로 예수님은 땅에 침을 뱉어 흙을 개어서 그것을 손수 소경의 눈에 바르십니다. 당시 침은 사람들 사이에서 치유 능력이 있다고 생각되었지요.

예수님은 사람들의 삶의 형태를 그대로 받아들이십니다. 그들처럼 그분도 침을 뱉고 진흙을 개십니다. 예수님의 겸손을 바라보십시오. 엄청난 능력으로가 아니라, 놀라운 사건으로가 아니라, 평범하고 소박한 몸짓과 부드러운 음성 안에서 그분은 소경이 청하기도 전에 그에게 치유의 손길을 내미신 것이에요.

진흙을 손수 개어 소경의 눈을 바르는 예수님 곁에 머물러 보십시오. 어두운 상처 한 가운데로 서슴없이 다가오셔서 소경의 눈에 진흙을 바르는 그분의 부드러운 손길을 느껴보십시오. "실로암 연못으로 가서 씻으세요."(요한 9, 7)라고 말씀하시는 그분의 음성을 들으십시오.

소경이 실로암 연못에 가서 그분이 발라주신 진흙을 씻어내자 놀라운 일이 일어납니다. 희미하게 빛이 느껴지면서 풍경이 보이기 시작합니다. 처음으로 세상을 바라봤을 소경의 시선을 따라가 보십시오. 연못 위에 햇살이 반짝거리고 있습니다. 눈부시게 아름답습니다. 소경의 삶에 어둠이 사라지고 빛이 들어오는 순간입니다.

그 빛을 주신 분께 향했을 소경의 마음 안에 머물러 보십시오. 소경은 누구보다도 빛을 주신 예수님을 만나고 싶은 마음으로 가득했을 것입니다. 우리는 때때로 어둠 속을 걷는 눈먼 영혼들입니다. 빛 속에 있지 않을 때 우리는 누구나 소경입니다.

빛은 예수님입니다. 예수님이 없을 때 우리는 어둠 속에 있습니다. 그러나 바로 그 순간 우리들의 어둠을 누구보다 아파하시며 치유해 주시고자 하시는 분이, 바로 예수님이십니다. 그분의 손길과 마음, 그분의 말씀과 빛으로 우리의 눈이 뜨일 때 그 자리는 지금 다시 살아나는 실로암 연못이지요.

실로암은 우리가 어둠에서 빛으로 건너오는 자리, 그분이 우리를 빛으로 다시 파견하시는 자리입니다.

가라 / 너는 빛을 받았으니 / 세상에 빛을 비추어 주어라. 아멘.

라자로의 소생 (발 씻김)

요한복음 11장 1~44절은 라자로의 죽음과 소생을 기록하고 있습니다. 예수님께서는 죽음의 직접적인 원인이 된 중요한 사건이고, 예수님의 인간적인 면모가 잘 드러난 대목이기도 하지요. 예루살렘에서 멀지 않은 베타니아입니다. 예수님을 진정으로 사랑하는 세 남매 라자로와 마르타, 그리고 마리아의 집입니다.

정갈한 모습의 베타니아의 시골집을 마음속으로 상상해 보십시오. 라자로가 앓게 되자 마르타와 마리아는 예수님께 사람을 보냅니다. "주님, 주님께서 사랑하시는 이가 병을 앓고 있습니다." 두 자매는 예수님께 오빠가 앓고 있다는 것만 알릴 뿐 어떤 청도 드리지 않았습니다.

두 자매의 예수님께 대한 깊은 신뢰를 느낄 수 있습니다. 두 자매는 예수님이 그 말에 즉시 오리라는 것을 알고 있었지요. 여러분도 기도 안에서 그런 신뢰를 지닐 수 있도록 청하십시오. 예수님은 전갈을 받으시고도 계시던 곳에서 이틀을 더 머무신 후에야 베타니아로 가셨습니다.

상황을 정확하게 알 수는 없지만, 우리는 예수님의 속마음을 헤아려 볼 수는 있습니다. 그때 예수님께서 유다로 돌아가는 것은 죽음을 각오해야 하는 일이었습니다. 제자들은 예수님을 유다로 돌아가는 것은 위험하다고 말합니다. 유다 지방에서는 예수님께 대한 음모가 진행되고 있었습니다.

그렇기에 그곳으로 간다는 것은 예수님이 죽음에 처한다는 것을 제자들도 알고 있었지요. 라자로의 죽음을 예감하신 예수님은 유다에서 당신이 하실 일을 생각하시면서 가슴이 뜨거워집니다. 죽은 라자로를 살리는 일, 이것은 지금까지 행한 어떤 기적과도 다른 것입니다.

오직 하느님만 하실 수 있는 일이니까요. 그 일은 하느님과 온전히 하나가 되지 않고서는 불가능한 일입니다. 당신이 진정한 구세주가 아니고는 절대 불가능한 일이었습니다. 예수님은 이제 그 일을 행하심으로써 사람들에게 당신의 권능을 보여주려는 것입니다.

그것은 또한 당신의 때가 왔음을 뜻하기도 하지요. 하느님께서 이루시는 구원 역사는 당신을 죽은 자들 가운데 부활하게 하시는 것입니다. 그럼으로써 인류를 영원한 삶에 동참하게 하는 것입니다. 예수님은 그 예표로 라자로를 소생하게 하려는 것입니다.

제자들에게 베타니아의 라자로한테 가자고 말씀하시는 예수님의 결의를 느껴보십시오. 예수님은 라자로의 집으로 향하는 길목에 서 있습니다. 라자로의 집에는 많은 사람이 마르타와 마리아를 위로하고 있습니다. 예수님께서 오신다는 소식에 마르타는 급히 동네 어귀로 마중을 나갑니다. 마리아는 집 안에 머무릅니다.

마르타는 예수님이 오셨을 때 부엌에서 음식을 장만했고, 마리아는 그와 반대로 예수님 곁에 머물면서 가르침에 귀를 기울였지요. 두 자매의 대조적인 성격에서 사랑의 방법이 다름을 알 수 있습니다. 마르타는 차분하게 예수님께 말합니다. "주님, 주님께서 여기에 계셨더라면 제 오빠가 죽지 않았을 것입니다."

인간적인 원망이 가득 담긴 그녀의 말이지요. 예수님을 뵙자 슬픔이 밀려와 아픈 마음을 표현한 것이지요. 마르타의 입장이 되어 그 마음을 느껴 보십시오. 마르타는 주님께 대한 깊은 신뢰와 믿음으로 이렇게 말합니다. "그러나 하느님께서는 주님께서 청하시는 것은 무엇이나 들어 주신다는 것을, 저는 지금도 알고 있습니다."

마르타의 주님께 대한 사랑은 이 놀라운 믿음에서 온다는 것을 알 수 있습니다. "네 오빠는 다시 살아날 것이다." 예수님의 말씀에 마르타는 "마지막 날 부활 때에 오빠도 다시 살아나리라는 것을 알고 있습니다."라고 믿음을 고백합니다. 마르타는 집으로 가서 마리아에게 예수님이 부르신다는 것을 전합니다.

마리아는 그제야 예수님께 달려갑니다. 마리아 역시 언니와 같은 말을 합니다. 다만 격정적인 성격의 마리아는 예수님의 발치에 엎드려 절규합니다. 마리아가 달려나가는 것을 보고 따라온 동네 사람들도 마리아와 같이 엎드려 통곡합니다. 예수님은 이 장면을 보시자, 비통함으로 복받쳐 오릅니다.

생전에 당신에게 한없는 사랑을 주던 라자로를 떠올리자, 눈물이 솟구쳐 오릅니다. 눈물을 흘리시는 예수님께 다가가 손을 잡아 드리십시오. 누군가 울 때는 손을 잡아주는 것만으로도 큰 위로가 되지요. 예수님은 사람들에게 라자로의 무덤으로 가자고 말씀하십니다. "돌을 치워라."

예수님께서 하시려는 일이 무엇인지 깨닫지 못하는 마르타가 말합니다.

"주님, 죽은 지 나흘이나 되어 벌써 냄새가 납니다." 사랑하던 라자로의 죽은 얼굴이라도 보시려는 줄 알고 마르타가 말리는 말이지요. 예수님은 하늘을 우러러 기도합니다. "아버지, 제 말씀을 들어주시니 아버지께 감사드립니다."

기적의 힘은 당신 자신의 힘이 아니라 아버지와의 완전한 일치라는 것을 예수님은 우리에게 드러내십니다. 하느님, 그분과 하나가 될 때, 기적이 일어납니다. 우리도 온전히 주님께 신뢰할 수 있는 은총을 청합시다.

차라리 눈먼 사람이라면

사순시기를 보내며 잠시 일상을 떠나 고요함으로 들어가는 피정의 시간을 갖고 우리의 마음을 주님께로 모으기로 해요. 사순 4주의 복음 말씀이 요한복음 9장의 태생 소경 이야기입니다. 교회가 우리에게 '소경으로 태어난 사람의 치유' 이야기를 듣게 하는 그 의미를 헤아려 봅니다. 소경의 이 이야기는 바로 우리 자신의 삶을 돌아보게 하는 이야기이기 때문이 아닐까요?

사순시기는 우리 자신을 돌아보며 주님을 향하는 때입니다. 가만히 눈을 감고 우리 자신에게 자문해 봅니다. 우리는 과연 누구인가? 우리가 눈먼 사람입니까? 아니면, 환히 볼 수 있는 사람입니까? 예수님의 말씀을 듣고 있던 바리사이파 몇이 묻습니다.

"그러면 우리도 눈이 멀었단 말이오?" 하고 대들자, 예수께서는 "너희가 차라리 눈먼 사람들이라면 오히려 죄가 없을 것이다. 그러나 너희는 지금 눈이 잘 보인다고 하니 너희의 죄가 그대로 남아 있다."라고 하십니다.

차라리 실제 육적으로 눈이 멀었다면 영적으로 눈을 뜨기가 더 쉬웠을 것이라는 말씀이겠지요. 태어날 때부터 눈먼 사람의 처지를 생각해 봅니다. 생의 처음부터 빛이 아닌 어둠 속에 살고 있던 사람입니다. 볼 수 없다는 것은 참으로 절망스러운, 희망이 없는 삶의 처지입니다.

예수님께서 길을 가시다가 이 눈먼 사람을 만나십니다. 그 소경을 보시고 다가가신 것이지요. 동행하던 제자들이 묻지요. 누구의 죄 탓입니까? 당시 병은 죄의 결과로 보았고, 이 사람은 태어나면서부터 소경이었으니까 부모의 탓이 아니겠는가 하는 당시 사람들의 죄가 대물림한다는 생각을 반영하고 있습니다.

또한, 제자들의 이 물음은 인간이 지닌 늘 풀기 어려운 고통의 문제를 제기하고 있습니다. 예수님께서는 "다만 저 사람에게서 하느님의 놀라운 일을 드러내기 위한 것이다"라고 말씀하십니다. 우리도 살아가면서 이해하거나 받아들이기 어려운 삶의 문제들, 고통을 직면할 때가 많이 있지요.

그때 예수님의 이 대답이 무슨 의미인지를 헤아리면서 우리 삶 안에서 하느님의 놀라우신 일들을 깨달으려고 노력해야 할 것입니다. 예수님께서는 소경을 치유하시면서 구체적인 행위를 하십니다. 땅에 침을 뱉어 흙을 개어서 소경의 눈에 바르신 다음 '실로암 연못으로 가서 씻어라.'라고 하십니다.

예수님께서는 그 소경이 청하기도 전에 소경에게 다가가셨고 그에게 치유의 손길을 내미신 것입니다. 예수님께서는 그 소경을 보시고 깊은 연민의 마음이 드신 것이지요. 저는 '손은 마음의 대행자'라는 말을 좋아합니다. 손을 내미신 것은 마음이 깊이 움직이셨다는 구체적인 표현이지요.

예수님께서는 치유의 행위를 하시면서 그에게도 그가 행할 몫을 주십니다. 그분이 늘 먼저 우리를 초대하시지만, 우리도 자발적으로 그 초대에 응해야 합니다. 여기서 예수님의 교육방법을 볼 수 있습니다. 먼저 그의 마음으로부터 희망을 지니게 하시고 그 희망이 자발적인 행동을 불러일으키고 그 일이 실현되도록 이끌어주시는 것입니다.

'소경은 가서 얼굴을 씻고 눈이 밝아져서 돌아왔습니다.' 이어서 우리가 듣게 되는 것은 이 사건에 대한 논쟁입니다. 신앙과 불신앙, 마음의 개방과 폐쇄, 의견의 엇갈림은 바로 우리가 하느님 앞에서 취하게 되는 태도의 두 노선이라고 말할 수 있겠습니다. 소경이 눈을 뜨게 된 기적은 분명히 예수님을 통해서 드러내 보이시는 하느님의 인간을 향한 초대입니다.

당신을 향해 마음을 열라는 하느님의 손짓이신 것입니다. 하느님께서 당신을 드러내 보이시고 우리를 초대하시는 그 표지 앞에서 사람들은 선택의 기로에 서게 됩니다. 그 표지를 받아들이면, 그 사람은 예수 그리스도에게서 하느님의 모습을 보며 그것이 바로 신앙으로 나아가는 것이며 영적으로 눈을 뜨게 되는 것입니다.

그 표지를 받아들이지 않으면, 그는 스스로 영적인 눈을 감고 장님이 되는 것입니다. 복음에서 표지를 거부하는 사람들의 전형적인 모습을 보게 되니, 그들이 바로 바리사이파 사람들 가운데 일부였습니다. 그들은 안타깝게도 이미 자기들이 나름대로 내린 판단 때문에 진실을 볼 눈이 가려져 있습니다.

그들은 '그가 안식일을 지키지 않는 것을 보면 하느님에게서 온 사람이 아니오'라고 말합니다. 소경이 눈을 뜨게 된 것을 부인하는 것이 아니라 그 기적의 행위를 안식일에 했다고 해서(흙을 개는 행위는 안식일에 해서는 안 되는 39가지 규정에 포함되어 있거든요) 그가 하느님에게서 온 사람이 아니라고 단정합니다.

실상은 그것은 하나의 구실에 지나지 않습니다. 예수님을 인정할 마음이 조금도 없었고, 이미 죄인으로 단정을 내렸고, 그 단정 아래에서 모든 것을 바라보고 해석하는 것입니다. 그들이 소경이었던 사람을 다시 불러놓고 묻는 말에서 알 수 있습니다. "우리가 알기로는 그 사람은 죄인이오."

그들은 자기들이 알고 있는 것이 틀릴 수도 있다는 가능성에 대해 전혀 열어두지 않고 이미 알고 있는 것으로 그만이라고 생각합니다. 그러니 진실을 보고 들을 수 있는 그 힘은 전혀 없지요. 소경에게 다시 물은 것은 사실을 알기 위해서가 아니라 자기들의 판단에 동의를 얻고자 하는 강요에 불과했습니다.

그 소경은 용기 있는 사람이었습니다. 그는 이렇게 말합니다. "그 이야기는 벌써 해드렸는데 그때는 듣지도 않더니 왜 다시 묻습니까?" 다시 물으면서도 들을 마음이 전혀 없음을 신랄하게 지적하면서 한술 더 떠서 반문합니다. "당신들도 그분의 제자가 되고 싶습니까?" 그들의 닫힌 마음을 꿰뚫는 통쾌한 물음입니다.

우리는 이 대목에서 자신을 돌아봅니다. 우리도 가끔 대화한다고 하면서 전혀 들으려는 태도는 없이 나 자신의 생각을 강요하지는 않는지요? 이 대목에 붙여진 소제목이 의미심장합니다. '바리사이파 사람들의 생트집.'입니다. 우리도 가끔 생트집을 잡지는 않는지요?

한편, 바리사이파 사람들 가운데 열린 마음을 지닌 사람들이 있었습니다. '죄인이 어떻게 이와 같은 기적을 보일 수 있겠소?' 하고 맞선 사람들입니다. 그들은 예수님께서 보여주시는 그 기적의 표지를 받아들일 태도를 어느 정도 보입니다. 그러나 결단을 내려 예수님을 받아드린 것 같지는 않습니다.

마음 한구석의 양심은 이분이 틀림없이 죄인이 아니고 오히려 올바른 말씀과 행동을 하셨다는 것을 알고 이분을 받아들여야 한다고 속삭입니다. 그런데 다른 한편으로 변화에 대한 두려움 때문에 용기를 내지 못하는 사람들의 모습이지요. 마지막으로, 눈을 뜨게 된 소경은 이 사건을 두고 점차 깊이 바라보고 그 의미를 깨달아 나간 사람입니다.

아마 처음에는 자기에게 일어난 그 사건이 홀린 듯 정신이 없었을 것입니다. 그런데, 자기의 사건을 놓고 사람들이 논쟁을 벌이는 것을 들으며, 과연 자기를 보게 해준 그분이 누구 신가를 생각하게 됩니다. 그리고 그분은 하느님께서 보내신 사람이 틀림없다고 생각합니다. 그 후 그는 회당에서 쫓겨났고 그 소식을 들으신 예수님께서 그를 찾아오셨습니다.

이제 예수님을 다시 만난 그는 믿음에로의 초대에 응답합니다. '주님, 믿습니다'라고. 이제 소경이 아닌 밝은 눈으로 예수님을 만났고, 그분을 보았고 그분께 믿음을 고백한 것입니다. 처음에 사람들이 질문에 "예수라는 분"이라고 대답했고, 그 후 바리사이파 사람들이 찾아와서 경위를 묻자, '그분은 예언자이시다'라고 했고 이제 예수님을 뵙게 되었을 때 '주님'이라고 고백한 것입니다.

호칭의 변화는 예수님과의 관계의 변화와 믿음의 깊이를 상징적으로 담고 있습니다. 이 사람의 삶에서 주님을 만나면서 변화되는 그 과정은 신앙인으로서 삶의 체험 안에서 깊어져 가는 신앙의 성숙을 보여주고 있습니다. 우리는 처음에 영적으로 멀었던 눈을 뜨게 해주신 분을 모릅니다.

그분이 누구신지 명확하게는 모르면서 예수님이라는 분에 대해 생각하게 되고 점차 그분이 내 삶을 변화시켜 주신 위대한 분, 예언자 같은 분이라고 생각합니다. 마침내 나의 주님, 내 일생을 걸고 따를 주님이라고 깨닫게 되는 것입니다. 이 모든 일이 그분을 만나는 과정 안에서 그리고 비로소 그분을 깊이 만날 때 일어납니다.

　우리가 이 사순시기를 보내면서 먼저 해야 할 일은 많은 희생과 극기가 아닙니다. 다만 그분을 만나는 것입니다. 그분이 복음서를 통해 가만히 우리에게 들려주시는 목소리를 듣는 것입니다. 그분을 만나게 되면 우리에게 삶의 변화는 자연스럽게 따라옵니다. 우리는 주님을 알고 사랑하기에 그분을 따르는 삶인 희생과 봉사를 자발적으로 하게 될 것입니다.

예수님의 친구들

　예루살렘에서 멀지 않은 동네 베다니아. 그곳은 예수님께 마치 제2의 고향과 같은 향수가 있는 곳이었으리라 생각됩니다. 왜냐하면, 마음을 터놓고 이야기를 나눌 수 있는 사랑하는 친구들이 있기에 언제든지 마음 내킬때, 찾아가서 마음의 긴장을 풀고 쉴 수 있는 곳이었기 때문입니다.

　사람의 아들은 머리 둘 곳조차 없다고 하신 예수님. 당신을 진심으로 아껴주고 따뜻하게 맞아주고 사랑을 나누어주는 세 남매 라자로, 마르타, 마리아의 집은 예수님께 특별한 의미를 지니는 곳이었을 것입니다. 예수님에게는 계속되는 전도 여행, 병자들과 영적인 갈증을 채우려는 사람들로 무척 바쁘셨을 것입니다.

　그런가 하면 생트집을 잡는 사람들, 반대자들의 음모와 마주해야 힘겨움 등에서 오는, 요즈음 표현으로 가중되는 스트레스에서 벗어나 조용히 쉴 수 있는 곳이 필요하셨습니다. 그분의 마음을 편안하게 해주던 라자로의 집은 바로 그런 곳이었다고 느껴집니다.

오빠 라자로가 앓게 되자 마르타와 마리아는 사람을 보내어 전합니다. "주님, 주님께서 사랑하는 이가 앓고 있습니다." 서로 다른 방법으로이지만 진심으로 예수님을 사랑하던 두 자매가 예수님께 다만 오빠가 앓고 있다는 것을 알릴 뿐 어떤 청도 드리지 않습니다.

주님이면서 친구였던 예수님에 대한 신뢰를 볼 수 있습니다. 오셔달라고 하지 않고 알리기만 하면, 그분이 알아서 해 주시리라는 믿음과 신뢰입니다. 우리도 그런 신뢰를 지닐 수 있다면! 예수님께서는 그 전갈을 받으시고도 계시던 곳에 이틀을 더 머무시고 나서야 '유다로 돌아가자.'라고 하십니다.

그때의 상황을 정확히 알 수 없지만, 예수님의 마음을 헤아려 볼 수는 있습니다. 예수님께서는 당신이 그곳에서 하시던 일을 중단하실 수가 없었을지도 모릅니다. 사람들을 가르치시고 치유해 주시는 일, 영적인 갈증을 채워주시는 일로 쉬실 틈이 없던 차에 그 전갈을 받으시고 마음의 갈등을 느끼셨을 수도 있겠습니다.

사랑하는 친구를 위해 이 사람들을 내버려 둘 것인가? 그럴 수는 없었을 것입니다. 한편, 그때는 이미 유다로 돌아가는 것은 죽음을 각오해야 했기에 인간적인 두려움을 느끼셨을 수도 있습니다. 제자들이 '선생님, 얼마 전만 해도 유대인들이 선생님을 돌로 치려고 했는데 그곳으로 다시 가시겠습니까?' 하고 걱정합니다.

그런 것으로 미루어 이미 유다 지방에서 예수께 대한 음모와 박해가 있었고 다시 돌아간다는 것은 당신의 때를 앞당기는 것이기도 하였습니다. 그러나 망설임과 두려움은 잠깐이고 예수님께서는 당신이 말씀하신 대로 벗을 위하여 기꺼이 목숨을 내놓을 각오로 유다로 향한 것입니다.

라자로가 죽은 것을 아신 예수님께서는 이제 유다에서 당신이 하실 일을 생각하시면서 가슴이 벅차올랐을 것입니다. 죽은 라자로를 살리시는 일, 이것은 지금까지 행한 어떤 기적과도 다른, 온전히 하느님만이 하실 수 있는 일, 그 일은 온전히 하느님과의 일치가 이루어지지 않고는 불가능한 일이었습니다.

이제 그것을 행하심으로써 사람들에게 당신이 참으로 누구이신 지를 보여주시고 믿게 하시려는 것이었습니다. 그 의미는 한편, 이제 당신의 때가 왔다는 의미이기도 합니다. 하느님께서 이루시는 완전한 구원의 기적, 당신이 죽고 하느님이 당신을 죽은 자들 가운데서 부활케 하셨습니다.

우리가 당신의 영원한 삶에 동참하게 하실 그때가 다가왔고 그 예표로서 보여주실 기적이 바로 라자로를 다시 소생케 하는 일이었던 것입니다. 그것을 생각하시면서 제자들에게 그곳으로 가자고 말씀하시는 것입니다. 이 모든 일에 대한 예수님의 비장한 마음의 결의를 읽을 수 있습니다.

예수님께서 그곳에 이르러보니 라자로가 무덤에 묻힌 지 이미 나흘이나 지났습니다. 많은 사람이 오빠의 죽음을 슬퍼하고 있는 마르타와 마리아를 위로하러 와있었습니다. 당시 유대인들은 함께 하면서 슬픔을 함께 나누고 위로하며 하느님의 축복을 빌어주는 것을 인간의 가장 기본적인 의무라고 생각했었습니다.

탈무드에 보면 이런 말이 있습니다. '누구든지 앓는 사람을 찾아주는 사람은 지옥 불을 면하리라.' 우리 옛날 따뜻한 시골의 인정이 느껴집니다.

예수님께서 오신다는 소식을 듣고 마르타가 동네 어귀까지 나와 마중하지요. 마리아는 집 안에 있고요. 전에 마르타는 분주하게 부엌에서 일하고 마리아는 조용히 예수님 곁에서 말씀을 들었던 일을 상기해보면 두 자매의 대조적인 성격을 알 수 있고 사랑하는 방법이 이렇게 서로 다를 수 있다는 것을 알 수 있습니다.

마르타가 말합니다. "주님, 주님께서 여기 계셨더라면, 제 오빠는 죽지 않았을 것입니다." 주님에 대한 믿음과 더불어 인간적인 원망도 가득 담긴 말이지요. 예수님을 뵙자 자기의 아픈 마음을 표현한 것이지요. 주님은 오빠 라자로를 그토록 사랑하셨으면서 왜 바로 와주시지 않았습니까? 라는 원망이 여기 담겨 있습니다.

주님에 대한 깊은 신뢰와 믿음으로 말합니다. "지금이라도 주님께서 구하면 하느님께서 다 들어주실 줄 압니다." 깊은 믿음입니다. 마르타의 주님에 대한 사랑은 이 놀라운 믿음으로부터 온다는 것을, 우리는 알 수 있습니다. "마지막 부활 때에 다시 살아나리라는 것은 저도 알고 있습니다."라고 그의 믿음을 고백합니다.

이 믿음은 바로 우리 신앙의 핵심인 부활 신앙에 대한 고백입니다. 나아가서 마르타는 바로 우리 신앙의 가장 근원적인 고백, 바로 시몬이 그 고백을 통하여 베드로, 반석인 된 고백을 드립니다. "주님은 바로 그리스도, 하느님의 아드님이심을 믿습니다." 이 두 가지 신앙 고백은 바로 우리 모든 그리스도인의 고백입니다.

이 믿음으로 우리는 그분의 부활과 생명, 영원한 삶으로 동참하게 되는 것입니다. 참으로 우리가 그분을 믿을 때, 우리는 죽더라도 영원한 삶으로 나아가는 것입니다. 그렇다면, 우리는 죽음을 두려워할 필요가 없습니다. 우리의 삶에서 죽음이 두려움이 아니라면, 그 삶은 얼마나 힘 있고 충만한 삶이 되겠습니까?

마르타가 마리아에게 가서 주님께서 오셔서 너를 부르신다고 전하자 마리아는 예수님께 달려갑니다. 가서 언니와 똑같은 말을 합니다. 다만 더 깊은 사랑과 슬픔을 엎드려 우는 것으로 표현합니다. 예수님께서는 눈물을 흘리시며 같이 우십니다. 예수님께서는 우리와 똑같이 슬플 때, 우실 줄 아시는 분이셨습니다.

울어야 할 때, 울 수 있는 것은 참 인간적입니다. 그러나 슬프다고 마냥 울고만 있을 수는 없지요. 예수님께서는 이제 당신이 해야 하실 일을 하십니다. 무덤으로 가셔서 말씀하십니다. "돌을 치워라." 아직 예수님께서 하시려는 일이 무엇인지 깨닫지 못하는 마르타가 말합니다. '그가 죽은 지 나흘이나 되어 냄새납니다.'

마지막으로 사랑하던 라자로의 죽은 얼굴을 보시려는 줄 알고, 마르타가 말리려고 한 말이지요. 당시 유대인들은 사람이 죽으면 그 영혼이 사흘을 무덤 주변을 배회하다가 나흘째는 완전히 떠나는 것으로 생각했기 때문에 나흘이 지나면 육신이 다만 부패물에 지나지 않는 것으로 간주했던 것입니다.

예수님께서는 당신 아버지 하느님께 영광을 드리며 하늘을 우러러 기도하십니다. "아버지, 제 청을 들어주셔서 감사합니다." 우리는 너무나 깊은 신뢰에서 예수님의 하느님 아버지와의 완전한 일치를 봅니다. 기적의 힘은 당신 자신의 힘이 아니라 바로 이 아버지와의 완전한 일치, 신뢰의 힘입니다.

당신이 하시는 모든 일은 다 하느님 아버지의 영광을 위한 것이었고, 바로 거기에서 무한한 힘이, 죽음까지도 물리칠 힘이 나오는 것입니다. 우리도 온전히 주님께 신뢰할 수 있다면, 우리 자신은 잊고 오로지 하느님의 영광만을 생각한다면, 얼마나 커다란 힘을 지닐 것입니까?

"라자로야, 나오너라." 죽음도 거역할 수 없는 힘 있는 명령입니다. 그 명령에 죽었던 라자로가 터벅터벅 무덤 밖으로 걸어 나옵니다. 참으로 놀라운 기적이었습니다. 이 놀라운 기적, 하느님의 표징을 보고 많은 사람이 예수님을 믿게 됩니다.

오늘 우리가 부활을 2주 앞두고 예수님께서 라자로를 살리신 기적 이야기를 복음으로 듣는 것은 이 사건이 바로 예수님 당신의 부활 사건에 대한 하나의 예표이기 때문이며, 우리도 주 예수님께서 바로 부활이요 생명이라는 것을 믿는 마음으로 부활을 준비하기 위한 교회의 배려인 것입니다.

그대의 이름은

사순 제5주일입니다. 부활을 2주 남겨놓고 오늘 듣는 말씀들의 주제는 희망입니다. 희망은 과거에 매여 있지 않고 내일을 향해 나아가는 것이지요. 제2 이사야서의 저자는 우리에게 주님의 희망의 말씀을 들려줍니다. "예전의 일들을 기억하지 말고 옛날의 일들을 생각하지 마라. 보라, 내가 새 일을 하려 한다."

과거의 아픈 기억이나 회한에 머물지 말고 내일을 향해 쏴라. 는 격려입니다. 사도 바오로는 필리피 교우들에게 희망의 메시지를 들려주면서 격려합니다. "나는 내 뒤에 있는 것을 잊어버리고 앞에 있는 것을 향하여 내달리고 있습니다." 사도 바오로는 이제 그 모든 것을 쓰레기로 여긴다고 말합니다.

새로운 희망, 그분 부활의 힘을 알고 그 부활에 이를 수 있기를 바라기 때문이라고 합니다. 복음에서는 죄인이라도 이제 새로운 희망으로 살게 되리라는 용서와 위로의 말씀을 듣습니다. 오늘 복음은 예수님의 마음, 사랑과 외로운 마음을 가장 잘 느낄 수 있는 대목이기도 합니다. 사랑이 많으면 외로움도 그만큼, 큰가 봅니다.

오늘 복음 말씀으로 기도하면서 우리도 희망으로 나아가기로 해요. 주님의 현존을 느낄 수 있도록 청하며 가만히 눈을 감고 장면을 떠올려 봐요. 성전 뜰이에요. 많은 사람이 모여 있는 앞에서 예수님께서 사람들을 가르치고 계십니다. 예수님께서는 늘 하느님과 하느님 나라에 대해 가르치시며 사랑과 용서를 말씀하셨지요.

그때 율법 학자들과 바리사이파 사람들이, 간음하다가 현장에서 잡힌 여인 하나를 데리고 옵니다. 왁자지껄한 소리가 들려오고 사람들이 겁에 질린 여인 하나를 끌고 오는 모습을 상상해 보세요. 현장에서 잡혀 왔으니 여인은 옷을 제대로 입지 못하고 거의 반 나신으로 겁에 질려 떨고 있습니다.

이와는 달리 율법 학자들과 바리사이파 사람들은 여인의 수치와 두려움은 아랑곳하지 않고 의기양양하게 말하고 있습니다. "선생님, 이 여자가 간음하다 현장에서 잡혔습니다. 우리의 모세 법에는 이런 죄를 범한 여자는 돌로 쳐 죽이라고 하였는데 선생님 생각은 어떻습니까?"

그들은 예수님께 올가미를 씌워 그분을 고발할 더없이 좋은 구실을 찾은 것이지요. 만약 예수님께서 돌로 치라고 하면 당신이 지금까지 행한 사랑과 용서에 대한 가르침이 한낱 말뿐인 것이 되고, 그분은 창녀와 세리 등 죄인들의 친구로서의 모습을 잃게 됩니다.

반대로 그분이 돌로 치지 않아야 한다고 하면 모세 법을 깨는 것이고, 그분은 당시 중죄 중 하나였던 간음죄도 허용하게 되는 딜레마에 빠지게 됩니다. 예수님은 그들의 질문에 대답하지 않으시고 그저 몸을 굽혀 손가락으로 땅바닥에 무엇인가 쓰십니다.

몸을 구부리신 예수님의 모습을 가만히 바라보십시오. 아무 말 없이 고개 숙인 슬픔에 잠긴 예수님입니다. 참으로 외로운 한 인간 예수의 모습에서 사랑의 마음, 연민의 마음을 느껴보세요. 그분의 마음은 이미 옷도 제대로 입지 못한 채 끌려 와 수치심과 두려움으로 떨고 있는 그 여인에게 가서 계십니다.

사람들이 대답을 재촉하자 그때야 예수님은 고개를 드시고 말씀하십니다. "너희 중에 누구든지 죄 없는 사람이 먼저 저 여자를 돌로 쳐라" 참으로 놀라운 말씀이지요. 그들의 교묘한 올가미를 피하시는 지혜로운 이 말씀은 아무도 예상하지 못했을 것입니다. 예수님의 음성이 어떻게 들리십니까?

그분은 다른 사람을 단죄하기 위해서가 아니라 죄 많은 여인을 구하기 위해 말씀하십니다. 그리고 다시 몸을 굽혀 땅바닥에 무언가를 쓰십니다. 몸을 굽히시는 예수님의 모습에 오래 머무르십시오. 예수님의 말씀을 들은 사람들에게 어떤 생각들이 스쳐 갔을까요? 우리는 어떻습니까?

우리도 때로 목소리를 높여서 누구를 단죄하지는 않는지요? 그 사람은 너무도 분명한 죄인이라고 목소리를 높입니다. 그 사람도 죄를 짓는 것을 내가 눈으로 보았으니까요. 우리도 속으로 여인에게 죄를 묻고 있었다면 예수님의 말씀과 몸을 굽히신 그 모습이 커다란 울림으로 다가올 것입니다.

연민 가득한 예수님의 외로운 모습이 우리 자신을 바라보는 길을 열어주십니다. 예수님께서 하신 것이, 바로 이것이지요. 그분은 시간을 끌면서 사람들이 자기 자신을 돌아보게 하신 것이에요. 솔직하게 자신을 바라보면 다른 사람에게 돌을 들 수 없습니다.

예수님은 사람들의 완악한 마음을 움직여 한 여인을 구하십니다. 사람들이 사라지고 시끄럽던 성전 뜰이 조용해졌을 때 예수님은 여인에게 묻습니다. "그들은 다 어디 있느냐? 너의 죄를 묻던 사람은 아무도 없느냐?" 이 음성에 귀 기울여 보십시오. 여인이 느꼈을 마음도 헤아려보시고요.

예수님의 부드러운 음성을 들으시면서 가슴을 울리는 느낌이 있다면, 그 느낌 안에서 오래 머무십시오. 예수님의 말씀이 나에게 들려주시는 위로의 말씀으로 느껴지시면, 그 위로 안에 머무십시오. 죄를 묻지 않겠다고 하시는 예수님처럼 여인에게 다가가서 위로와 기쁨을 나누고 싶다면, 그렇게 하셔도 좋습니다.

가만히 여인의 어깨를 안아주실 수도 있습니다. 사랑과 용서를 체험한 여인은 새로운 삶을 살았을 것입니다. 예수님의 마음은 사랑입니다. 사랑이 거룩함을 낳지요. 그 거룩함은 누구를 단죄하는 완고함이 아니라, 돌 같이 굳은 마음도 살려내는 부드러운 힘이에요.

다른 이가 궁지에 빠지도록 목소리를 높이고 눈을 쳐드는 것이 아니라, 고개를 숙여 자신을 돌아보는 것이고, 그럴 수 있게 시간을 주는 기다림입니다. 외로운 여인을 자신의 외로움으로 치유해 주시고 안아주시는 너그러움이고, 사랑으로 빛나는 새로운 삶으로의 파견이에요.

그분의 사랑은 우리의 죄를 빛으로 변화시키십니다. 오늘도 우리의 이름을 부르는 예수님의 마음을 느끼며, 더 많이 용서하고 사랑할 수 있는 그래서 더 외로울 수밖에 없는 그분의 마음을 청하기로 해요. 그리고 그 마음으로 살아갑시다. "오라 그대여/ 그대에게 내 마음을 주나니/ 내 마음을 지니고/ 그대여 가라."

예수님의 예루살렘 입성

오늘은 수난 성지 주일입니다. 예수님의 예루살렘 입성을 환호하기 위해 나뭇가지를 흔들었던 사건을 기념하기 때문에 성지 주일이라고 하는 한편, 성 주간을 시작하면서 예수님의 긴 수난기를 듣기 때문에 수난 주일이라고도 하는데, 이 두 가지 사건을 함께 묶어서 수난 성지 주일이라고 합니다.

먼저, 예수님께서 예루살렘에 입성하신 그 의미를 생각해봅시다. 예수님께서는 무엇 하러 예루살렘에 들어오셨습니까? 죽으심, 그것을 통해 우리 인류의 구세주가 되시는 것입니다. 죽음으로써 빠스카, 야훼 하느님께서 이스라엘 백성을 구약의 빠스카의 신비를 우리를 죄와 죽음에서 해방하는 신약의 빠스카으로 바꾸십니다.

사람들이 예수님을 열렬히 환영하면서 환성을 지릅니다. 나뭇가지를 손에 들거나 길에 뿌리면서 또는 겉옷을 벗어 길에 깔면서 외칩니다. "호산나, 다윗의 후손, 주님의 이름으로 오시는 분, 찬미 받으소서. 이스라엘의 임금님, 높은 데서 호산나."

나뭇가지나 겉옷을 벗어 길에 까는 행위는 바로 왕에게 드리는 경의의 표시였습니다. 왜 사람들이 예수님을 환호했습니까? 그들은 기적을 보았던 것입니다. 그 기적을 보면서 이 사람이 자기들을 정치적으로 해방하여 줄 메시아, 구세주가 아닐까 생각했던 것입니다. 그런 기대에서 예수님을 환호했던 것입니다.

이스라엘이 전성기를 이루었던 다윗 왕 시대처럼 이스라엘을 위대한 민족으로 정치적인 해방을 이루고 다시 한번 만방에 위세를 떨치는 그런 강대국이 되게 하는 임금으로서의 구세주를 기대했던 것입니다. 예수님 그런 분이셨습니까? 아닙니다. 예수님께서는 아주 겸손한 모습으로 예루살렘에 들어오십니다.

어린 나귀를 타고 오십니다. 나귀를 타고 오시는 예수님의 모습을 상상해 봅니다. 예수님께서는 갈기를 휘날리며 달려오는 백마가 아닌 어린 나귀를 타고 터벅터벅 예루살렘으로 들어오십니다. 겸손하신 그 모습이야말로 참으로 진정한 우리의 구원자이십니다.

저는 한편, 나귀의 모습을 상상해 보고, 나귀의 역할을 헤아려 봅니다. 저는 나귀의 이미지에서 사제의 모습, 사제의 역할을 함께 떠올리게 됩니다. 사제는 누구입니까? 예수님을 등에 업고 사는 사람들이지요. 예수님을 등에 태우고 다니는, 예수님을 모시고 다니면서 사람들에게 예수님을 보여 드리는 사람들입니다.

사람들이 때로 환호합니다. 누구를 보고 환호합니까? 물론 예수님, 주님을 보고 주님께 환호를 드립니다. 그런데, 나귀인 사제가 착각합니다. 자기를 보고 환호하는 줄 알고 입이 벌어집니다. 나귀인 주제에 웃고 좋아서 헬렐레하기도 합니다. 이것이야말로 찬란한 착각입니다.

제가 무슨 말씀을 드리는지 아시지요? 신자들이 사제에게 극진하게 대하고 존경을 드립니다. 누구 때문입니까? 등에 태우고 있는 분, 주님 때문이지요. 주님을 환영하고 그분께 환호를 드리고 때로는 환성을 지르기도 하는 것입니다. 그런데 어떤 사제는 나귀인 자기에게 환호하는 줄로 알고 좋아합니다.

아니, 자기가 잘나서 신자들이 자기를 대우해 주는 줄로 착각을 합니다. 때로는 자기는 한낱 나귀라는 것을 모르고 자기가 주님이 된 것처럼 잘못 알고 환호받는 것이 당연하다고 착각을 합니다. 슬프도다. 찬란한 착각이여! 오호, 통재라! 신부들만 착각합니까? 아닙니다.

신자들도 착각합니다. 신부는 다만 주님을 등에 태워드리는 존재라는 것을 잊고 신부가 주님처럼 모든 것을 다 해야 한다고 착각합니다. 그리고 신부가 모든 것을 다 해주기를 바랍니다. 물론 우리가 사제에게 바라는 것이 있고 사제는 마땅히 신자들의 요구에 어느 정도 부응해야 하겠지요.

우리가 바라보아야 할 분은 주님이지 사제가 아닙니다. 사제는 다만 주님을 우리에게로 모셔다드리는 존재, 즉 나귀에 불과합니다. 나귀인 사제에게 많은 것을 기대하면 그것 또한 착각입니다. 많은 경우에 보면, 나귀인 사제에게 많은 것을 기대했다가 기대에 미치지 못하면 어떻게 합니까?

발로 차지요. 나귀이니까 발로 차여도 할 말은 없지요. 사실 발로 차기만 하면 다행이지요. 그런데 바로 오늘 우리가 수난기에서 들은 것, 그대로 "십자가에 못 박으시오"라고 외칩니다. 그 외침에 사제는 죽임을 당하기도 합니다.

여러분들, 불과 하루 전에 '호산나, 주님의 이름으로 오시는 분, 찬미 받으소서.'라고 환호하던 그 사람들이 목소리를 높여서 '십자가에 못 박으시오'라고 외치는 모습을 보며 어떻게 그럴 수 있는가? 라고 놀랍니까? 그 모습이 가증스럽게 느껴집니까?

천만의 말씀입니다. 우리는 가슴에 손을 얹고 우리 자신의 모습을 솔직하게 바라보면서 인정해야 합니다. 바로 그 군중의 모습이 우리 자신들의 모습일 수 있다는 것을. 우리가 어떤 사람에게 그가 나에게 잘해 준다고 생각하거나 나에게 이득이 된다고 생각할 때는 온갖 칭찬을 늘어놓고 좋은 소리를 합니다.

그러다가 나의 기대에 미치지 못했거나 아니면 나에게 서운하게 대했다고 생각했거나, 조금이라고 손실을 끼쳤다고 생각하면 미워하고 가차 없이 등을 돌리거나 심지어는 욕을 해댄 적이 있다면, 나도 바로 그 군중들의 하나라는 것을 인정해야 합니다.

오늘 우리가 들은 수난기의 클라이맥스는 어느 대목입니까? 그것이 바로 수난기의 정점을 이루는 부분이라는 암시를 주고 있습니다. 그렇습니다. "아버지, 제 영을 아버지 손에 맡깁니다."라는 부분입니다. 예수님의 모습은 참으로 우리를 숙연하게 합니다. 백인 대장이 외칩니다. "정녕 이 사람은 의로운 분이셨다."

하느님께서 예수님의 절규를 들으시고 예수님을 죽지 않게 하셨습니까? 그 잔을 거두어 주셨습니까? 아닙니다. 우리의 삶에서도 마찬가지입니다. 하느님께서는 언제나 우리의 방식, 우리가 원하는 대로 들어주시지 않습니다. 하느님은 결코 우리의 꼭두각시가 아닙니다.

하느님은 하느님이십니다. 당신의 방법대로, 당신의 시간표대로, 당신의 더 깊고 오묘한 방법으로 우리의 삶을 주관하시고 우리의 원의를 들어주십니다. 그분은 예수님을 죽음에 두지 않으시고 부활시키신 분이십니다.

죽음을 통해서만 부활의 영광에 들어갈 수 있었습니다.

우리는 진정으로 하느님을 하느님으로 대해 드려야 하며 하느님께 맡겨 드려야 합니다. 그분이 예수님을 죽음에서 부활시키셨듯이 우리에게도 그렇게 하실 것입니다. 우리가 삶에서 겪는 고통은 그분이 주시는 영광에 참여하기 위한 하나의 과정입니다. 제 뇌졸중은 다만 참으로 하느님이 어떤 분이신지 배우는 과정입니다.

참으로 우리는 예수님의 수난, 십자가와 죽음을 묵상하면서 우리의 삶에서 겪게 되는 어려움을 기꺼이 받아들이면서 늘 감사하는 마음으로 살아가야 하겠습니다. 일 년 중 가장 거룩한 시기, 성 주간을 거룩하게 보내시기를 기도합니다.

골고타 언덕의 죽음

　루카 복음 23장 44~49절은 예수님의 죽음을 기록하고 있습니다. 주님의 죽음에 담긴 의미와 먼저 세상을 떠난 이들의 영혼을 기억하며, 우리의 죽음에 대해서도 묵상해 보는 시간을 갖기로 합니다. 이날 낮 열두 시쯤 되자 어둠이 온 땅을 뒤덮었다고 성경을 기록하고 있습니다.

　십자가 세워져 있는 해골산이라는 곳으로 오르는 골고타 언덕을 상상으로 바라보십시오. 어둠 속에 머물면서 어떤 이미지가 떠오르는지 느껴 보십시오. 예수님의 죽음에 대해 미리 슬퍼하거나 감상에 빠지지 않도록 주의하면서, 예수님 곁에 머무르십시오. 그리고 자신의 느낌을 의식하십시오.

　좀 더 구체적인 장면 안으로 들어가기 위해 이냐시오 성인이 우리에게 가르쳐준 대로 그곳에 있는 인물들을 살펴보십시오. 십자가 주변에는 백인 대장과 군인들이 늘어서 있습니다. 그리고 성모 마리아와 막달라 여자 마리아 등 많은 여인이 서성이고 있습니다.

요한복음에 의하면, 요한도 그곳에 있었습니다. 원한다면 성모 마리아 곁에 가까이 다가가 가만히 그분의 어깨를 안아드리거나 손을 잡으십시오. 그분께 위로를 전하며 어머니의 아픈 마음을 느껴보십시오. 오후 세 시가 되자 성전 휘장 한가운데가 찢어지며 두 갈래로 갈라집니다.

골고타 언덕에서 성전은 그리 멀지 않은 거리여서 그곳에서 일어나는 모든 광경을 볼 수 있습니다. 성전 지성소를 가리고 있던 휘장 한가운데가 찢어지며 두 폭으로 갈라지는 것을 보는 느낌이 어떻습니까? 그 의미는 무엇입니까? 바로 그 순간 예수님께서는 큰소리로 외칩니다. "아버지, 제 영을 아버지 손에 맡깁니다."

예수님은 그 말씀을 마지막으로 숨을 거둡니다. 성전이 찢어지는 것과 예수님이 숨을 거두신 두 사건이 동시에 일어났습니다. 그 의미가 매우 큰 것임을 알 수 있습니다. 그 의미를 알 수 있는 지혜를 주시도록 청하면서 "제 영을 아버지 손에 맡깁니다."라는 예수님의 말씀에 고요히 오래 머무르십시오.

휘장이 찢어졌다는 것은 하느님의 해방을 뜻한다고 해석하고 있습니다. 지성소 안에 갇혀 계시던 하느님이 이제 그곳에서 나와 우리와 함께하신다는 의미입니다.

"제 영을 아버지 손에 맡깁니다."라는 예수님의 고백은 자신을 하느님께 내맡기는 것입니다. 또한, 그곳에서 모든 것이 다시 시작된다는 것을 뜻합니다.

바로 그때 새로운 교회가 탄생합니다. 예수님께서 십자가에서 죽으신 그 순간, 성전 휘장이 찢어집니다. 이제 지성소 안에 갇혀 계셨던 하느님은 예수님의 죽음으로 우리 곁에 오셨습니다. 예수님의 삶은 온전히 아버지 하느님의 뜻을 따르는 것이었습니다. 예수님은 죽음으로써 그것을 극명하게 드러내신 것입니다.

"아버지, 제 영을 아버지 손에 맡깁니다." 예수님의 죽음 너머에 있는 참평화를 바라보십시오. 평화가 느껴지면 가만히 그곳에 머무르십시오. 위로를 느껴보십시오. 십자가의 예수님은 오히려 우리에게 큰 위로를 주십니다. 십자가 주변에 있던 사람들을 다시 바라보십시오. 그들은 어떤 모습을 하고 있습니까?

주님을 잃은 슬픔에 울고 있습니까? 그 순간 백인 대장은 하느님을 찬양했다고 루카 복음 사가는 전합니다. 백인 대장은 하느님을 찬양하며 "정녕 이 사람은 의로운 분이셨다." 하고 말합니다. 주님의 죽음 앞에 백인 대장이 하느님을 찬양했다는 사실은 참으로 놀랐습니다. 군중은 가슴을 치며 집으로 돌아갑니다.

아들의 고통을 함께 피 흘리며 따라오신 성모 마리아와 막달라 여자 마리아를 포함한 여인들은 이 모든 일을 지켜보고 있습니다. 그들은 부활의 신비로운 빛을 보고 있었는지도 모릅니다. 죽음의 순간 아버지께 영혼을 맡기는 예수님을 바라보면서 비로소 그들은 그분의 권능을 깨닫고 깊은 감동에 젖었을지도 모릅니다.

유다, 그는 왜 예수님을 배반했는가?

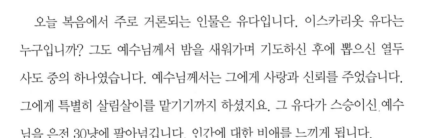

오늘 복음에서 주로 거론되는 인물은 유다입니다. 이스카리옷 유다는 누구입니까? 그도 예수님께서 밤을 새워가며 기도하신 후에 뽑으신 열두 사도 중의 하나였습니다. 예수님께서는 그에게 사랑과 신뢰를 주었습니다. 그에게 특별히 살림살이를 맡기기까지 하셨지요. 그 유다가 스승이신 예수님을 은전 30냥에 팔아넘깁니다. 인간에 대한 비애를 느끼게 됩니다.

내일 주님 만찬 성 목요일 미사의 복음에서도 유다에 대해 듣지만, 유다가 내일 복음의 핵심 주제는 아니니까 오늘 유다에 대해 말씀드리고자 합니다. 다만 유다에 대해 말씀드리려고 하니, 내일 복음의 한 대목을 언급하지 않을 수 없습니다. 내일의 복음은 요한복음서입니다.

요한복음서는 우리에게 "만찬 때의 일이다. 악마가 이미 시몬 이스카리옷의 아들 유다의 마음속에 예수를 팔아넘길 생각을 불어넣었다."라고 전합니다. 이 구절에 대한 이해가 필요합니다. 제가 오늘 굳이 유다에 대해 말씀드리는 까닭은 바로 이 구절 때문에, 유다의 역할에 대해 의문을 지니는 사람이 많기 때문입니다.

이 구절을 잘못 이해하여 유다는 하느님의 구원 계획이 성취되기 위해 희생된 희생제물과 같은 존재라고 생각하는 사람들이 있습니다. 더 나아가서 유다의 배반이 없었으면, 어떻게 구원사가 이루어졌겠는가? 그러니 유다는 구원사에 한몫을 담당한 존재로 생각하여 유다를 단죄하거나 비난할 수 없다고 생각하는 사람들도 있습니다.

바로 지난주에도 제가 어느 교우와 이야기하다가, 이 대목에 대한 의문에서 질문이 나왔습니다. 유다가 구원사에 중요한 역할을 하지 않았느냐는 질문이었습니다. 그렇습니까? 아니지요. 만약 그렇게 생각한다면, 그것은 악을 합리화시키는 또 하나의 악의 유혹일 수 있습니다.

하느님은 우리를 자유로운 존재로 지으셨습니다. 누구나 악의 유혹에서 제외된 사람은 없습니다. 악의 유혹 앞에서 그 넘실거리는 잔을 마시느냐? 그것을 거부하느냐? 는 전적으로 우리에게 달려 있습니다. 악마가 유다의 마음속에 예수님을 팔아넘길 생각을 불어넣는 유혹을 했을 때, 그는 거부해야 했습니다.

[영신 수련]에 보면 악령이 우리에게 접근하는 세 가지 예가 있습니다. 그 내용은 또 하나의 특강 제목이니까 여기서 자세히 설명해 드릴 수는 없지만, 핵심만 말하면, 이렇습니다.

첫째, 바가지를 긁는 여인네, 둘째, 거짓 연인, 다시 말해 제비족, 셋째, 군대의 작전 사령관의 전술로 우리에게 유혹한다고 합니다.

첫째, 악마를 바가지를 긁는 여인네에 비유하는 것은 약자에게 강하고, 강자에게 약하다는 뜻입니다.

둘째, 거짓 연인이라는 비유는 악마는 늘 겉으로 드러나지 않고 은밀하게 행동한다는 것입니다.

셋째, 작전 사령관의 비유는 작전 사령관이 쓰는 전술의 요점은 강한 곳은 더 강하게 방비하도록 하고 약한 곳은 방치하도록 유인한다는 것입니다.

악마가 유다에게 접근했던 방법은 틀림없이 세 번째, 바로 작전 사령관의 전술로 다가와서 유혹한 것으로 생각됩니다. 유다는 어쩌면 잘못된 방법이지만 나름대로 가난한 사람들을 돕겠다는 마음이나 정의감을 지닌 사람이었던 같습니다. 여인이 300데나리온 어치의 향유를 예수님 발에 부어드렸을 때 어떻게 생각했어요?

저것을 팔아 가난한 사람들에게 나누어주면 크게 도움이 될 텐데, 그런 낭비를 하는가? 라고 했지요. 물론 성서는 유다가 정말 가난한 사람들을 생각해서가 아니라 도둑이었기 때문이라고 전하지만, 그는 나름대로 가난한 사람들을 위한다는 생각은 지니고 있었고 그것은 그의 강점이라고 할 수 있지요.

악마는 유다에게 그것, 바로 가난한 사람을 위하는 생각은 계속 지니게 하면서 정작 더 중요한 인간적인 사랑, 주님을 위하는 마음은 약해지도록 유인하는 방법을 쓴 것이라고, 생각됩니다. 쉽게 말해, 민중을 위해 별 도움이 될 것 같지 않은 예수님은 배반하고 그 대가로 받은 돈을 네가 하고 싶은 일에 쓰면 좋지 않겠니? 하고 악마가 유혹했고, 그는 그것에 넘어갔습니다.

선과 악, 성령의 이끄심과 악령의 유혹을 분별하지 못하고 유혹에 넘어간 것은 누구의 책임입니까? 전적으로 유다, 자신의 책임입니다. 그러면, 유다는 왜 그런 유혹을 받고 그것에 넘어갔는가? 제가 생각할 때, 그는 진정으로 예수님을 사랑한 것이 아니라 세상의 것을 추구했었기 때문입니다.

그는 진정으로 사랑을 추구한 것이 아니라, 진정으로 하느님의 뜻을 찾은 것이 아니라 자기의 뜻을 추구했기 때문에 유혹의 잔이 달콤하게 보였던 것입니다. 다시 한번 강조해서 말씀드리면, 우리가 분명히 알아야 할 것은 유다의 배반이 필수 불가결한 것이 아니었다는 사실입니다.

유다의 배반이 없었어도 구원사는 이루어집니다. 그것은 하느님이 하시는 일이고 우리가 알다시피 하느님은 전지전능하신 분이십니다. 구원사에 대해 조금 더 이야기하면, 내일부터 시작되는 성삼일 전례를 보면, 예수님을 통해 이루어지는 사건들은 너무 극적이라서 마치 한 편의 드라마를 보는 것 같습니다.

하지만 이것은 하느님의 각본에 의해 짜인 연극이 아닙니다. 모두 리얼, 실제상황이에요. 하느님께서 우리 인간에게 온전한 자유의지를 주셨다는 것을 간과하면 안 되지요. 유다의 죄는 합리화 할 수 있는 것이 아닙니다. 유다가 한, 배반은 온전한 그의 자유의지로 한 행위입니다.

저도 유다에 대해 안타까움을 넘어 연민의 정까지 느껴집니다. 유다. 저와 성도 비슷한 것 같아 더 그렇지요. 우리가 인간 유다에 대해 연민을 지닐 수는 있겠지만, 유다의 죄가 합리화될 수 없습니다.

오늘 복음에서 보십시오. 유다가 얼마나 교활합니까? 예수님을 넘길 적당한 기회를 노리는 그가 "스승님, 저는 아니겠지요?"라고 말합니다. 그냥, 침묵을 지킬 일이지, "저는 아니겠지요?"라고 묻다니, 교활할 뿐만 아니라, 참 뻔뻔하지요. 유다도 원래 그런 사람이 아니었지만, 악의 유혹에 빠지면 그렇게 됩니다.

예수님께서 긍정도 부정도 하지 않으시고, 다만 "네가 그렇게 말하였다."라고 대답하십니다. 그 예수님의 마음을 헤아리며 유다와 같이 악마의 유혹에 빠지는 일이 없도록 합시다. 오늘은 유다의 마음을 헤아리며, 우리도 유혹이 올 때 베드로처럼 외치면 됩니다. "주님, 저를 구해주십시오,"

제 **3** 장

부 활

부활- 평화를 빌어주는 축복이며 힘이어라

오늘 복음은 엠마오로 가던 두 제자에게 예수님께서 나그네로 오시어 동행하시면서 말씀을 건네시게 되고 서로 이야기를 주고받게 되는 아름다운 풍경이 떠오르는 엠마오로 가는 길에서의 사건 이후의 발현 사화입니다. 나그네가 예수님인지 모르는 두 제자는 그가 더 멀리 가려는 듯이 보이자 날도 저물어 가니 함께 묵고 가자고 초대하지요.

초대를 받아들이신 예수님께서는 그들과 함께 식탁에 앉아 빵을 들고 찬미를 드리신 다음 그것을 떼어 나누어 주시지요. 바로 성찬의 전례를 연상하게 만드는 대목이지요. 그 모습을 보고 들은 눈이 열려 그 나그네가 예수님을 알아봅니다. 그들이 예수님을 알아보는 순간, 예수님께서는 시야에서 사라지십니다.

그들은 예수님께서 성경을 풀이해 주셨을 때, 그들의 마음이 얼마나 뜨겁게 타오르게 되었는지를 상기하면서 곧바로 일어나 떠나왔던 도시 예루살렘을 향해 달려갑니다. 그들이 길에서 겪은 일과 빵을 떼실 때 그분을 알아보게 된 일을 이야기해 줍니다.

그때, 예수님께서 제자들 가운데 서시어 평화의 인사를 건네십니다. 이 대목부터가 오늘 복음이지요. 엠마오로 가는 길에서의 사건에 이어지는 말씀인 오늘 복음의 핵심은 예수님께서 부활하신 후에 당신이 참으로 부활하셨다는 것을 제자들에게 확인시켜 주시고자 했다는 사실입니다.

부활에 대한 확신이야말로 제자들이 사도로 나가서 부활하신 예수님을 증거할 수 있는 힘이기 때문이지요. 부활하신 예수님의 마음을 느끼면서 그분의 자상하심에 마치 성경을 풀이해 주실 때, 두 제자의 마음이 타올랐듯이 절로 저의 마음도 타오르게 됩니다.

부활하셔서 시공을 초월하시는 분이시지만, 오로지 제자들에게 당신이 분명히 그들의 스승이라는 것, 다시 말해 공생활의 인간 예수님과 같은 분이라는 것을 보여주십니다. 예수님께서는 그들에게 먹을 것을 청하고, 구운 물고기 한 토막을 받아 그들이 보는 앞에서 잡수십니다.

다시 한번 그들의 마음을 여시어 성경을 깨닫게 해주십니다. 그리고 그들이 해야 할 일을 분명하게 가르쳐 주십니다. 바로 당신의 이름으로 죄의 용서를 위한 회개가 선포되어야 하고, 그들이 그것의 증인이 되어야 한다는 것입니다. 이 대목을 통해 분명히 우리가 알 수 있는 것은 우리가 증거해야 하는 것은 그분이 죄의 용서를 위해서 오셨다는 사실입니다.

부활의 의미가 바로 예수님이 우리에게 빌어주신 평화의 축복을 나누는 것이고, 우리가 분명하게 죄를 용서받는다는 것입니다. 물론 우리에게 회개가 따라야 하겠지만, 그분 부활의 힘이 우리의 죄를 용서하는 힘을 지니고 있다는 것입니다. 다시 한번 우리 자신에게 어떤 힘이 있는 것이 아니라, 바로 부활하신 그분이 우리의 힘이라는 것에 커다란 위로를 받게 됩니다.

부활 성야 2021

여러분, 모두에게 부활 축하드립니다. 가장 거룩한 밤, 가슴 깊은 속으로부터 기쁨이 스며오는 밤, 이 밤을 다시 한번 여러분들에게 예수님의 부활을 선포하는 제 마음이 얼마나 기쁜지 모릅니다.

우리는 오늘 밤, 빛의 예식으로서 이 거룩한 밤을 시작했습니다. 우리 주님께서 죽음을 이기시고 생명을 되찾으신 거룩한 이 밤을 '그리스도 우리의 빛'이시라고 외치면서 빛이신 그분이 우리의 마음과 세상에 있는 어둠을 몰아내 주시도록 기도한 것입니다. 그리고 우리는 Exsultet, 긴 부활 찬송을 들었습니다.

참으로 아름다운 찬송입니다. 오, 참으로 복된 밤, 하늘과 땅이 결합된 밤, 하느님과 인간이 결합된 밤! 이라고 노래했습니다. 그렇습니다. 이 밤은 하느님께서 우리에게 쏟아부어 주시는 은총이 별빛처럼 흘러내리는 밤입니다. 그분이 주시는 기쁨이 고요히 우리의 가슴 속을 흐르는 밤입니다.

제2부 말씀의 전례에서 우리는 여러 독서에서 태초부터 마련하신 이 밤

을 위한 준비로서의 구원에 관한 신비의 말씀들을 들었습니다. 그리고 강론 후에는 제3부에서 이제 세례식과 세례 갱신식을 거행합니다. 부활이 무엇입니까? 예수님이 죽음이라는 어둠의 터널을 지나 다시 생명이라는 빛 안으로 들어오신 사건입니다.

예수님의 죽음이 우리를 향한 당신의 사랑이었다면, 부활은 그 사랑에 대한 아버지 하느님 사랑의 응답입니다. 코로나 19로 힘든 이때, 예수님의 부활이 우리에게 큰 위로가 됩니다. 여러분들, 부활을 증명할 수 있습니까? 아무도 증명할 수 없지만 느낄 수 있습니다. 봄을 증명할 수 없지만 봄을 느끼듯이 말입니다.

이 부활로 이제 '비읍'의 세계로 들어섰습니다. 부활이 되기 전까지는 '시옷'의 세계였습니다. 저는 사순의 이미지를 '어둠'이라고 할 수 있습니다. '비읍'의 세계에서 확연히 드러나는 빛의 이면인 '시옷'의 세계인 사순은 어둠일 수 밖에 없습니다. '시옷'의 세계에서는 아직 완연한 봄이 아니었습니다.

아직 '비읍'의 세계가 아니니까요. 이제 부활로, 드디어, 봄, 빛, 부활, '비읍'으로 시작되는 '비읍'의 세계로 들어선 것입니다. 부활을 통해 드디어 '시옷'의 세계가 무르익어 '비읍'의 세계로 꽃을 피우게 됩니다. 사순시기 동안 우리는 고통, 어두움, 죽음으로 이어지는 사랑을 체험했습니다.

이제 부활은 바로 그 사랑의 힘이 얼마나 놀라운지를 보여주는 증거입니다. 아무도 부활을 증명할 수는 없습니다. 다만 우리의 가슴을 촉촉이 적셔 주는 사랑의 힘만이 부활하신 그분이 이 밤에 우리에게 평화를 주신다는 것을 느끼게 할 수 있습니다. 이 밤에 그분이 우리에게 사랑의 빛을 비추어 주십니다.

우리가 그 빛을 느끼고 그 빛에서 불을 부쳐 우리 가슴의 등불을 켜십시오. 우리가 켰던 부활초는 이 빛의 상징입니다. 이제 실제로 그 빛을 여러분들의 가슴의 등불로 삼으시기 바랍니다. 우리 마음속에 이 빛을 켜서 계속해서 간직하지 못한다면 누가 세상에 새로운 생명의 봄을 가져다주겠습니까?

'비읍'의 시 일부 나누며 다시 한번 부활 축하 인사를 드리고 강론에 대합니다. 먼저 정호승 시인의 '꽃을 보려면'입니다. '비읍'의 세계에서는 '시옷'의 세계에 속한 칼을 버려야 합니다.

꽃을 보려면
정호승

꽃씨 속에 숨어있는
꽃을 보려면
고요히 눈이 녹기를 기다려라

꽃씨 속에 숨어있는
잎을 보려면
흙의 가슴이 따뜻해지기를 기다려라

꽃씨 속에 숨어있는
꽃을 보려면
평생 버리지 않았던 칼을 버려라

이어서 문정희 시인의 '우리 마음 속에'라는 시입니다.

우리 마음 속에

문정희

빛은 해에게서만 오는 것이 아니었다.
지금이라도
그대 손을 잡으면
거기 따뜻한 체온이 있듯
우리 마음속에 살아 있는
사랑의 빛을 나는 안다.

마음속에 하늘이 있고
마음속에 해보다 더 눈부시고 따스한
사랑이 있어
밤마다 어김없이 등불이 피어난다.

해보다 눈부시고
따스한 빛이 아니면
어두운 밤에
누가 저 등불을 켜는 것이며
세상에 봄을 가져다주리.

영혼에 보탬이 되는 친구

부활 8일 내 축제 잘 지내고 계시지요? 여러분들 모두에게 다시 한번 부활을 진심으로 축하하며 부활이 참 의미가 무엇인지 숙고해 보도록 초대합니다. 저는 십자가의 참 의미가 사랑이라면, 부활의 의미도 또한 사랑이라고 생각합니다. 예수님의 부활은 사랑이 얼마나 강하다는 것을 보여주고 있습니다.

사랑이 죽음의 독침을 녹여버리고 나무에 새순이 돋듯, 새 생명을 가져온 것입니다. 우리를 사랑하시어 기꺼이 십자가를 지고 골고타 언덕을 오르시고, 숨을 거두신 그분이 사흘 만에 무덤을 헤치고 부활하신 것입니다. 아니, 적확히 표현하면 예수님의 그 사랑을 보시고, 하느님께서 예수님을 죽음에서 일으키신 것입니다.

그렇다고 하더라도 우리에게 어떤 설명도 부활을 논리적으로 알아듣게 할 수는 없습니다. 다만 믿음만이 부활의 체험을 우리 가슴 깊이 스며들게 합니다. 깊은 강물이 소리 없이 흐르듯, 우리는 이제 이 기쁨을 우리의 삶에서 살고 또한 그 기쁨을 나누기 위해서 세상에 외쳐야 할 것입니다.

환호하라 하늘나라 신비.
구원의 우렁찬 나팔 소리.
찬미하라 임금의 승리. 땅도 기뻐하라.
찬란한 광채 너를 비춘다.

14세기 스페인에서 쓰인 신비한 명심보감이라는 불리는 책이 우리말로 '선과 악을 다루는 35가지 방법'이라는 제목으로 발간되었습니다. 이 책에서 우리 삶에서 참으로 소중한 것이 무엇이고 늘 어떤 준비를 하면서 살아야 하는지 깊이 생각하게 하는, '발가벗기운 채 쫓겨난 영주' 이야기를 들려드리겠습니다.

루까노르 백작이 그의 조언자 빠드로니오에게 조언을 구하는 형식으로 이야기가 전개됩니다. 백작이 물었습니다. "빠뜨로니오. 몇몇 사람들이 내게 충고하기를 내 지위와 품위를 지켜주는 재산과 명성을 계속 키우기 위해 늘 최선을 다해야 한다고 했소. 이런 경우에 그들 말을 들어야 하는지 가르쳐 주시오."

빠뜨로니오가 말합니다. "백작님, 제가 드리려는 충고는 저에게 부담스러운 일입니다." 그렇지요. 남에게 바른 충고를 한다는 것은, 늘 부담스러운 일입니다. 첫째는 백작님이 듣기를 원하는 것, 즉 듣는 사람이 원하는 것과 반대되기 때문이고 다른 하나는 이미 조언을 한 사람들과 반대되는 조언이기 때문이라는 것이지요. 그러면서 이 이야기를 들려줍니다.

어느 지역에 해마다 새로운 영주를 뽑는 관습이 있었답니다. 그리고 어떤 영주가 뽑히든지 통치하는 동안 그가 명령하는 대로 따랐습니다. 그러나 한번 그 임기가 끝나면 모든 것을 빼앗고, 발가벗겨서 무인도에 홀로 남겨 두었습니다. 그러던 중 지혜로운 어떤 사람이 영주로 뽑히게 되었습니다.

그 역시 일 년이 지나면 앞서 다른 사람들과 마찬가지로 무인도로 쫓겨 날 것이기 때문에 그는 자신의 임기가 지나기 전에 자신이 가서 기거해야 할 그 섬을 아름답고 완벽하게 꾸미고, 생활에 필요한 모든 편의시설과 생활필수품들을 갖추라고 은밀히 명령했습니다.

그의 통치 기간이 끝나자 사람들은 영지를 거두어들이고, 그를 발가벗 겨 섬으로 내쫓았습니다. 앞선 사람들과 마찬가지로 말입니다. 하지만 그는 이미 그 섬에 지어놓은 좋은 집에 가서 아주 행복하게 살았답니다. 이 이야기를 들려주면서 빠프로니오가 백작에게 말합니다.

"백작님께서 제게 더 좋은 충고를 원하시면 이걸 한번 생각해보십시오. 백작님께서 발가벗고 떠나시기 전에, 즉 이 세상에 사시는 동안 백작님께서 떠나게 될 영원한 집을 찾으셔야 합니다.

왜냐하면, 영혼의 삶은 영원하기 때문이죠. 영혼의 삶은 영적이고, 영원한 것이기 실패해선 안 되는 것입니다. 그러니 앞으로 사시는 동안 좋은 일을 하십시오. 그러면 영원히 살 수 있는 곳에 좋은 집을 갖게 될 것입니다. 그리고 쓸데없는 명예나 지위 때문에 참으로 유일하게 영원하고 확실한 것을 잃지 않도록 하십시오.

으스대거나 자만심을 갖지 말고 좋은 일을 해야 합니다. 그리고 비록 다 아는 일이더라도 겸손하게 행동하십시오. 그리고 백작님의 영혼에 보탬이 되도록 대신해 줄 수 있는 좋은 친구들을 두십시오. 그리고 선행을 계속하시면 백작님께서는 또한 훌륭한 명예와 지위를 오래도록 지키실 수 있을 것입니다."

기가 막힌 이야기이지요. 그렇습니다. 우리의 이 세상에서의 삶은 잠시 지나가는 것, 영원한 것은 아닙니다. 이 세상에 사는 동안 우리는 내 마음대로 모든 것을 할 수 있지만, 그 기간이 지나면 발가벗긴 채 어디론지 미지의 곳으로 가야 합니다. 인생은 빈손으로 왔다가 빈손으로 가는 것입니다.

최희준의 하숙생이라는 노래처럼 인생은 나그네의 길입니다. 그런데, 우리 주님 예수 그리스도께서 부활하셔서 당신의 나라, 영원한 나라로 우리를 초대하셨습니다. 그 초대권은 우리 모두에게 열려 있는 초대권이지만, 내가 그 초대권을 받아들일 것인지는 전적으로 우리의 이 세상에서의 삶에 달려 있습니다.

이 이야기처럼 이승을 사는 동안 우리는 저승에서 거처해야 할 집을 지을 재료들을 올려보내는 것입니다. 우리가 선행하거나 자선을 하거나 사랑을 나누거나 기도할 때마다, 하늘나라에서 우리가 머물 아름다운 집의 재료들을 올려보내게 되는 것입니다.

우리가 지혜로운 사람이라면, 우리가 어떤 삶을 추구하면서 살아야 할지는 자명합니다. 이승의 삶은 시편 저자의 노래처럼 인생은 기껏해야 칠십, 근력이 좋아야 팔십입니다. 그나마 거의 고생과 슬픔에 젖는 것입니다. 우리는 날 수를 제대로 헤아릴 줄 알고, 우리의 마음이 지혜에 이르도록 청해야 할 것입니다.

헛된 명예나 지위, 사라져버릴 재산 때문에 영원한 것, 영혼의 삶을 소홀히 한다면 그것은 참으로 어리석은 일일 것입니다. 예수님께서 고난과 십자가, 그리고 죽음을 거쳐서만 부활의 영광에 들어가실 수 있으셨듯이 우리도 이 세상 삶에서의 고통과 어려움, 십자가 없이, 부활의 영광에 들어갈 수 있는 것은 아닐 것입니다.

빠뜨로니오의 충고 중에서 우리가 깊이 새겨야 할 것의 또 하나는 "영혼에 보탬이 되도록 대신해 줄 수 있는 좋은 친구를 두라."라는 것입니다. 참으로 좋은 친구가 어떤 친구인가를 생각하게 해줍니다. 참으로 좋은 친구는 영혼에 보탬이 되는 친구입니다. 물질적인 삶에 이익이 되는 친구를 찾는 것은 어리석은 일입니다.

내가 그런 친구를 찾는다면 그 친구도 또한 그런 친구를 찾을 것이고 결국 이익이 되지 않을 때는 '나 몰라라' 떠나기 마련이지요. 왜 그렇겠습니까? 내가 바로 진정으로 친구가 되어 주지 않았기 때문입니다. 누군가의 영혼에 보탬이 되는 친구가 되어 주십시오. 그러면, 자연스럽게 우리는 그런 친구를 두게 되는 것입니다.

부활과 손

부활 축하드립니다. 여러분들, 반갑습니다. 여러분들, 부활에 대한 어떤 이미지를 지니고 계시는가요? 여러 가지 이미지가 있겠습니다마는 저에게 먼저 떠오르는 것은 고요한 옹달샘의 이미지를 떠올리게 됩니다. 산속의 옹달샘에 물이 차오르고 흘러내리면서 주변의 땅을 적혀 줍니다. 그런 이미지를 떠올려 봅니다.

그 옹달샘에서 처음 흘러나오는 물은 무엇인가? 평화입니다. 예수님께서는 부활하신 후에 당신 제자들에게 먼저 평화를 주셨습니다. 부활에 대한 확신이 바로 부활하신 당신을 전하는 사도가 되는 필수 요건이었으니까요. 예수님께서는 이제 부활하신 분, 시공을 초월하시는 분이지요.

굳이 음식을 드실 필요가 없으시지만, 오늘 복음에서 듣는 것처럼 제자들에게 당신이 바로 당신이라는 것을 확신시켜 주시려고 먹을 것을 청하시고 구운 물고기 한 토막을 드리자, 그들이 보는 앞에서 잡수시는 자상함을 보여주십니다. 그 모든 일을 하는데, 꼭 필요한 것이 무엇입니까?

바로 손입니다. "손과 발을 보아라. 바로 나다." 먼저 손과 발을 보여주신 것은 단순히 십자가의 못자국 때문만은 아닐 것입니다. 손은 많은 상징적인 의미를 담고 있습니다. 제가 좋아하는 말의 하나가 "손은 마음의 대행자"라는 말입니다. 오늘 제가 여러분을 만나는 인사로서 좋아하는 시 일부를 소개해 드립니다.

손에 대한 예의

정호승

가장 먼저 어머니의 손에 입을 맞출 것
하늘 나는 새를 향해 손을 흔들 것
손가락에 침을 묻혀가며 지폐를 헤아리지 말고
눈물은 손등으로 훔치지 말 것
손이 멀리 여행가방을 끌고 갈 때는 깊이 감사할 것
내 손이 먼저 빈손이 되어 다른 사람의 손을 자주 잡을 것
하루에 한 번씩은 꼭 책을 쓰다듬고
어둠 속에서도 노동의 굳은살이 박인 두 손을 모아 홀로 기도할 것

아름다움 시이지요. 이 시를 묵상하노라면 그리스도의 제자로서의 우리 삶이 어떠해야 하는지도 깨닫게 되지 않을까요? 예수님께서는 말씀하십니다. 당신 부활로서 이루어지는 죄의 용서가 모든 민족에게 선포되어야 한다고. 부활은 우리에게는 사명이기도 합니다. 바로 이 선포의 사명입니다.

물 위를 걸어 내게 오시는 예수님

마태오복음 14장 22~33절의 예수님께서 물 위를 걸으신 기적 사화를 묵상해 보기로 합니다. 거친 풍랑이 이는 갈릴래아 호수 안에 제자들이 있고, 예수님께서 제자들을 향해 걸어오시는 모습을 바라보십시오. 이 대목은 유명한 오병이어의 기적 이후에 일어난 사건입니다.

빵 다섯 개와 물고기 두 마리로 사람들을 배불리 먹이신 예수님은 제자들을 배에 태워 건너가게 하신 후 군중을 돌려보내십니다. 요한복음서는 예수님이 보여주신 기적과 이적을 본 사람들이 예수님을 억지로 모셔다가 임금으로 삼으려 한다는 것을 아시고 혼자 산으로 물러가셨다고 기록하고 있습니다.(요한 5, 14~16 참조.)

사실 제자들은 아직도 예수님이 어떤 분인지 잘 알지 못합니다. 제자들은 예수님이 십자가에서 죽음으로써 인류를 구원할 '하느님의 어린양'이라는 것을 모르고 있었습니다. 예수님은 제자들이 군중의 움직임에 동요되어 휩쓸릴 것을 염려해 얼른 배에 태워 보낸 것입니다. 그리고 혼자 사람들을 돌려보낸 것입니다.

이제 혼자 남은 예수님은 기도하기 위해 산으로 올라갑니다. 예수님은 하느님 아버지와 시간을 가지기 위해 홀로 산을 오른 것입니다. 이렇게 예수님은 하루 일을 끝내는 시간이나 일과를 시작하기 전, 이른 새벽에 하느님 아버지와 함께 있는 시간을 가지곤 했습니다. 그 시간 안에서 새로운 힘을 얻으셨기 때문입니다.

우리 역시 홀로 산을 오르는 용기가 필요합니다. 오직 주님과 함께 머무는 시간을 가지는 것이 중요합니다. 그 시간 안으로 들어가는 것이, 곧 기도이기 때문입니다. 갈릴래아 호수는 평소에는 잔잔하고 아름다운 호수입니다. 때로는 거친 풍랑을 일으키기도 합니다. 제자들이 탄 배는 갑자기 역풍을 만나 요동치고 있습니다.

눈을 감고 불안과 두려움에 사로잡힌 제자들의 모습을 그려보십시오. 한편 산에서 기도하시던 예수님은 제자들의 불안을 아시고 제자들에게 오십니다. 예수님이 물 위를 걸으시는 모습을 고요함 속에서 바라보십시오. 마음속에 어떤 느낌이 떠오릅니까? 기쁨입니까? 아니면 놀라움입니까?

예수님이 물 위를 걸어오는 모습을 본 제자들은 겁에 질려 소리칩니다. "유령이다!" 때는 새벽 네 시쯤 되었습니다. 제자들은 캄캄한 호수 위 배 안에서 거센 풍랑에 시달리고 있습니다. 이때 누군가가 물 위를 걸어오는 모습을 본다면 놀라는 것은 당연합니다.

예수님은 제자들에게 말씀을 건네십니다. "용기를 내어라. 나다. 두려워하지 마라." 예수님의 음성을 들은 제자들의 마음은 얼마나 기뻤을까요? 구세주를 만난 것 같았을 것입니다. 사실 제자들은 진짜 구세주를 만난 것이지요. 기도 안에서 제자들의 기쁜 마음에 나의 마음을 포개어 함께 머무르십시오.

베드로는 기쁨을 감추지 못하며 "주님, 주님이시거든 저더러 물 위를 걸어오라고 명령하십시오."라고 소리칩니다. 베드로의 우직한 성품이 잘 드러나는 대목이지요. 예수님이 베드로에게 "오너라." 하시자 베드로는 배에서 내려 물 위를 걸어갑니다. 베드로는 예수님께 대한 신뢰심과 기쁜 마음에 물로 뛰어들었습니다.

베드로는 예수님처럼 물 위를 걷습니다. 베드로의 용기는 참으로 훌륭합니다. 그만큼 베드로는 예수님을 사랑했고 믿었던 것입니다. 그런데 물 위를 걸어 예수님께 다가가던 베드로는 거센 바람을 만나자, 두려움을 품게 됩니다. 두려움 때문에 물속으로 빠져버린 베드로는 "주님, 저를 구해주십시오." 하고 비명을 지릅니다.

베드로의 모습을 보면서 여러분은 어떤 심정이 드십니까? 베드로의 나약함에 연민을 느낍니까? 어떤 제자보다 더 예수님께 대한 사랑과 신뢰를 보여주고 싶었지만, 순간적인 두려움에 물속으로 빠져버린 베드로의 모습에 연민을 느끼지요. 그 느낌 안에 머물면서 우리의 마음을 느껴봅니다.

나의 마음은 가만히 고요 속에 머물고 있습니까? 아니면 풍랑에 요동치는 배처럼 흔들리고 있습니까? 기도가 늘 고요한 가운데 "주님, 도와주십시오."라고 외치면 됩니다. 기도에서 가장 중요한 것은 예수님의 마음을 느끼는 것입니다. 이제 예수님의 마음에 머무르십시오. 베드로를 향한 예수님의 마음은 어떠했을까요?

우리가 베드로에게 연민을 느낀다면, 예수님께서는 더할 나위가 없으시겠지요. 예수님은 가득한 사랑으로 베드로의 손을 잡아주십니다. 예수님께서 물 위를 걸으신 기적 장면은 우리에게 작은 깨달음을 줍니다. 이 사건에 대한 상징적 의미를 묵상해 보겠습니다.

인생을 배라고 가정하고 우리는 그 배를 타고 목적지를 항해하고 있습니다. 그리고 배 안에 예수님이 함께 계실 때와 계시지 않을 때를 상상해 봅니다. 우리가 역풍을 만나 시련에 빠지게 되는 것은 배 안에 예수님이 계시지 않을 때입니다. 하지만 마태오 복음 사가는 우리에게 기쁜 소식, 곧 '복음'을 전하고 있습니다.

우리가 탄 배가 역풍에 시달리며 어려움을 당할 때 주님은 우리에게 구원의 손길을 내밀어 주신다는 것입니다. 우리 역시 베드로처럼 주님께 다가가려는 깊은 열망을 지니고 있습니다. 그러나 우리는 역경에 처하는 순간 주님이 나를 바라보고 계신다는 것을 잊고 좌절하게 됩니다.

베드로는 물속에 빠지자 지체하지 않고 주님께 구해 달라고 외쳤습니다. 우리 역시 나약한 믿음 때문에, 어려울 때 주님에게 도와 달라고 외치는 용기가 필요합니다. 우리는 기도 안에서 베드로의 모습이 바로 우리 자신의 모습이라는 것을 알았습니다.

베드로는 인간적인 나약함 때문에 매번 넘어졌습니다. 그러나 베드로는 포기하지 않고 다시 일어설 수 있는 믿음과 용기로 교회의 반석이 되었습니다. 우리도 넘어지는 것을 두려워하기보다 다시 일어설 수 있는 믿음과 용기를 지녀야겠습니다. 우리는 오늘 베드로가 진 용기를 갖게 해 달라고 청합시다.

라자로 – 하느님밖에는
아무에게도 기댈 것이 없는 사람

오늘 복음은 부자와 라자로 이야기입니다. 부자와 라자로. 우리가 너무나 잘 알고 있는 내용이라서 따로 상황 설명은 필요 없겠지요. 이 비유 이야기를 들으면서 극이 펼쳐지는 상황 전개와 결말에 대해, 여러분들의 반응이 어떤지 솔직히 자신을 바라보십시오.

여러분, 부자가 고통을 받는 것이 고소합니까? 깨소금 맛입니까? 아니면, 왜 부자가 고통을 받아야 하는지, 부자가 도대체 무슨 죄를 지었기에 세올(이스라엘 사람들이 생각했던 악인이 저주받는 지하세계)에서 고통을 받아야 하는가? 라는 항변이 저절로 나옵니까?

예수님께서 이 비유 이야기를 들려주신 깊은 뜻이 무엇일까요? 왜 제자들과 일반 군중들이 아닌 바리사이들에게 이 비유를 들려주셨을까요? 부자와 바리사이들이 어떤 연관이 있을까요? 이 대목을 놓고 묵상하면서 제게 떠오르는 것은 특권과 한계라는 단어입니다. 특권층이 지닌 한계랄까요?

부자는 자주색 옷과 아마포 옷을 입었다고 합니다. 자주색 옷은 자홍색 겉옷을 말하는데, 예로부터 로마 시대의 황제와 일가 귀족들만 입을 수 있는 특권을 상징하지요. 쉽게 이야기하면 자기만 보고 남을 보지 못합니다. 부과 특권을 지니면 밖의 세계에서 무슨 일이 일어나는지 보지 못하는 한계를 지닙니다.

부나 특권 자체가 나쁜 것일 수가 없지요. 구약성경에서 부는 하느님의 축복이었습니다. 몇 년 전이었나요? 광고 때문에 한때 '부자 되세요.'가 유행어가 되었었지요. 부자 되라고 축복을 빌어주는 말이 나쁠 것이 없는데, 이 부라는 것이 참 묘한 특성을 지니고 있습니다.

대개 부를 지니면 부를 지키기 위해서 그런지 몰라도, 담장을 치고 그 울타리 안에 갇히게 됩니다. 부자들의 집을 보세요. 담벼락이 얼마나 높습니까? 하느님께서 부를 축복으로 주실 때는 그 부를 이웃과 더불어 나누어 쓰라고 주신 것인데, 일단 그것을 지니게 되면 자기만을 위해 쓰고 싶어집니다.

비유에서 부자의 문제는 무엇이었습니까? 라자로를 눈여겨보지 않은 것입니다. 마치 소 닭 보듯이 부자는 라자로에게 아무런 관심을 보이지 않았어요. 보아도 보이지 않았던 것이지요. 왜냐하면, 자기 세계 안에 갇혀 있었기 때문이지요. 시선이 자기에게만 머물러 있으니까 남이 보이지 않는 것이지요. 모든 것이 충족되어 있으면, 하느님을 생각하지 않게 되기 마련이지요.

한편 라자로는 어떤 사람이었을까요? 라자로라는 말은 그리스어로 '도움받을 길이 없다'라는 뜻이고, 히브리어 이름으로 쓰면 '엘사자르 또는 엘리제르'가 되는데 '하느님께서 도우신다.'라는 뜻이 됩니다. 아무에게도 도움받을 길이 없으면 하느님께 의탁할 수밖에 없습니다.

라자로는 '하느님 밖에는 아무에게도 기댈 것이 없는 사람'이라는 뜻입니다. 영어 표현도 이런 영향을 받았지요. 우리말로 '아무도 모른다.'가 영어로는 'God only knows.'가 되잖아요. 철저하게 가난함을 체험할 때 우리는 하느님을 찾게 됩니다. 하느님께 신뢰를 둘 수밖에 없습니다.

부자는 죽은 뒤에야 세상은 자기 홀로 행복할 수 없음을 깨닫고 아브라함에게 부탁합니다. 하지만 너무 늦었습니다. 후회할 때는 이미 너무 늦은 것이 우리 삶임을 다시 생각하게 됩니다. 다시 한번 강조해서 말씀드리지만, 부자가 지닌 문제는 자기 안에 갇혀서 이웃과 나누지 않았다는 것입니다.

우리는 부도 행복도 서로 나누어야 합니다. 실상 나누지 않으면 진정한 행복일 수 없습니다. 무엇이든지 지니는 것 자체가 문제가 아닙니다. 우리는 늘 열려 있어야 합니다. 너무 우리, 우리 것, 우리 수도회, 우리 교회 하면 거기에 매이고 갇히게 됩니다. 우리는 주님께 신뢰를 두어야 합니다.

주님께 신뢰를 두는 사람은 행복하여라!

153 숫자의 비밀

배경은 티베리아 호수입니다. 같은 호수인데, 갈릴레이, 겐네사렛 등 여러 이름으로 불리는 곳이지요. 아마도 예수님께서는 아침저녁으로 이 호수를 산책하시며 명상에 잠기곤 하셨을 것입니다. 처음으로 베드로와 다른 제자들을 부른 곳도 바로 이곳이지요. 참으로 아름다운 호수입니다.

가만히 눈을 감고 상상해 보십시오. 저녁 바람이 호수 위로 불어오고 여기저기 밝혀 놓은 횃불에 반사되는 물결이 비치고 있는 바다처럼 넓은 아름다운 티베리아 호숫가를 바라보십시오. 등을 단 고깃배들이 출렁이는 물결 위에 춤추듯 떠 있는 것이 보입니까? 여러분들, 혹시 호수나 커다란 저수지에서 밤낚시를 해본 적이 있는지요?

저는 학창 시절 폐결핵을 앓아 휴학한 적이 있었는데, 몇 달을 낚시만 하면서 지냈었지요. 밤낚시를 할 때면 적막한 밤에 카바이드 불빛이 수면 위에 비치면 물살이 잔잔히 흐르는 모습이 그리 아름다울 수가 없지요. 그 은은한 빛이 사위를 감돌고 나뭇잎이 가만히 흔들리는 모습을 보면, 그 아름다움에 경도되지요.

　제자들이 고기를 잡으러 간 때도 밤이었지요. 노련한 솜씨로 베드로가 그물을 던질 때 그물이 밤 호수의 허공을 가르는 소리, 그물이 물에 떨어지면 수면을 가르며 첨벙하고 나는 소리를 들어보십시오. 오늘 복음에 보면, 시몬 베드로가 고기를 잡으러 가겠다고 하자 나머지 제자들도 따라나섭니다.

　그들은 배를 타고 고기잡이를 나갔으나 그날 밤에 한 마리도 잡지 못하고 이튿날 날이 밝아오자 돌아옵니다. 예수님께서 호숫가에 계시다가 묻지요. "무얼 좀 잡았습니까?" 그들이 아무것도 잡지 못했다고 하자, 예수님은 그물을 오른편에 던져 보라고 합니다.

　예수님께서 이르시는 대로 그물을 던졌더니, 그물을 끌어 올릴 수 없을 만큼 고기가 많이 걸려들었지요. 그때 요한이 가장 먼저 예수님을 알아보고 베드로에게 저분이 주님이시라고 말합니다. 아직 어둠이 다 가시지 않은 시간, 다른 제자들이 호숫가에서 말씀을 건넨 사람이 누구인지 몰라보았습니다.

　하지만 가장 먼저 예수님의 부활을 깨닫고 믿었던 요한이 또다시 먼저 그분이 주님이라는 것을 알았습니다. 누군가에게 마음이 가면, 시선도 늘 거기를 향하게 마련입니다. 그는 다시 윗사람에 대한 배려로 베드로에게 저분이 주님이시라고 말합니다.

　주님이라는 말을 들은 베드로는 몸에 겉옷을 두르고, 그냥 물속으로 들어갑니다. 주님을 향한 열정으로 그냥 물속으로 뛰어드는 베드로의 모습은 아름답습니다. 그는 급했지만, 존경심과 예의로서 겉옷을 두르고 뛰어들지요. 다른 제자들은 그물을 끌며 배를 저어 호숫가로 나와 주님을 만납니다.

3년 전 배와 그물을 버리고 예수님을 따랐던 베드로와 다른 제자들이 다시 고기를 잡으러 간 까닭은 무엇일까요? 예수님께서는 부활하셨지만 잠시 나타나셨다가 사라지시자, 그분 없이 그들은 무엇을 어떻게 해야 할지 몰라 맏형 격이던 베드로가 전직인 어부의 삶으로 돌아가자고 한 것일까요? 그럴 리는 없지요.

　그물 속에 백쉰세 마리의 고기가 있었다는 것도 실제적인 숫자라기보다 상징적인 의미를 담고 있다고 보는 것이 요한복음 사가를 옳게 이해하는 것이지요. 역사적으로 유명한 세 학자의 해석을 살펴보는 것도 재미있습니다.

　알렉산드리아의 치릴로는 153은 100+50+3으로 봅니다. 100은 충만함을 나타내고, 50은 구약에서 이스라엘 백성 중에 '남은 자들'을 상징하고 있고 3은 삼위일체를 나타내는 것으로 해석합니다. 아우구스티누스는 1+2+3+4...17=153으로 봅니다. 17은 다시 10+7인데 10은 10계명을 상징하고, 7은 성령의 특은을 나타냅니다.

　따라서 십계명, 즉 율법으로 상징되는 모든 이스라엘 사람들과 성령이 주시는 은총으로 예수님을 따르는 모든 사람을 나타내고 있다고 합니다. 예로니모는 단순히 그 호수에 사는 물고기의 종류가 모두 153종이라고 하며, 따라서 세상의 모든 민족을 상징적으로 나타내고 있다고 해석합니다.

　우리는 누구의 해석이 가장 정확한 것인지는 모르지만, 분명한 것은 모두가 공통으로 시사하고 있는 것이 그리스도인으로 불리는데 제외된 사람은 아무도 없다는 것입니다. 제자들은 모든 사람을 불러 모아야 할 것입니다. 오늘 복음의 사건이 상징적인 비유라고 하더라도 그 의미는 분명합니다.

　그들이 막상 세상 안으로 사람들을 낚으러 나갔지만, 그들이 아는 자기들의 방식대로 했더니 한 사람도 낚을 수가 없었는데, 주님이 일러주시는 대로 했더니 많은 사람을 따르게 할 수 있었다는 것입니다. 복음이 있었던 사건을 전한 것이든 상징적인 비유의 표현이든, 그 가르침은 분명합니다.

우리가 전교할 때, 우리의 방식대로 또는 우리의 능력이나 지식으로 해서는 안 되고 그분이 이끌어주시는 대로 따라야 한다는 것입니다. 그분이 함께할 때만이, 그분이 중심이 될 때만이 참으로 전교가 될 수 있습니다. 그리고 교회의 모든 일이 원활하게 이루어질 수 있습니다.

제자들이 와서 보니 예수께서 숯불을 피워 놓고 아침을 준비해 놓으셨습니다. 아침 식사를 마치고 예수님께서는 시몬 베드로에게 세 번이나 물으시지요. "당신은 나를 사랑합니까?"라고. 왜 그러셨을까요? 베드로가 당신을 세 번이나 부인했었지요.

베드로는 예수님을 만나면서 마음 깊은 곳에 죄스러움과 후회, 자책 등을 지니고 있었을 것입니다. 예수님께서는 인간의 내면을 보시는 분입니다. 그분은 세 번이나 당신을 사랑하노라고 고백하게 함으로써 베드로가 지닌 죄스러운 마음을 씻어주시고, 대신 깊은 신뢰의 마음을 심어주시고자 하셨던 것입니다.

베드로는 좀 경솔하고 덤벙거리는 모습도 보이지만, 열정과 연민을 지닌 인물입니다. 주님이라는 것을 알자 그냥 물속에 뛰어들 만큼 그는 주님을 사랑합니다. 그분은 그의 상처를 치유해 주시고 신뢰를 더 깊이 심어주시고자 그대는 나를 정말 사랑하는가?라고 물으십니다. 그런 후에 교회를 다시 한번 맡기시는 것입니다.

진정 나를 사랑한다면, 나의 양들, 즉 당신의 사람들, 바로 교회를 돌보아야 한다고 말씀하시는 것입니다. 마르티니 추기경은 "티베리아 호숫가에서 예수께서는 베드로 사도의 나약한 인간의 구원자로 발현하셨다."라고 말합니다. 예수님을 세 번이나 부인한 것 때문에 완전히 붕괴할 수도 있었습니다.

그의 인간성에, 배반했다는 사실 때문에 좌절하고 평생 자신 안에 갇혀 있을 수도 있었던 그를 건져내시어 일깨워 주시고 다시 일으켜 주셨다는 것입니다. 우리 모두도 또 한 사람의 베드로입니다. 주님은 우리에게 우리가 잘못했던 어떤 것을 물으시지 않고 다만 우리가 당신을 사랑하는가를 물으십니다.

우리도 "예, 당신을 사랑합니다."라는 말을 함으로써 우리의 상처를 아물게 하시며 다시 새롭게 우리의 삶을 시작하도록 하여 주십니다. 아울러 우리에게도 교회를 돌볼 사명이 주어지는 것입니다. 사랑은 언제나 그에 대한 책임이 따르는 것입니다. 우리는 오늘 이것을 깊이 묵상합시다.

승천 - 명마의 재질

중국의 명저 [열자]에 보면 이런 이야기가 있습니다. 진나라 왕 목공은 워낙 말을 좋아하여 명마를 고르는 사람을 고용하였습니다. 왕이 고용하여 오랫동안 말을 고르던 사람은 백락이라는 사람입니다. 그는 명마를 잘 알아보기로 천하에 알려진 사람이었습니다.

하루는 목공이 백락에게 말했습니다. "그대도 이제는 늙었소. 그대의 뒤를 이을 사람이 있겠소?" 그가 대답했습니다. "그저 좋은 말이란 근육과 뼈를 보면 알 수 있습니다. 그러나 천하의 명마는 겉모습만 보아서는 알 수가 없습니다. 구방고라는 사람이 있는데, 말에 대한 안목이 뛰어납니다. 그를 만나보도록 하십시오."

목공은 구방고를 불러 그를 만나고 그에게 명마를 구해오도록 하였지요. 구방고는 천하를 돌아다니다가 드디어 석 달 만에 돌아와 보고하였습니다. "찾아냈습니다. 명마는 사구라는 곳에 있습니다." 목공이 기뻐하며 어떤 말이냐고 묻자, 구방고가 대답하였습니다. "암놈이며 색깔은 누렇습니다."

목공은 서둘러 사람을 시켜 그 말을 데려오게 하였지요. 말을 가져온 사람이 말하기를 그 말은 수놈이고 검은색이라고 했습니다. 목공이 몹시 실망하고 백락을 불러 불쾌해하며 말했습니다. "그대가 천거했던 구방고라는 사람은 틀렸소! 말의 색깔이나 암수조차도 구별하지 못하니 어찌 말에 대해 안다고 할 수가 있겠소?"

백락은 크게 한숨을 쉬면서 말했습니다. "아닙니다. 전하, 구방고가 본 것은 말의 내면에 있는 명마의 재질입니다. 그것은 하늘이 내려주신 것으로 밖으로는 잘 보이지 않습니다. 그는 말의 정수만을 파악하고 대강은 잊어버린 것이며, 천하의 명마가 될 수 있는 말의 재질을 살피고 외모는 잊어버린 것입니다."

백락의 말을 듣고 다시 살펴보니, 구방고가 찾아온 말은 과연 천하의 명마이었답니다. 이 이야기는 중국 고전에서 제가 좋아하는 이야기의 하나입니다. 중국의 고전에서 배우는 삶의 지혜 [도시를 걷는 낙타]라는 책을 편저한 서울대의 허성도 교수는 이 이야기가 우리에게 들려주는 핵심을 포착하고 있습니다.

허 교수는 무슨 일을 할 때나 일의 본질을 확실히 파악하고 그 본질을 놓치지 않는 것이 중요함에도 우리는 곧잘 주변에 더 마음을 쓰는 경향이 있다고 지적합니다. 참으로 중요한 것이 무엇인가를 안다는 것은 쉽지 않습니다. 참으로 중요한 것은 겉에 있지 않습니다.

천하의 명마가 될 수 있는 재질은 골수에 숨겨져 있듯이 참으로 중요한 것은 내면에 있기 마련입니다. 많은 사람이 목공이 저지르려 했던 우를 범합니다. 겉에 나타난 것만을 보면서 판단합니다. 참으로 사람을 볼 줄 아는 사람은 그 사람의 내면을 보려고 하지, 외모에 구애받지 않습니다.

그렇습니다. 물론 우리가 살아가면서 주변적인 요소나 어떤 외적인 형식이 필요하지 않은 것은 아닙니다. 그러나 그러면 자칫 본질을 잊게 된다는 것입니다. 허 교수는 우리에게 물음을 던집니다. "평생 함께 일할 사람을 선택한다면, 평생의 직장을 구한다면, 평생의 배우자를 선택한다면 우리는 무엇을 먼저 보아야 할까요?"

한 마리의 말을 알아보는 안목을 지니기가 쉽지 않다면, 하물며 사람을 알아보는 안목은 더욱 어려운 것이 아닐까?라는 생각을 해봅니다. 사람을 안다는 것은 참으로 어렵습니다. 사람에 대해 함부로 말할 수 없고 더욱이 판단할 수는 없는 까닭이 여기에 있습니다.

오늘 독서인 사도행전을 보면, 예수님께서는 말씀을 마치시고 사도들이 보는 앞에서 승천하십니다. 예수님께서 하늘로 올라가시는 동안 그들은 하늘만 쳐다보고 있었습니다. 그때 흰옷을 입은 사람 둘이 나타나 말합니다. "갈릴래아 사람들아, 왜 하늘을 쳐다보며 서 있느냐?"

예수님께서 승천하시고 구름에 싸여 보이지 않게 된 그 모습은 단지 외적인 것입니다. 그것만을 바라보고 있을 수는 없습니다. 예수님의 승천은 하나의 외적인 사건입니다. 그 내적인 의미이며 골수라고 할 수 있는 사건은 예수님의 부활입니다. 우리가 바라보아야 하는 사건은 부활이며, 그 부활의 의미입니다.

부활이라는 사건으로서 예수님은 이미 당신이 참으로 하느님의 아들로서 구세주 그리스도이라는 것을 보여주셨습니다. 승천은 다만 예수님에게 하느님께서 주시는 영광으로 들어가는 외적인 모습의 표현입니다. 그분이 이제 우리 곁을 아주 영영 떠나버린 그런 사건을 말하는 것이 아닙니다.

예수님께서는 제자들에게 분명히 약속하셨습니다. "나는 세상 끝날까지 항상 너희와 함께 있겠다." 우리는 외적인 사건인 승천에 너무 집착하면 본질을 놓칠 수가 있습니다. 이를테면, 예수님께서는 승천하시어 성령을 보내셨기 때문에 예수님의 시대는 끝났고 그 이후는 성령의 교회라고 생각하기도 합니다.

우리는 예수님의 말씀을 새겨들어야 합니다. 예수님께서 승천하시기 바로 전에 하신 말씀이 무엇입니까? 오늘 독서 내용인 사도행전을 그대로 인용합니다. "성령께서 너희에게 내리시면 너희는 힘을 받아, 예루살렘과 온 유대와 사마리아, 그리고 땅끝에 이르기까지 나의 증인이 될 것이다."

우리는 성령의 증인이 아니라 예수 그리스도 바로 그분의 증인이 되는 것입니다. 그 힘을 주시는 분이 바로 성령이십니다. 삼위일체, 성부, 성자, 성령이 하나이신데 무슨 차이가 있는가라고 생각하실 수도 있겠습니다마는, 제가 말씀드리고 싶은 것은 우리가 성령에 대한 바른 이해가 필요하다는 것입니다.

성령은 우리가 예수님을 우리의 주님, 그리스도라고 고백하고 믿는 힘을 주시는 분이십니다. 또한, 우리는 흰옷을 입은 두 사람이 들려준 말을 새겨들어야 할 것입니다. "왜 하늘을 쳐다보며 서 있느냐?" 이 말의 의미는 분명합니다. 외적인 표현에만 집착할 것이 아니라 부활의 의미를 살아야 한다는 것입니다.

부활의 의미는 사명과 연결되어 있습니다. 바로 예수님께서 세상 끝까지 가서 사람들에게 그분의 증인이 되라는 것입니다. 그분의 부활의 증인이 되라는 것입니다. 우리가 증거하는 것은 예수님의 부활 사건입니다. 승천은 다만 부활하셔서 하느님의 영광 안으로 들어가시는 그분의 구원과 승리의 한 외적인 표현입니다.

오늘 예수님의 승천 대축일을 맞으면서 우리가 해야 할 일은 분명합니다. 우리도 오늘 제2 독서인 에페소서에서 사도 바오로가 증거 하듯이, 세상에 외쳐야 할 것입니다. "하느님께서는 그분을 죽은 이들 가운데서 일으키시고 하늘에 올리시어 당신 오른쪽에 앉히셨습니다. 만물 위에 계신 그분을 교회에 머리로 주셨습니다."

다시 말해, 우리가 해야 할 일은 그분 예수님의 죽음을 믿으며 그분의 부활을 선포하는 것입니다. 사도 바오로는 우리에게 분명히 가르쳐줍니다. "교회는 그리스도의 몸이며, 만물을 완성하시는 분의 계획이 그 안에서 이루어집니다." 우리는 그리스도의 몸인 교회의 각각의 지체들입니다.

어떤 사람은 손의 역할을 하고 어떤 사람은 팔의 역할을 어떤 사람은 다리의 역할을 합니다. 그러나 머리는 오직 한 분이신 그리스도이십니다. 우리는 그리스도 안에서 하나입니다. 오늘 복음의 마지막 부분, 기억하십니까? "제자들은 떠나가서 곳곳에 복음을 선포하였다. 주님께서는 그들이 전하는 말씀을 확증해 주셨다."

오늘 주님 승천 대축일 주일을 지내면서 우리는 오늘 복음의 마지막 부분을 다시 한번 마음에 깊이 새기며, 우리도 제자들처럼 복음을 선포하는 일을 사명으로 실천하도록 합시다. 다시 한번 강조합니다. 우리의 삶의 핵심은 예수님의 부활을 체험하고 그 기쁨을 전하는 것입니다.

부활의 기쁨이 살아나도록

오늘 복음에서 예수께서 말씀하십니다. "아직도 나는 할 말이 많지만, 지금은 너희가 그 말을 알아들을 수 없을 것이다. 그러나 진리의 성령이 오시면, 너희를 이끌어 진리를 온전히 깨닫게 하여 주실 것이다." 예수님도 지금 당장 제자들을 다 이해하게 하실 수 없다는 것을 아시고, 때가 될 때까지 기다리셔야 했습니다.

우리도 그렇습니다. 다른 사람을 이해시킬 수가 없는 때가 있지요. 그 사람에게 깨달음이 오게 하는 이는 우리가 아니지요. 진리의 성령이시지요. 어제 어느 신자분이 면담을 청했어요. 그의 이야기를 들어보니 요지는, 왜 새 성당의 제대에 십자고상이 아닌 예수님을 모셨느냐는 물음이었어요.

당신은 이해하지만, 다른 신자나 더구나 비신자들에게 어떻게 설명을 해야 하느냐는 것이었어요. 제가 나름대로 설명을 해드리고 난 후에, 미사에서 한번 이 문제를 말씀드리는 것이 좋겠다는 생각이 들었지요. 그래서 우선은 오늘 교직원 미사에서, 그리고 다가오는 주일 미사에서 말씀드리기로 했습니다.

2004년 주님 봉헌 축일에 한국 천주교 주교회의 전례 위원회는 '새 미사 전례 총지침(2002)에 따른 간추린 미사 전례 지침'을 내놓았고, 위원장이신 이병호 주교님이 서문을 쓰시면서 '부활의 기쁨이 살아나도록'이라는 부제를 달았어요. 주교님의 서문을 요약하면서 우리가 부활, 승천하시는 예수님을 제대에 모신 의미를 말씀드리겠습니다.

"우리가 날마다 드리는 미사는 십자가 제사의 재현이다. 이 사실을 드러내고자 십자가를 제단에 모신다. 특히 우리나라에서는 거의 모든 성당에 대형 십자가가 모셔져 있다. 그런데 죽임을 당하신 예수님께서 십자가에 달려 계신 모습은 그 자체로만 보면, 아름다운 것이 아니라 오히려 끔찍하고 소름 돋는 광경이다.

이 광경이 수 천 년의 역사를 지내오는 동안 우리에게 익숙하게 되었다. 그런데 십자가의 의미를 전하는 데에 교회가 떨쳐 버리지 못한 어떤 관성 때문에, 미사 전례를 비롯하여 우리 신앙생활 전반이 일종의 그림자에 덮여 있다고 할 수 있다. 십자가의 그림자라고 할까?

그래서 어떻게 되었는가? 전례와 신앙생활 전반에 부활의 빛과 기쁨 그리고 그 힘이 충분히 스며들지도 발산되지도 못하였다. 그렇게 된 데에는 신자들에게 십자가를 거쳐 부활에 이르는 그리스도교 핵심 신비를 전체적으로 충분히 각인시켜 주지 못한 교회의 책임이 크다고 생각한다.

그래서 십자가 자체가 너무나 크게 부각되고 그만큼 부활의 빛이 가리어지는 결과를 빚었다. 그렇게 되자 미사와 신앙생활 전반적 분위기가 활기와 확신이 부족하게 되기도 했다. 미사 전례는 바로 이런 의미의 십자가 신비, 성령을 통해서 우리 안에 힘으로 전달되는 그 부활의 기쁨을 지금 여기에서 살려내는 사건이다.

따라서 우리는 미사 전례 전체 안에서 이러한 본래의 의미가 충분히 살아나도록 심혈을 기울여야 한다. 우리가 전례를 통하여 전달되는 부활의 기쁨을 한껏 살려낼 수 있다면, 미사야말로 우리와 주변의 모든 사람이 가지고 있는 목마름을 깨끗이 해소해 주고, 영원히 목마르지 않게 해줄 '야곱의 우물'이 될 것이다."

미사 전례 지침이기 때문에 제대에 십자가 대신 부활하신 예수님을 모셔야 한다는 구체적인 말은 없지만, 취지는 분명하지요. 십자가가 분명히 구원의 상징이지만 거기에 머물지 않고 부활의 빛과 기쁨, 그 힘이 잘 드러나도록 해야 한다는 것입니다.

우리 병원 성당을 지으면서 병원장 수녀님이 고심하고 나름대로 심혈을 기울이신 것이 어떻게 환자들에게 위로를 주고, 부활하신 주님이 주시는 기쁨과 평화가 잘 드러나도록 분위기를 만드는가 하는 점이었습니다. 그런 의미에서 부활의 빛과 힘이 잘 드러나는 모습의 예수님을 모시기로 저와 마음의 일치를 보았던 것입니다.

여러분들, 한번 예수님의 모습을 바라보십시오. 어떤 느낌을 받습니까? 작가가 부활보다도 오히려 승천하시는 예수님을 표현했습니다마는 승천은 다만 부활의 한 표현이지요. 승천이 부활과 다른 사건이 아닙니다. 저는 이 예수님상을 '부활, 승천 십자가'라고 부르고 싶습니다.

이 성당을 지으면서 병원장 수녀님이 모든 것을 저와 상의하시고 함께 의견을 모아서 하였는데, 대체로 서로 같은 생각이었기 때문에 비교적 쉽게 좋은 작가들을 만날 수 있었습니다. 아직 14처가 오지 않았습니다마는 좋은 작가에게 맡겼습니다. 가장 편안한 느낌을 주는 테라코타로 하도록 했으니, 기대해도 괜찮을 것입니다.

전체적으로 내부를 맡으신 강 수녀님이나 다른 작가들에게 병원장 수녀님이나 제가 강조한 것이 환자들이 성당에 들어와서 주님 앞에 앉아 위로를 받고 편안함, 평화를 느낄 수 있는 분위기를 만드는 것이었습니다. 교직원 여러분들이 이 점을 잘 이해하시고 질문을 던지는 다른 분들에게도 잘 설명해 주시기 바랍니다.

제 **4** 장

성령, 그리고 십자가

위대한 조각가

제가 오래전에 번역했던 브라이언 피어스 신부의 [우리 함께 걸으며]에서 세례성사에 관한 장에서, 재미있는 생각들 몇 가지 나누려고 합니다.

에크하르트는 우리 내면의 깊은 곳에 하느님의 본성을 지니고 있다는 사실을 표현하기 위해서 재미있는 상징을 사용합니다. 그의 저서에서 가장 아름다운 이미지의 하나이지요. 에크하르트는 이렇게 말합니다. 위대한 조각가는 나무나 돌로 인물상을 만들 때, 나무나 돌 안에 무엇을 덧붙여서 인물을 만들어 넣지 않는다.

오히려 나무 안에서 인물을 은밀하게 숨기고 있던 부분들을 조각칼이나 끌로 들어낸다. 나무에게 어떤 것을 보태어 넣는 것이 아니라, 다만 나무가 원래 지닌 인물상이 모습을 나타내도록 조각칼로 나뭇결을 벗겨낼 뿐이다. 그러면, 나무 밑에 숨겨져 있던 인물상이 나타나서 빛을 발하게 된다.

브라이언 신부는 이 상징적인 비유가 세례성사의 기본적인 의미를 잘 보여주고 있는 명쾌하고 통찰력이 있는 은유라고 생각한답니다. 우리가 나무이지요. 우리는 깊은 내면 안에 궁극적인 실재인 하느님의 본래 이미지를 담고 있다고 합니다. 세례의 물속에 잠기는 것은 우리의 진정한 자아를 추구하고 깨닫는 여정에로의 출발이지요.

진정한 자아는 바로 하느님의 모상을 따라 지음을 받았기에 하느님의 본성을 지니고 있다는 것입니다. 세례가 그 본성을 드러내기 시작하는 영적 여정으로의 출발이라는 말입니다. 에크하르트는 세례성사 안에서 성령께서 우리에게 우리 내면 깊은 곳에 있는 하느님의 불에서 이는 불꽃을 희미하게 감지할 수 있도록 해주신다고 말합니다.

불꽃은 불에서 튕겨 나오지요. 그래서 불꽃은 에크하르트가 우리가 하느님의 분신임을 나타내기 위해 즐겨 사용하는 이미지입니다. 브라이언 신부는 세례를 불교에서의 각과 비슷한 체험이라고 합니다. 불교에서 말하는 자기 수행의 결과로 인생의 전환을 이루는 각의 체험과는 달리, 세례는 성령에 의해 어루만져짐으로써 새로운 영적 여정을 출발하게 됩니다.

세례는 긴 영적 여정의 시작일 뿐이지요. 우리 깊은 내면 안에 숨겨져 있는 하느님의 본성을 조금씩 알아채게 됩니다. 우리는 위대한 조각가이신 하느님께서 조심스럽게 우리 본래의 모습을 덮고 있는 부분들을 쪼아내고 들어내어 진정한 자아의 모습을 보게 해주실 것이지요. 결국, 아름다운 조각품은 완성하는데, 오랜 시간이 걸립니다.

예수님이 당신 스스로 세례를 받으신 것은 그분을 따르는 제자로서 우리가 체현해야 할 영적인 자각을 예시합니다. 세례를 받으시고 요르단강물에서 나왔을 때, 하느님의 영이 그에게 내려오시고 하늘로부터 목소리가 들려오는 것을 들으십니다. "이는 내 사랑하는 아들, 내 마음에 드는 아들이다."(마르 1, 10~11)

아마 예수님의 생애에서 가장 깊이 아로새겨진 사건일 것입니다. 그 목소리는 그를 놀라게 했지만, 그는 아주 부드럽고 친밀한 사랑의 분위기가 감도는 것을 느꼈을 것입니다. 저의 영적 지도를 하셨던 정일우 신부님께서는 예수님에게 이 체험은 너무나 내적이라고 합니다.

하느님과 깊이 일치하는 내밀한 것이었기 때문에, 그 이후에 그는 하느님을 아버지를 친밀하게 부르는 애칭인 압바(우리말에 아빠에 해당)라고 부르신다고 하지요. 우리는 예수님이 온전히 인간으로 오셨다는 것을 잠시 잊고, 그는 하느님이시니까 모든 것을 다 알고 있었던 것으로 생각하기 쉽습니다.

예수님께서는 온전히 인간이셨기에 당신이 누구이신지 계속해서 식별을 통해 아셔야 했지요. 예수님에게 세례 체험 안에서 하늘로부터 들여온 소리는 너무나 충격적이어서 그 의미를 기도를 통해 식별하지 않을 수 없었고, 그래서 광야로 가신 것이지요.

예수님께서는 이 세례 체험 안에서 하늘에서 들려온 목소리를 듣고 기도 안에서 그 의미를 헤아립니다. 그러면서 당신이 '하느님의 사랑받는 아들'이라는 것을 알게 됩니다. 그와 아버지가 하나라는 것도 알게 되지요. 베네딕트회 신부인 스와미 아브히쉬크타난다는 예수님의 생애에 깊이 가로 새겨진 이 세례 체험에 대해 주석하면서 이렇게 말합니다.

예수님께서 하느님과 인간 사이를 갈라놓는 분리가 사라지는 체험을 하신 것은 요르단에서 세례를 받으실 때였습니다. 성령이 그에게 내려오셔서 그를 충만히 채우심으로써 그 안에 있던 모든 분리를 없애주셨습니다. 성령 안에서 그는 자신을 '아들'이라고 부른 목소리를 이해했고, 그는 '압바'라고 응답했습니다.

그가 '압바'라고 할 때, 그 의미는 이제 "그와 나는 완전히 하나이다."라는 뜻이었습니다. 세례성사는 예수님 안에서 그리고 예수님을 통해 우리도 하느님의 존재 안에서 깊숙이 들어가서 그 안에 잠기게 된다는 사실을 깨닫는 예식입니다. 중세 도미니크수녀회의 신비가인 시에나의 카타리나는 그녀의 저서 [대화]에서 이렇게 말합니다.

"물고기가 바다 안에 있고 바다가 물고기 안에 있는 것처럼 나는 평화의 바다 안에서 영혼 안에 있고 영혼이 내 안에 있다."

하느님이 우리 안에 계시고 우리가 하느님 안에 있습니다. 바로 이것이 예수님께서 제자들과 마지막 만찬 후에 고별사를 하시면서 외치신 신비스러운 깨달음이기도 합니다. "내가 아버지 안에 있고, 아버지께서 내 안에 계시다."(요한 14, 11)

세례성사의 목적은 우리가 하느님께로 향한 여정을 시작하기 위해서입니다. 이것은 내면의 자유를 향한 순례입니다. 이 순례의 목표가 예수님처럼 우리 존재의 깊은 곳에서 우리가 하느님의 본성을 지니고 있다는 것을 깨닫는 것입니다. 우리도 예수님이 아버지와 하나이듯이 하느님과 하나입니다.

요르단강의 세례

마태오복음 3장 13~17절은 예수님이 세례자 요한에게 물로 세례를 받으시는 내용입니다. 주님의 세례에 동참하면서 우리가 받은 세례의 의미도 새롭게 합시다. 장면을 세례가 베풀어지는 요르단강입니다. 예수님이 세례를 받기 위해 떠나시는 장면부터 묵상해 보십시오.

나자렛에서 지내시던 예수님은 요한이 세례를 베풀고 있다는 소식을 듣고는 어느 날 '가서 보리라'는 결심을 합니다. 이른 새벽 어머니께 작별의 입맞춤을 하고 길을 떠나는 예수님의 모습을 그려보십시오. 세례를 받기 위해 나자렛을 떠나는 이 순간은 예수님의 공생활을 위한 새로운 시작입니다.

예수님은 홀로 남은 어머니를 위해 기도하셨을 것입니다. 여러분도 각자에게 소중한 존재를 하느님께 맡겨 드리며 세례 장소로 홀로 떠나십시오. 강둑을 따라 길게 난 숲길을 예수님이 걸어갑니다. 여러분도 그분의 뒤를 따라 걸어가십시오. 먼동이 트고 날이 밝아옵니다.

들꽃들이 밤사이 오므렸던 봉오리를 열고 아침 이슬로 목욕을 합니다.

새들은 잠에서 깨어나 새날의 찬가를 부릅니다. 강가에는 어부들이 그물을 씻고 있습니다. 아름다운 자연 정경은 우리의 마음을 부드럽게 합니다. 자연을 바라보는 것만으로도 창조주에 대한 찬미가 우러러나옵니다.

세상사에 지친 마음을 그분과 함께하면서 깨끗하게 씻어내십시오. 세례나 첫영성체를 받기 위해 준비하던 시간을 떠올리는 것도 좋습니다. 이제 예수님이 세례 장소인 요르단강에 도착하십니다. 강가에는 사람들이 모여 요한의 가르침을 듣고 있습니다. 예수님께서도 다가가 사람들과 함께 요한의 말에 귀를 기울입니다.

"회개하고 세례를 받아라. 그러면 죄를 용서받을 것이다. 그분은 성령으로 세례를 베푸실 것이다."(공동번역 마르 1, 4~8).

요한의 말을 들은 예수님은 세례를 받기를 결심합니다. 자신에게 세례를 받으려고 오신 예수님과 요한 사이에 오간 대화에 귀 기울여 보십시오. 세례를 베푸는 요한과 세례를 받으시는 예수님의 모습을 지켜보면서 예수님이 받으신 세례의 의미를 묵상해 보십시오.

세례자 요한 이전에는 유다인들은 세례를 받지 않았습니다. 그들은 하느님의 선택된 백성이기 때문에 굳이 세례를 받을 필요가 없다고 생각했습니다. 그 당시 이방인만이 유다교로 개종할 때, 세례를 받는 것이 관례였습니다. 그들은 죄에서 깨끗이 씻겨져야 하기에 세례로 다시 태어나기 위해 물속에 들어갔습니다. 곧 세례는 자신이 죄인이라는 것을 인정하는 행위입니다.

예수님께서 그 세례를 받겠다고 결심하신 것이지요. 이는 예수님 스스로 죄인임을 인정하신 것을 의미합니다. 예수님은 우리와 같은 죄인임을 만천하에 공포하신 것이지요. 이 사건을 제2의 육화 사건이라고 부르는 것은 그 때문입니다. 인간으로 오신 예수님은 스스로 죄인임을 드러내심으로써 우리와 같은 자리에 동참하신 것이지요.

단순히 세례의 모범을 보이신 것이 아니라 실제로 하느님 앞에 죄인으로서 강물 속으로 들어가신 것입니다. 요르단 강물에 예수님과 요한이 있습니다. 두 분 주위로 강물이 흘러갑니다. '같은 강물에 두 번 손을 담그지 못한다.'라는 말이 있습니다. 강물은 흐르고 있기에 늘 새로움을 상징하지요. 흘러가는 강물에 여러분의 삶을 비춰보십시오.

오랜 교리공부를 마치고 세례를 받던, 그날을 떠올려 보는 것도 좋습니다. 예수님이 자신을 온전히 낮추시고 요한한테서 세례를 받으시자 하느님이 그분을 들어 올리십니다. 예수님이 물에서 나오시자 하늘이 열리고 성령이 비둘기 모양으로 예수님 위에 내려옵니다. 그리고 하늘에서 소리가 들려옵니다. "이는 내가 사랑하는 아들, 내 마음에 드는 아들이다." 이 소리에 귀 기울여 보십시오.

세례를 통해 하느님을 만나는 기쁨의 순간 안에 머물러 보십시오. 예수님은 세례를 통해 하느님의 아들로서 자신의 신원을 깨닫는 것입니다. 여러분도 세례 때 느낀 감동의 순간을 기억해 보십시오. 예수님의 경우와 마찬가지로 우리도 세례를 통해 하느님의 자녀로 태어났습니다.

그분을 통해 새롭게 태어난 것입니다. 새로운 삶이 시작된 것이지요. 세례를 통해 기꺼이 낮은 자리로 오시는 예수님의 모습을 떠올려 보십시오. 그리고 예수님을 통해 우리에게 오시는 하느님의 영광을 기억하면서 그분의 자녀로 새롭게 변화되어야 할 자신의 모습을 성찰해 봅니다.

십자가

오늘 복음에서 예수님께서는 "길을 떠날 때는 지팡이 이외에는 아무것도, 빵도 여행 보따리도 전대에 돈도 가져가지 말라."고 하십니다. 우리는 별로 듣고 싶지 않은, 마음으로는 썩 내키지 않는 말씀을 듣습니다. 다른 말로 이야기하면, 자신을 버리고 날마다 자기 십자가를 지고 나를 따라야 한다는 말씀입니다.

여러분들, 이 말씀을 어떻게 알아듣습니까? 여러분들, 삶에서 날마다 십자가를 지고 싶습니까? 아니라고요? 그러면 예수님 말씀 듣고 싶지 않아요? 갈등이지요? 하하. 십자가가 무엇입니까? 예수님 당시, 십자가는 가장 잔혹한 방법으로 사람을 죽이는 사형 틀이었습니다.

예수님께서는 당신을 따르려면 그 십자가를 지고 당신을 따라야 한다고 말씀하십니다. 여러분들, 예수님은 따르고 싶지요? 그런데 십자가는 지고 싶지 않지요. 당연히 죽음을 각오하고 따라야 한다. 아니, 당신이 가신 길이 죽음으로 가는 길, 십자가의 길이니, 당신을 따르려면 죽어야 한다는 말로 들립니다.

우리는 의문을 지닙니다. 신명기에서도 하느님께서 "보아라. 내가 오늘 너희 앞에 생명과 행복, 죽음과 불행을 내어놓는다. 너희와 너희 후손이 살려면 생명을 선택해야 한다."라고 말씀하십니다. 예수님도 말씀하셨습니다. "나는 양들이 생명을 얻고 또 얻어 넘치게 하려고 왔다."

분명 생명을 택하라고 하면서 왜 십자가를 지고 따라야 한다고 말씀하실까? 왜 그럴까요? 생명이냐? 죽음이냐? 당연히 생명입니다. 그런데 십자가를 지고 따르라고 하셨으니, 바로 그 십자가가 생명 나무라는 말입니다. 십자가가 바로 생명입니다.

죽음의 나무를 당신께서 생명 나무로 바꾸셨고, 이제 그 생명 나무를 지라고 하시는 것입니다. 물론 이 십자가 안에는 분명 어려움을 감내하면서 사는 삶, 순교까지 각오하면서 사는 삶의 의미가 있습니다. 우리가 그리스도인으로서 살아가려면 분명 우리의 뜻을 포기해야 할 때가 있고, 그것을 십자가라고 표현하기도 합니다.

십자가는 고통의 상징이지만 동시에 생명으로 가는 다리입니다. 천국 문을 여는 열쇠입니다. 예수님께서 '십자가'와 자기를 버린다는 것을 함께 말씀하십니다. "자기 자신을 버린다."라는 표현도 부정적으로 받아들이기보다는 깊은 의미를 알아들어야 합니다. 예수님께서 버리라고 한 것은 우리 존재로서의 자신이 아닙니다.

어느 날 주님께서 제자들에게 십자가를 나누어 주셨습니다. 제자 중에 이름이 실라스라는 제자가 있었어요. 그런데 그는 게으름쟁이였어요. 게으름쟁이 실라스는 예수님이 자기에게만 무거운 십자가를 주셨다고 생각했어요. 십자가의 무게가 그리 다르지 않지만 실라스는 자기 십자가가 무겁다고 생각한 것이지요.

"주님, 이 십자가는 왜 이렇게 무겁습니까? 왜 저에게 이렇게 무거운 십자가를 주시는 겁니까?"

주님께서 대답하셨습니다.

"실라스야. 그게 그렇게 무겁니? 그렇다면 오히려 다행이구나. 십자가는 무거울수록 좋기 때문이다. 왜냐하면, 네가 무거운 십자가를 질수록 결국 네가 받을 보상이 더 클 테니까 말이다!"

그 말씀을 하시고 주님께서 먼저 떠나셨습니다. 게으름쟁이 실라스는 계속 투덜거리고 너무 무겁다고 불평하면서 십자가를 지고 갔습니다. 그런데 얼마 가지 않아 십자가를 땅에 내려놓고 그것을 바라보았습니다. 정말 너무 무거워 보였습니다. 그는 십자가를 바라보며 더 가벼운 것으로 바꿀 수 있다면! 라고 생각하였지요.

그때였어요. 누군가가 나타났어요. 악마였어요. 여러분들, 악마는 변장술에 천재라는 것을 아시지요? 악마가 아주 멋있는 예술가의 모습으로 나타나서 그에게 그럴듯한 제안을 했어요.

"아, 그 십자가가 되게 무거워 보이는군요. 저는 종이 공예를 하는 사람인데, 아주 가벼운 종이로 무엇이든지 똑같은 모습의 모조품을 만들 수 있지요. 겉보기에는 똑같아도 전혀 무겁지 않답니다. 너무나 진품하고 똑같아 보일 테니, 그 십자가를 지라고 주신 주님도 구별하지 못하실 겁니다."

게으름쟁이 실라스는 그 제안을 듣고 무척 기뻤습니다. 그는 악마에게 충분히 사례할 테니, 자기의 무거운 십자가와 똑같은 종이 십자가를 만들어 달라고 부탁했습니다. 그렇게 해서 그는 무거운 십자가를 지는 것처럼 하고 아주 가벼운 종이를 짊어지고 갔습니다.

마침내, 그는 주님이 기다리고 계신 곳에 이르게 되었습니다. 그가 말했습니다.

"주님, 보십시오. 저는 이 무거운 십자가를 짊어지고 왔습니다. 너무 무거웠지만 결국 이르신 대로 무거운 십자가를 지고 왔으니, 저에게 이 십자가에 걸맞은 상을 주십시오."

주님이 대답하셨습니다.

"그러냐? 잘했구나. 네 그 십자가에 걸맞은 상을 주겠다. 따라오너라."

실라스는 이 말을 듣고 무척 좋아했습니다. 종이 십자가를 지고 오고도 큰 상을 받게 되었으니, 속으로 쾌재를 불렀습니다. 예수님은 그를 언덕으로 데리고 가셨습니다. 두 사람은 언덕을 향해 천천히 걸어갔습니다. 예수님께서 언덕 꼭대기에 있는 아주 아름다운 저택을 가리키셨습니다. 그리고 그에게 말씀하셨습니다.

"실라스야, 언덕 위의 저 황금 저택은 바로 네 것이다. 네가 십자가를 지고 온 상이다."

그는 그 황금 저택을 보고는 너무 좋아하면서 그곳으로 뛰어갔습니다. 그런데 무슨 일이 일어났는지 아십니까? 그가 막 문을 열려는데 강풍이 불어 왔습니다. 너무나 놀랍고 황당하게도 그 황금 저택은 바람에 날려가 버렸습니다. 그 황금 저택도 종이로 만들었던 것입니다.

종이 십자가와 종이 황금 저택! 너무 가벼운 십자가는 바람에 날아가 버린다는 것을 잊지 않기 바래요. 여러분들, 이 이야기 재미있어요? 비슷한 다른 버전의 이야기 하나 더 해 드립니다. 이번에도 실라스 이야기입니다. 오! 불쌍한 실라스!

예수님께서 사람들에게 십자가를 나누어 주시면서 "천국에 이르기 위해서는 십자가가 필요하다."라고 말씀하셨습니다. 그러자 아주 이기주의자이며 게으른 실라스는 십자가 받기를 거부하면서 뽐내듯 말했습니다. "주님, 저는 십자가 없이도 천국에 갈 수 있습니다."

주님은 다만 빙그레 웃으셨지요. 사람들은 저마다 자기 십자가를 짊어지고 천국에 이르는 길을 걸어갔습니다. 길고도 힘든 여행 끝에 천국에 이르는 여정의 막바지에 도달하게 되었습니다. 그런데 사람들 앞에는 깊은 낭떠러지가 있고, 넓은 골짜기 저편에는 "거룩한 도시, 천상의 예루살렘"이 바라다보였습니다.

사람들은 그 도성, 천상의 예루살렘이 너무나 아름답고 찬란하게 빛나고 있는 걸 볼 수 있었습니다. 그들은 주님을 찾아 물어보았습니다.

"주님, 저희가 저 아름다운 도시로 가려면 어떻게 건너가지요?"

그러자 주님께서는 말씀하셨습니다.

"이제 너희가 지고 온 십자가를 모두 끝과 끝을 이어라. 그리고 천국에 이르는 다리를 놓아라. 너희가 지고 온 십자가 다리를 건너서 골짜기 저편 천국에 이를 수 있다."

사람들은 주님께서 가르쳐 주신 대로 자신들의 십자가 끝과 끝을 이은 후, 그것을 다리로 만들어 반대편 천국으로 건너갔습니다. 이기주의자이며 게으른 실라스는 다리 끝에 그대로 서 있을 수밖에 없었습니다. 십자가 없는 그는 그 다리를 건널 수 없었던 것입니다.

사도 바오로는 말하지요. "그러나 나는 우리 주 예수 그리스도의 십자가 외에는 어떠한 것도 자랑하고 싶지 않습니다. 그리스도의 십자가로 말미암아, 내 쪽에서 보면 세상이 십자가에 못 박혔고 세상 쪽에서 보면 내가 십자가에 못 박혔습니다."

사도 바오로는 자기가 자랑할 것은 십자가밖에 없다고 합니다. 그리스도가 죽음의 나무인 십자가를 생명 나무로 바꾸어 주셨습니다. 이제 우리는 바오로처럼 이 생명 나무인 십자가를 자랑하며 기꺼이 십자가를 져야 할 것입니다. 사도 바오로의 말을 잘 들어보십시오.

예수님께서 십자가에서 돌아가심으로써 세상이 나에 대해서 십자가에 못 박혔다고 합니다. 무슨 말이냐 하면, 세상이 죽었다는 겁니다. 이제 세상이 아무 의미가 없다는 것입니다. 주님만이 중요하게 된 것이지요. 그리고 내가 세상에 대해서 십자가에 못 박혔다고 하니, 그러니까, 내가 세상에 대해 죽었다는 것입니다.

그분의 죽음으로써 내가 세상이 아닌 참 생명을 얻었다는 말입니다. 십자가는 생명 나무임을 잊지 마십시오. 그런 의미에서 나무에 관한 하나 들려드리면서 오늘 강론에 대합니다.

나무

조이스 킬머

내 결코 보지 못하리
나무처럼 아름다운 시를.
단물 흐르는 대지의 가슴에
굶주린 입을 대고 있는 나무

온종일 하느님을 바라보며
잎 무성한 두 팔 들어 기도하는 나무

눈은 그 품 안에 쌓이고
비와 정답게 어울려 사는 나무

시는 나 같은 바보가 만들지만
나무를 만드는 건 오직 하느님뿐.

함께 나누는 하늘, 빵 그리고 사랑

"나는 생명의 빵이다. 나는 하늘에서 내려온 살아 있는 빵이다."라고 예수님은 쉽게 알아들을 수 없는 말씀을 하십니다. 빵은 우리 식으로 표현하면 밥입니다. 밥이 하늘이라는 어느 시인의 말처럼, 서로 하늘을 공유하듯 밥도 서로 나누어야 한다는 의미입니다.

"나는 생명의 빵이다."라는 말씀은 "나는 당신들에게 생명을 주기 위해 나 자신은 온전히 내어줍니다."라는 의미입니다. 예수님은 우리와 온전히 한 몸을 이루기 위해 당신 자신은 기꺼이 빵이 되고 밥이 되어 주셨습니다. 그분을 우리 안에 모실 때, 우리는 주님과 한 몸을 이룹니다.

그럼 그분을 어떻게 우리 안에 모셔야 할까요? 그분을 온전히 우리 안에 모신다는 것은 쉽지 않은 일이지만, 그분의 본질을 이해하는 만남이면 가능하리라 생각합니다. 그렇다면 그분의 본질은 무엇일까요? 그것은 바로 사랑입니다. 예수님은 우리를 위해 십자가에 못 박혀 돌아가실 만큼 우리를 사랑하셨습니다.

"나는 생명의 빵이니 나를 먹어라."라는 말씀은 우리를 사랑하기 때문에 당신의 생명을 내어준다는, 우리를 사랑하기 때문에 대신 죽겠다는 말씀입니다. 우리의 영원한 생명, 곧 구원을 위해 당신의 생명을 내어놓으시겠다는 사랑의 의미입니다.

"이 사람이 어떻게 자기의 살을 우리에게 먹으라고 내어줄 수 있단 말인가?"면서 유대인들은 따졌습니다. 그들은 그분의 말을 알아듣지 못했습니다. 만일 그들이 예수님의 눈을 깊이 들여다보며 그분의 사랑을 보고 느낄 수 있었다면, 그 말뜻을 이해했겠지만 그들의 아집이 너무나 높아서 두 눈을 덮고 귀를 막아버렸습니다.

우리는 어떻습니까? 우리의 마음과 우리의 두 눈과 우리의 두 귀는 그분을 향해 언제나 열려 있습니까? 예수님은 "내 살을 먹고 내 피를 마시는 사람은 영원히 살 것이다."라고 하셨습니다. 그 말씀은 바로 '나와 온전히 함께 나누는 사람', 곧 '당신이 주신 사랑을 나누는 사람'이라는 뜻입니다.

진정한 의미의 사랑을 하는 사람은 영원한 삶을 누리게 된다는 것입니다. 그런 사람은 그분과 큰 일치를 이루게 됩니다. "내 안에 살고 나도 그 안에 산다."라고 하신 것처럼 우리는 진정 그분과 하나가 됩니다. 사랑은 자신을 나누는 것입니다.

물질적인 것들, 꽃·반지·옷·축하 카드 등은 사랑을 나타내는 상징적인 표현일 뿐입니다. 진정한 사랑은 자신의 내적인 힘에 있습니다. 있는 그대로의 자신을 나누는 것, 있는 그대로의 자신을 보여주는 것, 그것이 바로 사랑의 본질입니다. 그것이 바로 예수님의 사랑입니다.

예수님은 당신 자신을 나누고, 당신을 있는 그대로 보여주고 싶었습니다. 당신이 바로 하느님 아버지께서 보내신 하느님의 아들, 구세주이심을 보여주고 싶었습니다. 그래서 자주 당신이 누구냐는 물음을 던지셨고, 스스로 당신이 누구라고 말씀하셨습니다.

당신은 '생명의 빵', '하늘에서 온 살아 있는 빵'이라고 말씀하셨습니다. 당신이 구세주라는 말씀을 '살아 있는 빵'이라고 표현하신 것입니다. 왜냐하면, 당시 사람들은 구세주라고 하면 '영광의 왕, 모든 압제자를 정복하여 이스라엘을 영광스럽게 만들어 줄 정복자나 왕'이라고 생각했기 때문입니다.

하지만 예수님은 사람들이 생각하는 그런 구세주가 아니었습니다. 오히려 당신 자신을 내어주실 분, 우리를 사랑하시기 때문에 당신의 생명을 내어주실 분, 그렇게 하여 우리를 죄에서 구원하실 분이었으니 '생명의 빵'이라고 말씀하실 수밖에

없으셨던 것입니다.

사랑의 또 다른 본질은 상대를 있는 그대로 받아들이는 마음, 있는 그대로 느끼고 존중해 주는 마음입니다. 예수님은 그렇게 사신 분입니다. 천대받던 사람들에게 가까이 다가가셨고 그들의 모습 그대로 받아주시고 필요한 것이 무엇인지 헤아리신 분입니다.

그 당시 병에 걸린다는 것은 그 사람이 지은 죄의 결과로 여겼기 때문에 병자를 죄인 취급했습니다. 그러나 예수님은 스스럼없이 병자들의 손을 잡아주셨습니다. 가장 큰 죄인으로 소외당하던 세리 자캐오에게도 "어서 내려오너라. 내가 오늘 너의 집에 머물러야겠다."라며 위로의 말을 건네셨고, 향유를 바르던 여인의 마음도 어루만져 주셨습니다.

'빵을 먹는 사람'들이란 사랑을 나누는 사람을 뜻합니다. 이 말을 제대로 알아들어야 '성체성사'의 깊은 의미를 바르게 이해할 수 있습니다. '성체성

사'는 바로 사랑의 성사입니다. "너희는 나를 기념하여 이를 행하여라."라고 하신 말씀은 단순히 의례적으로 예수님을 기념하라는 뜻이 아닙니다.

당신을 모심으로써 당신과 하나가 되어 당신이 행하신 사랑의 행위, 사랑의 삶을 살라는 말씀입니다. 올바른 삶을 살고자 원한다면 그분의 삶처럼 자신을 빵으로, 밥으로, 하늘로 나누어야 합니다. 그것이 사랑입니다.

성 십자가 현양 축일

성 십자가 현양 축일입니다. 전승에 의하면, 성녀 헬레나의 십자가 경배로 시작되었다고 합니다. 오늘 우리는 민수기의 말씀을 제1 독서로 들었습니다. 모세가 불 뱀을 만들어 기둥 위에 달아 놓고 뱀이 물었을 때 그 구리 뱀을 쳐다보면 살아납니다. 구리 뱀을 쳐다보면, 다시 살듯이 십자가를 바라보면 죽더라도 산다는 말씀입니다.

필리피서의 말씀을 제2 독서로 듣습니다. 필리피서는 감옥에서 쓴 편지입니다. 서간 중에 사도 바오로가 자신을 일컬어 '갇혀 있는 사람'이라고 부른 데서 옥중 서간이란 이름이 유래되었습니다. 골로사이서, 에페소서, 필리피서, 필레몬서가 여기에 해당합니다.

필리피서는 에페소 다음에 나오는 성서로 감옥에서 쓴 편지입니다. 처음부터 끝까지 그리스도 안에서 갖는 희망과 기쁨을 전하고 있어 '기쁨의 편지'라고 불립니다. 공동체를 나의 기쁨이며 면류관이라고 합니다. 또한, 초대 교회 전례부터 사용된 아름다운 '그리스도 찬가'(2. 6~11)가 실려 있는 편지입니다.

필리피 교회는 사도 바오로가 유럽과 마케도니아와 그리스를 방문하던 제2차전도 여행 중에(50~52년경) 유럽에서 처음으로 생긴 공동체입니다. 리디아의 집에 모이던 이방인 개종자들을 중심으로 생겨난 복음을 받아들인 젊은 교회였습니다.(사도 16, 11~40. 참조)

필리피서가 쓰인 것은 사도 바오로는 자신이 옥중에 있을 때, 필리피 교우들이 도와준 데 대해 고마운 뜻을 전하려고 한 것입니다. 또한, 진짜 그리스도인이 되기 위해서는 할례를 받아야 한다는 일부 유대주의자들의 소란에 대답하기 위해, 이 편지를 썼습니다. 에페소 감옥에서 대략 56~57년 경에 쓰인 것으로 보입니다.

공동체에 보내 준 도움에 감사하고자 하며 디모테오가 필리피를 방문하게 되리라고 예언하고, 에바프로디도를 서둘러서 돌아가게 한 이유를 설명합니다. 사도 바오로는 필리피 신자들에게 선포되고 그들이 생활로 실천한 참된 복음은 그리스도의 십자가에 있음을 생각하게 합니다. 바로 그리스도의 경배입니다.

바오로는 우리에게 십자가에 대한 감사와 교회에 대한 격려와 관심을 표명합니다. 바오로 사도는 자신이 세운 교회에 주님의 복음이 전해진 것에 대하여 진심으로 감사드리고 있고, 또 그들을 가장 좋은 말로 격려하고 있습니다. 또한, 교회를 위해서는 심지어 '피를 쏟아부을 수도 있음을' 말하고 있습니다.

편지 전체에서 우리는 바오로 사도의 '아들과 같은 교회'에 대한 깊은 사랑과 관심을 느낄 수 있습니다. 이는 마치 올바른 길로 가기를 바라는 자녀를 바라보는 부모의 깊은 사랑과 조금도 다름이 없고, 오히려 더욱 심오

한 사랑을 느끼게 합니다. 그중 그리스도 찬가(2. 6~11)라고 불리는 글이 있습니다.

그 찬가에서 바오로 사도는 주님께서는 깊은 계시의 신비를 열어 보이시는데, 바로 그리스도 십자가 죽음의 신비이며, 하느님 아버지와의 관계에서 드러난 순종과 영광의 신비라 말합니다. 이것은 그리스도 강생이 가지는 근본적 의미와 십자가 수난의 본질적 의미를 아주 명확하게 보여줍니다.

그리스도의 전체 삶, 특히 십자가 죽음을 이해하는데, 중요한 역할을 하게 됩니다. 그리스도 강생과 십자가 죽음의 내적 신비의 요지는 그리스도께서 힘이 없어 강생하시고 죽으신 것이 아니라, 오직 성부 아버지의 뜻에 순종하시기 위하여 그렇게 하신 것이라는 점입니다.

성부 아버지께서는 아들 그리스도를 모든 만물 위에 올리셔서 주님으로 찬양받도록 섭리하셨음을 깊은 영적 통찰력으로 아름다운 찬미와 시로서 표현하고 있습니다. 우리도 그리스도를 대략 이해하는 것이 아니라, 깊은 내적 일치와 실천의 삶을 통하여 진정으로 십자가의 신비를 이해하는 사람이 되어야 하겠습니다.

바오로 사도는 구원에 대한 명확한 계시를 드러냅니다. 곧 그 구원의 목표에 도달하기 위해서 다른 어떤 장애물도 앞을 가로막을 수 없음을 말합니다. 그리스도와의 일치를 방해하는 모든 것을 쓰레기로 여기고 있습니다. 그리스도와의 일치에서 오는 기쁨과 평화가 다른 어떤 것도 크고 비교할 수 없음을 말합니다.

사람은 항상 더 크고 완전한 사랑, 더 깊고 충만한 사랑을 추구합니다. 바오로 사도에게는 그리스도와 일치하는 것보다 더 큰 기쁨과 사랑이 없습니다. 오늘 복음은 요한복음서입니다. 모세가 광야에서 뱀을 들어 올린 것처럼 사람의 아들도 십자가에 들어 올려져야 한다.

그 유명한 말씀을 듣습니다. "그를 믿는 사람은 누구나 멸망하지 않고 영원한 생명을 얻게 하셨다." 당신이 세상에 오신 이유는 분명합니다. 구원을 받게 하시려는 것입니다. 그 구원이 바로 십자가를 통해서입니다. 저의 시 하나 나눕니다.

십자가, 부활의 다리

주님께서 십자가 위에서 죽기까지 사랑하셨고
그분이 십자
가로 우리의 죄를 씻어주셨기에
부활의 승리로 우리의 죽음을 쳐부수셨기에
우리는 그분 부활의 기쁨 안에서 노래하네.

"깨어나라, 잠자는 이여,
그리스도께서 그대를 비추시리라." (에페. 5, 14)

주님께서 부활하시어 우리와 함께 계시다네.
그분이 우리에게 길, 진리, 생명이 되어 주시니
우리는 세상 안에서 두려울 것이 없어라.

카나의 기적

오늘은 연중 제2주일입니다. 제2주일의 핵심은 교회가 그리스도의 사랑으로 변화되어 혼인의 기쁨을 나눈다는 것을 보여줍니다. 요한복음 2장은 예수님의 첫 번째 기적을 기록하고 있습니다. 카나의 기적은 예수님이 온전히 어머니께 대한 사랑으로 행하신 것입니다. 어머니의 역할을 떠올리면서 기도하기로 합니다.

카나라는 작은 시골 동네에 혼인 잔치가 열리고 있습니다. 카나는 나자렛에서 멀지 않은 동네이지요. 당시 이스라엘의 혼인 잔치는 저녁 무렵 시작됩니다. 저녁의 붉은 해가 온 누리에 드리우는 시간, 시골 마을에서 벌어지는 소박한 잔치 풍경을 그려보십시오.

동네 사람들이 한자리에 모여 여흥이 벌어지는 가운데 어둠을 밝히는 등불이 켜집니다. 악단의 연주는 밤이 깊어감에 따라 더욱 흥겨워집니다. 잔치에 모인 사람들은 신랑 신부를 축복하며 함께 춤을 춥니다. 사람들은 저마다 손에 포도주잔을 들고 신랑 신부에게 축복의 말을 건넵니다.

그 가운데 계신 예수님과 성모님을 찾아보십시오. 예수님은 제자들과 함께 그 자리에 초대받아 앉아 계십니다. 잔치 분위기가 무르익을 때 포도주가 떨어집니다. 아마 성모님은 그 잔치에 단순히 손님으로 초대받은 것이 아닐 것입니다. 성모님은 주인과 매우 친밀한 사이로 부엌일을 도맡고 계셨을 것입니다.

포도주를 가지러 왔던 주인은 항아리가 빈 것을 보고 성모님을 향해 울상을 짓고 있습니다. 잔칫집에 술이 떨어지는 것은 손님들의 흥을 깨는 것이지요. 손님을 초대한 주인으로서는 여간 낭패한 일이 아닐 것입니다. 전승에 의하면 성모님은 신랑과 가까운 친척이었다고 합니다.

성모님은 부엌에서 나와 예수님을 부르십니다. 그러고는 포도주가 떨어졌다고 말씀하십니다. 기도 안에서 성모님의 모습을 바라보십시오. 다만 포도주가 떨어졌다는 것을 알릴 뿐입니다. 아드님이 알아서 하시도록 맡겨드리는 것이지요. 성경에 의하면, 예수님은 어머니를 보시고 이렇게 말씀하십니다.

"여인이시여, 저에게 무엇을 바라십니까? 아직 저의 때가 오지 않았습니다."

예수님의 말씀이 좀 이상하게 들리지 않나요? 어머니께 너무 냉정하게 말씀하시는 것 같지 않습니까? 하지만 이것은 거의 직역이라고 할 수 있습니다. 성서학자들은 그 당대의 의미를 고려하여 의역하면, 다음과 같다고 합니다.

"어머니, 걱정하지 마세요. 어머니는 무슨 일이 일어나고 있는지 모르십니다. 그냥 저에게 맡겨두세요. 제가 제 방식대로 처리하겠습니다."

이제 예수님의 말씀이 쉽게 이해되실 겁니다. 효자이신 예수님의 마음을 헤아리면서 그 말씀을 들어보세요. 당신의 때가 아직 오지 않았다고 하셨지만, 예수님은 기꺼이 때를 앞당겨 어머니의 마음을 배려합니다. 예수님의 말씀을 들은 성모님은 잔치 일을 돕는 하인들에게 이릅니다.

"무엇이든지 그가 시키는 대로 하여라."

그 말씀에 머물러 보십시오. 아드님에 대한 온전한 신뢰를 느끼십니까? 성모님은 언제나 나서지 않는 분입니다. 늘 아드님을 지켜보며 기다리십니다. 우리는 과연 성모님처럼 할 수 있을까요? 우리는 재촉하고 성화를 대지는 않는지요? 인내와 관용, 사랑으로 기다리시는 성모님의 마음을 기도 중에 청하는 것도 좋습니다.

예수님은 고유한 방법으로 일을 처리합니다. 예수님은 정결 예식에 쓰는 돌항아리를 기적의 도구로 사용합니다. 예수님은 하인들에게 여섯 항아리에 물을 가득 붓게 합니다. 원래 돌항아리는 정결 예식 때 손을 씻는 도구입니다. 이 대목을 기도하면서 떠오르는 느낌이나 깨달음이 있으면 마음을 모아보십시오.

궁극적으로 기도를 이끌어주시는 분은 성령이십니다. 성령께 마음을 모으고 귀를 기울이는 것이 가장 중요합니다. 성령의 이끄심을 따라 기도 안에 머물면 우리 안에서 이 순간 생생하게 이 사건이 재현될 것입니다. 우리는 돌항아리를 통해 자신의 손을 씻는 것이 아니라 포도주로 변한 물을 맛보게 될 것입니다.

하인들이 돌항아리에서 가득 찬 물을 사람들에게 가져가자 포도주로 변해 있었습니다. 예수님의 권능으로 포도주로 변한 물을 맛보며 성모님의 감탄사를 외쳐보십시오. 예수님은 우리의 삶을 물에서 포도주로 변화시켜 주시는 분입니다. 물과 같은 우리의 무미건조한 삶은 예수님으로 인해 포도주의 향과 맛을 지니게 됩니다.

고단한 우리의 일상은 예수님 안에서 포도주를 나누는 축제로 바뀌게 됩니다. 기도를 마치면서 성모님과 잠시 담화를 나누어 보십시오. 이것은 이냐시오 성인이 우리에게 권하는 방법입니다. 이 대목을 기도하면서 성모님의 마음을 더 깊이 헤아리고 그분이 지니신 겸손과 신뢰의 마음을 배울 수 있도록 청하십시오.

"무엇이든지 그가 시키는 대로 하여라."

새 가죽 부대의 넉넉함으로

우리는 마태오복음 9장 14~17절 말씀을 묵상하기로 합니다. 예수님은 열린 마음을 지니신 분이셨습니다. 새로움과 변화, 도전 등에 대해 항상 마음을 열어두고 계셨지요. 기도 안에서 그분의 열린 마음을 느끼며 우리의 마음도 활짝 열고 기도하기로 합니다.

배경은 잔치가 벌어진 세리였던 마태오의 집입니다. '나를 따라라.'라는 예수님의 부르심에 마태오는 기쁨에 겨워 잔치를 열어 사람들을 초대합니다. 소외계층인 세리와 이방인들이 몰려옵니다. 이것을 본 바리사이파 사람들이 예수님에게 따집니다. 이때 요한의 제자들도 예수님께 다가와 단식에 대해 질문을 던집니다.

"저희와 바리사이들은 단식을 많이 하는데, 스승님의 제자들은 어찌하여 단식하지 않습니까?"

그들의 목소리가 들립니까? 단순한 호기심에서 나온 물음이 아니라 바리사이들과 같이 비난 섞인 목소리가 가늠되는지요? 예수님의 대답을 들어보십시오. "혼인 잔치에 손님들이 신랑과 함께 있는 동안에 슬퍼할 수야 없지 않느냐? 그러나 그들이 신랑을 빼앗길 날이 올 것이다. 그러면 그들도 단식할 것이다."

말씀하시는 예수님의 목소리에 귀 기울여 보십시오. 낮은 목소리입니까, 아니면 격양된 목소리입니까? 예수님 당신이 바로 혼인 잔치의 신랑이고 제자들은 신랑의 친구들이라고 비유한 함축된 말씀의 의미를 헤아려보십시오. 혼인 잔치는 어느 나라에서나 가장 큰 축제라고 할 수 있습니다.

특히 유대인들은 혼인 잔치를 성대하게 열었습니다. 당시 신혼부부는 신혼여행을 떠나는 대신 일주일 동안 잔치를 열어 친지와 이웃들과 함께 즐겁게 지냈습니다. 예수님께서는 잔치 동안에 어떻게 단식할 수 있느냐고 반문합니다. 혼인 잔치가 열리는 기간은 기쁨을 나누는 시간이지 단식을 하는 때가 아닙니다.

당신께서 제자들과 함께 보내는 이 시간은 혼인 잔치와 같은 축제라는 의미를 새겨들으십시오. 당신과 함께 있는 시간, 그 자체가 기쁘고 신나는 그런 때라는 것입니다. 예수님과 함께하는 이 기도의 시간도 축제의 시간입니다. 그러나 예수님께서는 곧 신랑을 빼앗길 날이 오게 될 것이라고 말씀하십니다.

그때가 되면, 그들도 단식하게 될 것이라고 분명하게 이르십니다. 당신 앞에 놓여 있는 십자가의 길을 예고하시며 그때와 대비하여 함축된 의미로 말씀하십니다. 이어서 낡은 옷과 새 천 조각, 낡은 가죽 부대와 새 포도주의 비유를 들으며 그 의미를 헤아려보십시오.

우리에게 쉽게 의미가 와 닿지 않는다면, 우선 기도 안에서 조용히 머물러 보십시오. 이 비유는 가르침을 알아듣기 위해서는 전통과 율법에 얽매이지 말라는 경고입니다. 새로운 눈과 열린 마음을 지니라는 가르침입니다. 당시에는 포도주를 병에 담지 않고 가죽 부대에 담았습니다.

담근 지 얼마 안 된 새 포도주는 계속 발효하기 때문에 가죽 부대는 부풀어 오릅니다. 만일 가죽 부대가 오래된 것이면, 결국 가죽 부대는 터져버리게 되지요. 그러나 새 가죽 부대는 신축성이 있어서 포도주가 발효해도 터지지 않습니다. 포도주가 담긴 가죽 부대를 상상해 보십시오. 발효가 시작되어 부글부글 끓고 있는 소리를 들어보십시오.

새 포도주를 보존하지 못하고 터져버리는 낡은 가죽 부대를 그려보십시오. 새 포도주를 잘 보존하는 튼튼한 가죽 부대를 떠올려 보십시오. 여러분은 어떤 가죽 부대입니까? 우리의 마음이 열린 마음이 될 때, 진정 새로운 것을 받아들일 수 있습니다. 낡은 가죽 부대처럼 굳어진 마음은 새로운 것을 쉽게 받아들일 수 없습니다.

당시의 이스라엘 사람들에게 예수님의 가르침은 너무나 새로운 것이었지요. 그것을 받아들이기 위해서는 새 가죽 부대가 필요하다는 것을 예수님께서는 비유로 말씀하십니다. 무조건 옛것만 고집하고 새로운 변화를 거부하는 닫힌 마음이라면, 다시 한번 자신을 돌아보아야 합니다.

함께 있게 하시려고

지난주부터 계속해서 제1 독서로 히브리서의 말씀을 듣고 있습니다. 히 브리서를 바오로의 서간으로 잘못 알고 '히브리서'라는 이름이 붙었지만, 오늘날은 성서학자들에 의해 바오로의 서간이 아니라는 것이 밝혀졌지요. 어느 이름을 알 수 없는 교회 공동체 원로가 공동체 형제자매들에게 행한 강론이라고 할 수 있습니다.

어제까지 며칠 동안 들은 4~7장은 주로 예수님이 멜키체덱의 직분을 잇는 대사제이시지만, 율법에 따라 예물을 바치는 유대교의 대사제와는 구 분되는 진정한 정의와 평화의 임금인 대사제입니다. 그분은 당신 자신을 제물로 바치심으로써, 우리를 완전히 하느님과 일치를 이루게 하시는 중재 자라는 내용입니다.

오늘 독서의 내용은 계약에 대한 것입니다. 성서가 구약성서와 신약성 서로 나누어지는 것은 오늘 우리가 들은 히브리서의 내용을 근거로 하고 있지요. 첫째 계약인 옛 계약에 결함이 있었기 때문에 하느님께서는 새 계약을 맺어 주시리라고 말씀하셨습니다.

하느님께서 손수 이스라엘 백성들의 손을 잡고 이집트 땅에서 나왔을 때 맺었던 계약을 그들이 지키지 않았기 때문에 그 계약은 깨어졌고 이제 새로운 계약을 맺어 주신다고 말씀하십니다. "주님이 말씀하신다. 나는 그들의 생각 속에 내 법을 넣어주고 그들의 마음에 그 법을 새겨 주리라."

옛 계약이 돌판에 새겨진 계약이라면, 새 계약은 마음에 새겨진 계약입니다. 돌 판은 단단한 것 같지만 깨어질 수 있습니다. 그러나 마음에 새겨진 계약은 깨어질 수 없습니다. 옛 계약이 문자와 법으로 이루어진 계약이라면, 새 계약은 피와 사랑으로 이루어진 계약입니다.

우리가 매일 미사에서 듣지요. "이는 새롭고 영원한 계약을 맺는 내 피의 잔이니…." 바로 예수님께서 우리에 대한 사랑으로 당신 생명을 내어주심으로써 맺은 계약입니다. 오늘 복음은 예수님께서 열두 사도를 뽑으시는 대목입니다. 예수님께서 산에 오르시어 당신께서 원하시는 이들을 가까이 부르십니다.

그렇게 하니 그들이 그분께 나아왔습니다. 예수님께서는 그들 중에 열둘을 세우시고 사도라고 이름하십니다. 마르티니 추기경은 마르코 복음 1장에서의 부르심과 오늘 복음인 3장의 부르심을 '호숫가에서의 부르심'과 '산 위에서의 부르심'으로 나누어서 설명하십니다.

대부분의 갈릴래아 사람들의 삶의 터가 호수였습니다. '호숫가의 부르심'은 삶의 터에서 일상을 사는 우리 모두의 부르심이라면, '산 위의 부르심'은 그들 중에서도 특별한 사명을 부여받은 사람들의 부르심이라고 합니다. 왜 열둘을 특별한 사명으로 부르셨을까요?

우리말 번역에서는 아주 분명하게 드러나 있지는 않지만, 희랍어에서는 아주 분명하게 '…를 하기 위해서'라고 되어있습니다. 즉 다음의 세 가지를 하기 위해서라고 합니다.

첫째, 당신과 함께 머물기 위해서,

둘째, 복음을 선포하게 하시기 위해서,

셋째, 악령들을 쫓아내는 권한을 주시기 위해서.

사도라는 말은 '보냄을 받는 자'라는 말이지요. 복음을 선포하고 악령들을 제어하는 사명을 받고 보냄을 받은 자들입니다. 그런데 그렇게 하기 전에 먼저 가장 중요한 것은 예수님 당신과 함께 머무는 것입니다. 첫째 '당신과 함께 머물기 위해서' 사도들을 세우신 것입니다.

복음을 선포하거나 악령을 쫓아내는 모든 일이 바로 예수님이 하시는 일이지요. 예수님께서는 하느님 나라를 선포하시는 일과 더불어 악의 세력과 싸우시는 일을 가장 중요한 당신 사명으로 보셨습니다. 그 일들을 당신이 혼자 하시는 것이 아니라 사도들을 세우시고 그들과 함께, 그리고 그들을 통해 계속하십니다.

사도들은 먼저 예수님과 함께 머물면서 예수님의 마음이 그들의 마음에 새겨지지 않으면, 예수님의 복음 말씀을 전할 수 없습니다. 만약 사도들이 예수님과 깊이 머물면서 예수님과 얼과 혼, 정신과 마음이 하나가 되지 않으면, 예수님의 복음을 전하거나 예수님의 권능으로 악령을 쫓아내는 것이 아닙니다.

자기들의 능력으로 악령을 쫓아내게 될 수 있습니다. 그것은 분명히 옳은 것이 아니지요. 첫째 목적이 가장 중요합니다. 예수님께서 열두 사도를 세우신 것은 첫째 당신과 함께 머물기 위해서입니다. 첫째가 제대로 이루어지면 둘째, 셋째는 저절로 이루어집니다.

왜냐하면, 예수님과 머물면서 얼과 혼으로, 마음으로 그분과 하나가 되면, 우리 안에 계신 그분이 모든 것을 하시기 때문입니다. 오늘 독서와 복음 말씀을 마음에 새기며 다시 한번 우리 마음에 새겨진 새 계약을 상기하고 먼저 그분과 함께 머무는 일을 소홀히 하지 않기로 합시다.

부자 되세요! - 낙타와 바늘귀

오늘 제1 독서 지혜서의 말씀을 들으면서 어떤 느낌이 드십니까? 지혜서의 저자는 자기가 기도하자 예지가 주어지고 지혜의 영이 왔다고 합니다. 저도 그렇게 될 수 있기를 간절히 염원합니다. 우리는 그가 지혜를 왕홀과 왕좌보다 더 좋아하고 지혜와 비교하면 재산은 아무것도 아니라고 생각한다는 말씀을 듣습니다.

화답송에서는 시편 90편을 통해 "저희 날수를 헤아리도록 가르치소서."라는 말씀을 듣습니다. 날수를 헤아릴 줄 아는 것이 진정 올바른 지혜입니다.

제2 독서인 히브리서에서는 "하느님의 말씀은 살아 있고 힘이 있으며 어떤 쌍날칼보다도 날카롭습니다."라는 유명한 말씀을 듣습니다. 그래서 마음의 생각과 속셈을 가려낸다고 하니, 이 또한 참 지혜입니다. 하느님 앞에 우리는 숨겨진 존재로 있을 수 없다고 합니다. 그러니, 지혜는 바로 그분의 말씀에 있습니다.

오늘 복음에서는 부자 청년에게 하시는 예수님의 말씀을 듣습니다. "부자가 하느님 나라에 들어가는 것보다 낙타가 바늘귀로 빠져나가는 것이 더 쉽다." 전에 공동번역에서는 "더 쉬울 것이다."라고 옮겨, "아주 그렇다."라는 단언이라기보다는 조금 여유가 있었는데 새 성경 번역은 아주 분명한 단언으로 느껴지게 옮겼습니다.

자, 우선, 여러분들, 제1 독서의 말씀에 동의하십니까? 정말 지혜를 왕홀과 왕좌보다 더 낮게 여기고 재산은 지혜와는 비교할 수도 없는 아무것도 아니라고 생각합니까? 솔직히 우리 자신의 삶과 가치관을 돌아보며 성찰해 보면, 우리는 너무 물질만능주의의 시대 정신에 빠져 있지는 않지요?

겉으로는 안 그런 척하면서 속으로는 "실제로 세상을 살아 보라고. 신부가 세상을 뭘 알겠어. 지혜가 있으면 뭐 해. 요즈음은 돈이 없으면 아무도 인간 대접 안 해주는 세상인걸." 그렇게 생각하지는 않는지 솔직히 가슴에 손을 얹고 성찰해 보십시오. 자신 있게 나는 '아니다'라고 말할 수 있는 분이 있으십니까?

저의 영적 지도를 하셨던 고 정일우 신부님이 한 번은 이런 이야기를 하셨습니다. "돈, 돈, 돈, 요즈음 사람들에게는 돈이 하느님이야." 정 신부님이 거의 30년 동안 하시던 도시 빈민 공동체를 떠나 괴산에서 농촌 공동체를 만들고 농사지으시면서 7, 8년 농촌 생활을 하셨습니다.

정 신부님은 농부로서 농촌 사람들과 어울려 사시면서 농촌 사람들에게는 조금 다른 기대를 지니고 계셨는데, 실망이 크셨나 봅니다. 그분에게 참 안타까운 것은 농부들도 모여 앉으면, 주로 하는 이야기의 주제가 돈이라는 사실이었답니다. 참 안타까운데 현실이라고 말씀하신 기억이 납니다. 돈, 돈, 돈, 돈이 뭐길래?

광고에 "부자 되세요.!"라는 대사를 기억하시지요? 부자 되라는 말 듣기 좋은 말입니다. 그렇지요? 너도나도 모두가 부자만 되려고 합니다. 그런데, 정말 부자만 되면 모든 것이 해결되고 행복할까요? 문제는 저는 행복한 부자를 거의 못 봤다는 사실입니다. 물론 부자가 없지는 않지만, 참 드물어요.

예수님이 왜 그런 말씀을 하셨을까요? 부자가 되는 것이 죄일 리는 없는데, 왜 부자가 하늘나라에 들어가기가 쉽지 않다고 하셨을까요? 쉽지 않은 것이 아니라 사실 거의 불가능하다는 말씀으로 알아듣게 됩니다. 낙타가 어떻게 바늘귀를 빠져나가겠습니까?

구약성서 안에서 부는 분명히 하느님의 축복인데 예수님께서는 왜 그런 말씀을 하셨을까요? 예수님의 이 비유를 곧이곧대로 들으면 도저히 불가능하니까 되도록 가능한 방향으로 알아듣기 위해서, 학자들이 재미있는 해석을 합니다. 두 가지의 그럴듯한 해석이 있습니다.

하나는 이렇습니다. 당시의 성곽 도시의 모습을 보면 성안으로 들어가는 문이 두 개가 있었어요. 낙타나 우마차들도 다닐 수 있는 커다란 성문이 있고 그 옆에 주로 밤에 사람들만 다닐 수 있는 조그만 문이 있지요. 예루살렘 성의 문들도 마찬가지였습니다.

성의 그 조그만 성문의 별칭이 '바늘귀'였다고 합니다. 그래서 예수님이 '바늘귀'라고 말씀하신 것은 실제 바늘귀가 아니라 우마차나 낙타는 통과하기 힘든 큰 성문 옆의 쪽문을 지칭하신 것이라고 해석하는 것입니다. 그렇게 되면 어렵기는 해도 아주 불가능한 것은 아닐 수도 있겠지요. 어때요? 그럴듯하지요.

또 다른 해석은 이렇습니다. 희랍어로 낙타가 kamelos이랍니다. 그런데, 배에서 주로 쓰는 밧줄이 희랍어로 kamilos라고 해요. 희랍어의 특징의 하나가 모음에 대한 발음이 거의 구별하기 힘들고 서로 호환되어 쓰이기도 한다는 것입니다. 희랍어 안에서 i 발음과 e 발음이 거의 구별하기 힘들었대요.

둘 다 우리말의 '에'에 해당하는 발음이지요. 그러니 실제 말을 할 때는 거의 같은 발음으로 들린답니다. 그래서 예수님이 말씀하신 것은 kemelos(낙타)가 아니라 kamilos(굵은 밧줄)을 지칭하신 것이라는 주장입니다. 그러니, 밧줄이 바늘귀를 통과하기가 쉽지는 않겠지만, 낙타보다는 통과할 가능성이 있지 않겠느냐는 것이지요.

어때요? 이 해석도 그럴듯하지요. 그럴듯하기는 하지만, 가능성을 두고 싶은 학자들의 인간적인 몸부림이고요. 제 생각에는 예수님께서 분명히 말씀 그대로 "부자가 하느님 나라에 들어가는 것보다는 낙타가 바늘귀로 빠져나가는 것이 더 쉬울 것이다."라고 말씀하셨어요.

왜 그렇게 말씀하셨을까요? 분명 부 자체가 문제는 아닐 것입니다. 부의 노예가 되는 마음이 문제입니다. 부자 청년은 그 부 때문에 바로 생명이신 분, 참 지혜이신 분을 만났는데 그만 울상이 되어 근심하며 떠나갑니다. 부에 매여 있는 그 청년을 보시며 예수님께서 이 말씀을 하셨다는 것을 생각해 봅니다.

지혜와 비교하면 재산은 아무것도 아니라는 것을 알았더라면, 참 지혜이신 예수님을 만났을 때 그까지 부, 재산, 다 훌훌 털고 따를 수 있었을 텐데, 그렇지 못했으니 참으로 안타깝습니다. 우리는 어떻습니까? 나는 부자가 아니니까 해당 사항이 없다고요?

정말 그럴까요? 아니, 예수님은 안 따라가도 좋으니 부자만 되게 해 달라고요? 예, 부우우자 되세요!!! 그래도 부자보다 지혜를 지니기를 원하시는 분들을 위해 '화이팅!'을 외치며 예수님의 마음을 전합니다. "걱정하지 말라. 하느님께서는 무슨 일이나 하실 수 있다."

성령의 열매

부활 대축일 이후 계속해서 들은 제1 독서가 무엇이지요? 사도행전, 맞습니다. 사도행전은 말 그대로 사도들의 삶과 행적이 담긴 글입니다. 사도행전은 우리에게 사도들이 예수 그리스도의 기쁜 소식, 복음을 전하고 주님의 이름으로 기적을 베풀고 함께 서로 사랑과 기쁨을 나누며 살아가는지를 전해주고 있습니다.

여러분들, 사도행전의 말씀을 들으며 어떤 느낌을 지닙니까? "나도 그러고 싶다." "나도 그런 믿음을 지니고 기쁘게 복음을 선포하고, 기쁨을 나누며 사람들을 기쁘게 해주고 싶다."라는 생각을 지니게 되지 않습니까? 여러분들도 그렇게 할 수 있습니다.

우리 자신의 힘만으로는 불가능하지만, 그분께 맡겨 드리면 그분이 우리 안에서 놀라운 일을 하십니다. 사도들이 기쁜 마음으로 복음을 살고 복음을 전할 수 있었던 힘은 어디에서 나왔습니까? 다락방에 숨어 두려워 떨던 그들이 문을 박차고 나와서 담대하게 외칠 수 있었던 놀라운 힘은 어디에서 온 것입니까?

바로 성령을 받았기 때문이었지요. 성령은 누구십니까? 바로 부활하신 그리스도의 영이십니다. 부활하신 예수님을 체험한 사도들은 성령을 받아 바로 그분 안에 살게 된 것입니다. 예수님께서는 "그날이 오면 너희가 내 안에 있고 내가 너희 안에 있다는 것을 깨닫게 될 것이다"라고 하셨는데 과연 그렇게 된 것입니다.

예수님은 분명히 약속하셨지요. 세상 끝날까지 내가 너희와 함께 있겠다. 어떻게 그렇게 하시는 것입니까? 바로 부활하신 당신의 영을 우리에게 주심으로서 하십니다. 그것을 강하게 체험한 바오로는 말합니다. "예수께서는 살아 계십니다." 우리는 예수님께서는 살아 계신다는 의미를 바르게 알아들어야 합니다.

한편, 바오로는 "예수께서는 바로 영이십니다."라고 외칩니다. 다시 말해, 예수님께서는 바로 성령 안에서 살아 계시는 것입니다. "성령 안에 살아 계신다." 또는 "성령 안에 현존하신다."라고 한다면 그 의미는 무엇입니까? 성령의 열매가 무엇인지를 생각하면, 쉽게 이해할 수 있습니다.

바오로는 갈라디아서에서 성령이 맺어 주시는 열매 아홉 가지를 말하지요. 무엇입니까? 사랑, 기쁨, 평화, 인내, 친절, 선행, 진실, 온유, 그리고 절제입니다. 열매를 보면 그 나무를 알 수 있지요. 성령 안에 살아 계신다는 의미는 바로 성령의 열매 안에 계신다는 의미입니다.

내가 누군가를 진심으로 사랑한다면, 그 사람과 이루는 사랑 안에 주님께서 살아 계십니다. 내가 순수한 기쁨을 지니고 있다면 내가 만끽하고 있는 그 기쁨 안에 주님께서 현존하시는 것입니다. 내가 누군가를 위해서 고통을 참아 받는다면 그 인내 안에 주님께서 머무시는 것입니다.

성령이 하시는 일을 어렵게 생각하지 마십시오. 성령의 열매가 있는 곳, 그곳에 주님께서 살아 계십니다. 거기서 주님께서는 우리와 기쁨을 함께 나누시는 것입니다. 오래된 그리스도인들의 노래가 있지요. "자비와 사랑이 있는 곳, 그곳에 하느님께서 계신다." 바로 그것을 노래한 것입니다.

성령 세미나나 은혜의 밤 등에서 소위 resting in Holy Spirit(성령 안에서의 휴식)을 위한 안수 기도를 하지요. 지도하는 신부가 안수해 주면 뒤로 넘어가서 몇 분, 길게는 20여 분 평안히 쉬는 체험을 하지요. 그것이 무슨 이상한 것도, 특별한 은사를 받아야 하는 것도 아닙니다.

마음을 열고 주님 안에 평안히 쉬고 싶다는 원의가 있다면, 그분께서 그렇게 해주십니다. 성령께서 거기 계시면서 우리의 마음을 열어주시고 우리를 초대하시고 거기에 우리가 응답하면, 당연히 평안히 쉴 수 있지요. 저도 그런 안수 기도한 적이 몇 번 있습니다마는 제가 특별한 성령의 은사를 받은 것이 아닙니다.

저는 다만 기도하는 마음, 영적으로 주님을 갈망하는 이 사람들이 당신 안에 잠시나마 평안히 쉬고 위로를 받을 수 있도록 은총을 주시도록 청하며 손을 얹습니다. 저는 다만 주님의 도구일 뿐, 실제로 일을 하시는 분, 실제로 우리를 당신 안에 머물러 쉬도록 초대하시는 분은 성령이십니다.

오래전 제가 메쥬고리예 성지를 순례할 때 영어권 사람들(주로 미국인들)과 함께 유명한 요조 신부님과 만난 후에 신부들이 신자들에게 안수기도하는 시간이 있었습니다. 제가 기도해 준 많은 분이 조용히 뒤로 누워 성령 안에 쉬는 시간을 가졌지요. 많은 미국 사람이 참 평화로웠다고 나누어 주었어요.

우리의 매일 매일의 삶이 바로 성령께서 이끄시는 삶입니다. 바오로의 말씀대로 '성령께서 우리에게 생명을 주셨으니 우리는 성령의 지도를 따라 살아가야 합니다.' 최근 복음 말씀의 핵심은 "너희는 서로 사랑하여라."라는 말씀이지요. 주님의 계명은 성령의 열매를 나누라는 것입니다.

우리가 성령을 받았다는 것을 어떻게 알 수 있습니까? 방언을 잘하면, 성령을 받은 것입니까? 잘 쓰러지면 성령을 받은 것입니까? 아닙니다. 그 열매를 보면 알 수 있는 것입니다. 서로 사랑하면 우리 안에 사랑이신 영, 부활하신 영, 진리의 성령이 살아 계시는 것입니다.

매일 매일 기쁘게 사십시오. 그 기쁨 안에 부활하신 주님께서 살아 계십니다. 남에게 선행을 베푸십시오. 그 선행 안에 주님께서 함께 기뻐하십니다. 온유한 마음을 지니십시오. 그 마음 안에 주님의 평화가 머물 것입니다. 여러분들 안에 성령께서 맺으시는 열매를 보고 사람들이 주님께서 살아 계시다는 것을 알게 하십시오.

제 **5** 장

용 서

모세의 기도

오늘 독서는 탈출기의 말씀입니다. "모세가 손을 들면 이스라엘이 우세하고, 손을 내리면 아말렉이 우세하였다." 여기 모세 기도의 단순함을 봅니다. "모세의 두 손을 받쳐주니, 그의 손이 해가 질 때까지 처지지 않았다. 그리하여 여호수아는 아말렉과 그의 백성을 칼로 무찔렀다."

이스라엘이 싸움에서 승리한 것은 누구 때문입니까? 바로 모세가 계속 기도하였기 때문이었지요. 탈출기에 보면, 이런 이야기가 있습니다. 탈출 15, 22~25입니다:

모세는 이스라엘 사람들을 거느리고 홍해 바다에서 수르 광야로 진을 옮겼다. 그들은 사흘 동안 가면서도 물을 만나지 못하다가 마라에 다다랐으나 그곳 물은 써서 마실 수가 없었다. 그래서 그 고장을 마라라고 불렀다. 백성들은 모세에게, 무엇을 마시라는 말이냐고 하면서 투덜거렸다.

모세가 야훼께 부르짖자, 야훼께서 나무 한 그루를 보여주셨다. 그 나무를 물에 던지니 단물이 되었다. 야훼께서는 바로 여기에서 그들이 지켜야 할 규칙을 주시고 그들을 시험해 보셨다.

야훼께서는 마라에서 쓴 물을 단물로 바꾸어 주십니다. 이것은 놀라운 기적으로 볼 수 있습니다. 모세가 광야에서 백성들을 이끌고 나아가다가 마라에 이르게 되어 물을 발견하지만, 그 물의 특징은 너무 써서 마실 수가 없는 것입니다. 백성들이 불평하자, 모세는 하느님께 기도를 드립니다.

하느님께서 모세의 기도를 들으시고 나뭇가지를 보여주시며 그것을 물에 담그라고 하십니다. 모세가 하느님의 말씀대로 하자, 쓴 물이 단물로 바뀝니다. 그 뜻이 무엇입니까? 우리 마음 안에 나뭇가지를 담그면 우리 과거의 아픈 기억들이 아름다운 기억으로 바뀝니다.

우리 마음 안에 하느님의 사랑이 들어오면, 우리의 나쁜 기억들이 아름다운 일로 바뀐다는 의미입니다. 우리에게는 나뭇가지가 필요합니다. 나뭇가지는 하느님에 대한 믿음입니다. 우리의 기도이며 하느님의 은총입니다. 우리가 부정적인 사건이 있었다고 하더라도, 하느님께서는 그것을 아름다운 경험으로 바뀌게 해주십니다.

우리의 결론은 하느님께서는 악으로부터도 선을 이끌어주는 분이십니다. 마라의 쓴 물이 단물로 바뀌었듯이 우리의 부정적인 삶이 긍정적인 삶으로 바뀔 것입니다. 그러기 위해서 우리에게 나뭇가지가 필요합니다. 그 나뭇가지로 우리 삶이 아름다운 삶으로 변화될 수 있습니다.

묵시록에서 말하는 새 하늘, 새 땅을 지니게 됩니다. 우리는 변화된 사람으로 새 하늘, 새 땅에서 살게 됩니다. 예로서 모세의 경험을 봅시다. 그는 태어나기 전부터 죽을 운명이었습니다. 왜 그렇습니까? 파라오의 결정 때문이었습니다. 그가 "히브리인들의 사내아이는 모두 강물에 집어넣어라."라는 명령을 내린 것입니다.

모세는 이제 태어나면 죽을 것입니다. 그래서 태어나기 전부터 죽을 운명이라는 말입니다. 모세의 어머니는 너무나 슬펐습니다. 석 달 동안을 숨어서 기릅니다. 그러나 몇 달 지나자 입을 막을 수도 없고, 누군가에게 발각되고 아기는 죽을 것입니다. 모세 어머니는 아기를 바구니에 넣어 나일강으로 떠나보냅니다.

아기가 바구니에 담겨 강에 떠내려갑니다. 이것은 부정적인 삶의 경험입니다. 그런데 하느님께서는 이 부정적인 삶의 경험을 은총의 통로로 사용하십니다. 그 바구니가 파라오의 궁에 도달합니다. 파라오의 궁에 도달하는 것은 상징적인 의미를 지니고 있습니다. 노예 상태에서 자유로운 삶으로의 여정입니다.

구약에서 요셉의 삶을 보십시오. 형제들이 그를 마른 우물에 던졌습니다. 그들이 그를 거기서 건져내어 이번에는 이집트 상인들에게 팔아버립니다. 이것은 부정적인 경험입니다. 그런데 하느님께서는 요셉이 팔려가는 이 부정적인 경험을 통해 이스라엘의 역사에 개입하십니다.

나뭇가지를 담그면 부정적이고 고통스러운 그 경험이 긍정적으로 바뀌게 됩니다. 하느님께서 거기 함께 계시면서 바꾸어 주십니다. 우리가 진정 하느님의 능력에 대한 신뢰를 지니면 남들이 우리에게 퍼붓는 저주조차도 우리가 잘 되게 하는 수단으로 사용될 수 있습니다.

향유를 부은 여인

옥합을 든 여인이여
발치에 서서 울고 있는 여인이여
내 발에 입 맞추며 향유를 붓고 있는 여인이여

나는 아네
그대의 찢긴 가슴에 흐르는
붉은 강물을
여인이여
나 그대의 가슴을 받아 안나니

이제 그대의 눈물은
사람들의 가슴에 흐르는
푸른 강물이 되리라

그대의 입맞춤은
나와 사람들이 맺는 우정의 문이 되며
그대가 부은 향유는
사람들의 가슴에 맺힌 멍울을 씻어 내리리라

여인이여
내게 사랑을 준 여인이여
그대의 사랑이 내 가슴에 울려왔나니
그대로 하여
이제 세상 사람들에게 평화가 있으리라

오늘 제1 독서는 나탄의 비유를 들은 다윗이 진심으로 회개하는 장면입니다. 다윗이 큰 죄를 지었습니다. 그는 자기의 죄를 깨닫고 진심으로 용서를 청합니다. 오늘 복음은 예수님의 사랑이 얼마나 큰지를 잘 보여주고 있는 루카 복음의 대목을 가지고 함께 기도하기로 합시다.

먼저, 주님께서 사랑스러운 눈길로 우리를 바라보시는 모습을 상상합니다. 그리고 지금 이 순간 우리와 함께 계시기를 청하면서 기도를 시작하며 주님의 마음을 더 깊이 알고, 그분의 사랑을 느끼며, 그분을 향한 우리의 사랑이 더욱 커질 수 있도록 은총을 구합니다.

이제, 성서 구절의 배경이 되는 장면을 떠올립니다. 시몬이라는 바리사이파 사람의 집이 보이는군요. 정원 한쪽에 우물이 있고, 손 씻을 그릇들이 여러 개 놓여 있으며 집안에서는 잔치가 벌어지고 있습니다. 당시 랍비를 집에 초대하면, 집을 개방하고 온 동네 사람들이 와서 함께 음식을 나누며 랍비의 말씀을 듣는 것이 관례였습니다.

초대된 랍비는 왼쪽 팔로 머리를 베고 비스듬히 누워 오른팔로 음식을 먹었고요. 그 모습을 떠올리면, 여인이 어떻게 예수님의 발치에 와서 눈물로 발을 적실 수 있었는지 쉽게 상상할 수 있습니다. 여인은 향유가 든 옥합을 가지고 왔습니다. 향유는 값이 아주 비싸서 여인네들이 가장 아끼는 물건이었습니다.

그처럼 자기가 지닌 '보물'을 예수님께 드리려고 가까이 갔던 여인은 예수님의 얼굴을 바라보았을 겁니다. 그리고 자기도 모르게 눈물을 흘립니다. 여인은 자기를 바라보는 예수님의 눈길에서 깊은 연민을 느꼈기 때문입니다. 아마도 여인에게 그런 눈빛을 던져 준 사람이 아무도 없었을 것입니다. 예수님의 눈빛이 말합니다.

"나는 너의 마음을 안다. 죄를 짓고 아파하는 마음, 하느님께 용서를 청하고 싶은 마음, 너의 소중한 것을 주고 싶은 마음, 그 마음을 알기에 너를 받아들인다."

마치 다윗의 죄를 짓고 아파하는 마음을 아시고 그를 받아들이듯, 마음은 그냥 눈빛으로 느껴지게 마련이지요. 여인은 예수님의 눈빛을 통해 예수님의 마음을 느꼈고, 그래서 무릎을 꿇고 자신의 눈물로 예수님의 발을 닦아드립니다. 여인은 예수님의 발에 입을 맞추고 향유를 붓습니다. 그 여인의 마음이 느껴지십니까?

이제 눈을 돌려 바리사이파 사람인 시몬을 살펴볼까요? 한 가지 의문점이 생깁니다. 예수님은 왜 바리사이파 사람인 시몬의 집에 초대받았을까요? 시몬은 결코 존경하는 마음에서 예수님을 초대한 것이 아닙니다. 그저 예수님이 어떤 분인지 시험해 보고, 트집을 잡으려는 마음에서 예수님을 부른 것뿐입니다.

당시 랍비를 초대하면, 주인은 존경의 표시로 어깨를 안고 평화의 입맞춤을 한 다음, 환영의 의미로 랍비의 발을 씻어주고, 머리에 향수를 뿌리거나 장미 꽃잎을 얹어드려야 했습니다. 그러나 시몬은 예수님께 그 어떤 예우도 갖추지 않았지요. 또한, 시몬이 예수님을 흉보는 것만 봐도 시몬이 지닌 마음을 알 수 있습니다.

예수님은 시몬의 이러한 마음을 꿰뚫으시고, 비유를 통해 아주 중요한 말씀을 하십니다. 여인이 한 행동과 당신께서 한 행동을 비교하면서 진실을 강조하시는 겁니다. "이 여자는 이토록 극진한 사랑을 보였으니 그만큼 많은 죄를 용서받았다." 이어서 여인에게도 직접 말씀하십니다. "네 죄는 용서받았다."

이제, 예수님을 바라보며 그분의 마음을 헤아릴 차례입니다. 기도에서는 이것이 가장 중요한 부분입니다. 예수님께서는 바리사리파 사람 시몬이 그릇된 마음을 가지고 예수님을 초대하신 것을 알고 계셨습니다. 그러나 아무 말 없이 시몬의 초대에 응하셨을 뿐만 아니라, 함께 음식을 나누고 가르침을 주기까지 하셨습니다.

예수님의 열린 마음이 느껴지지 않으세요? 다음엔, 여인을 바라보는 예수님의 얼굴을 살펴봅시다. 예수님의 표정과 눈빛 안에서 여인을 향한 그분의 마음을 느끼십시오. 여인을 향한 예수님의 마음이 조금씩 느껴지실 겁니다. 예수님은 당신 발치에 서서 울고 있는 여인을 따뜻한 눈길로 안으시지요.

그 눈길이 느껴질 때, 예수님의 마지막 말씀을 들으십시오. "네 믿음이 너를 구하였다. 평안히 가라." 예수님은 여인의 과거나 죄에 대해 단 한마디도 하지 않으셨습니다. 그저 당신께로 향해 있는 여인의 사랑과 믿음만을 보셨지요. 조용히 여인을 축복하시는 예수님을 보며 여러분은 무엇을 느끼십니까?

이제 보다 구체적으로 예수님과 이야기를 나눌 수 있겠습니다. 우리에게 똑같이 말씀하시는 그분의 소리를 들어봅시다. 기도 안에서 그분은 분명히 일러주십니다. "나는 네가 죄를 짓고 아파한다는 것을 안다. 이제 나에게 왔으니 내게서 위로를 얻고 평안히 가라."

용서는 이익이 됩니다

　　1830년 미국에서 조지 윌슨이라는 사람이 있었습니다. 그가 살인죄로 수감되었고, 사형선고를 받았습니다. 당시 대통령이 앤드류 잭슨이었는데, 독립기념일을 맞아 사형수들에게 특별사면을 해주었습니다. 그러나 조지 윌슨은 그 사면을 원하지 않았습니다. 이 문제에 대해 대법원 판사가 판결을 내렸습니다.

　　"사면은 종이 한 장과 같다. 이 종이의 가치는 사면을 받는 사람에 달려 있다. 조지 윌슨이 사면을 받아들이지 않았기 때문에 이제 사면은 종이에 불과하다. 그가 사형을 받게 하라." 그래서 그는 사형을 받게 되었습니다. 이것이 1830년에 미국에서 실제 있었던 일이라고 합니다.

　　하느님께서는 우리를 용서해 주기를 원하십니다. 그러나 우리가 거부하면 하느님께서도 어쩔 수 없습니다. "하느님 아버지께서도 용서하지 않으실 것이다."라는 의미는 하느님께서 용서해 주시기를 원하시지만, 그 용서를 받아들이지 않으면 그 죄가 하느님에게도 그대로 남아 있게 될 것이라는 의미입니다.

우리가 빚을 탕감받을 준비를 해야 합니다. 그렇게 해야 우리가 생명으로 들어갈 수 있습니다. 왜 사람들이 용서하고 용서받는 것을 힘들어합니까? 사람들은 용서하고 용서받는 것을 잊어버렸습니다. 우리는 용서와 사랑에 기름을 부어야 합니다. 우리가 용서를 받아들이지 않으면, 용서가 이루어지지 않습니다.

우리가 어떻게 해야 합니까? 생명으로 되돌아오기를 간절히 원해야 합니다. 그 의미는 생명으로 되돌아오게 해주시는 분께 나아가야 합니다. 그분이 주시는 용서의 힘을 느껴보십시오. 한편 용서는 우리가 단순히 받는 미덕이 아니라 밖으로 나가야 하는 미덕이기도 합니다.

예를 들어, 왕에게 종이 탕감을 받았습니다. 그러나 그는 그것을 나누지 않았습니다. 우리가 받은 것을 우리만 가지고 있으면 안 됩니다. 우리에게서 밖으로 나가야 합니다. 받아서 나누는 것입니다. 그것이 그리스도인의 삶입니다. 세 그룹의 다른 부류의 사람들이 있습니다.

첫째는 바위에 새겨진 글자와 같은 사람들입니다. 그들에게 잘못된 일이 일어나면 그것을 바위에 새깁니다. 그것을 그대로 가지고 있는 것입니다. 결코, 용서가 일어나지 않습니다.

둘째는 모래에 써 놓은 글자와 같은 사람들입니다. 뭔가 잘못된 일이 일어나거나 상처를 받으면 아파하고 슬퍼합니다. 그러나 며칠이 지나면 그들을 용서하고 잊어버리는 사람들입니다.

셋째는 흐르는 물이 쓰인 글자와 같은 사람들입니다. 그들은 잘못된 일이나 받은 상처를 금방 잊어버립니다. 아무도 그들을 바꿀 수 없습니다. 예수님의 삶이 이와 같습니다. 그분에게는 복수심이 없으셨습니다. 사람들이 모욕을 주고 심지어는 때리기까지 했습니다. 그분의 복수는 오직 사랑으로 갚아 주시는 것이었습니다.

첫째 그룹의 사람들이 되지 않도록 하십시오. 예수님께서 우리에게 가르치시는 것은 깊은 의미의 용서입니다. 어떤 부부가 작은 일로 서로 마음이 상했습니다. 그런데 아버지는 어머니에게 화가 나지만 그렇게 할 때, 나중에 당하는 것을 생각하여 그렇게 못합니다. 어떻게 합니까?

부인에게 직접 화를 내지 못하고 아이들에게 화를 냅니다. 밖으로 나가면서는 개를 보고 발로 한 번 찹니다. 개도 고생을 합니다. 이것이 증오의 참담한 결과입니다. 그것은 너무 고통스럽습니다. 예수님께서는 이제 잠깐 멈춰 서라고 말씀하십니다.

1만 탈렌트의 빚을 졌던 종을 생각해보라고 말씀하십니다. 우리의 마음을 생각해보라고 하십니다. 우리 마음이 더 중요하다고 하십니다. 우리는 이것을 잘 생각해보아야 합니다. 용서하기는 매우 어렵습니다. 우리가 누구를 용서해야 합니까? 우리에게 큰 상처를 준 사람입니다.

우리에게 망신을 준 사람입니다. 그런 사람을 용서한다는 것은 정말 어렵습니다. 그러나 우리는 우리가 탕감받은 큰 빚에 대해 생각해보아야 합니다. 그리고 기도해야 합니다. 그것이 예수님께서 걸어가신 길입니다. 우리는 그 길을 따라야 합니다. 용서에서 시작은 어렵지만 결국 끝에서는 이것이 이익이 됩니다.

어떻게 이익이 됩니까? 우리 마음 안에 돌이 없어집니다. 자유로워집니다. 이것이 이익이 아니라고 말할 수 있습니까?

그대는 받아들여졌다

오늘 말씀들의 주제는 용서입니다. 그런데 독서와 복음을 묵상하면서 제 마음에 와서 닿았던 단어들은 영혼과 정신, 그리고 마음이었습니다. 독서인 다니엘서에서는 화덕에 던져진 아자르야가 불 속에서 하느님께 백성들이 죄를 지었다고 고백합니다. 저희의 부서진 영혼과 겸손해진 정신을 보시어 당신의 용서를 청합니다.

이제 저희 마음을 다하여 당신을 따르겠다고 호소합니다. 복음에서는 일곱 번 용서하면 되겠느냐?고 묻는 베드로에게 예수님께서는 일흔일곱 번이라도 용서하라고 하십니다. 그분은 종들과의 셈을 밝히는 비유를 통해 서로 마음으로부터 용서하지 않으면, 용서받지 못할 것이라고 경고하십니다.

이 경고에 앞서 예수님께서 우리에게 들려주시는 비유의 메시지는 하느님께서 먼저 우리를 용서하셨다는 위로에 찬 말씀입니다. 용서란 받아들임이라고 할 수 있습니다. 하느님께서 먼저 우리를 받아들이셨다는 것입니다.

그렇기에 우리도 서로를 받아들일 수 있고, 받아들여야 한다는 것입니다.

신약성서 전체를 흐르는 주제가 바로 하느님께서 먼저 우리를 사랑하셨다는 것이고, 그렇기에 우리도 서로 사랑하여야 한다는 것입니다. 용서란 사랑의 구체적인 한 표현입니다. 사랑의 부분집합이라고 할 수 있습니다. 용서란 구체적인 사랑의 한 행위입니다.

오늘 복음에서 예수님이 드신 비유에서 등장하는 일만 탈란트나 되는 빚을 탕감받은 종은 하느님께 용서를 받고도 그 의미를 깨닫지 못하고 자기의 동료를, 바로 이웃을 용서하지 않은 사람입니다. 이 사람의 모습에 여러분들 각자는 어떤 느낌을 지니고 있습니까?

아마도, 많은 분이 "그럴 수가 있는가? 그런 뻔뻔한 사람이 있을 수 있는가?"라고 분노를 느낄지도 모르겠습니다. 그런데, 그런데, 놀라지 마십시오. 실상 우리가 우리 자신의 내면의 모습을 솔직하게 들여다보면, 그 사람이 바로 나 자신일 수 있다는 것을 고백하지 않을 수 없습니다.

우리는 하느님께 얼마나 많은 빚을 탕감받았는지를 모릅니다. 그럼에도 불구하고, 우리는 타인의 빚은 결코 탕감해 주려 하지 않는 우리의 모습을 발견합니다. 우리는 얼마나 자주 그럴듯한 이유를 들어 자기 자신에게 합리화시키면서 다른 사람들을 받아들이지 못합니까?

우리는 얼마나 자주 "나는 그 사람을 도저히 용서할 수 없다. 그 사람은 절대로 받아들일 수 없는 사람이다. 나는 결코 그 사람의 행동을 잊을 수 없다"라고 마음의 칼날을 세우고 있습니까? 예수님께서는 마음으로부터 용서하지 않으면, 이라고 하셨는데, 말은 용서한다고 하면서 마음은 여전히 용서하지 못하는 우리의 모습이지요.

실상, 곰곰이 생각하면 아주 사소한 일인데도 나는 그 사람 때문에 참을 수 없이 자존심이 상했고, 그 사람에게 심한 분노를 느낍니다. 나는 이제 그 사람을 도저히 받아들일 수 없을 것처럼 느낍니다. 맞습니다. 나는 그 사람을 도저히 받아들일 수 없습니다.

그렇습니다. 어쩌면, 우리에게는 용서하고 받아들이는 힘이 없는지도 모릅니다. 우리 자신의 힘으로는 용서한다는 것이 불가능인지도 모릅니다. 그런데, 그것을 가능하게 하는 것은 하느님의 힘입니다. 하느님께서 먼저 우리를 받아들이셨다는 것을 알 때, 비로소 우리도 우리 자신을, 그리고 다른 사람을 받아들일 수 있습니다.

우리는 고요히 앉아 하느님의 사랑을 묵상하노라면 문득 나 자신이 일만 탈란트의 빚을 진 존재임에도 불구하고 한 푼 남김없이 탕감받은 존재, 온전히 받아들여진 존재라는 것을 체험합니다. 고해소에서 다른 사람의 죄를 듣고 사죄경을 해주어야 하는 신부인 저 자신도 매일 매일 숱한 죄를 지으며 살아가는 한 인간입니다.

하느님께서는 저의 내면의 온갖 추한 모습을 다 알고 계십니다. 그런데도 벼락을 내리시지 않고, 여전히 사랑하시고 받아들여 주십니다. 또한, 제가 저 친구는 도저히 구제불능이라고 생각하는 그 친구에게도 벼락을 내리시기는커녕, 똑같이 사랑하십니다. 때로는 그것이 야속합니다.

하느님께서 나를 죄 많은 인간인 그대로, 있는 그대로 받아들여 주신다는 것을 느끼고 깨닫는 것이 용서의 시작입니다. 우리가 다른 사람을 받아들이고 용서할 수 있는 것은 우리가 하느님께 받아들여졌다는 것을 깨닫고, 그렇기에 자기 자신을 받아들이는 데서 시작됩니다. 자기 자신을 받아들임 없이 남을 받아들일 수 없습니다.

우리는 하느님께서 우리를 참으로 소중한 존재로 만드셨다는 것을 믿지 않는 경향이 있습니다. 우리는 우리 자신에 관한 회심을 체험할 필요가 있습니다. 자기 경시나 교만으로부터 자기 인정과 감사로의 근본적인 회심입니다. 사실 자기 교만은 늘 자기 경시의 한 표현입니다. 그것은 대개 열등감에서 오기 때문입니다.

여러분들, 잘난 척하는 사람 눈꼴 사나워서 영 못 봐 주지요? 이제부터 좀 봐 주세요. 잘 난 척하는 것은 모두 자기 자신을 받아들이지 못하는 열등감의 표현이니 불쌍한 마음, 연민의 마음으로 좀 봐 주세요. 우리는 우리 자신을 받아들이는 회심을 체험할 때, 나는 중요한 사람이라는 것을 깨닫게 됩니다.

나는 사랑스럽고, 쓸모 있는 존재이고, 사람들이 나를 좋아하고, 나와 함께 있는 것을 기뻐한다는 것을 깨닫게 됩니다. 그와 같은 회심이 또한 내가 특별한 재능과 기질을 지닌 한 고유한 인간, 인격체라는 것, 무엇보다 세상에서 유일한 존재라는 사실을 깨닫게 합니다.

독일의 유명한 신학자 폴 틸리히는 이와 같은 자기를 받아들임을 믿음과 연결하여 믿음을 다음과 같이 정의합니다. "믿음이란 받아들일 수 없음에도 불구하고 받아들이는 용기이다." 이 자기 긍정, 자기를 받아들임의 믿음은 오직 하느님의 은총에 의해 감동되거나 이끌렸을 때 생깁니다.

폴 틸리히는 이 회심을 "그대는 받아들여졌다"라는 제목의 강론에서 아름답게 묘사했습니다. 제가 강론의 핵심이 되는 일부를 번역해 보았습니다.

"그대들은 은총에 의해 매혹된다는 의미를 아십니까? 우리는 우리의 삶을 결코 변화시킬 수 없습니다. 은총의 이끌림에 의해 변화되도록 우리 자신을 맡겨 드리지 않는다면, 결코 변화시킬 수 없습니다. 은총의 움직임은 일어나기도 하고, 일어나지 않기도 합니다. 그것은 우리가 이미 자만하고 있기에, 그것을 절실히 필요로 느끼지 않는 한 일어나지 않습니다.

반면에, 우리가 우리 자신에게 강요한다고 해서 일어나는 것도 아닙니다. 놀랍게도, 은총은 우리가 커다란 고통과 불안에 싸여 있을 때 우리에게 슬며시 다가옵니다. 오랫동안 추구했던 완벽한 삶이 실현되지 않아 좌절을 체험할 때, 실망이 모든 기쁨과 용기를 거두어갔다고 느낄 때, 그때, 은총은 소리 없이 우리에게 다가옵니다.

바로 그 순간에 한 줄기의 빛이 어둠의 틈새를 비집고 들어옵니다. 그것은 마치 한 사람의 속삭임과 같습니다. '그대는 받아들여졌다.' 그대보다 위대한 누군가에 의해, 그대가 알지 못하는 이름의 누군가에 의해 받아들여졌다는 고요한 목소리의 속삭임입니다. 지금 그 이름을 묻지 마십시오.

아마도, 훗날 알게 될 것입니다. 지금 당장에 어떤 것도 추구하려고도, 완성하려고도, 의도하려고도 마십시오. 단순히 그대가 받아들여졌다는 사실을 받아들이십시오. 그때, 우리는 은총을 체험합니다."

아름다운 강론이지요. 우리가 우리 자신을 받아들일 수 있게 하는 은총이 우리를 타인과 분리하는 벽을 무너뜨리게 합니다. 그 은총이 용서를 가능하게 합니다. 우리는 우리 자신을 받아들일 때, 또한 타인의 삶을 받아들일 수 있는 은총을 체험합니다.

그 까닭은 타인의 행동과 삶이 내게 적대적일지라도, 때로는 내게 해를 끼칠지라도 은총의 속삭임을 통하여, 우리는 그 사람도 우리가 속한 같은 하느님께 속한다는 것과 바로 그분께 받아들여졌다는 것을 알기 때문입니다. 우리는 근본적으로 하느님을 향한 존재이고, 처음부터 하느님께 받아들여진 존재입니다.

하느님은 우리를 있는 그대로 받아들이시는 분이십니다. 하느님은 우리를 용서하셨습니다. 그렇기에 우리도 우리 자신을, 그리고 우리의 이웃을 용서해야 합니다. 이것이 오늘 예수님이 우리에게 들려주시는 메시지입니다. 예수님의 메시지와 더불어 폴 틸리히의 말을 마음에 새깁시다.

"단순히 그대가 받아들여졌다는 사실을 받아들이십시오."

요한 신부와 요셉

"주님이며 스승인 내가 너희의 발을 씻었으면, 너희도 서로 발을 씻어주어야 한다." 발을 씻어준다는 이미지가 담고 있는 의미는 여러 가지일 것입니다. 무엇보다도 섬김, 받아들임이 아닐까 생각합니다. 여기에 용서가 포함되리라고 생각하면서 제 나름대로 이렇게 바꾸어 알아들어도 괜찮지 않을까? 생각합니다.

"내가 너희에게 한 것처럼 너희도 하라고 내가 본을 보여 준 것처럼, 너희도 서로 용서하여라." 오늘 요한이라는 어느 신부가 쓴 요셉이라는 친구에 관한 이야기를 나눕니다. 요셉은 요한 신부가 신학생으로서 논산훈련소에 훈련병으로 있을 때, 서로 만나게 된 친구입니다.

훈련소를 거의 마칠 무렵에 요한 신학생은 다리에 생긴 상처로 의무대 병실에 입원하게 되었답니다. 병실을 맡은 상병 하나가 밥을 가져다주었는데, 손가락에 묵주반지를 끼고 있어 '신자구나' 생각했답니다. 하지만 그가 훈련병 처지라 먼저 말도 못 걸었는데, 자기가 성호를 긋는 것을 보고 그가 먼저 인사를 하면서 서로 알게 되었답니다.

몇 년 후 친구 요셉은 동갑내기 마리아와 결혼을 했고, 이듬해에 자기는 사제로 서품되었답니다. 서품받은 첫해에 요셉과 마리아는 여름 청년 캠프를 하던 요한 신부에게 휴가를 와서 결혼을 앞둔 청년들을 위해 여러 가지 이야기를 들려주면서 하룻밤을 보냈고, 그리고 불과 며칠 후에 요한 신부는 충격적인 전화를 받았답니다.

요셉의 가게에 당시 서울을 누비고 다니던 삼인조 강도가 들어, 요셉이 그들과의 격투 끝에 심하게 다쳐서 죽음 직전에 있다는 소식이었답니다. 요한 신부가 친구 요셉을 찾아가 보니 그는 거의 절명 상태였고, 분노한 탓인지 격투를 했던 오른손은 주먹을 쥔 채로 계속 흔들고 있었답니다.

요셉의 부모님과 그의 아내 마리아는 오히려 비통해하는 요한 신부를 위로해주면서 '우리가 할 일은 다 했으니 기도해 주세요.'라고 부탁했답니다. 요한 신부는 마지막이라고 생각하고, 그에게 병자 성사를 주었습니다. 그리고 돌아와 본당의 젊은이들과 함께 요셉을 위해 기도를 시작했다고 합니다.

한 육 개월 후 언어 장애와 오른손의 불편함을 빼고는 비교적 건강한 모습의 요셉을 만날 수 있었답니다. 그런데 다시 육 개월쯤 뒤에 저녁 뉴스에서 바로 요셉의 가게를 털었던, 요셉을 거의 절명 상태로 만들었던 범인 중의 한 사람이 검거되었다는 소식을 듣게 되었습니다.

그 순간 요셉이 다쳐 누워있을 때보다 더 큰 걱정이 되었답니다. 범인에 대한 분노와 억울함이 요셉을 다시 아프게나 하지 않을까? 라는 염려 때문에, 전화할 수도 없었답니다. 그런데 오히려 이튿날 요셉이 전화를 해주었답니다. 여전히 뇌손상 때문에 서투른 말로 말했습니다.

'범인……을 만나고 왔어……. 그런데……. 이상해. 보는 순간 그 이전의 ……. 마음, 모두 사라지고……. 용서합니다. ……. 고 말했어. …….'라고 했답니다. 요한 신부는 괜찮은지 물었고, 그는 진정으로 괜찮다는 얘기를 반복했답니다.

사제인 자기도 정말 하기 힘든 말을 그는 뇌를 다쳐 답답하고 힘겨워하는 모습으로 '용서합니다.'라고 말해주었다는 것입니다. 얼마 후 요한 신부는 요셉의 편지를 받았습니다. 요셉의 아내가 받아쓴 편지였습니다. 거기 요셉이 범인에게 받은 편지 복사본이 동봉되어 있었답니다.

"무슨 말을 어떻게 해야 할지. 엄청난 해를 주었는데도 오히려 내게 위로와 용서를 해주시다니요. 면회까지 와주시고…. 지금 내가 할 수 있는 것이 무엇일까? 하고 생각해보았습니다. 무능력하지만 하느님께 당신의 가정과 건강 행복을 위해 기도합니다. 좀 더 일찍 하느님을 알았더라면…. 나로 인해 얼마나 어려우신가요?"

요셉은 요한 신부 자기가 납득하기 어려울 정도로 그를 위해 자주 면회를 다녀갔습니다. 그리고 자기를 부끄럽게 할 요량인 것처럼 그의 세례 소식을 전해주었답니다. 그는 요셉으로 세례명을 정하였답니다. 대통령이 '범죄와의 전쟁'을 선포했을 때 요셉은 다시 '그'를 위해 탄원서를 각계에 내었습니다.

'그'는 추기경님으로부터 견진성사도 받았습니다. 요한 신부는 오히려 고통을 당한 이들보다 더 분개했던 자기의 경솔함을 부끄러워할 뿐이라고 고백했답니다. 저는 이 이야기를 읽고 요셉이라는 분이 자기의 뇌를 다치게 했고, 많은 것을 앗아간 범인을 용서할 수 있었던 힘은 어디서 오는가? 을 생각하면서 묵상해 보았습니다.

요셉은 오늘 우리가 복음에서 들은 예수님의 행위를, 그 행위의 의미를 끌어안았기 때문에, 용서할 수 있게 되었다고 생각합니다. 용서할 수 있는 은총은 전적으로 그분의 힘입니다. 그것은 우리의 힘이 아닙니다. 제자들의 발을 씻어주신 그분의 힘이 우리에게 용서를 가능하게 합니다.

그분이 주시는 힘이 내가 정말 받아들이기 힘든 사람도 받아들일 수 있게 합니다. 저는 요셉이라는 분이 범인 요셉을 용서했다는 대목에서 깊은 감동을 받았습니다. 여기 옮겨 적으면서도 눈물이 났습니다. 그런데 우리는 좀 더 깊이 이 사건을 바라보면서 여기에는 요셉 씨가 그 범인을 용서할 수 있게 되는 과정이 생략되어 있음을 발견합니다.

우리는 그 과정을 헤아려 볼 필요가 있다고 생각합니다. 의식불명으로 암흑의 터널을 헤매다가 깨어나면서, 요셉 씨는 자기에게 일어난 이 사건을 계속해서 반추했을 것입니다. "주님 왜 제게 이런 일이 일어나야 합니까? 저와 아내 마리아 그리고 아이 우리에게 무슨 죄가 있습니까? 왜 이런 고통을 우리에게 주십니까?"

이런 물음으로 끝없이 계속되는 또 다른 암흑의 밤을 지새웠을 것입니다. 그리고 그는 범인에 대해 생각했을 것입니다. 처음에는 범인에 대한 분노로 주먹을 부들부들 떨었을 것입니다. 그러나 그는 병상에서 예수님을 새롭게 체험했습니다. 사람들의 죄를 용서해 주시기 위해 골고타 언덕을 오르신 예수님을 묵상했을 것입니다.

"아버지 이 사람들을 용서하여 주십시오. 이 사람들은 자기들이 하는 일이 무엇인지 모르고 있습니다."라고 하시며 자기를 때리고 모욕하고, 못 박는 사람들을 용서하신 예수님을 새롭게 만났을 것입니다. 예수님도 '겟세마니에서 피땀을 흘리시며 괴로워하셨다는 것이 참으로 커다란 위로가 되었을 것입니다.

이리하여 요셉 씨는 예수님이 누구신지를 알게 되었을 것입니다. 바로 자기를 배반하게 될 베드로, 유다에게까지도 무릎을 꿇고 발을 씻겨주시는 분이라는 것을 머리로가 아니라 가슴으로 알아들었을 것입니다. 참으로 예수님을 알 때, 그분을 따르지 않을 수 없습니다.

그분이 행하신 것을 따라 하지 않을 수 없습니다. 요셉 씨는 예수님의 행동을 따라 자기를 쳤던 범인의 발을 씻겨 줄 수 있었습니다. 우리도 오늘 예수님의 행동을 깊이 바라봅니다. 내가 용서하지 못하는 사람이 있다면, 우리도 무릎을 꿇고 그 사람의 발을 씻어주어야 합니다.

무사의 칼과 하느님의 폭풍우

오래전에 일본에 훌륭한 무사가 한 사람 있었습니다. 그는 선교사들에 의해 그리스도인이 된 사람이었습니다. 어느 날 아내와 함께 배를 타고 가다가 폭풍우를 만났습니다. 폭풍우에 배는 금방이라도 파선될 위기에 있었습니다. 아내가 두려워 떨고 있을 때, 그는 갑자기 갖고 있던 칼을 빼어 들고 아내에게 물었습니다.

"여보, 이 칼이 무섭소?"

아내가 대답했습니다.

"그 칼이 사랑하는 당신 손에 있는데 왜 무섭겠소. 그런데 이 상황에 왜 갑자기 칼을 빼어 나에게 보여주시는 거요?"

무사가 말했습니다.

"당신이 나에 대한 믿음 때문에 이 칼이 무섭지 않듯이 나는 하느님에 대한 믿음 때문에 이 폭풍우가 무섭지 않소. 이 칼이 내 손에 있듯이 이 폭풍우는 하느님의 손에 있소. 우리를 사랑하시는 하느님이 절대로 우리를 해치지 않으실 거요. 두려워하지 마시오."

그 말이 끝나자 거짓말처럼 폭풍우는 잠잠해지고 미풍이 불어왔다고 합니다.

오늘 복음의 핵심 메시지는 두려워하지 말라는 것입니다. "그분께서는 너희의 머리카락까지 다 세어 두셨다. 그러니 두려워하지 마라. 너희는 수많은 참새보다 더 귀하다." 그렇습니다. 하느님이 우리를 사랑하시는데 우리가 두려워할 것이 무엇입니까? 우리가 하느님을 두려워 떨 필요는 없습니다.

어떤 사람은 죄를 지었기에 하느님이 두렵다고 합니다. 죄를 지어 두려워 하느님께 나아갈 수 없다고 합니다. 죄는 피해야 하겠지만, 죄를 지은 탓에 하느님을 피하는 것은 잘못입니다. 우리가 정작 두려워해야 할 것은 죄를 짓고 하느님을 피해 숨는 그 행위입니다.

우리가 죄를 지었을 때 오히려 용기를 갖고 하느님 앞에 나아가야 합니다. 그분 앞에서 잘못했노라고, 용서를 청해야 합니다. 그분은 언제나 용서해 주시는 분이십니다. 이것을 믿기가 그리 쉽지 않습니다. 왜냐하면, 우리가 그렇게 못 하기에 하느님도 그렇지 않으실 것으로 생각하기 때문입니다.

그러나 분명히 우리가 알아야 할 것은 하느님은 우리와 다르신 분이라는 사실입니다. 우리의 작은 머리 안에 하느님을 집어넣으려고 하지 마십시오. 하느님은 우리의 사고 안에 다 잡히는 분이 아니십니다. 아담이 죄를 짓고 그가 어떻게 했습니까?

날이 저물어 선들바람이 불 때 야훼 하느님께서 동산을 거니시는 소리를 듣고 아담과 그의 아내는 하느님 눈에 띄지 않게 나무 사이에 숨었습니다. 사랑이신 하느님께서는 아담을 부르십니다. "너 어디 있느냐?" 전지전능하신 하느님께서 아담이 어디 숨었는지 몰라서 부르신 것이 아니지요.

하느님께서는 죄를 지은 아담이 스스로 당신 앞에 모습을 드러내기를 원하셨습니다. 치유해 주시기 위해서입니다. 상처가 햇빛을 쏘여야 낫듯이 죄로 인한 마음의 상처는 하느님을 뵈어야 나을 수 있기에 당신 앞에 모습을 드러내라고 부르신 것입니다. 아담은 그래도 용기를 내어 하느님의 부르심에 대답했습니다.

"두려워 숨었습니다." 그래도 그런 용기를 지녔기에 아담은 죽지 않고 다시 생명으로 나아갈 수 있었습니다. 아담은 바로 사람을 지칭하고 바로 우리 자신들입니다.

오늘 제2 독서에서 바오로는 로마서에서 아담과 예수님, 죄와 은총의 비교를 통해 하느님이 어떤 분이신지를 우리에게 들려줍니다. 한 사람이 죄를 지어 이 세상에 죄가 들어왔고 죄가 죽음을 불러들였지만, 하느님께서 내리시는 은총은 아담이 지은 죄의 경우와 실상 비교할 수 없을 만큼 커다란 차이가 있다는 것입니다.

바오로가 설파합니다. "그렇지만, 은사는 범죄의 경우와 다릅니다. 사실 그 한 사람의 범죄로 많은 사람이 죽었지만, 하느님의 은총과 예수 그리스도 한 사람의 은혜로운 선물은 많은 사람에게 충만히 내렸습니다."

그렇습니다. 우리는 우리의 죄를 두려워할 필요가 없습니다. 다만, 죄 때문에 절망에 빠지는 것을 두려워해야 하고 경계해야 합니다. 그것이 사탄의 간계이기 때문입니다. 그 죄 때문에 넘어져서 일어나지 못하고 허우적거릴 것이 아니라 하느님의 자비하심, 그분의 사랑, 그분의 은총을 믿고 홀홀 떨고 일어나야 합니다.

우리가 설령 몇 번이고 죄로 말미암아 넘어졌다고 하더라도 그때마다 우리는 오늘 화답송의 시편 말씀처럼 "주님, 주님의 자애가 너그러우니 저에게 응답하소서. 주님의 크신 자비에 따라 저를 돌아보소서."라고 기도해야 할 것입니다.

바오로는 죄가 있는 곳에 은총이 풍성하다고 했습니다. 화답송의 시편을 좀 더 깊이 묵상해야 할 것입니다. "주님, 주님 마음에 드시는 때에, 저의 기도가 주님께 다다르게 하소서. 주 하느님, 주님의 크신 자애로, 주님 구원의 진실로 제게 응답하소서."

여기서 '주님의 마음에 드시는 때'는 공동번역에서는 '은혜로운 때'로 옮겼는데 새 성경에서 '주님의 마음에 드시는 때'로 옮겼습니다. '주님 마음에 드시는 때'나 '은혜로운 때'는 모든 것이 잘되어나갈 때라기보다 오히려 어려움에 부닥쳐 있거나 악의 구렁텅이에 빠져 있을 때입니다.

그때야말로 하느님께 나아가서 용서를 청하며 자비를 빌고 당신 사랑에 의탁하는 때이기에, 참으로 은혜로운 때입니다. 복음서 안에 예수님께서 "두려워하지 마라."라고 말씀하시는 대목이 수없이 나옵니다. 왜 예수님께서는 계속해서 두려워하지 말라고 말씀하십니까?

두려움은 우리를 작게 만들기 때문입니다. 두려움은 바로 불안의 전주곡이고 불안은 옛말처럼 마귀의 운동장입니다. 불안 안에 있을 때 우리는 쉽게 유혹에 빠집니다. 하느님께 신뢰하지 못하게 하는 마귀의 유혹, 책동입니다. 죄를 짓고 두려움에 떠는 것이 잘하는 일로 착각하는 신자들이 있습니다.

그것은 찬란한 착각입니다. 하느님을 모르는 착각입니다. 두려움은 어디에서 옵니까? 모르기 때문입니다. 우리가 죄를 짓고 두려워하는 까닭은 하느님을 모르기 때문입니다. 하느님이 얼마나 자비로우신 분이신지, 하느님이 얼마나 크신 사랑이신지를 모르기 때문입니다.

우리가 하느님이 참으로 사랑이신 분이라는 것, 용서 자체이신 분이라는 것을 안다면 두려워서 숨지 않고 하느님 앞으로 나아가서 "잘못했습니다. 용서해 주십시오." 하고 용서를 청할 것입니다. 하느님은 그때마다 용서하십니다. 어떤 사람은 말합니다.

벼룩도 낯짝이 있지, 어떻게 같은 죄를 자꾸 짓고 또 고백성사를 보느냐고 말입니다. 실은 자기가 쩨쩨하니까 하느님도 그렇게 쩨쩨한 분으로 생각하는 것입니다. 하느님은 우리의 죄를 기억하시는 분이 아니십니다. 제가 번역한 '일상 삶 안에서의 영신 수련'이라는 책에 있는 작은 환상 이야기, 하나를 들려 드립니다.

제목이 '가장 처참한 죄인에 대한 작은 환상'입니다. 너무나 무서운, 누구도 죄목조차 댈 수 없는 죄를 지은 죄인을 상상합니다. 그것은 어쩌면 인간이 저지를 수 있는 최악의 죄였습니다. 그는 그러한 죄를 범하고 또 범했습니다. 그러나 마침내 다시는 죄를 짓지 않겠다고 단호히 결심했습니다. 그는 하느님께 가서 고합니다.

"저는 죄를 뉘우칩니다."

하느님께서 물으십니다.

"무슨 죄인데?"

그는 자신의 죄목을 댑니다. 하느님께서 말씀하십니다.

"그래, 나는 네가 자신의 죄에 이름을 붙이고 다시는 죄를 범하지 않도록 기다려 왔다. 지금 네가 네 죄를 뉘우치니 기쁘기 그지없다. 이제 다시는 그런 죄를 짓지 말라."

그 사람은 기쁨에 넘쳐 돌아왔습니다. 그리고 일주일 동안은 그 무서운 죄를 짓지 않을 수 있었습니다. 그러나 결국 또다시 죄를 짓고 말았습니다. 그는 실로 자신이 저주스러웠습니다. 수치심과 절망감으로 그는 비참함을 맛보아야 했습니다. 간신히 이성을 되찾은 그는 두 번 다시는 그 죄를 짓지 않으리라 결심하고 하느님 앞에 나아가 겸손하게 고했습니다.

"주님, 저는 또다시 그 죄를 범하고 말았습니다."

하느님께서 물으셨습니다.

"무슨 죄인데?"

하느님은 우리가 한번 용서를 청한 죄를 기억하시는 분이 아니십니다. 예수님께서 일곱 번 용서하면 되겠느냐? 고 묻는 베드로에게 분명히 말씀하시지요. 일곱 번씩 일흔 번이라도 용서하여라. 용서에 한계를 두지 말라는 말씀입니다. 거꾸로 당신도 용서에 한계를 두지 않겠다는 말씀입니다.

그러니 두려워하지 말고 하느님께 나아가고 하느님 안에서 늘 기쁘게 살아갑시다.

제 **6** 장

위 로

성 요셉 - 보호자, 위로자의 역할

오늘은 성 요셉 대축일입니다. 교황님 덕분에 성 요셉이 위상을 되찾는 것 같아, 저도 기분이 좋습니다. 우리가 고전을 읽다 보면 옛사람들, 선인들의 지혜에 놀랄 때가 있습니다. 고전은 우리의 마음을 맑게 하기도 하고, 우리 자신을 돌아보게 하기도 하고, 그냥 빙그레 미소 짓게 하기도 합니다. 논어 '양화편'에 나오는 이야기입니다.

어느 날 공자가 제자 자공과 둘이 산책을 하게 되었나 봅니다. 길을 걸으며 문득 혼잣말처럼 이야기합니다. "나는 이제 되도록 말을 하지 말아야 하겠어." 그 말을 듣고 자공이 말합니다. "스승님, 스승님이 말씀하시지 않는다면 저희가 어떻게 배울 수 있겠습니까?"

그러자 공자가 자공에게 말합니다. "내가 말을 하지 않는다고 그대들이 배울 수 없는 것은 아니라네. 하늘이 언제 무슨 말을 하여 우리에게 가르침을 주던가? 하늘이 아무 말을 하지 않지만, 때가 되면 나무에 잎이 돋고 푸르러지고 열매가 맺지 않는가? 하늘이 어찌 말을 하는가?"

천하언재- 하늘이 어찌 말을 하는가? 기가 막힌 말이지요. 말이 막강한 힘을 지니고 있지만, 때로는 말이 힘이 없기도 합니다. 언행이 일치하지 않으면, 말은 힘이 없습니다. 진리가 말보다는 마음의 눈으로만 비로소 보이는 것은, 시공을 초월한 불변의 진리가 아닐까 생각합니다.

공자가 한 이 말, 천하언재는 우리가 어떤 것을 단순히 눈으로 보고 귀로 들어야 제대로 아는 것이 아니라, 마음의 눈으로 보고 마음의 귀로 들어야 깨닫게 된다는 의미이지 싶습니다. 이 말을 우리가 깊이 새기면서 이 세상을 살아야 하지 않을까 싶습니다.

오늘 복음에서 예수님께서 보물을 하늘에 쌓으라고 말씀하십니다. 우리에게 보물이 무엇인가를 헤아려 봅니다. "보물이 있는 곳에 우리 마음도 있다."라고 하셨는데, 정말 우리에게 가장 소중한 보물이 무엇일까요? 우리 마음이 아닐까요? 하느님께서는 우리 마음 안에 정말 소중한 것을 담아주시지 않을까요?

우리가 진실한 마음, 연민의 마음, 사랑의 마음을 지니고 있다면 그것이 가장 큰 보물일 겁니다. "눈이 몸의 등불이다."라고도 하셨습니다. 우리가 흔히 "눈은 마음의 창"이라는 말을 쓰는데 우리 마음이 빛으로 차 있다면 얼마나 좋겠습니까? 그렇다면 그 밝게 빛나는 빛이 참 보물이 아닐까 생각했습니다.

사도 바오로는 "이제 내가 사는 것이 아니라 내 안에 그리스도께서 사십니다."고 했습니다. 그 말의 의미를 새겨보면, 바오로는 자기 마음 안에 '그리스도라는 보물'을 간직하고 있기에 그 빛나는 보물 앞에서 다른 모든 것이 하찮고 쓰레기로까지 여기게 되는, 아무 가치 없는 것이 된다는 의미이겠습니다.

이렇게 사도 바오로에게 보물은 자기 마음 안에 살아계시는 그리스도였습니다. 그 보물이 바로 빛이었기에 그의 온몸이 환하게 빛났고, 오늘날 우리에게까지 빛을 던져 주고 있습니다. 우리 마음 안에도 그리스도의 빛남, 그리스도의 부유함이 가득 차서 풍성한 마음이시리라 생각합니다. 그렇습니까? 좋습니다.

저는 성령께서 여러분들의 마음 안에 주신 그 무엇, 그 보물의 하나가 "관대한 마음, 너그러운 마음, 연민의 마음, 위로를 주는 마음"이었으면 좋겠습니다. 교우들을 사목하는 사목자로서 우리 신부들에게 정말 중요한 것은 위로의 마음, 연민의 마음, 안타까워하면서 함께 하는 마음이라고 생각합니다.

때로는 옳고 그름이 그렇게 중요하지 않습니다. 그냥 받아주는 것, 아픔을 달래 주고 상처를 보듬어 주는 것, 연민을 지니는 것, 위로를 주는 것입니다. 교황님께서는 요셉 대축일에 즉위식이 우연이 아니라 요셉 성인이 해야 했던 일을 자신도 계속 이어서 해야 할 표징으로 받아들이셨습니다.

"요셉 성인은 예수님과 성모 마리아님의 수호자가 될 소명을 받았고 더 나아가 그리스도의 신비체인 교회의 수호자가 되셨습니다. 요셉 성인은 항상 하느님의 말씀을 경청함으로써 하느님 현존의 징표에 열려 있었으며 자신의 계획이 아니라 하느님의 계획을 받아들였습니다."

교황님께서는 성 요셉이 겸손하고 조용하게 위로해주셨다는 것을 상기시켜 주셨습니다. "성 요셉이 복음서 안에서 강건하고 용감한 노동자로 드러나지만, 그의 마음속에 부드러움이 있는 것을 볼 수 있습니다. 부드러움은 영혼의 강함을 드러내고 남을 배려할 수 있는 자비이며 다른 이들에게 열려 있는 사랑의 표시입니다."

"부드러움을 간직하기를 두려워하지 말아야 한다."라는 말씀이 제 영혼에 깊이 울림으로 다가왔습니다. 우리 사제들은 때로 부드러움을 지니는 것을 두려워하는 경향이 있습니다. 부드러움이 약함이라는 잘못된 생각 때문이지요.

옛날에 어느 구두 수선공이 살았답니다. 그는 성 요셉에게 아주 큰 신심이 있는 사람이었지요. 그러나 그는 그가 좋아하는 성 요셉의 덕을 전혀 따르지 못하고, 죄를 많이 짓고 살았답니다. 마침내 그는 죽었지요. 가엾은 그의 영혼은 슬프고, 상처로 가득 덮인 채 천국 문 앞에 이르게 되었지요.

성 베드로는 그의 가엾은 애원을 측은히 여겼지만, 지은 죄가 크기에 할 수 없이 그의 코앞에서 천국 문을 닫아 버렸답니다. 이것을 바라본 성 요셉은 하느님 앞에 가까이 나아가서 이 가엾은 영혼을 위해 전구하였지요. "하느님, 이 사람은 가엾고 불쌍한 죄인입니다. 당신은 한없이 자비로우시니, 이 사람을 천국에 들게 해주십시오."

선하신 하느님께서 말씀하셨지요. "아! 아! 사랑하는 요셉이여! 그대의 마음은 알지만 그럴 수가 없구료. 만일 내가 그대의 말을 들어준다면, 천국은 죄인들로 가득 찰 걸세. 이번에는 안 되겠네. 미안하지만 이 사람을 그대의 신봉자라고 해서 천국 문 안으로 들여놓을 수는 없네."

성 요셉은 말했습니다. "그러나 당신은 너무도 자비로우시고 선하신 분이라고 세상 사람들이 일컫고 있지 않습니까? 세상은 약하고 가난한 사람들이 살아가기에는 너무도 힘듭니다. 유혹도 너무 많고, 불쌍한 세상 사람들이 아닙니까?"

선하신 하느님이 말했답니다. "안 된다고 했네!"

"이 사람이 천국에 들어오는 것이 정녕 싫으십니까?"

"그만하시게. 안 되네!"

"좋습니다. 이 사람을 들여보내 주지 않으신다면, 제가 나가겠습니다."

"정 그렇다면, 나가시게나."

선하신 하느님께서 별 동요됨 없이 말씀하셨답니다. 그래서 성 요셉은 천국 문을 향해 걸어 나갔지요. 그런데 반쯤 가다가 되돌아왔습니다. "그렇지만 전 혼자 나갈 수는 없습니다. 제게는 아내가 있는데, 아내는 지아비를 따라야 하는 법입니다." 그러고 나서 성 요셉은 아내 마리아를 불렀습니다.

그는 자기를 따라나서라고 말했지요. 성 요셉을 사랑하는 아내 마리아는 순종하였고요. 선하신 하느님께서는 이를 못 본 체하셨답니다. 성 요셉은 계속해서 말했답니다. "마리아, 당신에게 속한 모든 것을 가져와야 합니다. 우선 당신의 아들, 예수. 그리고 여기 내가 적어 놓은 항목들이 있지요."

그는 품에서 종이 한 장을 꺼내어 천국의 한 가운데 서서 '마리아의 도문'을 읽어 내려갔답니다.

"천사들의 여왕이시여…. 자, 천사들은 여왕을 따라나설지어다."

"족장들의 여왕이시여…. 자, 모든 족장은 여왕을 따라나설 준비들 하시게나."

"예언자들의 여왕이여…. 자, 모든 예언자도 길을 떠날 채비들을 하시게나." 마침내 그는 다음 구절에 이르렀습니다: "모든 성인의 여왕이여……. 자, 모든 성인은 여왕을 따라나설지어다." 그러자 굉장한 법석이 일게 되었답니다. 선하신 하느님께서 미소를 지으시며 말씀하셨습니다.

"내 사랑하는 요셉이여! 내 권한은 그대의 권한보다도, 마리아의 권한보다도 위에 있어 이를 사용할 수 있지만, 천국에 나 혼자 남겨놓겠다는 자네의 위협에 맞서고 싶지는 않네. 가서 그 영혼을 씻기어 목욕시키고, 붕대를 감아 주고 치료를 해주시게. 그러고 나서 이리로 데려와 소개하구려."

이렇게 해서 그 가엾은 구두 수선공의 영혼은 천국에 들어갈 수가 있게 되었다고 합니다.

교황님께서는 우리 삶 안에서 성 요셉을 예수님과 마리아님을 수호하고 창조 세계를 수호하고, 특히 가난한 이들을 수호하자고 초대합니다. 다시 한번 모든 성 요셉을 본명으로 지닌 사람들에게 축하합니다.

나무 위로 올라간 자캐오

루카 복음 19장 1~10절에 나오는 '자캐오의 이야기'를 묵상하기로 합니다. 나무에 올라가는 행위는 어린아이들의 행동입니다. 하지만 자캐오는 예수님께 대한 갈망으로 서슴없이 나무 위로 올라갑니다. 그를 태운 나무는 예수님을 바라보는 경이를 느낍니다. 우리도 함께 나무가 되어 예수님과 자캐오의 만남을 바라봅시다.

팔레스타인 지역에서도 드물게 비옥한 땅인 예리코는 꽃과 나무들의 풍부한 산지로도 유명한 고도(古都)입니다. 오래된 무화과나무가 길가에 늘어선 예리코의 모습을 상상 안에서 떠올려 보십시오. 여러분 한 사람 한 사람은 무화과나무 한 그루 한 그루입니다. 그중에서도 자캐오가 올라간 바로 그 튼실한 나무입니다.

자캐오라는 인물은 세관의 창문으로 무심히 나무인 나를 바라보곤 했습니다. 자캐오는 어느 날 훌쩍 내 등에 뛰어올라 가지에 앉았습니다. 놀라운 일입니다. 점잖은 세관장이 나무에 뛰어오르는 일은 한 번도 없었으니까요. 내 가지에 올라앉아 자캐오는 무언가를 보려고 애를 씁니다. 그는 누군가를 찾고 있습니다.

자캐오의 타는 갈망이 나의 줄기를 타고 뿌리까지 전해집니다. 그 강렬한 열망의 느낌에 오래 머무르십시오. 왁자지껄한 소리가 들려옵니다. 한 무리의 사람들 가운데 흰옷을 입은 젊은이가 걸어오는 것이 보입니다. 어쩐지 그 젊은이는 예사로운 사람 같지가 않습니다. 나무인 나에게도 그 젊은이의 힘이 느껴집니다.

자캐오는 바로 이 사람을 보려고 앞질러 달려와서 내게 오른 것이군요. 뜻밖에도 그 젊은이가 내게 다가옵니다. 어쩐지 내 몸이 떨려 나뭇잎들이 사그락거리는 소리를 내고 있습니다. 그 젊은이는 환한 웃음을 지으며 내 몸에 앉아 있는 자캐오의 손을 잡고 말합니다.

"자캐오야, 얼른 내려오너라. 오늘은 내가 네 집에 머물러야 하겠다."

그 순간 자캐오의 기쁨이 얼마나 큰지 내 몸을 흔듭니다. 기쁨에 찬 자캐오는 그 젊은이의 손을 잡고 얼른 나한테서 내려갑니다. 그를 바라보는 자캐오의 눈동자가 기쁨으로 출렁입니다. 기쁨에 넘쳐 외치는 자캐오의 소리가 내 귀에 들려옵니다.

"선생님이 저희 집에 오신다는 말씀이세요? 정말이십니까? 아, 선생님을 제가 모시다니 너무나 기쁩니다."

두 사람의 만남은 참으로 인상적입니다. 전혀 다른 삶을 살았던 두 사람의 만남은 자캐오의 삶을 새롭게 하는 특별한 만남입니다. 나는 흰옷을 입은 젊은이는 잘 모릅니다. 하지만 자캐오는 잘 알고 있습니다. 그는 세관장으로 동족의 돈을 착취한다고 사람들한테서 소외당한 외로운 사람입니다. 어찌 보면 불행한 사람이지요.

사람들은 자캐오 앞에서는 머리를 숙여 굽신거리면서도 돌아서면 욕을 합니다. 사람들한테서 소외당할수록 자캐오는 세금을 걷는 데만 몰두해왔습니다. 그렇게 하는 것만이 그가 외로움에서 벗어나는 방법이었는지도 모릅니다. 누군가가 그에게 다가와 친구가 되어 주면 좋았겠지만, 그에게는 진정한 친구가 단 한 명도 없었습니다.

그렇기에 자캐오에게 환한 웃음을 지으며 다가온 예수라는 젊은이가 더욱 특별해 보였습니다. 그는 더없이 다정한 음성으로 자캐오의 이름을 불렀습니다. 그러고는 초대를 받기도 전에 먼저 그에게 함께 묵고 싶다고 청했습니다. 그의 다정한 음성을 들었을 때, 나무인 나도 자캐오와 같은 전율을 느꼈습니다.

자캐오의 음성은 더욱 떨렸습니다. "보십시오, 주님! 제 재산의 반을 가난한 이들에게 주겠습니다." 구두쇠 자캐오가 자기 재산의 반을 가난한 사람들에게 나누어 주겠다고 합니다. 나는 내 귀를 의심하지 않을 수 없었습니다. 하지만 한편에서 사람들의 투덜거리는 소리가 들립니다.

"저 사람이 죄인의 집에 들어가 묵다니, 저 사람이 정말 기적을 행했다는 예수라는 사람 맞아?" 나는 너무나 잘 알고 있습니다. 사람들은 늘 불평을 하면서 살고 있기 때문입니다. 자신들의 기대에 맞지 않으면 금방 못마땅해 트집을 부립니다. 그러나 우리 나무들은 결코, 불행하지 않습니다.

그냥 모든 것을 커다란 섭리에 맡기고 그에 따를 뿐입니다. 비가 오는 날이면 뿌리까지 흠뻑 저시는 비를 반갑게 맞이하고 바람이 부는 날에는 춤추고 노래하기도 하지요. 나는 자캐오의 친구가 되어 준 흰옷을 입은 젊은이가 특별한 사람이라는 것을 느낄 수 있습니다. 그의 예지와 통찰력은 사람의 마음을 꿰뚫고 있다는 것을요.

그의 마음이 자캐오의 마음을 꿰뚫었고, 두 사람의 마음이 만나면서 그것은 빛이 되었습니다. 그 빛을 받은 자캐오는 새로운 사람으로 변화되었지요. 예수와 만난 것이 그를 변화시킨 것입니다. 이제 자캐오의 얼굴은 평화를 찾았습니다. 그의 얼굴에서 빛이 납니다. 그 빛은 나무인 내게도 비추고 있습니다.

이제 나무에서 여러분 각자의 모습으로 돌아오십시오. 예수님과 자캐오의 만남을 바라보던 여운이 아직 마음속에 남아 있을 것입니다. 여러분도 예수님과 지워지지 않는 만남이 있는지 기억해 보십시오. 그 만남은 우리 자신에게 찾아온 구원의 빛임을 기억하십시오.

행복한 삶

행복한 삶이란 나 이외의 것들에게 따스한 눈길을 보내는 것입니다. 우리가 바라보는 밤하늘의 별은 식어 버린 불꽃이나 어둠 속에 응고된 돌멩이가 아닙니다. 별을 별로 바라볼 수 있을 때, 발에 닿은 돌멩이의 아픔을 어루만져 줄 수 있을 때, 자신이 잃어버린 것이 무엇인지 깨달았을 때, 비로소 행복은 시작됩니다

"행복은 나 이외의 것들에게 따스한 손길을 보내는 것"이라는 말이 제 마음을 기쁨으로 출렁이게 합니다. 별을 별로 바라볼 수 있을 때, 행복이 시작된다고 합니다. 저는 인간을 진정한 인간으로 바라볼 수 있을 때, 행복이 시작된다고 생각합니다.

'나 이외의 것들'에는 자연뿐만 아니라 우리가 살아가며 만나게 되는 모든 사람도 포함되니까요. 서로에게 미소를 건네고 함께 웃음 지을 때 느끼는 기쁨, 지극히 사소한 것이라 해도 그것이 삶의 밀핵처럼 느껴집니다. 인간을 인간으로 바라보기 위해서는 자연의 도움이 필요합니다.

사람들과 부대끼다 보면 존재의 소중함을 잊게 될 때가 많으니까요. 자연은 새로운 눈으로 사람을 볼 수 있도록 우리를 치유해 줍니다. 며칠 전 숙소에서 그리 멀지 않은 저수지를 산책했습니다. 저수지를 향하는 길 양옆으로 플라타너스가 줄지어 서 있고, 어느덧 가을 물이 들어가고 있는 모습이 참으로 아름답게 느껴졌습니다.

한 사람 한 사람의 삶이 기적이듯 이 조그만 나뭇잎 하나하나도 모두 기적이라 할 수 있지 않을까요? 이 거대한 대자연 속에서 작은 잎사귀마다 '광합성'의 기적이 일어나고 있는 것입니다. 공기와 물과 햇빛의 작용으로 모든 생명체의 에너지원을 이루는 분자들이 생겨납니다.

"결국, 모든 생명이 – 아무리 고상한 사상이라도 아무리 위대한 성덕이라도 푸른 잎 속의 광합성의 기적을 먹고 산다."라고 한 프랑스 작가 쟈크 뢰브의 말이 떠오릅니다. 우리는 모두 하느님의 경탄할 손길인 광합성의 기적을 통해 생명체로 살아 숨 쉽니다.

그러다 때가 되면 다시 우리의 본향인 창조주 그분께로 돌아갑니다. 영원이라는 시간에 비하면 우리의 생은 참으로 덧없는 것일지도 모릅니다. 그렇기에 삶은 더욱 찬란하고 값진 것이며 하루 한 시간의 행복과 바꿀 수 있는 것은 이 세상에 아무것도 없다고 할 수 있습니다.

지금 이 순간의 만남은 그래서 더욱 소중합니다. 그것이 사람이든 자연이든.

지혜의 외침

오늘 우리는 잠언의 말씀을 듣습니다. 잠언의 저자는 어리석음을 버리고 예지의 길을 걸으라는 지혜의 외침을 전합니다. 지혜는 이렇게 말합니다. "너희는 와서 내 빵을 먹고 내 술을 마셔라." 그리고 이어서 복음에서 예수님께서 빵에 대해 말씀하시는 것을 듣습니다.

당신 자신을 빵이라고 하시면서 그 빵을 먹으라고 하십니다. "나는 하늘에서 내려온 살아 있는 빵이다. 누구든지 이 빵을 먹으면 영원히 살 것이다." 이 말을 들은 사람들은 수군거리고, 말다툼까지 벌어집니다. 사람들은 그가 목수 요셉의 아들인데, 하늘에서 내려왔다니, 웃기지 않는가? 라고 수군거립니다.

예수님께서 자기가 빵이라며 먹으라니, 어떻게 자기 살을 먹으라고 줄 수 있느냐며 서로 말다툼을 합니다. 자기 살을 먹으라니, 우리가 식인종이냐고 말다툼까지 하는 것입니다. 여러분들, 식인종이 맛 투정할 때, 어떻게 말하는지 알아요? 답: 아, 살 맛 안 나.

여러분들, 빵이라고 하면 어떤 이미지가 떠오릅니까? 빠리 바께트입니까? 빵? 고소한 내음. 빵, 맛있어요? 유럽에 가면, 빵이 그리 맛있을 수가 없어요. 빵이라고 들으면, 즉시 성체가 떠오르는 분 있습니까? 그렇다면, 아주 대단한 신자입니다. 한편 우리는 엠마오로 가는 길에서 두 사람이 부활하신 주님을 만나는 이야기를 알고 있습니다.

그 두 제자는 다시 예루살렘으로 돌아와 사람들에게 그 사실을 전하지요. 오랜 시간 함께 이야기하며 길을 같이 걸어갔어도 그분을 몰라뵈었는데, "빵을 떼어 주실 때에야 비로소 그분이 예수님이라는 것을 알아보게 되었다."라고 들려줍니다(루카 24. 35).

성경에서 '빵을 뗀다.'라는 동사는 성체성사를 뜻하는 단어라고 합니다. 빵을 떼다, 빵을 나누다. 라는 동사가 신약성서에서 여러 번 등장하는데, 초대 교회의 성찬례를 뜻하는 동사라고 합니다. 자기들의 구세주라고 큰 기대를 걸었던 예수님이 십자가에 못 박혀 들어가시자 크게 실망합니다.

엠마오로 가던 제자들이 주님과 함께 식탁에 앉아 빵을 나눌 때, 비로소 그분이 바로 부활하신 예수님을 알아보았던 것처럼 주님과 함께 빵을 나누는 이 성체성사에서 우리는 부활하신 주님을 알아 뵙게 됩니다. 미사는 제자들을 통해 약속하신 대로 우리와 함께 계시는 부활하신 주님과 함께 머무는 특별한 시간입니다.

따라서 미사는 우리 가톨릭 신자에게는 가장 중요한 시간입니다. 가장 우선순위로 두어야 할 소중한 시간입니다. 오늘 저는 성체에 대해 진실한 신심을 지녔을 뿐만 아니라, 성체의 소중함을 잘 보여 준 한 분을 떠올렸습니다. 바로 '러시아에서 그분과 함께,'로 우리에게 알려진 예수회원, 취제크 신부님입니다.

제가 번역한 '모든 것 안에서 그분과 함께'의 저자이기도 합니다. 월터 취제크 신부님은 미국에서 태어나 예수회에 들어왔고, 구소련으로의 비밀 선교를 위해 폴란드에서 활동하다가 구소련군에게 체포되어 바티칸 밀정이라는 혐의로 구소련으로 끌려가 감옥과 시베리아 강제노동 수용소에서 무려 23년을 보냈습니다.

시베리아 강제 수용소로 간 이후 아무 소식을 접할 수 없었던 미국 예수회에서는 취제크 신부님이 결국 시베리아에서 죽었다고 생각하고, 사망자 명단에 넣어 위령미사를 드렸었지요. 나중에 취제크 신부님은 그 사실을 알고, 약간은 해학적으로 아마 자기가 그 위령미사의 덕으로 살아남았나보다고 말하기도 했지요.

미국 정부의 노력으로 구소련의 밀정 두 사람과 교환되어, 죽었다고 생각한 그가 고국 미국으로 송환됩니다. 그는 사람들의 요청에 따라 먼저 자기의 체험을 생생하게 전하는 '러시아에서 그분과 함께'를 쓰고, 그 책이 출간된 이후에 다시 자기 체험을 더 깊이 묵상해서 책을 쓰지요. 그것이 '나를 이끄시는 분'입니다.

사람들은 당연하게 취제크 신부님에게 혹독한 시베리아 강제 노동 수용소에서 신부님은 어떻게 끝내 살아남을 수 있었는지 관해 물음을 던집니다. 취제크 신부님의 답은 간단합니다. 바로 매일 매일 몰래 드리던 미사를 통한 힘이었다고. 그는 '나를 이끄시는 분'이라는 책에서 이렇게 말합니다.

"미사를 집전하지 못하거나 미사에 참여할 기회를 박탈당해 본 적이 없는 사람은 미사가 얼마나 소중한 보물인가를 실감하지 못할 것이다. 북극의 지루한 여름철이 오면 작업할 낮의 시간은 최고로 길어지고 그 대신 수면시간은 대단히 짧아지는데, 이때가 되면 죄수들은 한숨이라도 더 눈을 붙이려고 안간힘을 썼다.

사제들과 신자들은 육체에 필요한 수면시간마저 희생한 채, 기상 종이 울리기 전에 자리에서 일어나 조용한 막사 안에서 몰래 미사를 드렸다. 미사를 드리다 발각되는 날이면 우리는 심한 벌을 받아야 했고, 게다가 밀고자들은 사방에 깔려 있었다. 그러나 그런 위험과 희생을 기꺼이 감수할 만큼 미사는 우리에게 소중했다.

우리는 미사에 참여하기 위해서 거의 무슨 짓이나 다했다. 우리에게 있어 성체성사는 중대한 실존의 근원이었다. 성체성사가 우리 마음과 정신, 우리 하루의 삶에 주는 영향을 피부로 실감할 수 있었다. 이곳, 이 자리에서 미사를 집전했다는 생각만으로도 내가 소련에 와서 그간 겪었던 고난들이 하나같이 필요했고, 소중했다고 느껴졌다.

새날을 맞이할 때마다 나의 일차적인 관심사는 미사를 집전하는 것이었다. 어떤 위험도, 어떤 역경도, 어떤 보복도 내가 매일 미사를 집전하지 못하도록 방해할 수 없었다."

오늘 다시 한번 미사의 소중함, 성체를 통해 깊이 예수님과 만나는 신비를 묵상하며, 감사를 드립시다. 오늘 저의 시 하나 나눕니다.

하느님께서
"빛이 생겨라." 하시자 빛이 생겼네.
빛을 창조하시자 어둠과 그림자가 따라왔네.
빛과 그림자는 낮과 밤이 하루이듯 하나라네.
그림자는 빛이 만드는 것이 아니라네.
다만 물체가 빛을 가릴 때, 그림자가 생겨나네.

빛과 그림자 바라보며 깊은 상념에 잠기네.

하느님께서 창조하신 것은 다만 빛이었는데
빛 속에 서면 물체는 그림자로 창조에 응답하네.
우리도 빛을 받아 아름다운 그림자를 그려야 하네.

인디언들의 노래

　오래전 아름다운 콜로라도주 메사 버디 국립공원에 있는 인디언 유적지를 여행하였습니다. 아름다운 협곡 사이에 있는 인디언들의 삶의 터전이었던 여러 유적지는 인상적이었습니다. 맑은 웃음을 지닌 안내원은 인디언들의 당시 생활과 풍습을 설명해 주고는 잠시 침묵하더니 5분 동안 침묵 속에 눈을 감고 8, 9백 년 전에 살았던 인디언들의 삶의 모습을 상상해 보라고 하였습니다.

　아름다운 협곡에서 저무는 해를 바라보면서 그들이 무슨 생각을 했을지 상상해 보고, 그들의 삶 속에 깃든 종교와 사랑과 우정을 생각해보라는 것이었습니다. 아주 독특한 안내였습니다. 거의 모든 관광객은 2, 3분을 못 넘기고 침묵을 깨뜨렸고, 그 바람에 내 상상 속의 인디언들과 아름다운 친교 장면도 깨어져 무척 아쉬웠습니다.

　동행했던 후배 수사의 "저 친구, 완전히 이냐시오식 관상을 시키네."라는 말에 함께 웃으며 못다 한 명상의 아쉬움을 달랬습니다. 자연의 아름다움을 찬미하고 서로의 희로애락을 주고받았을 그들의 삶을 생각 해보고 그들의 인간애를 느껴보도록 이끄는 안내원의 모습에 작은 감동을 받았습니다.

안내 책자에는 미국의 셔먼 장군이 인디언들과 협상을 하면서 이 황량한 붉은 땅 대신에 동쪽 강가의 기름진 땅을 주겠다고 제의했는데 그들은 단호히 거절하면서 기름진 땅 대신 조상들이 살았던 붉은 땅을 기꺼이 택하겠노라고 했다는 내용의 글이 적혀 있었습니다.

인디언들의 조상 대대로 이어진 삶의 터전에 대한 사랑과 개척자들에게 삶의 터전을 빼앗겼을 때의 아픔을 동시에 느꼈습니다. 그곳에 있던 인디언의 시를 제가 번역했습니다.

우리는 영원히 행복하리.
아무도 우리의 행복을 빼앗지 못할 것이니,
우리는 우리 앞에 놓여 있는 아름다움과 함께 이 땅을 걸으리라.
우리는 우리 뒤에 있는 아름다움과 함께 걸으리라.
우리는 우리 주위에 펼쳐있는 아름다움과 함께 걸으리라.

한 선교사가 인디언들에게 "우리를 지으시고 자연을 섭리하시는 분이 하느님이시고 우리는 그분을 하느님 아버지라고 부른다."라고 가르쳤습니다. 그 말을 들은 인디언 추장은 말했습니다.

"우리는 천둥이 울리고 번개가 치면 두려워하며 이름을 알지 못하는 그분을 섬기지요. 그리고 우리도 그분을 아버지라고 부릅니다. 아마도 당신이 하느님 아버지라고 부르는 그분과 우리가 두려워하며 아버지라고 부르는 분은 같은 분이겠지요. 그렇다면 당신과 우리는 한 형제가 아니오."

원래 이 땅의 주인이었던 인디언들은 지금 인디언 보호 구역에서 경제적으로 비참한 생활을 하고 있습니다. 어린이 같은 선한 마음으로 복음을 이해했던 그 인디언 추장은 조상 대대로 살아온 삶의 터전을 빼앗기고 쫓기면서 무슨 생각을 했을까요?

나를 위로하며

　오늘 독서로 듣는 예레미야서를 통해 우리는 이스라엘 백성이 얼마나 완고한지를 볼 수 있습니다. 하느님께서는 제발 내 말을 들으라고, 그래야 내가 너희 하느님이 되고 너희는 내 백성이 될 것이라고 하소연하시는데 이스라엘 백성은 고집스럽게도 말을 듣지 않습니다.

　앞으로 가라고 하면 뒤로 가고, 제멋대로 사악한 마음을 따라 고집스럽게 걸었습니다. 그래서 하느님께서는 예레미야에게 이렇게 말하라고 합니다. "그들의 입술에서 진실이 사라지고 끊겼다." 화답송에서는 시편 말씀을 통해 이런 이스라엘 백성들에게 다시 하소연합니다.

　"오늘 너희는 주님의 소리에 귀를 기울여, 너희 마음을 완고하게 하지 마라."

　저는 이렇게 완고한 사람들인 이스라엘 백성들이 누구일까를 생각해 봅니다. 성서에서 이스라엘 백성은 단순히 한 민족이 아닙니다. 바로 인간을 표상하고 있습니다. 바로 우리의 모습이기도 합니다.

　오늘 복음에서 예수님께서는 벙어리 마귀를 쫓아내시자, 말을 하지 못하던 이가 말을 하게 되었습니다. 말을 하지 못하는 고통이 얼마나 클지 상상해 봅니다. 그 답답함은 이루 말할 수 없었겠지요. 우리가 하루만 말을 하지 못하게 해도 얼마나 힘이 듭니까?

말을 하지 못하는 이의 고통을 아신 예수님께서는 그에게서 벙어리 마귀를 쫓아내어 다시 말을 하게 해 주셨는데 사람들은 오히려 시비를 겁니다. 오늘 독서에서 "자기네 조상들보다 더 고약하게 굴었다."라는 표현을 들었는데, 그들은 정말 조상들보다도 더 고약하게 굽니다.

예수님께서 벙어리 마귀를 쫓아낸 사실은 눈앞에서 일어난 일이니 부정할 수 없으니까 그가 마귀 우두머리 베엘제불의 힘을 빌려 마귀를 쫓아낸다는 정말 어처구니없는 말을 합니다. 우리가 흔히 뒤집어씌운다고 말하지요. 누군가를 반대하고 시비 거는 사람은 어떤 구실을 찾아서라도 반대를 하고 시비를 걸고 뒤집어씌웁니다.

참으로 고약하지요. 저 같으면 화가 나서 왜 엉뚱하게 뒤집어씌우냐고 따질 것 같은데, 예수님께서는 부드럽게 말씀하십니다. 예수님께서는 "사탄도 서로 갈라서면 그의 나라가 어떻게 버티겠느냐?"고 말씀하십니다. 당신은 온전히 아버지 하느님께 의탁하며 하느님의 힘으로 마귀를 쫓아내시는 것이라는 말씀이지요.

예수님께서는 "내가 하느님의 손가락으로 마귀를 쫓아내는 것이면, 하느님의 나라가 이미 너희에게 와 있는 것이다"라고 말씀하십니다. 그렇습니다. 예수님이 오심으로써 하느님의 나라는 이미 그들 안에 와 있는 것인데 불행하게도 완고한 그들은 그것을 알아보지 못합니다.

벙어리가 말하는 것을 보면서 놀라는 사람이 있는가 하면, 몇 사람들은 전혀 하느님의 음성을 듣지 못하고 마음을 완고하게 지니고 있기에 알아보지도 알아듣지도 못합니다. 우리는 어떠한지 자신을 돌아보게 됩니다. 예수님을 통해 하느님의 나라는 이미 우리 안에 와 있는 것입니다.

우리는 진정 우리 삶 안에서 우리 안에 와 있는 하느님 나라를 알아보았습니까? 하느님 나라는 어떤 나라입니까? 그 나라는 더 힘센 자가 나타나면 빼앗겨야 하는 그런 무력한 나라가 아닙니다. 하느님 나라는 남에게서 무엇을 빼앗는 나라가 아니라 우리를 내어주는 나라, 우리 마음 안에 세우시는 나라, 바로 사랑의 나라입니다.

우리 마음 안에서 시냇물로 흐르다가 강물이 되고 마침내 바다에 가 닿아 대해의 고요 속에 잠기는 생명의 나라입니다. 잠시 예수님의 마음을 헤아려봅니다. 예수님도 위로가 필요하시지 않았을까 생각합니다. 아무에게서도 위로를 받지 못하실 때는 스스로 위로하시기도 했겠지요.

우리도 그렇습니다. 아무에게서도 위로받지 못한다고 느낄 때, 스스로 자신을 위로할 필요가 있습니다. 그런 의미에서 오늘 짧은 시 하나 들려드립니다.

나를 위로하며

함민복

삐뚤삐뚤
날면서도
꽃송이 찾아 앉는
나비를 보아라

마음아

미나리

　오늘 복음의 비유를 전에는 '탈렌트의 비유'라고 했는데 새 번역 [성서]에 따라 '미나의 비유'가 되었습니다. '미나'라고 하니까 사람 이름 같아요. 제가 오래전에 함께 했던 예비자 교리 반에 이미나라는 이름의 사람이 있었지요. 영어식으로 성과 이름을 바꿔 우리가 미나리라고 불렀지요.

　미나리 비유는 예수님의 비유 중에서 아주 독특한 비유입니다. 예수님께서는 보통 비유를 드실 때 아주 일상적인 일, 주변에서 쉽게 마주치는 풍경이나 사물에서 비유를 드시지요. 예를 들면, 양, 겨자씨, 은전, 누룩, 포도원 등등. 그런데 오늘 비유는 유일하게 역사적 사실에 바탕을 두고 있습니다.

　비유의 서두에서 "어떤 귀족이 왕권을 받아오려고 먼 고장으로 떠나게 되었다."고 하지요. 헤로데 대왕은 죽으면서 유언으로 나라를 삼 등분하여 세 아들에게 나누어 주도록 했지요. 당시 팔레스타인 지역은 로마의 식민지였지만, 정치적으로는 어느 정도 왕권을 인정하고 경제적으로 수탈하는 정책을 썼었지요.

곧 유다 지역에도 처음에는 총독을 파견하지 않고 이스라엘의 자주권을 인정하여 왕권을 주었었지요. 그래도 왕이 마음대로 나라를 자식들에게 나누어줄 수는 없고 로마의 승인을 받아야 했지요. 그런데 헤로데 대왕은 남부 유대 지역은 아킬라우스가 다스리도록 유언을 남겼어요.

아킬라우스는 그 왕권을 승인받기 위해서 로마로 떠나게 되었던 것입니다. 당시 로마의 황제였던 아우구스티누스를 알현하고 왕권을 받아오기 위해서지요. 한편, 유대의 원로들은 아킬라우스가 왕이 되는 것을 원하지 않았어요. 그래서 50명의 사절단을 뒤따라 보냈지요.

로마 황제에게 "우리는 아킬라우스가 왕이 되는 것을 원하지 않으니, 차라리 총독을 보내 주십시오."라고 청했던 것입니다. 결과는 어떻게 되었을까요? 오늘 예수님께서 비유에서 말씀하신 대로입니다. 로마 황제 아우구스티누스는 아킬라우스를 왕으로 승인해 줍니다.

왕이 되어 돌아온 아킬라우스가 어떻게 했겠습니까? 불을 보듯 뻔하지요. 오늘 복음의 비유에서처럼 원로들을 처형을 당합니다. 예수님의 비유를 듣는 사람들은 그 역사적 사건을 잘 알고 있었지요. 불과 30여 년 전에 일어난 사건이니까요. 그러면 예수님께서 들려주시는 이 비유의 핵심은 무엇일까요?

이 비유를 통해 전하고자 하는 예수님의 메시지는 과연 무엇일까요? 비유가 들려주는 교훈은 역사적인 사건과는 전혀 상관이 없습니다. 비유는 비유이지요. 비유에서 왕은 아킬라우스가 아니지요. 비유에서 왕은 하느님이지요. 비유의 핵심을 간단히 말씀드립니다.

첫째는 하느님이 우리에게 주시는 신뢰를 말합니다. 종들에게 미나를 맡겨주시듯이 우리에게 삶을 맡겨주십니다.

둘째는 우리 삶 안에 시험이 있다는 것입니다. 그 미나, 다시 말해, 삶을 어떻게 사는가를 보신다는 것입니다.

셋째, 그 미나, 삶에 따라 거기 상이나 상급, 보상이 따르게 된다는 것입니다.

비유에서 보면, 상급은 무엇보다도 더 많은 일을 할 수 있는 상급이지요. 언뜻, 가진 사람이 더 많이 갖게 된다고 하시는 말씀처럼 들리지만, 그것이 삶의 법칙입니다. 세상의 법칙이기도 하지요. 미나라고 하니까 역시 우리에게 그 의미가 선뜻 와 닿지 않아요. 탈렌트하면, 즉시 재능을 떠올리게 되는데요.

그렇습니다. 미나는 바로 하느님이 주신 선물을 말합니다. 하느님이 우리에게 주신 가장 큰 선물은 바로 '삶 그 자체'입니다. 삶을 어떻게 살 것인가? 제가 번역한 '할아버지의 축복'에서 보면, 저자 레이첼 레멘은 자기가 자랄 때 늘 가족에게서 듣는 말은 물건 잃어버리지 말도록 조심해라. 차 조심하라는 것이었답니다.

그것은 삶이 중요하고 가치가 있기에, 잃어버리거나 잘못되어서는 안 된다는 것을 암묵적으로 나타내고 있다고 합니다. 그런데 정말 삶이 그렇게 소중하다면, 인생을 방어하고 지키는 것보다, 즐기고 누리는 것이 더 현명할 것이라고 합니다. 그것이 맞는 말이지요.

인생을 즐기고 누린다는 것은 완성을 향해 나아가도록 각자 나름대로 길을 따르고 때로는 예기치 못한 운명에 자신을 맡기면서 새로운 길을 향해 나아가도록 스스로 격려하는 일이겠지요. 때론 위험을 감수해야 하지요. 지닌 것을 지키기 위해 수건에 싸서 둘 것이 아니라 그것을 가지고 활용해야 하지요.

　하느님께서 원하시는 것은 바로 그것입니다. 당신이 주신 탈렌트, 선물로 주신 재능을 마음껏 발휘하면서 꿈을 펼쳐나가야 합니다. 거기에 당연히 실패가 따를 수도 있지요. 그러나 열 개의 미나리로 만들 수도 있지요. 중요한 것은 신뢰입니다. 그분에게 신뢰로 우리에게 주어진 미나리를 가지고 즐기고 누리면서 살아야 합니다.

사랑이 그대를 향해

　지난해 가을, 제가 결혼 주례를 해주었던 어느 부부가 결혼 십 주년을 맞아 딸아이 손을 잡고 선물을 한 아름 안고 저를 찾아왔습니다. 요즈음의 세상에 잘 살아주는 것만도 고마운 일인데, 결혼 주례해 준 신부를 잊지 않고 찾아온 부부를 보면서 참 보기 드문 보석처럼 느껴졌고, 제가 마음으로부터 축복을 빌어주었었지요.

　오늘 추석이라고 다시 과일 바구니를 들고 찾아왔네요. 저를 만나고 간 이후에 좋은 일들이 많이 생기고, 하느님의 축복을 많이 느낀다고 하더군요. 10살 난 예은이라는 예쁜 이름의 딸아이에게 다음 달에는 동생이 생기게 될 것이라는 기쁜 소식도 주었지요.

　이 부부가 살아가면서 더 깊이 사랑을 이해하게 되기를 바라며, 칼릴 지브란의 '예언자' 중에서 사랑에 관한 부분을 들려주고 싶었습니다. 여기 On Love를 옮겨 그 부부뿐만 아니라 여러분들과 함께 나눕니다.

사랑이 그대를 향해

사랑이 그대를 향해 오라 손짓하면, 그를 따라가라
그가 가는 길이 가파르고 험난할지라도.
사랑이 날개를 펴서 그대를 안으면 그에게 안겨라
날개깃 사이에 숨긴 칼로 그대에게 상처를 입힐지라도.
사랑이 그대에게 속삭일 때 그를 믿어라
마치 북풍이 정원을 황폐시키듯이
그의 목소리가 그대의 꿈을 산산이 부서지게 하더라도.

사랑이 그대에게 왕관을 씌워줄 때가 있듯이
그대를 십자가에 못 박을 때가 있으리라.
그대를 성장하게 할 때가 있듯이
그대에게서 가지를 쳐 낼 때가 있으리라.
그대의 머리 위로 올라와서 햇살 가운데 춤추는
그대의 가장 부드러운 가지를 어루만질 때가 있듯이
대지에 뿌리 내린 그대의 발바닥까지 내려와서
그대를 온통 흔들어놓을 때가 있으리라.

마치 곡식을 단으로 묶어 추수하듯
사랑은 그대를 묶어 거두리라.
도리깨로 두드려 그대를 벌거벗기리라.
체로 쳐서 그대의 겨를 걸러내고

맷돌로 갈아 희게 하리라.
그대 안에 있는 덩어리가 깨지고 부드러워질 때까지
그대를 반죽하리라.

그런 다음에 거룩한 불로 그대를 구우면
그대는 비로소 하느님이 베푸는 향연에서 쓰게 될
성스러운 빵이 되리라.
사랑이 그대에게 이 모든 일을 하게 되면
그대의 내밀한 가슴이 지닌 비밀을 알게 되리라.
그것을 알게 되면 인생이 지닌 깊은 신비도 깨달으리라.

그대가 이것이 두려워
사랑이 주는 평화와 기쁨만을 추구한다면
그대의 벗겨진 알몸을 덮고 도리깨 방을 나와
춘하추동이 없는 세계로 들어가라.
거기서 웃게 되겠지만, 진정한 웃음은 아니리라.
울기도 하겠지만 진정한 눈물도 아니리라.
사랑은 자신 이외에는 아무것도 주지 않으며
아무것도 받지 않는다.
사랑은 아무것도 소유하지도 소유를 당하지도 않는다.
사랑은 사랑으로 족한 까닭이다.

그대가 사랑을 할 때,

"하느님이 내 마음 안에 계신다."고 말하지 마라.
오히려 "내가 하느님의 깊은 심연 안에 있다."고 하라.
그대가 사랑의 여로를 이끌 수 있다고 생각하지 마라.
오히려 사랑이 그대가 그럴 가치가 있다고 여기면
그대의 여로를 이끌어 주리라.

사랑은 사랑 자체를 충족시키는 것 이외에
다른 욕망이 없나니
그대가 사랑을 하면서 열망을 지녀야 한다면
다음이 그대의 열망이 되게 하라:
아름다운 선율에 따라 밤에게 노래를 불러주는
흐르는 시냇물처럼 고요히 젖어들게 하며
부드러움이 지닌 고통을 알게 하며
그대가 사랑을 앎으로써 상처받음을 두려워하지 않고
기쁜 마음으로 기꺼이 피 흘리고자 하는 열망.

새벽에 잠을 깨면 마음을 드높여
사랑을 할 수 있는 새로운 날에 감사를 드려라.
정오에 휴식을 취하며 사랑이 주는 황홀감에 젖고
땅거미가 질 때면 감사의 마음으로 집으로 돌아오며
마음 깊은 곳에서 사랑하는 이를 위한 기도를 드리고
하느님께 찬미의 노래를 불러라.

'희망'이 여무는 가을

유리창을 여과한 맑은 가을 햇살이 방안 가득 고입니다. 그 풍성한 햇살에는 잘 익은 가을 냄새가 가득합니다. 하늘을 파랗게 하고, 단풍을 빨갛게하고, 들판을 노랗게 하고, 우리 마음을 그립게 하는 가을날의 햇살은 굳어버린 마음까지도 곱게 물들일 것 같습니다.

가을걷이가 한창인 들녘을 보며 우리 땅과 우리 몸은 둘이 아니라는 '신토불이'를 다시금 생각합니다. 농약과 방부제로 오염된 외국농산물이 무분별하게 우리 농산물을 밀쳐내기 시작하자 우리 땅 우리 몸을 지키기 위해우리는 신토불이를 목청 높였습니다.

'신토불이'란 우리 농산물이 좋다는 단순한 의미가 아니라 몸과 땅은 둘이 아니듯 몸은 땅을 떠나서는 살 수 없다는 이야기입니다. 몸과 땅은 하나이고 몸은 마음을 떠나서는 살 수 없으니, 결국 몸과 마음은 하나라는 의미입니다. 인간은 영혼과 육체로 이루어진 존재라는 것이 서양 그리스 철학의 기본개념입니다.

하지만 히브리인들의 사고와 동양사상에서의 인간은 몸과 마음이 분리된 것이 아니라 하나의 동일한 존재로 여겼습니다. 몸과 마음이 하나인지 분리된 것인지에 대한 해답은 동서고금을 불문한 철학자들의 영원한 숙제로 미루어 두더라도 과연 우리의 삶에서 몸과 마음은 어떤 관계일까요?

철도국의 한 직원이 장거리 수송 열차의 냉동실 칸에 들어갔다가 밖에서 문이 잠기는 바람에 그곳에 갇히게 되었습니다. 그는 냉동실 문을 열어보려고 온갖 방법을 다 써 보았지만, 철문은 워낙 견고해서 소리를 지르고 힘껏 두드려도 밖에서는 들리지 않았습니다.

누군가가 냉동실 칸의 문을 열어주지 않는다면, 꼼짝없이 얼어 죽을 것이라는 공포가 그를 덮쳤습니다. 얼마 지나지 않아 그의 몸은 점점 굳어져 갔습니다. 죽음이라는 절박한 상황에서 그는 자신의 존재를 남기고 싶었고, 냉동실 벽에다 자신의 심정을 기록했습니다.

"아무리 소리쳐도 소용이 없다. 점점 몸이 식어가고 있다…. 그래도 기다리는 수밖에…. 몸이 얼어가고 이제는 정신도 몽롱하다…. 아무런 희망도 없이 여기서 죽는가 보다…."

그가 냉동실 칸에 갇혀 있었던 시간은 불과 한 시간이 조금 더 지났을 뿐이었습니다. 다른 직원이 그 냉동실 칸을 열었을 때 그는 몸이 빳빳하게 굳은 채 죽어 있었습니다. 그런데 놀라운 사실은 그 냉동실 칸은 오래전에 고장이 나 있었습니다. 실내 온도는 섭씨 13도였습니다.

러시아에서 실제로 있었던 이 이야기는 많은 것을 생각하게 합니다. 상식적으로는 섭씨 13도의 온도에서 인간이 얼어 죽을 수는 없습니다. 그렇다면 무엇이 그를 죽게 했을까요? 냉동실 칸에 갇혔고 아무도 문을 열어주지 않으니, 몸과 마음을 얼어붙게 만든 것입니다. 절망을 느낀 마음은 몸에도 고스란히 전달되었습니다.

코로나 시대, 어려운 경제로 여기저기서 살기 힘들다고 합니다. 풍요 속의 빈곤이라고 했던가요? 못 먹고 못 살던 옛날 그 시절에 비하면 지금은 모든 것이 풍요롭습니다. 하지만 그늘진 땅 한쪽에서는 여전히 밥을 굶는 아이들이 있고 굶어 죽는 노인들이 있습니다.

통계에 의하면 7초에 세계인구의 한 명이 굶어 죽어간다고 합니다. 실제로 경제가 어려운 것은 사실이지만 그렇다고 지레 겁먹고 절망만 한다면, 혹 우리 주위에도 고장 난 냉동실 칸에서 얼어 죽은 철도직원의 모습을 보게 되지 않을까 염려되는 마음입니다. 이런 마음이 드는 것은 너무 지나친 생각의 비약일까요?

중요한 것은 마음입니다. 긍정적이고 적극적인 마음을 지니고 살면 우리의 몸은 그 마음을 따라가게 되고, 삶 또한 그렇게 닮아가리라 생각합니다. 삶은 바라보는 마음에 따라서 예상치 못한 결과를 가져오기도 합니다. 아낌없이 비추는 가을 햇살은 얼어붙으려는 우리 마음을 다독이는 작은 위로인 듯합니다.

가을 햇살에 곡식이 여물 듯 우리 마음도 그렇게 여물어 가기를 소망합니다. 이 고운 가을 햇살이 어둡고 그늘진 땅 틈새 구석구석까지 골고루 환하게 비추어, 저마다의 튼실한 '희망'의 열매 하나 추수할 수 있는 우리 모두의 가을날을 꿈꿉니다.

천국으로 가는 계단과 참새

성 빈센트 수녀회의 '말씀의 천사' 토비아 수녀님이 영어 가사와 함께 보내 주신 Stairway to Heaven이라는 음악을 들으며 번역하여 드리고 싶다는 생각을 했지요. 저도 다 알아듣지 못하고 번역을 했으니까 좋은 번역은 아니겠지만, 읽는 사람들이 각자 나름대로 묵상하면 좋겠다는 생각으로 나눕니다.

천국으로 가는 계단

빛나는 것은 모두 다 금이라고 믿는 여인이 있는데
그녀는 천국에 오르는 계단을 사려고 하네요.
천국에 이르면 가게가 모두 문을 닫아도
한 마디만 하면
그녀가 마음먹은 것은 모두 얻을 수 있다고 알고 있네요.

우, 우, 그녀는 천국에 오르는 계단을 사려고 하네요.

벽에는 표지판이 있지만

그녀는 자기가 확실히 옳기를 바라네요.

가끔 두 가지 뜻을 지닌 낱말도 있으니까요.

시냇가 어느 나무에 노래하는 새 한 마리가 있네요.

때로 우리의 모든 생각이 틀렸을까 걱정이 되기도 하지요.

우, 그 생각을 하면 놀라게 되지요.

우, 그 생각을 하면 놀라게 되지요.

서쪽을 바라보면 어떤 느낌이 온답니다.

그리고 내 영혼은 떠나고 싶은 갈망으로 타오르네요.

생각 안에서

저는 나무들 사이를 흐르던 연기가 만든 반지를 보았지요.

그리고 서서 바라보는 사람들 목소리도 들었답니다.

우, 그 생각을 하면 놀라게 되지요.

우, 그 생각을 하면 정말 놀라게 된답니다.

우리가 그 음률을 노래한다면 이내 속삭임이 되겠지요.

그러면 피리 부는 사람이 우리에게 왜 그런지 알려주겠고요.

오래 서 있는 사람들을 위해 새날은 밝아오고

숲은 웃음의 메아리로 화답하겠지요.

숲속 덤불에서 바스락거리는 소리가 들려도 이제 놀라지 마세요.

5월의 여왕을 맞이하기 위해 봄이 단장을 하는 소리거든요.

그래요. 그대가 갈 수 있는 길은 두 갈래이지요.

그러나 걸어가다가

길을 바꿀 수 있는 시간은 여전히 있답니다.

그리고 그 생각을 하면 놀라게 되지요.

금방이라도 알 것 같으면서 떠오르지 않아서

잘 모르겠는데

피리 부는 사람이 자기를 따라 부르라고 하네요.

사랑하는 그대 여인이여, 바람이 불어오는 소리가 들리나요?

이제 천국으로 가는 계단은 속삭이는 바람결에 있다는 걸 아셨나
요?

그리고 길 아래에 내려서면

그림자가 영혼보다 더 크게 보인다는 것을 아셨나요?

저기 우리가 모두 다 아는 은빛으로 빛나는 여인,

빛나는 모든 것이 금으로 변하는 것을 보여주고 싶은 여인이 걸어
오네요.

모두 하나가 되고 하나가 모두가 될 때

흐름을 멈추고 바위가 될 때

그대가 귀를 기울여 듣는다면

마침내 그 음률을 들을 수 있을 거예요.

그녀는 천국에 오르는 계단을 사려고 하네요.

이 노래를 다음의 예화와 연결하면 훨씬 쉽게 알아들을 수 있을 것 같아서 재미있는 예화 하나도 들려드립니다.

회의를 품은 참새

옛날 옛적에 이 세상살이에 회의를 품은 참새 한 마리가 있었습니다. 그는 날이면 날마다 먹이를 찾아다녀야 하는 삶이 괴로웠습니다. 또한, 이리저리 쫓겨 다녀야 하는 삶에 진저리가 났습니다. 세상은 날로 공해로 찌들어 점점 살기가 어려워졌습니다.

친구 새들도 서로 낟알 한 톨이라도 더 먹으려 싸우는 모습을 보면서 세상살이에 회의를 느꼈습니다. 그는 스승 참새를 찾아가 말했습니다.

"저는 이 세상살이가 싫어졌습니다. 세상이 너무나 각박하고 비참합니다. 어제는 제 친구가 농약이 묻은 벼를 먹고 죽었습니다. 며칠 전엔 다른 친구가 사람이 쏜 총에 맞고 죽었습니다."

스승 참새는 물었습니다.

"그래서 너는 어떻게 하겠다는 것이냐?"

참새가 대답했습니다.

"깊은 산에 들어가서 불쌍한 우리 참새들을 위해 조용히 기도하면서 살고 싶습니다."

"그러냐? 나를 따라오너라."

스승 참새는 그를 데리고 근처 연못으로 날아갔습니다. 연못은 위에서 흘러들어온 흙탕물 때문에 더러웠는데 거기에 뿌리를 내린 연에서는 놀랍게도 아름다운 꽃봉오리가 환하게 미소 짓고 있었습니다. 스승 참새는 그에게 말했습니다.

"보아라. 연꽃은 저 더러운 흙탕물에서 피지만, 더러움에 물들지 않고 오히려 더러운 자기 터를 아름다운 꽃밭으로 만든다. 너도 이 험한 세상을 떠나 도피하려 하지 말고, 이곳에서 살면서 네 터를 꽃밭으로 만들도록 해라."

우리가 사는 삶의 터, 비록 각박하고 공해로 찌들었다고 하더라도 바로 그곳을 우리의 천국으로 만들어가기로 해요.

화양연화 花樣年華

　누군가가 화양연화가 무슨 뜻인지 아느냐고 물었습니다. 화양연화는 가장 아름답고 찬란했던 시절이라는 뜻입니다. 저는 알고 있다고 답했고, 신부님에게도 화양연화가 있었지요? 라고 다시 묻더군요. 저는 지금은 바로 화양연화라고 답했지요. 왜냐고요? 가장 아름답고 찬란했던 시절은 바로 지금의 순간이지요. 그렇지 않나요?

　영화 '화양연화'는 홍콩의 작고 복잡한 아파트에서 일어난 일입니다. 같은 날 같은 아파트로 이사 온 '첸 부인'과 '차우'의 이야기입니다. 이사 첫날부터 자주 마주치던 두 사람은 '차우'의 넥타이와 '첸 부인'의 가방이 각자 배우자의 것과 똑같음을 깨닫고, 그들의 관계를 눈치챕니다.

　그 관계의 시작이 궁금해진 두 사람은 비밀스러운 만남을 이어갑니다. 그들은 서로의 감정이 깊어지지 않기 위해 노력하지만, 서로에게 차츰 빠져들기 시작합니다. 2020년 개봉 20주년을 맞아 4K 리마스터링 판으로 재개봉한 왕가위 감독의 영화입니다. 그의 영화 중에서도 최고의 걸작으로 평가받는 영화입니다.

상처받은 마음을 감추며 서로를 위로하던 그들은 비밀스러운 만남을 이어가기 시작합니다. 인생에서 가장 아름답고 찬란했던 시간을 의미하는 화양연화라는 제목처럼, 영화는 왕가위 감독 특유의 고혹적이고 감각적인 연출력이 절정에 달했음을 확인시켜 줍니다.

영화 전반에 흐르는 미묘한 분위기와 매혹적인 색감으로 채색된 채 우아한 연기를 펼치는 양조위와 장만옥의 연기 앙상블은 '화양연화'를 20세기 세계영화사를 대표하는 영화의 반열에 올려놓았습니다. 제53회 칸국제영화제 남우주연상과 최우수예술 성취상, 제20회 홍콩 금상장 5관왕 수상 등 세계로부터 주목을 받은 영화입니다.

왕가위의 이 영화는 멜로 영화입니다. 그의 영화들은 항상 멜로 드라마가 이야기의 기본 축을 이루고 있습니다. 단지 워낙 스타일이 독특하다 보니, 그것이 일반 멜로 드라마와 다른 것처럼 느껴졌습니다. '화양연화'의 이야기는 분명 전형적인 멜로이지만, 그 영상에 있어선 역시 남다르게 철저한 생략과 절제된 이미지로 이뤄져 있습니다.

특히 주인공인 차우와 리첸의 아내와 남편은 뒷모습이나 목소리를 제외하고는 보여주지 않는 것은 의도적인 생략입니다. 왕가위는 차우와 리첸의 감정만을 위주로 잡아 나가기 위해 둘 이외의 인물들은 최대한 무시하고 있습니다. 장면도 마치 로베르 브레송의 영화처럼, 그 핵심만을 포착해 보여줍니다.

저는 처음 이 영화를 봤을 때는 영화의 이야기를 잘 이해하지 못했습니다. 다소 지루하게 느껴지기까지 했습니다. 여러 번 보면서 스토리를 이해하고 나자, 그 이미지들의 아름다움이 절절히 와 닿았습니다. 수없이 반복

되는 감미로운 주제 음악도 제에게는 더없이 좋았습니다. 그러나 흥행에는 실패했지요.

사람들이 흔히 멜로 영화에서 기대하는 극적 상황이나 감정, 그리고 드러나는 이미지들은 거의 생략해버렸기 때문이었습니다. 왕가위는 오히려 세밀하고 내밀한 감정의 여운들을 정확하게 잡아냅니다. 그렇기에 영화를 깊게 바라볼 줄 아는 사람은 이 영화를 독특하게 느낄 것입니다. 이 영화의 극적인 모티프는 자주 사용되는 '불륜'이지만 여기선 남다른 관점에서 접근합니다.

그는 말합니다. "불륜에 대한 영화는 많지만, 불륜의 다른 쪽 당사자에 대한 영화는 흔치 않다. 나는 불륜의 다른 편을 보여주고 싶었다. 누구나 인생에는 아픔과 비밀이 있다. 1962년 홍콩은 중국 공산화 후 본토에서 흘러나온 사람들의 드라마로 가득 찬 곳이라 내겐 매혹적인 시공간이었다."

1960년대 당시 아시아, 그중에서도 중국의 보수적인 사회 분위기 속에서 유부남과 유부녀가 만나 사랑을 나눈다는 건 쉬운 일이 아닙니다. 더구나 자신들의 남편과 아내가 다른 사람과 불륜을 저지르고 있다 해서, 자신도 쉽게 그 같은 행위를 할 순 없는 일입니다.

이 영화에서는 기존의 극적인 멜로와 달리 자신들의 감정을 최대한 절제하다 결국에는 사랑을 이루지 못한 채, 회한과 추억으로만 남기고 마는 두 남녀의 사랑 이야기를 그리고 있습니다. 그러나 그 아름다운 잔잔한 기억으로 남아 있습니다. 그 아름다운 기억은 영원한 것이겠지요.

고개 숙인 벼들을 바라보며

누렇게 익어가고 있는 고개 숙인 벼들을 바라보며 리영희 선생이 했다는 말이 생각났습니다. "전에는 한국의 진짜 아름다운 단풍이 바위산에 핀 붉은 색으로 알고 있었는데 아니야, 누렇게 보이는 저 벼들의 물결이 진짜 아름다운 단풍이라는 것을 이제 알게 되었네."

태풍과 수해로 이미 농사를 망친 많은 농민에게 참으로 안타까운 마음을 함께 나누며 한편, 그래도 최근 계속된 맑은 날씨 덕에 시름을 놓은 농부들에게는 참으로 다행입니다. 가을 햇살이 가뭄 뒤에 단비 이상으로 고맙고 반가운 선물이 아닐 수가 없어 절로 감사 기도를 드리게 됩니다.

여주 도전리 산골에서 피정 지도를 하고 있던 열흘 전쯤이었습니다. 마지막 비가 오던 날이었지요. 우산을 쓰고 마을 길을 산책하다가 논두렁 물길을 터주고 있던 농부 한 사람을 만났는데 제게 이렇게 말했지요. "신부님, 하늘이 해도 너무합니다. 이제 정말 비를 그만 주셨으면 좋겠어요."

제가 위로의 말을 드린다는 것이 그만 "그래요. 그래도 이곳은 그나마 피해가 적어 다행이지요. 정말 마지막 비가 되었으면 좋겠네요." 많은 사람의 간절한 기도를 들으시고 하느님께서 비를 거두시고 맑은 가을 햇살을 주시는 것이리라 생각합니다.

오늘 복음에서 요한이 자기들과 함께 다니지 않는 어떤 사람이 예수의 이름으로 마귀를 쫓아내는 것을 보고 그런 일을 하지 못하게 막았다고 자랑스레 말씀을 드리자, 예수님께서는 분명히 말씀하시지요. "말리지 마라. 우리를 반대하지 않는 사람은 우리를 지지하는 사람이다."

요한의 모습 안에 바로 우리들의 모습이 담겨 있다는 생각을 합니다. 우리 편, 네 편, 우리 사람, 네 사람. 우리 인간은 참 편을 가르고 상대편에게는 빗장 걸기를 좋아하는 족속이 아닐까? 하는 생각을 합니다. 경계를 짓고 울타리를 치는 일들이 언제부터 생겨났을까요? 아마 인간 삶의 자리 태초부터 아니었을까 생각됩니다.

예수님께서는 제자들과는 얼마나 다른 생각을 하시는지 보게 됩니다. 예수님의 마음을 헤아려 봅니다. 예수님께서 이런 말씀이 아니었을까요? "좀 더 넓은 마음을 지녀라. 우리와 함께 다니는 사람들만이 우리 편이 아니다. 아니, 우리 편이라는 생각을 없애려고 내가 온 것이다. 내가 말해주지 않았느냐?

아버지께서는 악한 사람에게나 선한 사람에게나 똑같이 햇빛을 주시고, 똑같이 비를 내려주신다. 예수님이 말씀하십니다. "제발 이제 바리사이파, 사두가이파, 엣세네파, 무슨 파 등으로 갈라지지 말고 똑같은 하느님의 자녀로서 함께 하느님을 공경하고 넓은 마음으로 서로 받아주는 아름다운 세상을 만들면 얼마나 좋겠느냐?"

며칠 전에 어느 분의 장례미사에 함께 하게 되었는데 주례를 하셨던 신부님이 강론에서 이런 말씀을 하셨어요. 고인에게 마지막 병자 성사를 주러 갔더니 고인이 "신부님, 생을 마감하면서 참 후회가 됩니다."라고 하더랍니다. 그 신부님이 그분의 말을 더 잘 듣기 위해 가만히 귀를 기울였더니, 이런 말을 하시더랍니다.

"신부님, 좀 더 남에게 베풀면서 살지 못한 것이 후회됩니다." 그 말을 들으면서 신부님이 참 겸손한 마음이 들었다고 나누었습니다. 고인은 남에게 참 많이 베풀면서 살다가 돌아가신 분인데, 죽음을 맞는 순간에 "남에게 많이 베풀지 못한 것이 후회된다."라고 하셨으니 얼마나 겸손한 분이었는가를 말씀하셨습니다.

저는 그 강론을 들으며, 남에게 베풀며 살던 사람이나 그렇지 못했던 사람이나 모두 이런 생각을 지니게 되는 것이, 바로 하느님 앞에 서는 인간의 모습이겠구나 하는 생각이 들었습니다. 그렇습니다. 우리는 누구나 생을 마감하는 순간을 맞게 되고 자기의 삶을 돌아보게 되지요.

대부분 사람이 느끼는 감정이 이런 것이 아닐까요? 세상을 살 때, 좀 더 너그럽게 받아들이고 용서하고 베풀면서 살 것을 왜 이렇게 바둥거리면서 살았는가 하는 후회스러운 마음일 것입니다.

오늘 제2 독서의 야고보서는 베풀지 않고 오히려 일꾼들의 품삯을 가로채는 부자들에게 경고하지요. 당신들에게 닥쳐올 비참한 일들을 생각하며 울고 통곡하라고 합니다. 쌓았던 재물은 썩고 녹슬기 마련이고, 또한 아무도 재물을 갖고 떠날 수 없으니, 그가 겪을 불행은 불을 보듯 뻔하지요.

우리는 늘 아우구스티누스 성인이 했던 유명한 말을 마음에 새기면서 살면 좋겠습니다. "해야 한다면 지금 당장 하라. 내일이면 늦으리." 지금 당장 마음을 좀 더 넓게 갖고 남을 위해 무엇을 베풀 수 있는지, 다른 사람을 어떻게 받아들이며 용서할 수 있는지 생각하며 관대함을 청하는 이냐시오 성인의 기도를 드립니다.

> 사랑하옵는 주님,
> 제가 너그러워질 수 있도록 가르쳐 주소서.
>
> 당신을 섬기되,
> 마땅히 받으실 만큼 섬기도록 가르쳐 주소서.
>
> 주되, 그 대가를 셈하지 아니하고,
> 싸우되, 상처받음을 마음에 두지 않으며,
> 땀흘려 일하되, 휴식을 찾지 않게 하소서.
>
> 힘써 일하되,
> 당신의 뜻을 행하고 있음을 아는 보수 외는
> 아무것도 바라지 않도록 가르쳐 주소서.

예수님의 공생활 첫 하루와 베드로 장모

오늘 복음은 예수님 공생활의 첫 하루 중에 일어난 사건입니다. 잠깐 다시 배경 설명을 해드리면, 오늘 복음의 조금 앞부분, 4, 14~15의 소제목이 "갈릴래아에서 전도를 시작하시다."입니다. 예수님께서는 광야에서 유혹을 받고, 그 유혹을 물리치신 후에 예수님께서는 성령의 힘을 지니고 갈릴래아로 가셨다고 되어있습니다.

갈릴래아로 가셔서 '하느님 나라의 복음'을 선포하시기 시작하셨습니다. 아주 간단하게 서술한 마르코 복음은 이렇게 전합니다. 그것이 오늘 복음 내용에 관한 전체적인 상황의 서두입니다. "예수님께서는 갈릴래아로 가시어, 이렇게 말씀하셨다. '때가 차서 하느님의 나라가 가까이 왔다. 회개하고 복음을 믿어라.'"

예수님께서 왜 갈릴래아로 가셨고, 복음 사가는 왜 굳이 예수님께서 갈릴래아로 가시어, 복음을 선포하셨다고 분명하게 장소를 지적했을까?에 대해 조금 더 보충 설명하면 이렇습니다. 우선 우리는 예수님의 마음을 헤아려보아야 합니다. 예수님께서는 요한이 잡혔으니, 틀림없이 곧 죽게 될 것을 아셨을 것입니다.

요한이 갈릴래아에서 회개하라고 외쳤고 결국 바른말을 해서 잡혀서 죽게 된다면, 당신이 걸어가야 하는 그 길도 결국은 죽음에 이르는 길이라는 것을 모르지 않으셨겠지요. 그런데 예수님께서는 오히려 요한이 잡혔다는 말을 들으시고 나자렛을 떠나 갈릴래아로 가십니다.

요한이 잡혔다는 말을 들으시고 이제 당신의 때가 되었다는 것을 아신 것이지요. 요한은 자기가 해야 할 일을 다 했고, 예수님에게 바통을 넘겨준 셈입니다. 요한은 누구보다도 자기가 누구인지를 분명히 알았던 사람이었지요. 자기는 다만 그의 길을 닦는 사람이었기에 이제 홀가분한 마음이 아니었을까 생각합니다.

당시 갈릴래아 사람들은 호숫가를 중심으로 삶의 터전을 이루고 살고 있었지요. 호숫가는 사람들이 사는 삶의 터를 상징적으로 표현하고 있습니다. 당신의 고향 나자렛을 떠나 이제 사람들 가운데에 오신 것입니다. 떠남은 늘 새로운 시작을 의미하지요. 바로 하느님 나라의 시작을 위해서 사람들 한가운데 오신 것입니다.

갈릴래아는 과연 어떤 곳이었을까요? 그곳의 사람들은 어떤 사람들이었을까요? 풀어서 간략히 나눕니다. 갈릴래아는 문화, 정치, 경제, 종교의 중심지였던 예루살렘과는 멀리 떨어진 곳이지요. 오늘날 우리나라로 치면 서울이나 수도권과는 멀리 떨어진 강원도 정도 되겠습니다.

아무래도 문화적, 정치, 경제적 중심지에서 떨어져 있으니 가난할 수밖에 없지요. 대부분이 어부나 농부로서 열심히 일해서 그날그날 하루의 양식에 감사하는 서민들이었지요. 말씀드린 대로 오늘 복음은 예수님의 공생활의 '첫 하루'라고 할 수 있는 대목입니다.

비록 짧은 복음이지만 그 안에 예수님 공생활 전체의 축소판과 같은 내용을 담고 있어, 예수님의 하루 일상의 삶의 모습을 비추어 볼 수 있는 중요한 대목입니다. 이것을 짧게 정리하면, 이렇습니다.

예수님께서는 하느님 나라를 선포하시고 가르치시고 악령을 쫓아내시고 시몬의 장모 병을 고쳐 주시고, 문 앞에 모여든 온 고을 사람들의 병을 고쳐 주시고, 다음 날 새벽 아직 캄캄할 때, 일어나시어 외딴곳으로 나가시어 그곳에서 기도하셨습니다.

사실 사람들이 모두 찾고 있는 상황에서 그곳을 떠나 다른 곳으로 가는 일이 쉽지 않습니다. 그러나 예수님께서는 분명히 말씀하십니다. "다른 이웃 고을을 찾아가자. 그곳에서도 내가 복음을 선포해야 한다. 사실 나는 그 일을 하려고 떠나온 것이다."

복음서는 예수님께서 온 갈릴래아를 다니셨다고 전합니다. '유대 고대사'를 쓴 유명한 역사학자이며 한때 총독도 했었던 요세푸스에 의하면, 갈릴래아에는 약 240여 개의 크고 작은 마을이 있었다고 합니다. 사실 큰 마을은 인구가 만 오천 명이 넘었다고 하니, 마을이라기보다는 도시라고 할 수 있겠지요.

예수님께서 눈이 오나 비가 오나 240여 개가 넘는 마을들을 두루 다니시며 계속해서 '다음 동네에도 가야 한다.'라고 하셨던 것입니다. 머리 둘 곳 없는 방랑자가 되셨다는 것을 쉽게 가늠할 수 있겠지요. 복음서가 '이방인들의 갈릴래아'라고 옮기는데 그 부분은 좀 설명이 필요합니다.

언뜻 들으면 갈릴래아는 이방인들의 땅으로 들리지요. 그게 아닙니다. 갈릴래아는 원래 히브리말 '싸릴'에서 왔다고 해요. 싸릴은 주변을 둘러싸고 있는 원이나 둘레를 의미한답니다. 갈릴래아는 원래는 '이방인들의 갈릴래아', 곧 이방인들의 주변이라는 말인데 줄여서 그냥 갈릴래아로 불렸던 것이지요.

이방인들의 나라로 둘러쌓여 있다는 의미에서 갈릴래아로 불렸던 것입니다. 그러다 보니 자연스럽게 많은 이방인과 함께 공존하면서 사는 곳이 되었지요. 따라서 예루살렘을 중심으로 한, 유다 지방보다는 비교적 이방인들, 타민족이나 문화에 열려 있는 곳입니다.

예수님께서 유다가 아닌 갈릴래아에서 전도를 시작하신 의미를 조금 더 헤아려 봅니다. 예수님의 가르침은 전혀 다른 새로운 문화라고 할 수 있었습니다. 예수님께서는 전도를 시작하시며 "회개하여라. 하느님 나라가 다가왔다."라고 하십니다. 당신의 오심으로, 당신에게서 하느님 나라가 시작된다는 선포입니다.

이스라엘 사람들은 하느님 나라는 천지개벽으로 생각했어요. 바로 지금 여러분들 안에서 시작되고 있다고 하셨으니 전혀 새로운 가르침이지요. 갈릴래아 사람들은 그 말씀을 귀담아듣습니다. 예루살렘에서 온 사람들은 제대로 듣기도 전에 트집부터 잡기 시작합니다. 마음이 닫혀 있으니 들릴 리가 없지요.

우리는 예루살렘에서 온 사람들이 아닌, 갈릴래아 사람들처럼 예수님의 말씀을 귀담아듣고 마음에 새기고 있는지를 뒤돌아보게 됩니다. 예수님께서는 분명히 말씀하셨습니다. 하느님 나라는 멀리 있는 것이 아니라 바로 우리 안에서 시작된다고 합니다.

제가 몇 년 전 그곳에 성지 순례 갔던 체험을 조금 나눕니다. 카파르나움의 기념 성당을 들어서면 입구에 베드로의 동상이 서 있습니다. 성당도 베드로의 장모 집으로 추정되는 곳 위에 만들어져 있습니다. 저는 집터를 그대로 볼 수 있도록 하면서 회당터 등 사방을 바라볼 수 있도록 설계된 그 성당도 무척 마음에 듭니다.

저와 순례단은 우선 성당에 들어가 짧은 조배를 드리고 난 후, 야외 제대에서 미사를 드렸습니다. 저는 갈릴래아 호수를 등지고 서지만, 신자들은 호수를 바라다보면서 미사를 드릴 수 있는 곳이지요. 아침의 갈릴래아 호수도 물안개가 피어오르면서 신비로운 아름다움을 드러내고 있었습니다.

그리 멀지 않은 곳에 수백 마리의 새들이 나즈막히 날다가 갈대숲과 바위에 앉기도 하는 모습이 보였습니다. 필리핀에서 오셨다는 수녀님 한 분이 아주 친절하게 미사 준비를 해주시면서 한국말을 알아듣지 못하지만, 함께 미사에 참례하겠다고 하셔서 기뻤습니다.

비록 언어를 못 알아들어도 가톨릭은 온 세계가 하나의 전례 양식을 사용하니, 진정 가톨릭의 본래의 뜻인 보편성을 지니고 있다고 할 수 있습니다. 하나의 미사를 통해 깊이 일치하는 것이지요. 그 수녀님을 위해서도 강론에서 칼릴 지브란의 '사람의 아들, 예수'에서 뽑은 부분을 영어로 읽었지요.

미사 후에 간단한 자기소개와 느낌, 지향, 소감 등에 대한 짧은 나눔의 시간을 가졌습니다. 다음 일정 때문에 길게 나누지 못하는 것이 아쉬웠지만 이 나눔의 시간은 자신을 여는 작업을 통해 공동체가 이루어지는 아주 소중한 순례의 여정이었답니다.

저는 나눔을 들으며 이 모든 일이 주님이 해주시는 일이라는 강한 느낌을 지닐 수 있었고, 깊이 감사를 드렸습니다. 이제 오늘 복음의 의미를 간단히 헤아려보겠습니다.

오늘 우리는 예수님께서 시몬의 병든 장모를 고치시는 대목을 듣습니다. 루카 복음에 따르면, 예수님께서 당신 공생활의 주 활동무대인 갈릴래아 카파르나움에서 가장 먼저 하신 일은 회당에서 악령을 쫓아내는 일이었습니다. 그리고 회당을 떠나 시몬의 집으로 가셔서 병자인 시몬의 장모를 고쳐 주십니다.

그분이 병을 고치시는 모습을 그려보면 매우 흥미롭습니다. 악령을 쫓아내시는 것과 똑같습니다. 예수님께서는 악령을 꾸짖으시어 나가게 하셨는데, 열병의 원인인 열도 꾸짖으십니다. 그러자 열이 나갔습니다. 말씀드린 대로 오늘 복음은 예수님 공생활의 '첫 하루'라 할 수 있는 대목입니다.

예수님의 하루 일상의 모습을 비추어 볼 수 있을 뿐 아니라, 예수님이 가장 중요한 일로 보신 것이 무엇인지를 가늠할 수 있는 대목입니다. 다시 예수님의 첫 하루를 간단히 정리하면, 악령을 쫓아내시고 시몬의 장모 병을 고쳐 주시고, 문 앞에 모여든 온 고을 사람들의 병을 고쳐 주셨습니다.

저는 묵상 중에 악령을 쫓아내는 일과 병을 고치는 일이 예수님에게는 같은 일이었다는 생각을 했습니다. 성경에서 악령이 들렸다는 말을 오늘날의 표현으로 하자면, 마음의 병이 들었다고 할 수 있습니다. 악령이 하는 일은 우리가 하느님께 다가가지 못하게 하는 일이고, 그 결과 우리는 마음의 병을 얻게 됩니다.

제 생각에 아마 베드로의 장모의 병도 단순히 열병이 아니라 마음의 병이 아니었을까 생각합니다. 사위가 자기 아내는 뒷전이고, 예수라는 자를 따라다니니까 얼마나 속상하고 화도 나고 마음이 아프겠어요. 베드로 장모의 열병은 열불이 나서 생긴 마음의 병이 아니었을까 생각합니다.

그런데 예수님께서 가셔서 그 마음을 어루만져 주신 겁니다. 그러자 그 병이 나은 것입니다. 그녀가 직접 예수님을 만나 보니 그분은 참으로 권위를 지닌 분이고 자기 사위가 이런 분을 따라다닌다면, 기꺼이 받아들여야 하리라고 생각한 것이 아닐까 느껴집니다.

그녀도 곧 일어나서 그의 시중을 들었던 것으로 미루어, 그렇게 짐작할 수 있습니다. 그녀가 자기 사위가 하는 일이 알고 보니 열불이 날 일이 아니라 참으로 가치 있는 일이기에 자부심을 느끼게 된 것이 아닐까 하고 생각합니다. 이렇게 예수님은 한 사람의 마음을 움직여주셨습니다.

오늘 복음을 보면, 예수님께서는 베드로의 장모를 치유해 주셨을 뿐만 아니라 당신에게 온 모든 사람을 치유해 주십니다. 해 질 무렵까지 사람들이 갖가지 질병을 앓는 이들을 있는 대로 모두 예수님께 데리고 왔습니다. 예수님께서는 한 사람 한 사람에게 손을 얹으시어 그들을 고쳐 주셨습니다.

저는 "손은 마음의 대행자"라는 말을 좋아합니다. 손을 얹으셨다는 말 안에는 당신의 마음을 포개어 진정 마음으로부터 기도하시며, 그들을 치유해 주셨다는 의미를 함축하고 있습니다. 그런데 우리가 알아야 하는 것은 이 예수님의 치유는 2000년 전에만 일어난 일이 아닙니다.

오늘날 우리에게도 일어나는 일입니다. 우리는 무엇보다 마음의 병을 앓고 있습니다. 우리는 예수님께로 가야 합니다. 그리고 당시 사람들이 했듯이 갖가지 질병을 앓고 있는 이들을 있는 대로 모두 예수님께로 데리고 가야 합니다. 그러면 예수님께서 한 사람 한 사람에게 당신 마음을 포개어 고쳐 주실 겁니다.

물론 제 말의 의미가 병중에 있는 사람들을 병원이 아닌 성당으로 데리고 와야 한다는 뜻은 아닙니다. 진정으로 우리가 예수님께 신뢰를 드리면서 의탁 드릴 수 있어야 한다는 뜻입니다. 그러면 우리에게도 기적이 일어날 수 있습니다. 문제는 우리의 마음입니다.

사랑받는 아이

　삼위일체 대축일인 오늘 제1 독서인 잠언의 말씀들을 읽으면서 글귀가 참 아름다운 시어처럼 느껴지면서, 어느 한 구절에 오래 머물게 되었습니다. "나는 그분 곁에서 사랑받는 아이였다." 이 위로가 있는 구절의 배경을 다시 천천히 읽어봅니다. 여러분들도 얼마나 아름다운 시구인지를 느껴보십시오!

　　심연이 생기기 전에,
　　물 많은 샘들이 생기기 전에 나는 태어났다.
　　산들이 자리 잡기 전에,
　　언덕들이 생기기 전에 나는 태어났다.
　　그분께서 땅과 들을,
　　누리의 첫 흙을 만드시기 전이다.

　　그분께서 위의 구름을 굳히시고

심연의 샘들을 솟구치게 하실 때,

물이 그분의 명령을 어기지 않도록 바다에 경계를 두실 때,

그분께서 땅의 기초를 놓으실 때,

"나는 그분 곁에서 사랑받는 아이였다."

우리 인간 존재가 누구인가를 이보다 더 아름답게 표현할 수는 없을 것이라는 생각이 들었습니다. 물론 독서의 내용인 잠언에서 '나'는 '하느님의 지혜'를 일컫고 있습니다마는 저는 우리 인간이 모두 '하느님의 지혜'를 나누어 받은 존재이니 인간, 더 나아가서 바로 '나'로 보아도 되지 않을까 생각합니다.

그렇습니다. 우리, 더 구체적으로 '나'는 바로 그분 곁에서 사랑받는 아이입니다. 삼위일체이신 그분이 나누는 사랑이 넘치고 흘러 우리를 흠뻑 적십니다. 오늘 우리가 대축일로 지내는 삼위일체의 신비는 알아듣기 어려운 교의입니다. 신학자들은 교의의 가르침을 설명하기 위해서 여러 가지 신학 용어를 써서 설명합니다.

하지만 아무리 설명해도 제대로 알아들을 수 있는 것은 아니라고 생각합니다. 사실 하느님의 신비를 인간의 언어 안에 담을 수는 없으니까요. 삼위일체의 신비는 말 그대로 논리적인 이해나 사변적인 지식을 넘어서서 하나의 신비라고 표현할 수 있는 교의입니다.

우리는 다만 믿음의 마음과 눈으로 이 교의를 받아들여야 할 것입니다. 사실 신앙이라는 것은 우리의 이해를 넘어서는 어떤 것을 향해 자신을 여는 새로운 지평입니다. 우리가 이 삼위일체의 신비를 받아들임으로써 우리 삶이 그 신비의 핵심에 깊이 젖어 들 수 있다면 얼마나 좋을까요?

이 삼위일체의 신비는 무엇보다도 사랑의 신비요 일치의 신비입니다. 바로 성삼위이신 성부, 성자, 성령께서 서로 나누시는 사랑의 일치입니다. 우리는 하느님이신 성부, 성자, 성령께서 서로 나누시는 사랑의 일치를 본받아 우리도 서로 사랑 안에서 일치를 이루어야 합니다.

예수님께서 여러 번 말씀하신 대로 당신과 당신의 아버지 성부께서는 하나이셨습니다. 예수님의 전 생애와 가르침은 아버지 성부에 대한 사랑, 그리고 그분과의 일치를 보여줍니다. 언제나 거기 성령이 또한 함께 계십니다.

간단히 이렇게 말씀드릴 수 있습니다. 성령 안에서 성부와 성자께서는 하나이셨습니다. 성령은 성부와 성자께서 나누시는 사랑이고요. 그러니까 사랑 안에서 하나이지요. 사랑(성령) 안에서 사랑 자체이신 분(성부)이 사랑의 현존(성자)으로 우리에게 오신 것입니다.

예수님께서는 당신이 아버지 성부와 성령 안에서 하나인 것처럼 우리도 사랑 안에서 하나가 되기를 기도하셨습니다. 우리가 하느님의 사랑받는 아이라는 것을 느낄 수 있다면 우리도 그 신비에 가까이 간 것이 아닐까요? 그 신비의 핵심에 다다랐던 사도 바오로는 오늘 제2 독서의 말씀인 로마서에서 이렇게 들려줍니다.

"우리는 우리 주 예수 그리스도를 통하여 하느님과 더불어 평화를 누립니다. 우리가 받은 성령을 통하여 하느님의 사랑이 우리 마음에 부어졌기 때문입니다."

제가 삼위일체의 신비를 나름대로 풀어드린다는 것이 여러분들을 더 헷갈리게 했다면, 용서하시고 다만 하나만 기억하십시오. 우리는 하느님의 사랑받는 아이입니다. 비록 그렇게 느낄 수 없을 만큼 우리 삶이 절망스러울지라도.

메밀꽃 필 무렵

　오래전 바이칼 팀이랑 봉평, 대화 등 이효석의 '메밀꽃 필 무렵' 문학기행을 다녀왔습니다. 이 글은 실상 그때 준비했던 글입니다. 봉평에 갔더니, 마침 '메밀꽃 축제'였습니다. 하여 사람이 너무 많고 저희가 예감한 가을의 서정을 느끼는 고즈넉한 분위기가 아닌, 말 그대로 시골 장터 같았습니다.

　시골 장터도 나름대로 의미는 있지만, 저희가 기대한 풍경은 아니었습니다. 이효석 생가 앞에서 제가 이효석에 대한 소개와 시도 몇 개 읊어 주기는 했지만, 나중에 허브나라에 갔고, 오히려 거기를 사람들이 더 좋아했습니다. 그곳 찻집 조용한 분위기에서 시를 많이 읽어주었습니다.

　이효석의 호는 가산이지요. 이효석은 호보다 본명으로 더 많이 불리는 작가입니다. 가산 이효석은 강원도 평창에서 출생하였다고 하고, 봉평에서 출생하고 평창에서 초등학교를 다녔다고 합니다. 그냥 아버지, 이시후에게서 한학을 배웠다고도 합니다.

　K. 맨스필드, A. 체호프, H. J. 입센 등의 작품을 즐겨 읽으며 문학관의

정립에 힘썼다고 합니다. 당시 조선 프롤레타리아 예술가 동맹(KAPF)에 직접 참여하지는 않았지만, 그들과 비슷한 경향의 소설을 써서 유진오 등과 동반자 작가로 불렸지요. 1928년 '도시와 유령'을 발표하면서 문단 활동을 시작하였습니다.

이때부터 작품 활동에 전념하여 1940년까지 해마다 10여 편의 소설을 발표했습니다. 1933년 구인회에 가입했고, 대학 졸업 후 정부 쪽 일을 했지만, 1934년 평양 숭실전문학교 교수가 되었습니다. 그는 1940년 아내를 잃은 시름을 잊고자 중국 등지를 여행했으며, 1942년 결핵성 뇌막염으로 36세의 젊은 나이에 요절하였습니다.

이효석의 문학은 시적 서정을 소설의 세계로 승화함으로써 한국 단편소설의 백미를 보여준다는 평가를 받고 있습니다. 그의 문체는 사실적 묘사보다는 장면의 분위기를, 섬세한 디테일보다는 상징과 암시의 수법을 이용하여 분명 소설인데, 마치 시처럼 느껴지는 특징을 갖고 있습니다.

그런 그의 문체가 두드러지게 잘 나타난 작품이 우리 단편소설의 대표작이라고 할 수 있는 '메밀꽃 필 무렵'입니다. 한편 '돈', '메밀꽃 필 무렵' 등의 작품에서 나타나는 성의 탐색을 통해 그는 암울한 현실과 대비되는 순결한 세계를 인간의 원초적 본능인 성과 결합한 시적 서정 소설을 개척해 냈다는 평가도 받습니다.

다시 말해, 자연과 인간 본능의 순수성을 시적 경지로 끌어올렸다는 평가입니다. '메밀꽃 필 무렵'에서 가장 유명한 한 대목을 들려드립니다.

조선달 편을 바라는 보았으나 물론 미안해서가 아니라 달빛에 감동하여서였다. 이지러는 졌으나 보름을 갓 지난달은 부드러운 빛을 흐뭇이 흘리고 있다. 대화까지는 팔십리의 밤길, 고개를 둘이나 넘고 개울을 하나 건너고 벌판과 산길을 걸어야 된다.

길은 지금 긴 산허리에 걸려 있다. 밤중을 지난 무렵인지 죽은 듯이 고요한 속에서 짐승 같은 달의 숨소리가 손에 잡힐 듯이 들리며, 콩포기와 옥수수 잎새가 한층 달에 푸르게 젖었다. 산허리는 온통 메밀밭이어서 피기 시작한 꽃이 소금을 뿌린 듯이 흐뭇한 달빛에 숨이 막힐 지경이다.

붉은 대궁이 향기같이 애잔하고 나귀들의 걸음도 시원하다. 길이 좁은 까닭에 세 사람은 나귀를 타고 외줄로 늘어섰다. 방울소리가 시원스럽게 딸랑딸랑 메밀밭께로 흘러간다. 앞장선 허생원의 이야기 소리는 꽁무니에 선 동이에게는 확적히는 안 들렸으나, 그는 그대로 개운한 제멋에 적적하지는 않았다.

많은 분이 어렴풋이 기억나시겠지만, 소설 '메밀꽃 필 무렵'에서 장돌뱅이 허 생원은 흥정천을 따라 밤길을 걸었습니다. 봉평에서 장평을 거쳐 대화에 이르는 팔십 리 길입니다. 제 생각에 이효석은 생전에 자기가 수없이 걸었던 길을 소설 안에 투영한 것으로 볼 수 있습니다.

봉평에서 태어났고, 당시 대처였던 평창에서 초등학교를 마쳤다는 설이 맞는다면, 평창에서 남의 집에 머물렀을 것이고, 어쩌면 2~3주나 한 달에 한 번 정도, 그리고 방학 때면 허 생원이 다녔던 그 길을 따라 평창과 봉평을 오갔을 것으로 추정할 수 있기 때문입니다. 대화는 봉평과 평창 사이에 있습니다.

저희는 마지막 일정으로 대화 성당을 찾아갔습니다. 우리나라에서는 아주 드물게 세 예술가가 힘을 합쳐 아주 아름답게 지은 성당입니다. 저녁 무렵 아무도 없는 시골 성당에서 조용히 기도하는 시간을 가졌고, 일행 중 한 사람은 오늘 여정의 백미는 당연, 대화 성당이라고 말할 정도로 마음을 어루만져 주는 시간이었다고 말했지요.

이효석이 시적인 소설을 쓰는 사람이지만 시인이기도 하다는 사실은 대개 잘 모르더군요. 그의 시 하나 나눕니다.

午後

숨이 막혀 거의 미칠 듯도 하다––
납덩어리의 하늘은 무겁게 드리우고
혼을 잃은 大地에는 짐승 한 마리 안 기고.

쓰디쓴 약 마시는 상의 煙突은 심장을 뱉어 버린 듯 (주: 연돌[煙突] :불을 땔 때 생기는 연기가 빠져나가도록 만든 설비)
모래나 씹는 듯한 十字架의 오후
––이제 그 무엇이 일어날 듯 일어날 듯한 이상스런 午後이다!

불을 지르러

오늘 복음에서 예수님께서는 "나는 세상에 불을 지르러 왔다."라고 말씀하십니다. 예수님께서 "그 불이 이미 타올랐다면, 얼마나 좋으랴?"라고 말씀하셨는데, 저는 그 불이 이미 타오르지 않은 것이 더 좋은 결과를 이루게 되었다고 생각합니다. 그래서 우리는 예수님의 말씀을 들을 수 있으니까요.

여러분 안에 그 불이 타오르지 않았으니까, 저도 할 일이 생겼습니다. 그 불을 지르고 타오르게 하는 일입니다. 여러분들, 오늘 복음을 들으며 어떤 느낌이 드십니까? 굉장히 부정적인 느낌이 들지 않습니까? 오늘 복음을 너무 글자에 매여 읽지 마십시오.

예수님께서는 강조 어법도 쓰시지만, 때로는 반어법도 쓰십니다. "내가 세상에 평화를 주러 왔다고 생각하느냐? 아니다. 오히려 분열을 일으키러 왔다." 그렇게까지 말씀하시는 예수님의 마음을 읽어야 합니다. 그 마음을 읽기 위해서 우리에게는 마음의 눈이 필요합니다.

성령께 그 마음의 눈을 주시도록 청하십시오. 예수님께서는 평화의 임금이시고 진정 참 평화를 주시는 분이십니다. 예수님께서는 예루살렘을 내려다보시며 "예루살렘아, 예루살렘아, 네가 정녕 평화의 길을 알았더라면!" 이라고 말씀하시며 눈물까지 흘리셨던 분이십니다.

진정한 평화는 어디에서 오는가? 평화의 임금이신 그분께 온전히 의탁할 때 평화는 옵니다. 참 평화는 우리가 이룰 수 있는 것이 아닙니다. 우리 힘으로 이룰 수 있는 것이 아닙니다. 제가 이곳에 오기 바로 전에, 인도 사람으로 아프리카에서 선교하는 안토니오 신부님의 피정에 참석하고 왔습니다.

안토니오 신부님에게 들은 강의 내용을 바탕으로 강론을 하겠습니다. 탈출기에 보면, 모세는 이집트에서 탈출하여 이스라엘 사람들을 이끌고 광야로 갑니다. 그들은 광야를 지나가면서 물을 만나지 못하다가 마라에 다다랐으나 그곳 물은 써서 마실 수가 없었습니다.

백성들은 모세에게, 무엇을 마시라는 말이냐고 하면서 투덜거렸습니다. 모세가 야훼께 부르짖자, 야훼께서 나무 한 그루를 보여주셨고, 그 나뭇가지를 물에 던지니 단물이 되었습니다. 야훼께서는 마라에서 쓴 물을 단물로 바꾸어 주십니다. 이것은 놀라운 기적이지만 그 안에 담긴 깊은 의미를 알아들어야 합니다.

백성들이 불평하자, 모세는 하느님께 기도를 드립니다. 하느님께서 모세의 기도를 들으시고 나뭇가지를 보여주시며 그것을 물에 담그라고 하십니다. 모세가 하느님의 말씀대로 하자, 쓴 물이 단물로 바뀝니다.

그 뜻이 무엇입니까? 우리 마음 안에 나뭇가지를 담그면 우리 과거의 아픈 기억들이 아름다운 기억으로 바뀝니다. 나뭇가지는 누가 주었습니까? 하느님입니다. 우리 마음 안에 하느님의 사랑이 들어오면 우리의 나쁜 기억들이 아름다운 일로 바뀐다는 의미입니다. 그때 우리는 평화를 체험할 수 있습니다.

우리에게는 진정 나뭇가지가 필요합니다. 나뭇가지는 하느님에 대한 믿음이고, 우리의 기도이며 그 기도에 대한 하느님의 응답입니다. 우리가 지난날 부정적인 사건이 있었다고 하더라도, 하느님께서는 그것을 아름다운 경험으로 바뀌게 해주실 수 있습니다.

마라의 쓴 물이 단물로 바뀌었듯이, 우리의 쓰디쓴 삶이 달콤한 삶으로 바뀔 것입니다. 그러기 위해서 우리에게 나뭇가지가 필요합니다. 진정 우리가 하느님께 기도드릴 때, 우리는 쓴 물을 단물로 바꾸는 기적의 나뭇가지를 얻을 수 있습니다. 우리는 때로 죄를 짓고 뉘우치면서 회개의 눈물을 흘립니다. 그러면 하느님께서는 어떻게 하십니까?

하느님께서는 우리가 죄를 고백하면, 그 죄를 자루에 담고 그 자루 위를 꽁꽁 묶어서 깊은 바다에 던져 넣으십니다. 우리가 통회의 눈물을 드리면 당신의 컵에 우리 눈물을 담아서 모으십니다. 우리 눈물은 그냥 낭비되는 것이 아닙니다. 시간이 지나면 예수님께서는 우리 삶 안으로 들어오시는 길을 마련하십니다.

우리에게 쓴 물로 느껴지던 것이 단물이 될 수 있습니다. 하느님께서 우리 눈물을 보시고, 우리의 기도를 들으시고 우리 삶에 개입하시면 쓴 물이 단물로 변화됩니다. 어느 부자가 당나귀를 길렀습니다. 그 당나귀는 열심히 일했습니다. 그 당나귀가 열심히 일한 덕분에 그 부자는 돈을 많이 모은 것이지요.

그는 당나귀에게 짐을 운반하는 일을 시켰고, 당나귀는 읍내까지 하루 서너 번이나 짐을 운반했습니다. 그런데 세월이 지나면서 당나귀도 이제 늙어서 점점 많은 짐을 나를 수 없었습니다. 어느 날 저녁에 마을에서 돌아오다가 집 가까이에 있는 말라버려 더 이상 쓰지 못하게 된 우물, 저수 동굴에 빠졌습니다.

이튿날 일군들이 당나귀가 마른 우물에 빠진 것을 보고 주인에게 알렸습니다. 주인이 말했습니다. "그 당나귀 너무 늙어서 이제 쓸모없게 되었고 우물도 말라버려 거추장스럽게 되었으니, 그 당나귀를 꺼내지 말고 차라리 우물을 흙으로 메워 버리도록 하여 당나귀의 무덤이 되게 하는 것이 좋겠다."

그래서 일군들이 가서 우물을 메우기 시작했습니다. 당나귀 위로 흙과 작은 돌들이 쏟아져 내렸습니다. 그 흙과 돌이 자기 몸 위로 쏟아지니까 너무 고통스러워 그 당나귀는 뛰기 시작합니다. 그러면서 자기 위로 쏟아진 흙이 조금씩 편편해지고 당나귀는 그것을 딛고 밖으로 나올 수 있게 되었습니다.

주인의 결정은 당나귀를 포기하고 우물을 메우는 것이었습니다. 당나귀를 흙으로 묻는 결정이었는데, 당나귀는 오히려 자기를 죽이려고 퍼붓는 그 흙을 딛고 나온 것입니다. 당나귀에게는 그에게 불리하게 내려진 결정이 오히려 이익이 되었습니다.

우리 가족들을 생각해보면, 우리는 밤늦게까지 일하면서 가족들을 위해 많은 것을 해주었는데, 가족들은 전혀 우리의 노고를 알아주는 것 같지 않아, 우리는 상처를 입기도 합니다. 우리가 인간적으로만 생각하면 상처를 입지만 예수님을 모시면 치유가 일어납니다.

우리도 나뭇가지를 지니고 있으면 우리에게 불이익처럼 느껴지는 일들이 오히려 이익이 될 수 있습니다. 하느님의 능력에 의탁을 드리면서 우리는 희망을 잃지 않아야 합니다. 오늘 독서에서 사람들이 예레미야 예언자를 물은 없고 진흙만 있는 저수 동굴, 곧 마른 우물에 빠뜨렸습니다.

마치 부자가 당나귀를 죽이려고 했듯이 거기 넣고 죽이려는 것이었습니다. 그러나 예언자 예레미야가 말했습니다. "나의 희망, 나의 삶은 오직 하느님께 달려 있다." 하느님께서는 예레미야의 기도를 들으시고 에벳 멜렉이라는 사람을 임금에게 보내고 허락을 얻어 그를 저수 동굴에서 꺼내줍니다.

에벳 멜렉이 나뭇가지의 역할을 한 것입니다. 당나귀와 예레미야 예언자의 이야기가 좋은 예를 보여줍니다. 누군가가 우리에게 돌과 흙을 던지면 바로 그것을 이용하여 거기서 빠져나올 수 있습니다. 전임 교황이신 베네딕토 16세의 모토가 바로 이것이었습니다. "믿는 자는 결코 혼자가 아니다."

그렇습니다. 믿는 자는 혼자가 아닙니다. 우리에게는 하느님이 계십니다. 우리의 어머니이신 성모님도 계십니다. 우리 삶에 잘못된 일이 일어나면 우리는 잘못된 생각을 하여 절망에 빠집니다. 다른 사람이 우리에게 어떤 일을 할 수 있습니까? 최악의 경우가 우리를 저수 동굴에 빠뜨리거나 십자가에 못 박는 일입니다.

사람들이 예레미야를 저수 동굴에 집어넣고 그들은 "이제 다 끝났다. 미워 죽겠던 예레미야를 우리 손으로 해치웠다."라고 생각했습니다. 사람들이 예수님을 없애기 위해 많은 일을 했고, 드디어 십자가에 못 박았고 그들은 만족했습니다. 그들은 이제 예수님을 지상에서 완전히 멸망시켰다고 생각했습니다.

그들의 생각이 맞았습니까? 아닙니다. 예수님의 삶에서 그들이 가한 불이익이 오히려 이익이 되었습니다. 인간이 활동을 멈춘 거기서 하느님께서 시작하십니다. 인간들은 예수님의 죽음에서 멈추었습니다. 하느님께서는 바로 인간이 멈춘 그곳에서 시작하시기 위해서였습니다. 하느님께서는 죽음에서 부활로 이끄십니다.

우리는 말합니다. 예수님, 제가 열심히 기도하고, 성지 순례를 다녀오고, 레지오를 하고 성령 기도회도 하고 봉사활동도 많이 했습니다. 그런데 왜 저를 도와주지 않으십니까? 예수님께서 도와주시지 않는다고 느낀다면, 왜 그렇습니까? 그것은 우리 기도와 우리 마음에 서로 연결되어 있지 않기 때문입니다.

우리는 너무 많은 생각을 하고 너무 많은 활동을 합니다. 그런데 마음은 하느님께 드리지 않으면서 마치 기계처럼 생각하고 활동하는 것입니다. 하느님께서 활동할 여지를 주지 않습니다. 우리가 하는 일을 멈추어야 하느님께서 일하십니다. 우리 지능이나 능력에는 한계가 있습니다.

우리가 머리를 쓰거나 활동하는 것을 멈출 때, 하느님께서 기적을 베푸십니다. 우리가 기적을 보고 싶다면, 우리의 활동을 멈추어야 합니다. 우리가 멈추는 바로 그곳에서 하느님께서 활동을 시작하십니다. 우리가 하느님께서 활동하시지 않는다고 느낀다면, 왜 그렇습니까? 바로 우리가 너무 많이 활동하기 때문입니다.

우리 삶을 돌아보십시오. 예수님께서 우리를 돕기 위해 오셔도 우리는 예수님께 잠시 기다리라고 말합니다. 제가 할 수 있는 다른 것 하나 더 해보고 그것이 안 되면 그때 도와달라고 합니다. 예를 들어, 우리가 병에 걸리면 어떻게 합니까? 진정으로 기도합니까? 인간적으로 할 것을 다 해보고 안 되면, 그때 하느님께 매달립니다.

우리는 대개 주님께 오늘은 잠시 기다리시고, 내일 와서 도와달라고 합니다. 그러면 너무 늦습니다. 내일은 결코, 오지 않습니다. 우리는 오늘 하느님께서 우리 삶의 주인이 되시도록 허락해야 합니다. 하느님께서 우리 삶의 주인이 되시면, 우리가 쓴 물이 단물로 바뀌는 마라의 기적을 체험하게 됩니다.

모세는 이집트에서 이스라엘 백성들을 구원해야 하겠다고 생각합니다. 모세는 나름대로 너무 많은 생각과 많은 계획을 지니고 있었습니다. 그 결과로 이집트인을 죽이게 됩니다. 그런데 그것이 들통이 난 것을 알고 도망가게 됩니다. 그의 지적 능력이 그를 도와줄 수가 없었습니다. 그는 절망에 빠졌습니다.

왕자의 신분에서 하루아침에 거지가 되었고, 범죄자로서 쫓기는 도망자 신세가 되었습니다. 세상에서 숨어 지내야 했습니다. 모세가 자기 지적 능력을 버리고 멈추어 선 바로 그곳에서 하느님께서 활동을 시작하셨습니다. 모세는 불붙은 떨기나무를 보게 됩니다.

불이 타는데도 불구하고 나무가 타서 없어지지 않는 놀라운 모습을 보게 되고, 그것을 자세히 보려고 거기에 갔을 때, 그는 하느님을 만나게 되고, 하느님 말씀을 받는 체험을 하게 됩니다. 그 말씀에 따라 이집트로 돌아가게 됩니다.

우리가 활동을 멈추어 선 그곳에서 하느님께서 일하십니다. 그런데 우리가 활동을 멈추기가 결코, 쉽지 않습니다. 매우 어렵습니다. 이 부분을 잘 묵상해 보시기 바랍니다. 베드로는 경험이 많은 어부였습니다. 고기를 잡으러 가서 밤새도록 애썼지만 한 마리도 잡지 못했습니다. 그런데 거기서 예수님을 만납니다.

예수님께서 베드로에게 말씀하십니다. "깊은 데로 가서 그물을 던져라." 베드로가 멈추어 선 그곳에서 예수님께서 활동하십니다. 그러자 많은 고기가 잡혔습니다. 우리는 사람에게서 하느님께서 활동하시는 것을 경험하지 못합니다. 왜 그렇습니까? 우리가 멈추어 서지 않기 때문입니다.

우리가 모든 것을 계획하고 실천하려고 합니다. 우리에게 더 나은 삶이 필요합니다. 우리는 앞으로 나아가야 합니다. 요엘 예언자는 말합니다. "나는 모든 사람에게 내 영을 부어 주리라. 그리하여 노인들은 꿈을 꾸며 젊은이들은 환시를 보리라."

요엘 예언자가 무슨 말을 합니까? 하느님께서 당신의 영을 부어 주면 노인들은 꿈을 꾸며 젊은이들은 환시를 보리라고 합니다. 앞으로 나아갈 수 있게 된다고 합니다. 우리가 하느님의 영을 받으면 미래에 대한 희망을 지닐 수 있게 됩니다. 많은 사람이 절망에 빠져 있습니다. 우리에게는 하느님의 영이 필요합니다.

공동체에 하느님의 영이 필요합니다. 하느님의 영이 무엇입니까? 바로 성령입니다. 저는 이곳에 성령의 불을 지르러 왔습니다. 제가 불을 지르겠습니다. 성령의 불길이 활활 타오르도록 하겠습니다. 물론 제가 할 수 있는 것이 아니고 그분께서 하실 것입니다. 그분께서 저를 도구로 이곳에 보낸 것입니다.

저는 오늘 제1독서에서 듣는 에벳 멜렉으로서, 나뭇가지의 역할을 하기 위해 이곳에 왔습니다. 여러분들, 잊지 마십시오. 마라의 우물이 써서 마실 수가 없었지만, 나뭇가지를 넣자 단물로 바뀌었습니다. 여러분들의 아픈 기억이 이제 아름다운 기억으로 바뀔 것입니다. 그러기 위해서 나뭇가지가 필요합니다.

성령의 도우심이 필요합니다. 성령의 불이 필요합니다. 성령께 의탁해야 합니다. 여러분들의 생각, 여러분들의 계획, 여러분들의 활동을 멈추고 하느님께서 활동하시도록 여러분들의 마음을 내어드리십시오. 그러면 진정한 평화를 체험하게 될 것입니다.

제 **7** 장

하느님의 사람들

사도 토마스와 길

오늘 사도 토마스 축일 축하드립니다. 여러분, 토마스 축일 맞이하시는 분 계십니까? 여러분들이 묵상하신 요한 14, 4~7에 보면 예수님께서 "내가 어디로 가는지 그 길을 알고 있다."라고 하시자 토마스가 예수님께 물음을 던집니다. "주님, 저희는 주님께서 어디로 가시는지 알지 못하는데, 어떻게 그 길을 알 수 있겠습니까?"

토마스가 이 물음을 던졌기에 우리는 예수님의 유명한 말씀, "나는 길이요 진리요 생명이다."라는 말씀을 듣게 되었습니다.

> 사람들은 자기들이 길을 만들 줄 알지만
> 길은 순순히 사람들의 뜻을 좇지는 않는다
> 사람을 끌고 가다가 문득
> 벼랑 앞에 세워 낭패시키는가 하면
> 큰물에 우정 제 허리를 동강내어

사람이 부득이 저를 버리게 만들기도 한다

길이 밖으로가 아니라 안으로 나있다는 것을
아는 사람에게만 길은 고분고분해서
꽃으로 제 몸을 수놓아 향기를 더하기도 하고
그늘을 드리워 사람들이 땀을 식히게도 한다
그것을 알고 나서야 사람들은 비로소
자기들이 길을 만들었다고 말하지 않는다

신경림 시인의 '길'이라는 시의 일부입니다. 시인들뿐만 아니라 많은 사상가와 신앙인들에게도 '길'이라는 이미지는 인생, 삶을 나타내는 상징으로 즐겨 사용되어왔습니다. 성경에서도 길은 늘 삶을 나타내는 가장 보편적인 상징이었습니다. 예수님이 말씀하신 당신이 가는 길도 '영적인 의미의 길'이라고 볼 수 있습니다.

저희 예수회원들에게 '길'은 아주 친숙하고 우리 자신들의 정체성을 잘 나타내는 이미지이기도 합니다. 끊임없이 길을 떠나는 여정, 머리 둘 곳조차 없다고 말씀하신 예수님의 체험을 자신의 것으로 새기면서 미지의 곳을 향해 떠나던 성 이냐시오와 그의 초기 동료들에게 길은 아주 자연스럽게 다가오는 이미지였습니다.

예수회의 [회헌]에 보면, "우리 수도회의 첫 번째 특징은…. 여행하는 것이다."(626)라고 되어있습니다. 예수회 [회헌]을 가장 잘 이해했던 예로니모 나달 신부는 "예수회원들에게 가장 원칙적이고 특징적인 삶의 방식은 집에 머무르는 것이 아니라 여행에 있다."라고 쓰고 있습니다.

저는 역마살이 낀 사람이라 여행을 아주 좋아합니다. 예수회 안에서 사도직도 한곳에 오래 하지 못하고 늘 여기저기 필요한 곳에 땜빵을 하며 사는 편입니다. 제가 몇 년 전 미국에서 자동차로 여러 주를 여행한 적이 있습니다. 미국에서 여행하다 보면 information center(여행 안내소)가 많이 있습니다.

한 주에서 다른 주로 넘어가면 바로 여행 안내소가 나타납니다. 들어가면, 가운데 지도가 놓여 있고, 그 지도에 빨간 X표가 있습니다. 무엇을 나타내겠습니까? 바로 현 위치를 나타내는 표시입니다. 현 위치가 어디인지 알 때, 지금까지 온 길이 올바른 길이었는지를 알 수 있고 다음 나아갈 길을 제대로 찾아 나갈 수가 있겠지요.

요즈음은 내비게이션이 있어, 지도 역할을 대신합니다마는 그래도 전체적인 상황을 알기 위해서는 지도와 빨간 X표가 필요합니다. 피정은 어쩌면 지나온 길을 돌아보고 앞으로 나아갈 길을 구상하는 빨간 X표와 같은 역할을 하는 것이 아닐까 생각합니다. 여행하다 보면 누구나 길을 잃고 헤매는 체험을 하지요.

저는 비교적 길을 잘 찾는 편이라서 어떤 친구가 '살아 있는 지도'라는 별명까지 붙여주기도 했습니다마는 원숭이도 나무에서 떨어진다는 말이 있듯이 저도 더러 길을 잃고 낭패를 당할 때가 있습니다. 그런데 길을 잃고 헤맨 그 경험이 우리에게 지도가 필요하고, 특히 지도에서 빨간 X가 필요하다는 인식을 지니게 합니다.

저는 자동차로 운전을 할 때는 비교적 길을 잘 찾는 편입니다마는 인생의 길에서는 늘 그렇지 못한 편입니다. 요즈음에는 더욱 인생길이 참 어렵고 마음의 길은 더구나 쉽지 않다는 것을 절감하고 있습니다. 그런대로 인생의 길을 제대로 걸어왔는가 싶으면, 막다른 길이 나와서 돌아가야 하는 경험을 하게 됩니다.

신경림 시인은 "사람들은 이것이 다 사람이 만든 길이 거꾸로 사람들한 테 세상사는 슬기를 가르치는 거라고 말한다."라고 합니다. 그렇습니다. 인생길에서 벼랑 앞에 서거나 막다른 궁지에 몰릴 때, 거기 있는 길 위의 빨간 X표는 우리에게 지나온 길이 어디에서 잘못되었는지를 돌아보는 지혜를 가르쳐줍니다.

저는 오늘 이 시를 다시 읽으며 문득 길이 순순히 사람들의 뜻을 따르지 않고 때로는 벼랑 앞에 세우기도 하고 제 허리를 동강 내어 부득이 저를 버리게도 하는 것이 얼마나 다행인가 하는 생각을 했습니다. 그때야 비로소 우리가 진실로 누구인가를 깨닫게 되기 때문이지요.

우리는 우리 삶이 우리가 만들거나 추구하는 길이 아니라 그분의 길을 따라 걸을 때, 우리가 바른길을 걸어갈 수 있다는 사실을 새삼 확인하게 됩니다. 우리는 살아가다 보면 자신도 모르게 그분 뜻보다는 내 뜻을 추구하려고 하고, 내가 가야 할 길을 내가 잘 알고 있다고 생각하면서 살게 됩니다. 그러나 우리는 늘 물어야 합니다.

예레미야 예언자가 우리에게 들려주지요. "예로부터 있는 길을 물어보아라. 어떤 길이 나은 길인지 물어보고 그 길을 가거라."(예레. 6, 16) "길이 사람을 밖에서 안으로 끌고 들어가 스스로 깊이 들여다보게 한다는 것은 모른다."라고 한 시인의 성찰을 다시 새겨듣습니다.

이 구절이 깊이 제 마음에 와서 닿았고, 거기 오래 머물게 합니다. 가던 길을 멈추고 서서 돌아온 길을 돌아볼 때 우리는 길이 우리를 안으로 끌고 들어가 스스로 깊이 들여다보게 한다는 것을 알게 되지요. 우리 삶에서 그렇게 하기 위한 이정표가 바로 빨간 X표이지요.

오늘 토마스 축일을 맞아 우리는 부활하신 후 여드레 뒤에 다시 나타나셔서 처음에 자리에 없던 토마스와 나누시는 대화 대목을 들었습니다. 성전에 의하면, 예수님께서 처형되신 후 제자들은 예수님과 최후의 만찬을 나누었던 그 이 층 다락방에 함께 모여 있었다고 합니다. 그들은 예수님이 붙잡히시자 곧 줄행랑을 놓았었지요.

인간은 죽음의 공포 앞에 참으로 약한 존재이지요. 주님을 위해서라면 목숨을 내어놓겠다던, 베드로도 세 번이나 부인하지 않았습니까? 제자들은 공포에 떨면서 문을 꼭꼭 걸어 잠그고 외부에서 들려오는 소리에 촉각을 곤두세우면서 함께 모여 있었던 것입니다. 그런데, 예수님께서는 이미 부활하셔서 시공을 초월하신 분이십니다.

문이 잠겨 있었지만 아무 거침없이 그 방에 들어오셔서 그들 한가운데 서시며 인사하십니다. "평화가 너희와 함께." 예수님께서는 당신의 손과 옆구리를 보여주십니다. 바로 못 박히시고 창으로 찔렸던 당신이라는 것을 확인시켜 주시는 자상하심을 보여주십니다. 주님을 다시 뵌 그들은 기뻐서 어쩔 줄을 모릅니다.

예수님께서는 다시 그들에게 평화가 있기를 빕니다. 첫 번째 평화가 당시 유대인들이 만날 때 늘 하는 인사말이었다면 이 두 번째 평화는 특별한 의미를 지니는 축복입니다. 예수님께서는 제자들을 세상에 파견하시면서 참으로 하느님 아버지께서 주시는 평화, 두려움 없이 세상을 향하는 용기인 평화가 있기를 축복해 주시는 것입니다.

이 축복에 이어 예수님께서는 제자들을 파견하십니다. "아버지께서 나를 파견하신 것처럼 나도 여러분을 보냅니다." 부활하신 예수님께서 제자들에게 주신 사명은 바로 세상 한가운데로 나가라는 것입니다. 이제 두려워서 문을 걸어 잠그고 방안에 머물 필요가 없습니다. 그분께서 함께 하실 것이기 때문입니다.

예수님께서는 그들에게 숨을 불어넣어 주시면서 성령을 받으라고 하십니다. 당신의 숨, 당신의 영이 바로 성령이라는 것입니다. 그러면서 당신의 권한, 용서하는 권한을 제자들에게 주십니다. 사람의 아들이 땅에서 죄를 용서하는 권한이 있다고 하신 예수님께서 제자들이 이루는 공동체인 교회에 주시는 것입니다.

토마스는 처음에 부활하신 예수님께서 나타나셨을 때 함께 있지 않았습니다. 나중에 그들이 주님을 뵈었다는 말을 듣고는 말하지요. "나는 그분의 손에 있는 못 자국을 직접 보고 그 못 자국에 내 손가락을 넣어보고 또 그분 옆구리에 내 손을 넣어보지 않고는 결코 믿지 못하겠소."라고 말합니다.

우리는 성서의 다른 대목을 통해 토마스가 용기와 열정을 지닌 제자라는 것을 알고 있습니다. 예수님의 가까운 친구였던 라자로가 죽게 되었다는 소식을 듣고 예수님께서 "자, 그에게로 갑시다."라고 하셨을 때 다른 제자들이 머뭇거렸지만, 토마스가 동료 제자들에게 말합니다. "우리도 주님과 함께 죽으러 갑시다."

예수님에 대한 사랑과 열정을 지녔던 토마스가 처음에 제자들과 함께 있지 않은 이유가 무엇이었을까요? 우리는 명확한 사실을 알 수는 없지만, 추측할 수는 있습니다. 그는 막상 정말로 예수님께서 예루살렘으로 가셔서 처형을 당하시자 슬픔으로 미어지는 가슴을 추수를 수가 없었을 것입니다.

막상 큰소리쳤었지만, 그도 다른 제자들처럼 줄행랑을 놓았었지요. 다른 제자들에게 면목도 없고 하여 슬픔을 혼자 감내하리라고 생각하며 혼자 있었던 것으로 생각됩니다. 그러나 더 이상 두렵고 외로워 혼자 있을 수 없었기에 제자들에게 돌아왔던 것으로 보입니다.

제자들이 도무지 믿어지지 않는 말을 전해줍니다. "우리는 주님을 뵈었소." 회의론자인 그는 자기가 눈으로 보고 손으로 만져보기 전에는 결코 믿지 못하겠다고 단언합니다. 그런데, 여드레 후 예수님께서 다시 나타나시고 토마스에게 말씀하십니다.

"그대가 말한 대로 해보시오. 그리고 믿으시오."

주님을 뵌 토마스는 고백합니다.

"나의 주님, 나의 하느님."

참으로 감동적인 장면입니다. 토마스의 사건을 통해 우리가 음미해야 할 교훈이 몇 가지 있습니다.

첫째, 토마스는 다른 제자들과 함께 있지 않았기 때문에 처음에 부활하신 주님을 만날 수 없었다는 것입니다. 공동체에서 떨어져서 홀로 있게 되면 우리도 그분의 현존을 놓치게 된다는 것입니다. 우리는 감내하기 어려운 커다란 고통이나 슬픔을 맞이할 때 혼자서 자기 자신 안에 갇히는 경향이 있습니다. 그러나 실상 그런 때가 바로 다른 사람들을 향해 나아가야 할 때입니다.

둘째, 토마스가 회의론자였기 때문에 눈으로 보고 손으로 만져보기 전에는 결코 믿지 못하겠다고 했지만, 그는 적어도 정직한 사람이었다는 것입니다. 추호의 의심도 없는 믿음이란 흔하지 않습니다. 우리는 인간이기에 어느 정도는 회의하면서 받아들이고 믿으려고 노력합니다. 그러다가 주님의 은총으로 믿음을 지니게 되고 그 믿음을 깊여 가는 것이지요.

어쩌면 정직하게 의심하는 과정을 거쳐 참으로 믿게 되는 것이 우리 신앙인의 모습일 것입니다. 이성적인 판단을 거치지 않은 맹목적인 믿음은 위험할 수 있지요. 그러나 모든 것을 우리의 이성으로 다 알 수 있는 것은 아니지요. 토마스의 그 정직성은 우리가 높이 사야 할 것입니다.

셋째, 우리가 토마스에게 배워야 할 것은 자기가 눈으로 보고 믿게 된 다음에 철저하게 투신하는 자세입니다. 그는 주님을 뵙자 그분께 다가가 고백합니다.

"나의 주님, 나의 하느님."

실로 온몸과 마음으로 주님, 당신은 바로 저의 주님, 저의 하느님, 저의 모든 것이라는 전적인 신뢰로서 드린 투신이고 신앙 고백입니다. 우리도 예수님께서 우리의 주님이시며 그분이 죽음에서 부활하셨다는 것을 받아들이기가 힘들기에 숱한 의심과 회의를 지닐 수 있습니다.

그러나 우리의 삶에서 생각지도 않았던 어떤 은총을 체험할 때 우리도 그분께 "나의 주님, 나의 하느님"이라고 고백할 수 있는 열린 마음을 지니게 됩니다. "그대는 나를 보고야 믿는가? 나를 보지 않고도 믿는 사람은 행복하다."라고 하신 예수님의 말씀은 토마스에 대한 질책이 아니라고 생각합니다. 우리 모두의 신앙에 대한 격려입니다.

오늘 그분이 주시는 격려의 말씀을 들으며 우리의 가슴을 뜨겁게 지니며 우리의 믿음을 새롭게 합시다. 믿음은 사랑의 또 다른 표현입니다.

성 라우렌시오를 초대하며

찔레꽃의 리디아: 로마의 수호성인이며, 가난한 사람의 수호성인이기도 하고, 특별히 요리사의 수호성인이신 라우렌시오 성인을 모셨습니다. 환영해 주세요. 라우렌시오 성인님! 로마의 수호성인이시고, 가난한 사람들의 수호성인이신 것은 제가 이해가 되는데요. 요리사들의 수호성인은 어떤 연유에서 되신 것인가요? 혹시 요리사 출신이거나 요리를 잘하셨나 보지요?

라우렌시오: 아닙니다. 저는 요리하고는 거리가 먼 편입니다.

찔레꽃의 리디아: 그러면 어떻게 요리사의 수호성인이 되셨나요?

라우렌시오: 제가 왜 요리사들의 수호성인이 되었는지 힌트를 하나 드리지요. 그러니까 제 문장하고 관련이 있습니다!

찔레꽃의 리디아: 문장이요? 어디 한번 보여주시지요?

라우렌시오: 자, 이것이 제 문장입니다.

찔레꽃의 리디아: 이거 석쇠 아닌가요?

라우렌시오: 맞아요, 석쇠예요.

찔레꽃의 리디아: 아니, 세상에 멋진 것도 많은데 하필이면 석쇠를 문장으로 정하셨어요?

라우렌시오: 석쇠로 정해진 것도 다 이유가 있지요. 그리고 이 문장 때문에 제가 요리사들의 수호성인이 되었고요.

찔레꽃의 리디아: 아, 이제 알겠네요, 라우렌시오 성인님! 바로 성인께서 커다란 석쇠 위에서 순교하셨기 때문이지요? 맞지요?

라우렌시오: 맞아요. 제가 석쇠 위에서 불에 타 순교했기 때문에 제 문장이 석쇠로 정해졌고 또 제가 요리하고는 직접적인 관련이 없지만, 석쇠가 제 문장이기 때문에 요리사들의 수호성인이 되었지요.

찔레꽃의 리디아: 이제야 라우렌시오 성인께서 왜 요리사들의 수호성인이 되셨는지 알겠네요. 사실 저는 라우렌시오 성인께서 주방장 출신인가 했거든요. 라우렌시오 성인님, 가슴 아프시겠지만 순교할 당시 이야기 좀 저희 찔레꽃 회원들에게 들려주시지요?

라우렌시오: 뭐 가슴 아플 것까지는 없습니다. 오히려 저를 하느님 품으로 빨리 갈 수 있도록 해준 영광스러운 일이라고 할 수도 있겠지요. 에, 그러니까 발레리아누스 황제 시대, 258년으로 기억되는데요. 저에 대해서 이것저것 조사를 하셨다고 하니, 제가 하나 물을게요! 혹시 제가 모시던 교황님이 누군지 아시나요?

찔레꽃의 리디아: 모시던 교황님이요? 아니요, 잘 모르겠는데요.

라우렌시오: 우리 교회의 자랑스러운 순교자 중 한 분이신 성 식스토 2세 교황님이십니다. 저는 부제로서 그분 밑에서 교회 재정의 책임을 맡았었지요. 식스토 2세 교황님께서는 참수형을 당하셨어요. 제가 붙잡

혀 가시는 교황님을 울며 따라가자, 식스토 교황님께서는 저보고 너무 슬퍼하지 말라며, 저도 곧 당신 뒤를 따를 것이라고 하셨지요.

찔레꽃의 리디아: 당신 뒤를 따른다면, 순교할 것을 예언하신 것이군요.

라우렌시오: 예, 그렇습니다. 그 소리를 듣고 저는 뛸 듯이 기뻤지요.

찔레꽃의 리디아: 아니, 죽게 되었는데 뛸 듯이 기쁘셨다고요?

라우렌시오: 물론 인간적인 생각에서 볼 때는, 그렇지 않겠지요. 하지만 그리스도인에게 순교란 바로 신앙 고백이거든요. 그렇기에 제가 모시던 교황님께서 저도 곧 순교할 것이라고 말씀하셨을 때, 저는 무척 기뻤지요. 순교는 신앙인이 표현할 수 있는 가장 장엄하고 확실한, 거룩하기까지 한 신앙 고백이거든요.

찔레꽃의 리디아: 아, 그렇군요.

라우렌시오: 저는 식스토 교황님께서 순교하시는 것을 본 후, 바로 교회와 저의 재산을 모두 처분했습니다. 그리고는 그렇게 마련한 돈을 가난한 사람들에게 모두 나누어 주었습니다.

찔레꽃의 리디아: 아, 그래서 라우렌시오 성인께서 가난한 사람들의 주보 성인이 되신 것이군요.

라우렌시오: 과분한 칭호지요. 따지고 보면 모든 것이 다 주님의 것이잖아요.

찔레꽃의 리디아: 그런데 그 일로 인해서 더 큰 곤욕을 치르셨다고 들었는데요?

라우렌시오: 예, 그렇습니다.

찔레꽃의 리디아: 어떻게 된 사연인지 말씀 좀 들려주시지요.

라우렌시오: 제가 식스토 2세 교황님 밑에서 재정을 담당하고 있다는 소식

을 들은 로마 총독이 저를 잡아들여서 교회 재산을 내놓으라고 협박했습니다.

찔레꽃의 리디아: 그래서요?

라우렌시오: 제가 아무 말도 하지 않자 총독은 예수님의 가르침을 들이대며 저를 윽박질렀습니다.

찔레꽃의 리디아: 아니, 뭐라고 했나요, 로마 총독이?

라우렌시오: 저보고 예수님께서 "황제의 것은 황제에게 돌려주고, 하느님의 것은 하느님께 돌려 드려라."라고 하지 않았느냐고 했지요. 제 목숨은 하느님 것이니 하느님께로 돌린다지만, 교회의 보물은 모두 카이사르의 것이니 내놓으라는 것이었습니다.

찔레꽃의 리디아: 그래서 어떻게 하셨나요?

라우렌시오: 제가 교회 재산을 모으는 데 3일 정도 시간이 필요하다고 했어요. 그리고 3일 동안 교회에 남아 있던 촛대 하나, 성합 하나까지 모두 처분해서 가난하고 병든 사람들을 위해서 나누어 주었어요. 그리고 3일 후에….

찔레꽃의 리디아: 큰일 났겠는데요. 아무것도 남지 않았으니….

라우렌시오: 아니지요, 교회의 보물이 아직 많이 남아 있었지요.

찔레꽃의 리디아: 촛대 하나까지 모두 다 처분하셨다면서요?

라우렌시오: 그랬지요. 바로 가난한 사람들, 그리고 병들고 불구자인 사람들이 바로 우리 교회의 보물이지요.

찔레꽃의 리디아: 그분들이 보물이라고요?

라우렌시오: 그럼요, 보물이지요. 그것도 아주 소중한 보물, 예수님께서 아끼시는 보물!

찔레꽃의 리디아: 설마 총독에게 그 보물들을 데리고 가신 것은 아니겠지요?

라우렌시오: 아니요, 데리고 갔지요. 우리 교회의 보물, 그리고 예수님께서 그렇게 사랑하고 아끼시던 보물, 바로 가난한 사람, 병든 사람, 과부와 고아들을 데리고 총독에게 갔습니다.

찔레꽃의 리디아: 그래서요?

라우렌시오: 총독이 깜짝 놀라더군요. 제가 총독에게 바로 이 사람들이 우리 교회의 보물이라고 했지요! 그랬더니 총독은 화가 머리끝까지 나서 저를 석쇠에 구워 죽이라고 부하들에게 명령했습니다.

찔레꽃의 리디아: 아하, 그래서 라우렌시오 성인께서는 석쇠 위에서 죽임당하는 이상한 화형을 받게 되신 거군요.

라우렌시오: 그렇습니다.

찔레꽃의 리디아: 성인께서는 석쇠 위에서 또 한 번 총독을 약 올리셨다고 들었는데요?

라우렌시오: 아, 그 일이요. 뭐 약을 올리려고 그런 것은 아니고요. 활활 타는 불 위에 커다란 석쇠를 놓고 저를 묶어 그 위에 던졌습니다. 하느님께 모든 것을 맡긴 저에게는 고통 너머 보이는, 하느님의 사랑이 더 컸어요. 총독을 비롯해 사람들이 제가 고통에 겨워 살려 달라고 울부짖는 모습을 보고 싶었지요. 제가 총독과 그 부하들에게 큰소리로 외쳤지요!

찔레꽃의 리디아: 뭐라 하셨나요?

라우렌시오: "자, 이쪽은 잘 익은 듯하니 뒤집어서 반대편마저 구워서 잡수시오!" 하고 외쳤지요.

찔레꽃의 리디아: 반대편으로 돌려 구우라고요?!

라우렌시오: 예, 그랬답니다.

찔레꽃의 리디아: 그랬군요. 라우렌시오 성인께서 화형을 당하실 때, 불에 타는 냄새가 향기로웠다는 주변 사람들의 증언이 있던데요?

라우렌시오: 저도 후에 그런 이야기를 들은 것 같네요. 괜히 쑥스럽네요, 별일도 아닌 것 같고….

찔레꽃의 리디아: 별일이 아니긴요? 성인께서는 우리 교회 첫 순교자이신 스테파노 성인에 버금가는 순교자라고 교회의 역사가들이 평하고 있는데요.

라우렌시오: 그것이 다 허명이고 쓸데없는 소리지요. 제가 어떻게 스테파노 성인과 비교될 수 있겠습니까?

찔레꽃의 리디아: 아니, 무슨 그런 겸손의 말씀을…. 성인님의 무덤 위에 콘스탄티누스 대제께서 성인님의 업적을 기리는 커다란 성당도 세웠는데요.

라우렌시오: 아닙니다. 정말로 내세울 것은 사도 바오로의 말씀처럼 바로 예수 그리스도이십니다.

찔레꽃의 리디아: 당대의 유명한 시인 프루덴시오는 라우렌시오 성인의 순교로 말미암아 로마의 이교도들까지 그리스도교의 진리가 어떤 것인지 알게 되었다고 했다면서요?

라우렌시오: 그도 역시 과분한 칭찬입니다. 어디 저 때문이겠습니까? 저와 함께 순교한 많은 교회의 증인들 때문에 로마에서 이교도가 사라지고 그리스도교가 자리 잡은 것이지요.

찔레꽃의 리디아: 성 라우렌시오 교회가 로마의 중요한 일곱 성당 가운데

하나이며, 지금도 많은 순례자가 찾고 있잖아요. 그렇게 찾아오는 순례자들과 또 저희 찔레꽃 회원을 위해서 마지막으로 좋은 말씀 남겨 주시지요, 라우렌시오 성인님?

라우렌시오: 제가 앞에서도 몇 차례 말씀드렸지만, 우리는 삶 전체를 바쳐 예수님께 신앙을 고백해야 합니다. 이성 친구에게 사랑을 고백할 때도 진실한 마음과 때로 용기가 필요하지 않겠어요? 더욱이 우리 삶의 주인이신 예수 그리스도께 신앙을 고백할 때는 두말할 필요도 없겠지요. 요즈음 세상살이가 복잡하고 어려운 일들이 많은 줄 압니다. 코로나가 심해서 모두 고생하고 있다고 들었습니다. 하지만 중요한 것은 단하나, 바로 예수 그리스도이십니다. 우리는 예수님을 우리 삶의 중심으로 삼고, 또 그분께 신앙을 고백해야 합니다. 그럴 때, 우리는 진실한 신앙인이 됩니다. 여러분 모두 사랑합니다!

찔레꽃의 리디아: 예, 좋은 가르침 감사합니다. 그리고 오랜 시간 자리해 주시고 좋은 이야기 해 주셔서 정말 감사합니다.

마더 엘리사벳 시튼과 채준호 신부

성 목요일을 맞아 미국 최초의 성녀가 된 엘리사벳 시튼의 생가가 있는 고향이며, 지금은 시튼 성지로 불리는 메릴랜드의 에미츠버그를 순례했습니다. 그곳에서 채준호 신부를 위해 기도하고 싶은 마음이 컸었습니다. 제가 이 글의 제목에서 성녀 대신 마더 엘리사벳 시튼이라고 했습니다.

그것은 제가 그곳에서 본 짧은 영화에서 "그녀가 성녀가 되었지만, 우리는 그녀를 성녀로 부르기보다 단순히 마더라고 부르고 싶다."라는 대사가 제 마음에 와 닿았기 때문입니다. 사랑의 시튼 수녀회 창설자 엘리사벳 시튼에 대해 간단히 안내해 드리고자 합니다.

엘리사벳은 원래는 성공회 신자였습니다. 부모가 성공회 신자였으니까요. 미국 뉴욕에서 의사인 아버지 리처드 베일리와 어머니 캐서린 사이에서 둘째 딸로 태어납니다. 그녀는 결혼하여 다섯 자녀를 낳았습니다. 그런데 결혼한 지 불과 10년이 채 되기도 전에 남편이 폐결핵으로 별세하게 됩니다.

그녀는 홀로 된 후부터 어떤 계기로 가톨릭 신앙에 눈을 뜨게 되고 남편이 죽은 후 2년이 지난 1805년에 가톨릭교회로 개종하게 됩니다. 그 후 엘리사벳은 볼티모어 교구 캐롤 대주교의 초청을 받아 자녀들과 함께 뉴욕을 떠나 볼티모어로 가게 되고, 새로운 인생을 살게 되지요.

그녀가 성공회에서 가톨릭으로 개종하게 된 것은 바로 성체의 현존에 대한 믿음 때문이었습니다. 그녀는 성체 안에 계시는 그리스도의 체험을 하게 되고, 성체에 대한 특별한 공경심과 더불어 또한 성모 마리아께 대한 특별한 신심을 지녔기에 가톨릭으로의 개종은 아주 자연스러운 일이었습니다.

그녀는 어떤 특별한 계시를 받은 사람은 아니었지만, 하느님의 뜻에 온전히 헌신하고자 하는 열망과 더불어 성체성사에 대한 열렬한 사랑이 있었기에 새로운 삶, 바로 수녀회를 창설하고 수도자의 삶을 살게 된 것입니다. 캐롤 대주교의 도움을 받은 엘리사벳은 1809년에 미국 최초의 가톨릭 교구 학교를 설립하게 됩니다.

그녀는 이제 단순히 다섯 자녀의 어머니가 아닌 수많은 고아, 가난한 아이들의 어머니가 되고자 수녀회를 창립하게 됩니다. 바로 1809년 3월 25일 미국 최초의 현지인 수도회인 사랑의 시튼 수녀회를 창립한 것입니다. 그녀는 캐롤 대주교 앞에서 청빈, 정결, 순명 서원을 하였습니다.

그렇게 하여 미국에서 최초의 본토에서 생겨난 활동 수녀회로서의 기초를 마련하게 된 것이지요. 그녀가 세운 수녀회의 근본정신은 가난과 곤경에 처한 어떤 사람이라도 기꺼이 돕는다는 성 빈첸시오 아 바오로의 영성을 따르는 것이었습니다. 사랑의 시튼 수녀회는 물론 한국의 명칭이고요.

저는 성녀 엘리사벳 씨튼이 지닌 성모님에 대한 신심에 깊은 감명을 받게 되었습니다. 그녀가 남긴 '명상록'에서 이렇게 썼습니다.

"오, 성모 마리아의 덕은 복되신 삼위일체의 끊임없는 기쁨입니다. 그분만이 모든 하늘이 드리는 영광보다 더 많은 영광을 드리고 있습니다. 오, 하느님의 어머니, 성모 마리아. 오, 마리아의 순수함! 마리아의 겸허와 인내와 사랑. 저는 가장 낮은 자리에서 멀리서나마 그분을 닮아 가리라 생각합니다."

마더 엘리사벳 시튼은 오늘 채준호 신부를 위해 기도드리는 저에게 나즈막한 목소리로 이렇게 들려주었습니다. "해욱아, 모든 것 안에서 하느님의 뜻을 찾아라. 영혼의 유일한 소망이 하느님의 뜻을 찾고 이루는 것일 때, 우리에게 실망이란 있을 수 없다."

마더 시튼은 하느님의 뜻에 대한 전적인 신뢰를 바탕으로 하느님 자녀들에게 헌신하는 삶을 살았고, 아주 부드러우면서도 쾌활한 성품으로 수녀들을 격려하였다고 합니다. 채준호 신부도 장상으로서 아주 부드러우면서도 쾌활한 성격으로 회원들, 특히 힘들어하는 후배들을 격려하였지요.

마더 시튼은 1821년 불과 47세의 짧은 나이로 세상을 떠나게 됩니다. 그녀의 마지막 말은 바로 자기가 창설한 수녀회의 이름에 어울리는 말이었습니다. "교회의 딸들이 되십시오." 사람이 얼마나 사느냐보다는, 어떻게 사느냐? 가 더 중요하다는 것은 두말할 필요가 없겠지요.

채준호 신부의 죽음이 너무나 안타깝고 왜 그렇게 일찍 떠나야만 했는지에 대해 야속한 마음이 없을 수 없지만, 그래도 마더 엘리사벳 시튼보다 10년을 더 살았다는 것에 작은 위안을 찾습니다. 마더 엘리사벳 씨튼은 하느님께 대한 지극한 사랑과 헌신을 지니고 세상 안에서 가난한 사람들에게 봉사하고 섬기는 일이었습니다.

채준호 신부도 나름대로 이 세상 안에서 주로 정신적이나 영적으로 고통스러워하는 사람들을 위한 상담을 해주면서 봉사하고자 했습니다. 저는 그의 삶이 마냥 허무는 아니라고 믿습니다. 예수회의 많은 후배가 그가 지녔던 같은 정신과 이상을 따라, 영적 고통을 겪는 사람들을 위해 사랑과 나눔의 삶을 살 것이기 때문입니다.

마더 엘리사벳의 삶의 정신은 "매일 성체를 모시고 주님의 뜻을 이루는 것"이었습니다. 성체 안에 계신 그리스도 현존에 대한 믿음 때문에 가톨릭 교회로 개종한 그녀는 짧은 생이지만, 늘 성체성사에서 끊임없는 위로를 받았습니다. 저는 채준호 신부도 그러했다고 믿습니다.

마더 엘리사벳 시튼이 말했지요. "나는 천사들의 빵을 먹음으로써 원기를 찾고 격려를 받으며 위로와 만족을 얻고 내 존재 전체가 새롭게 되는 것을 체험합니다. 이제 무슨 일이 일어나든지 나는 하느님 안에 쉬고 있습니다." 채준호 신부도 이제 하느님 안에 쉬고 있을 것입니다.

그가 이제 하느님 안에 쉬고 있을 것이라는 사실과 아픔의 고통을 감내했다는 사실을 믿으며, 저도 마더 엘리사벳 시튼처럼 되뇌이고 싶습니다. "나는 영원에 대한 갈망이 모든 슬픔을 치유해 주는 것을 체험합니다. 내 영혼이 하느님과 일치할 때, 가난 속에서도 풍요로울 수 있으며 깊은 고뇌 속에서도 즐거움이 있습니다."

아름다운 사람

베드로와 바오로, 두 사람은 참 서로 다른 사람이지요. 이 두 사람이 함께 축일을 지냅니다. 오늘 성 베드로와 바오로 사도 대축일을 보내며 우리가 두 사도에게서 배워야 할 점이 무엇인가를 생각해 봅니다. 두 사도는 어떤 인물입니까? 교회의 두 기둥이라고 불립니다.

요한복음 2장에 의하면, 요한의 제자였다가 요한이 "하느님의 어린 양이 저기 가신다."라고 외치는 말을 듣고 예수님을 따라갔던 두 사람 중의 하나인 동생 안드레아가 먼저 예수님을 만나서 함께 하룻밤을 보냅니다. 그 후 형인 시몬에게 가서 자기들이 메시아를 만났다며 그를 예수님께로 데리고 갑니다.

루카 복음 5장에서는 갈릴래아 호숫가에서 먼저 예수님이 베드로에게 배를 저어 깊은 데로 가서 고기를 잡게 합니다. 밤새도록 애썼지만 한 마리도 잡지 못하다가 그물을 오른편에 던지라는 말씀에 고기가 엄청나게 많이 잡히자, 시몬은 "저는 죄인입니다. 제게서 떠나 주십시오."라고 말하지요.

그러나 예수님께서는 '사람을 낚는 어부'가 되게 하겠다고 말씀하십니다.

그 후 베드로는 제자가 되었고, 늘 제자들의 맏형이며 대변인 역할을 하는 인물이지요. 풍랑 속을 걸어오시는 예수님을 보고 달려가다가 거센 물결을 보고 겁을 먹고 물에 빠지기도 하고, 결코 배반하는 일이 없을 것이라고 큰소리치다가 그만 죽음 앞에 두려움으로 세 번이나 배반합니다.

그는 늘 덤벙대고 약함을 보이는 인물이기도 합니다. 그러나 오늘 복음에서 듣는 것처럼 "너희는 나를 누구라고 생각하느냐?"는 예수님의 물음에 나서서 "당신은 살아계신 하느님의 아들 그리스도입니다."라고 고백함으로써, 바위라는 뜻의 베드로가 된 사람입니다.

바오로는 어떤 사람입니까? 가므리엘 선생이라는 당시 최고의 석학이었던 학자의 제자로 뛰어난 언변과 학식을 지닌 인물이고, 그리스도교인들을 박해하는 일에 선봉이던 골수 바리사이파 사람이었지요. 바로 그리스도인들을 잡아 올 권한을 받아서 다마스쿠스로 가고 있었지요.

다마스쿠스 가까이에 이르렀을 때, 갑자기 하늘에서 빛이 번쩍이며 그의 둘레를 환히 비춥니다. 놀란 그는 엉겁결에 땅에 엎드리지요. 그때 부드럽게 타이르는 음성이 들립니다. "사울아, 사울아, 네가 왜 나를 박해하느냐?" 사울이 묻지요. "당신은 누구십니까?" 그분이 대답하십니다. "나는 네가 박해하는 예수이다."

사울이 박해한 사람이 예수님이었습니까? 아니지요. 예수님을 그리스도로 믿는 그리스도인들이었지요. 그런데 예수님께서는 '네가 박해하는 예수'라고 하심으로써, 당신이 온전히 그리스도인들과 하나라고 말씀하십니다. 예수님께서는 사울에게 일러줍니다. "일어나 시내로 들어가라."

이제 그리스도인들을 박해하기 위해서가 아니라 사울에서 새롭게 변모

된 인물 사울이 되기 위해, 다마스쿠스 시내로 들어가서 아나니아스를 만납니다. 주님께서는 신비롭게 아나니아스에게 나타나시어 사울을 이끌어주도록 안배하십니다. 사울은 아나니아스에 의해 멀었던 눈을 뜨게 됩니다.

눈을 뜨게 되는 체험은 실제 사건이기도 하지만, 깊은 상징적인 의미도 담고 있습니다. 그의 눈에서 비늘 같은 것이 떨어지면서 다시 보게 됩니다. 오늘 제1 독서에서 감옥에 갇힌 베드로가 자유롭게 되었듯이 사울에게서 비늘 같은 것이 떨어져 나가면서 영적으로 눈뜨게 되고, 주님의 특별한 부르심을 받은 사도 바오로가 됩니다.

간략히 베드로와 바오로라는 두 인물을 살펴보았는데, 참 서로 다른 인물이지요. 소위, 출신 성분이나 자란 환경이나 학식이나 성격 등에서 전혀 다른 두 인물을 주님께서는 놀랍게 조화시키시며 당신의 교회를 세우시는데 주춧돌과 대들보로 사용하십니다.

두 사람 다 교회에 없어서는 안 될 커다란 나무들인데, 이들이 지닌 공통점이 무엇일까요? 저는 이들이 지닌 공통점 안에서 우리가 이들로부터 배워야 할 중요한 요점을 찾고 싶습니다.

첫째는 두 사람 모두 '회심의 인물'이라는 점입니다. 두 사람 모두 상처를 안고 살아간 인물이지요. 베드로는 평생 예수님을 세 번 배반하였던 아픔을 지니고 살아갔을 것입니다. 예수님께서 그 아픔을 치유해 주시기 위해 티베리아스 호숫가에서 세 번이나 "너는 나를 사랑하느냐?"고 물으시지요.

그 물음에 대답함으로써 어느 정도 상처가 치유되었겠지만, 평생 그 아픔을 잊지는 못했을 것입니다. 베드로에게 그 아픔이 주님께 나아가는데, 걸림돌이 아니라 오히려 디딤돌이 되었습니다. 바오로도 그리스도인들을 박해했고 더구나 스테파노를 죽이는 일에 찬동했던 아픈 기억은 지울 수 없는 상처였을 것입니다.

그래서 바오로가 세 번이나 없애 달라고 간청했지만, 그 아픔이 계속되었습니다. 마치 가시로 찌르는 것과 같은 고통이 되었는지도 모릅니다. 우리에게도 베드로나 바오로처럼 주님을 배반하거나 박해하는 것과 같은 아픔이나 죄의 상처가 있다면, 그것이 오히려 늘 주님께 나아가고 믿음을 깊이는 디딤돌로 삼아야 할 것입니다.

두 사람 모두 회심의 인물이라고 말씀드렸는데, 회심은 한번 일어나고 완성되는 사건이 아니지요. 평생 계속되는 사건입니다. 계속해서 그분께 의탁을 드릴 때 그분이 약함을 강함으로 서서히 바꾸어 주십니다. 오늘 제 2 독서에서 바오로가 고백하지요. "주님께서는 내 곁에 계시면서 나를 굳세게 해 주셨습니다."

두 번째로 두 사람 모두 '믿음의 사람'이었습니다. 주님을 만났을 때, 믿음을 지니게 되었고 끝까지 믿음을 지키고 순교의 영예를 받은 사람들입니다. 베드로는 감히 예수님과 같은 모습으로 죽을 수는 없다고 하여 십자가에 거꾸로 매달려 죽었고, 바오로는 세 번이나 목이 튀는 참수형을 받았습니다.

모진 고문 속에서도 어떻게 믿음을 지켜갈 수 있었는가를 생각하면 이들이 지닌 주님에 대한 사랑을 느낄 수 있습니다. 그런 의미에서 '믿음의 사람'은 바로 '사랑의 사람'이기도 합니다. 두 사람은 모두 주님에 대한 사랑으로 교회의 큰 나무가 되었습니다.

세 번째로 저는 두 사람을 떠올리며 두 사람에게 '아름다운 사람'이라는 이름을 헌정하고 싶습니다. 전승에 의하면, 로마를 떠나는 베드로에게 예수님께서 나타나시지요. 퀴바디스 도미네?(주님, 어디로 가십니까?) 예수님께서는

"다시 십자가에 못 박히기 위해 네가 떠나는 로마로 간다."라고 말씀하십니다.

예수님의 말씀을 듣고 울며 로마로 돌아간 베드로는 천성적으로 약하지만, 끊임없이 주님께 의탁하며 풀잎처럼 약한 마음을 바위로 바꾸어 간 아름다운 사람입니다. 옥에 갇혀 갖은 고문을 당하면서도 오히려 불굴의 의지로 신자들을 격려하는 놀랍도록 수려한 편지를 썼던 바오로는 분명 아름다운 사람입니다.

두 사람 모두 교회의 초석이요, 기둥이 된 큰 인물이요 아름다운 사람임에 틀림이 없습니다. 그런데 이 두 사람만 아름다운 사람일까요? 아닙니다. 여러분들도 아름다운 사람입니다. 크고 작은 나무들이 모여 아름다운 숲을 이루듯, 교회는 베드로나 바오로 같은 큰 나무로만 이루어지는 것이 아닙니다.

큰 나무나 바위가 아닐지라도 작은 나무이거나 모래알 같은 우리 한 사람 한 사람이 모여 교회가 이루어집니다. 그렇기에 우리 한 사람 한 사람이 모두 소중합니다. 우리가 모두 베드로가 되어야 하는 것이 아니지요. 우리가 모두 바오로가 되어야 하는 것이 아니지요.

때로 죄를 짓는 약함에 빠지지만, 그저 소박한 믿음을 지니고 하루하루 주님께 의탁하며 살아가는 것이 중요합니다. 이것이 바로 오늘 우리가 베드로나 바오로가 되지 않더라도 그들에게서 배워야 할 점이지요. 그렇게 할 때 우리는 모두 아름다운 사람으로 변모해 갈 것입니다. 아니, 이미 여러분들은 아름다운 사람들입니다.

자연이 바로 책 - 성 안토니오 아빠스

오늘은 첫 수도자이며 모든 수도자와 은수자들의 아버지로 알려진 안토니오 성인의 축일입니다. 안토니오는 이집트의 아주 부유한 가정에서 태어나서 어린 시절을 유복하게 보냈으나, 18세가 되던 해에 부모님이 모두 돌아가시고 여동생과 둘만 남게 됩니다. 부모님이 세상을 떠난 지 불과 일 년이 채 되기 전이었답니다.

그는 늘 하던 대로 주일 날 성당에 가던 길에 다음과 같은 생각이 머리에서 맴돌기 시작했답니다. "사도들은 어떻게 모든 것을 다 버리고 예수님을 따를 수 있었는가?" 이어서 사도행전의 구절도 떠올랐답니다. "초대 교회의 신자들은 어떻게 자기 재산을 팔아 전부 공동체에 내어놓을 수 있었는가?"

그는 그런 생각을 하면서 성당에 들어갔을 때, 복음 말씀이 봉독되고 있었고 그는 주님이 부자 청년에게 하신 말씀을 듣게 되었습니다. "너에게 부족한 것이 하나 있다. 가서 가진 것을 팔아 가난한 사람들에게 주어라. 그

러면 하늘에서 보물을 차지하게 될 것이다. 그리고 와서 나를 따라라."(마르 10, 21)

안토니오는 마치 그 성서 구절이 특별히 자기를 위해 봉독된 것처럼 느꼈습니다. 그는 성당에서 집으로 돌아와서 바로 자기가 부모님에게서 물려받은 소유지를 전부 마을 사람들에게 나누어줍니다. 그는 약 37만 평 정도의 비옥한 토지를 갖고 있었다고 하니 마을 사람들이 모두 부자가 되었겠지요.

그는 토지 이외의 나머지 재산도 일부만 여동생을 위해 남겨두고, 모두 가난한 사람들에게 나누어 주었습니다. 그런데 그다음 주가 되어 성당에 갔을 때, 다시 복음 말씀으로 "내일 일은 걱정하지 말라."는 말씀을 듣고 여동생에 대한 걱정으로 그녀를 위해 남겨둔 재산까지, 모두 가난한 이들에게 주었습니다.

온전히 하느님께 맡기고 걱정하지 말라는 말씀을 따르기 위한 것이었지요. 여동생은 잘 알고 있던 믿을 만한 어느 동정녀의 보호에 맡겼습니다. 그리고 그는 남부 이집트의 고향 근처 산을 찾아다니면서 기도하는 고독한 생활을 하고 자급자족을 위한 노동을 했습니다.

그가 고향 근처에서 머물자, 그를 걱정하는 친구들이 찾아와서 먹을 것도 가져다주는 등의 도움을 주었습니다. 그는 온전히 주님과만 머무는 고독을 원했기 때문에 더 이상 친구들이 찾아올 수 없는 광야 깊이 들어가서 혼자 은수 생활을 하게 됩니다. 주로 광야 한가운데 위치한 고르팀 산의 동굴에 거처하였다고 합니다.

지금은 성 안토니오 산이라고 불리는 고르팀 산은 홍해의 북서해안에 있는데, 이곳이 그가 여생을 보낸 장소였습니다. 이미 로마 제국의 박해 시대에 광야로 피신해 홀로 고독과 하느님 안에 머물며 은수 생활을 한 사람은 많이 있었지만, 그들은 아직 혼자 지냈습니다.

은수 생활에 뜻을 둔 많은 사람이 영적인 도움을 받고자 멀리까지 안토니오를 찾아오게 되고 자기들도 그와 함께 머물기를 청합니다. 안토니오는 기쁜 마음으로 자기를 찾아온 사람들을 한곳에 모아서 공동으로 수도 생활을 하기 시작했습니다. 그래서 우리는 그를 첫 수도자이며 공동체 수도 생활의 아버지라고 부릅니다.

수도 생활을 하지 않는 사람들도 영적인 가르침을 받고자 고르팀 산에 모여들었다고 합니다. 사람들은 초면인데도 그의 얼굴에 나타난 기쁨을 보고 그를 알아보았다고 합니다. 그를 찾아온 사람들 가운데는 콘스탄티누스 대제의 아들인 두 황태자도 있었다고 합니다. 콘스탄티누스 대제는 그에게 기도를 청하는 편지를 써 보냈다고 합니다.

안토니오는 황제의 편지를 받았을 때, 그의 제자들에게 말했답니다. "황제가 나에게 편지를 써 보냈다고 해서 놀라지 마십시오. 그도 나와 같은 한 인간에 불과합니다. 우리는 오히려 하느님께서 바로 우리에게 글을 써 보내셨고, 당신 아드님을 통하여 말씀하셨다는 것에 놀라워해야 합니다."

매일 미사 책 '오늘의 묵상'에 보면 "신비로운 것은 안토니오 성인은 글을 모르는 사람이었음에도 교회의 호교론을 증언했다는 사실입니다. 실제로 아나타시오 성인은 자신의 저서 [안토니오의 생애]에서 하느님에 대한 타고난 영적 신심 때문이었다고 증언합니다."라고 쓰면서 일화 하나를 들려줍니다.

제가 오래전에 [안토니오의 생애]를 읽은 기억으로는 안토니오가 글을 모르는 사람은 아니었지만, 여기서 들려주는 일화는 상당히 마음에 듭니다. 하루는 철학자 한 사람이 안토니오를 찾아와 은둔 생활을 할 때, 독서에서 오는 즐거움과 위로 없이 무슨 낙으로 하루하루를 견디어 내느냐고 묻습니다.

이에 안토니오 성인은 "지혜의 학자님, 자연이 바로 그 책입니다. 저는 자연을 바라보며 하느님의 글들을 읽습니다."라고 대답했습니다. 그렇습니다. 자연이야말로 하느님의 말씀이 담겨 있는 가장 좋은 책입니다. 우리도 자연 안에서 하느님의 말씀을 읽고 느낄 수 있기를 바라며 안토니오 성인의 전구를 청합시다.

헨리 나우웬의 마지막 일기

어젯밤에 책장에서 우연히 헨리 나우웬 신부의 'Sabbatical Journey'라는 책을 발견하고 읽게 되었습니다. 오래전 이곳 말씀의 집에서 피정했던 개신교의 권미주 전도사(당시)님이 피정을 마치면서, 제게 그리스도의 사랑을 담아 선물로 드린다는 글귀가 적혀 있더군요.

그분은 아주 열심히 기도했고, 삶의 여정을 진솔하게 제게 나누어 주었기 때문에 아직도 기억에 남는 분이지요. 아시다시피 헨리 나우웬 신부님은 노트르담, 예일, 하버드 등의 명문대 교수이며 저명한 저술가였습니다. 그런데 어느 날 갑자기 캐나다에 있는 정신 장애인 공동체인 나르쉬 데이브레이크 공동체로 갑니다.

그는 10년을 그들과 함께 사시고 안식년 1년을 보내신 후에 1996년 9월 심장마비로 돌아가신 분입니다. 아래의 글은, 제가 그의 책에서 첫 일기를 읽고 옮긴 것입니다. 제가 이 부분을 옮기면서 혹시 이미 출판이 되지 않았을까? 생각하면서 인터넷 검색으로 찾았더니, 역시 2003년에 개신교에서 번역했더군요.

언젠가 렘브란트의 그림을 보고 쓴 '탕자의 귀향'이라는 책을 읽었지요. 아주 좋은 책이지요. 번역을 개신교 측에서 했더군요. 그런데 용어나 번역 자체도 오역이나 의사 전달이 잘되지 않는 곳이 너무 많아서 안타까웠던 기억이 되살아났습니다. 가톨릭 신부가 쓴 책은 역시 가톨릭에서 내면 좋겠다는 생각을 했지요.

1995, 9월 2일, 토. 온토리오, 오크빌.

오늘은 안식년을 맞이한 첫날이다. 내 안에는 흥분과 설렘, 희망과 두려움이 동시에 일고 있다. 몸과 영혼이 지쳐있는 상태이지만 이 안식년 동안 하고 싶은 일이 한두 가지가 아니다. 한 해가 마치 넓고 텅 빈 들판에 무수한 들꽃과 잡초들이 자라고 있는 것처럼 내 앞에 펼쳐져 있다.

내가 이 들판을 어떻게 가로지를 것인가? 마침내 이 들판을 다 가로질러 건너편에 다다랐을 때, 나는 무엇을 배울 것인가? 9년 전, 지금과 같은 9월 어느 날 나는 이곳 데이 브레이크에 왔다. 하버드 대학교를 떠나서 새로운 방주인 이곳에 오면서 내가 지니고 있던 생각이나 감정, 열정 등을 담은 책을 쓰는 일을 끝냈다.

전혀 새로운 삶에 적응하는데, 거의 일 년이 걸렸다. 돌아보면, 그 일 년이 내 생애 첫 안식년이었다. 그해에 나는 처음으로 정신장애인들과 함께 하는 새로운 삶에 점차로 마음을 열게 되었었다. 내가 이제 끝낸 책 '데이브리에크로 가는 길'은 바로 그 첫 안식년에 대한 기록이다.

꼭 9년이 지나서 나는 친구 한스와 마가렛의 집의 작은 방에 앉아 있다.

한스와 마가렛이 안식년의 첫 두 주를 자기들과 함께 지내면서 편안히 쉬라고 하며 나를 자기네 집으로 초대한 것이다. 한스가 말했다. "신부님, 그냥 잠자고 먹고 하고 싶은 일은 무엇이나 하면서 편안히 쉬세요."

아주 행복하면서 동시에 좀 두렵다. 나는 늘 이 시간을 꿈꾸어 왔다. 아무런 약속이나 모임이나 강의나 여행이나 편지, 전화 등이 없는 한 해가 나에게 주어지기를 기다려 왔다. 전혀 새로운 일이 일어날 수 있도록 온전히 내맡겨진 한 해를 열망했고, 이제 이렇게 나에게 주어졌다. 그러나 무엇을 할 것인가?

과연 내가 아주 유용하고 중요하다고 생각하는 모든 것들을 손에서 놓을 수 있을 것인가? 나는 바쁘게 보내는데, 익숙하고 거의 중독이 되는 상태라는 것을 깨닫는다. 나는 이제 내가 관심을 지닌 어떤 것에 몰입하여 바쁘게 보내고 싶은 충동을 억제하고 편안히 소파에 앉아 쉬는 법을 배워야 한다.

이런 불안감이 있는 한편, 말로 표현할 수 없는 기쁨이 있다. 아, 마침내 나는 자유이다! 해방이다! 비판적으로 생각하고, 깊이 느끼고, 몰두해야 하는 모든 것에서 해방이다. 지난 9년 동안 내 마음과 정신 안에서 차곡차곡 쌓아 두었던 많은 경험에 대해 글을 쓸 수 있는 시간이 있다.

친구들과 우정을 깊게 하고 새로운 사랑을 나눌 수 있는 자유! 무엇보다 하느님의 천사와 싸워서 축복을 청할 시간이 주어졌다. 지난 3개월은 마치 장애물경주와도 같은 시간이었다. 나는 자주 생각했었다. "내가 과연 이 많은 일을 끝내고 9월에 안식년을 맞게 될 것인가?" 그러나 지금 나는 여기 이렇게 편안히 앉아 있다.

나는 참 기쁘다. 내 마음이 기쁘고 편안하게 느껴지는 것은 데이 브레이크 공동체에서 내가 이 안식년을 갖도록 마련해 주었기 때문이다. 이 안식년을 갖는 것이 나에게 주어진 사명이다! 그들은 내가 한 해를 완전히 공동체를 떠나는 것에 대해 전혀 죄의식을 지니지 않도록 배려해 주었다.

오히려 내가 다시 바쁘게 보내면 죄의식을 지녀야 한다고 생각하도록 말해주었다. 그들은 내게 말했다. "우리가 신부님을 보고 싶겠지만, 신부님이 안식년을 떠나는 것이 최선이에요. 알았지요?" 그들은 나에게 몇 번씩 내가 혼자 있으면서 책도 읽고, 글도 쓰고, 기도하면서 새로운 삶을 살라고 격려해 주었다.

그렇게 하는 것이 내 삶뿐만 아니라 공동체에도 좋은 열매를 맺게 될 것이라고 했다. 내가 내 삶을 단지 내 뜻에 따라서가 아니라 공동체의 뜻을 따라 살 수 있다는 것이 얼마나 큰 격려가 되는지 모른다. 나는 순명으로 행한다는 생각을 지닌다.

어젯밤 한스와 그의 딸 마야가 데이 브레이크에서 와서 금요일 밤 미사에 참례하고, 나를 이곳으로 데려왔다. 운전하고 오면서 한스가 내게 말했다. "신부님, 이제 데이 브레이크에 머물 구실을 찾지 말고, 분명히 떠나셔야 합니다." 그렇다. 나는 이제 아무런 구실도 찾지 말고 새로운 여정에 맡겨야 한다.

모든 것이 잘 될 것이라는 신뢰를 지녀야 하리라. 한 가지 분명한 것은 데이 브레이크에 오기 전에 늘 그렇게 했던 것처럼 다시 매일 일기를 써야 할 것이다. 나는 자신에게 약속했었다. 가능한 한 솔직하게 그리고 직접적으로 내 안과 주변에서 일어난 일을 일기에 적지 않고는 잠들지 않으리라.

내가 이제 가로지르려는 이 들판이 어떤 것인지 알지 못하는 까닭에 그것이 쉽지 않으리라는 것을 알고 있다. 그러나 나는 위험을 감수할 준비가

되었다. 나는 이 한 해를 사를르 드 푸코의 기도문으로 시작한다. 이 기도
문은 매일 전율을 느끼면서 드리는 기도문이기도 하다.

아버지!
이 몸을 당신께 바치오니, 좋으실 대로 하십시오.
저를 어떻게 하시든 감사드릴 뿐
저는 무엇이나 준비되어 있고, 무엇이나 받아들이겠습니다.
아버지의 뜻이 저와 모든 피조물에 이루어진다면,
이밖에 다른 것은 아무것도 바라지 않습니다.
내 영혼을 당신의 손에 도로 드립니다.
당신을 사랑하옵기에 이 마음의 사랑을 다하여,
하느님께 영혼을 바치옵니다.
당신은 나의 아버지시기에 끝없이 믿으며
남김없이 이 몸을 드리고 당신 손에 맡기는 것이
어쩔 수 없는 저의 사랑입니다.

미켈란젤로 – 고독을 선택한 사람

레오나르드 다 빈치와 더불어 르네상스의 쌍벽의 한 사람, 혹은 라파엘로까지 포함하여 르네상스 3대 거장의 한 사람인 미켈란젤로는 사실 천재성에서 다 빈치에 비해 다소 무게감이 떨어지는 것은 사실이지만, 이탈리아 사람에게서는 일 디비노로 불릴 만큼 세 거장 중에서도 특별한 존경을 받는 인물입니다.

그를 두고 이탈리아 밖의 일부 비평가들은 자폐증 환자였을 것이라고, 추정할 만큼 그의 대인관계나 성격에 대해 혹독한 비판을 합니다. 자폐증까지는 아니라도 워낙 특이한 외모에 대한 열등감과 피해망상을 지니고 있었던 우울증 환자로 보며, 따라서 별로 행복하지 못한 삶을 살았고 말년은 비참하기까지 하다는 것입니다.

로맹 롤랑은 미켈란젤로만큼 탁월한 천재가 없지만, 그만큼 천재의 제물이 된 사람도 없었다고 말합니다. 그는 평생을 자기의 천재성에 사로잡혀 작품 활동으로 전혀 삶의 여가를 누리지 못하고, 마치 노예처럼 일만 하는 삶을 살았다는 의미이지요.

많은 사람이 그의 천재성을 인정하지만, 인간적인 면에서는 다소 문제가 있고, 특히 그의 성격적인 결함 때문에 비참한 말년을 보냈다고 봅니다마는 저는 달리 생각합니다. 그는 오히려 스스로 고독을 선택한 사람이며 영적으로는 상당한 깊이의 사람이라고 생각합니다. 그는 평생 결혼하지 않고 독신으로 살았습니다.

그는 특별히 하느님을 위해 독신을 택했다고 볼 수는 없지만, 적어도 예술을 위해 독신을 택한 사람입니다. 60살이 넘은 나이에 빅토리아 콘로나라는 여인과 영적인 사랑을 나눈 것으로 알려져 있습니다. 그가 워낙 괴팍하여 도와줄 조수를 쓰지 않고 혼자 일했으며 친구도 없었다는 평판도 사실이 아닙니다.

당시 평균 수명이 45세가 채 되지 않았는데, 그가 89년을 살았다는 사실은 놀랍습니다. 그가 특별한 섭생을 한 것도 아닐 것입니다. 너무나 작품에 전념하느라고 자기는 제대로 자지도 먹지도 못했었다고 쓰고 있으니까요. 그는 나름대로 건강의 비결은 영적인 차원이 아니었을까 유추해 볼 수 있습니다.

그는 자기 내면을 나눌 친구도 있었습니다. 다음은 그가 친구에게 보낸 편지 일부입니다.

"나는 천정화를 그리기 위해 아주 너무나 이상한 자세를 취할 수밖에 없다네. 결국, 이런 불편한 자세 때문에 나는 갑상선 종에 걸리고 말았다네. 롬바르디아의 농부가 물을 마시고 그렇게 되듯이 말일세. 위장이 목구멍까지 치밀어와 턱 밑에 걸리는 듯하네. 턱수염은 하늘을 향하고 목덜미는 등에 닿아 있다네."

이 편지 안에서 그의 해학과 유머를 느낄 수 있습니다. 또 다른 지인에게는 이런 편지도 썼던 사람입니다. "저는 밤낮 제가 맡은 일에 온통 마음을 쓰고 집중하기 때문에 어느 때는 식사를 할 시간도 없습니다. 지난 12년 동안 저는 과로로 몹시 지쳐있습니다. 저는 아무것도 지닌 것이 없는 가난한 사람입니다."

그는 돈이 없어서 가난하다고 한 것이 아닌 것은 분명합니다. 왜냐하면, 그는 일찍이 천재성을 인정받아 그의 작품가는 당대 최고 수준이었습니다. 그리고 이탈리아 최고의 명문가 메디치가의 재정적인 후원도 상당했던 것으로 알려져 있습니다. 그는 내적인 메마름의 상태를 가난이라고 표현한 것이지요.

자신의 내면의 상태를 누군가와 나눌 수 있다는 것은 그만큼 열려 있다는 의미이며, 영적으로 가난하다고 느끼는 것은 하느님 앞에서도 진솔한 사람이었다는 반증으로 볼 수 있습니다. 미켈란젤로의 외모가 볼품없다고 알려지게 된 까닭은 코뼈가 부러져서 납작하게 된 사실뿐만 아니라 본인이 그린 자화상 때문입니다.

그는 '최후의 심판'의 한 부분에 자기의 자화상을 그려 넣었습니다. 너무나 기괴한 모습이라 보는 사람들이 섬뜩하게 느껴지는 자화상입니다. 저는 이 자화상의 모습은 그의 외적인 모습이라기보다 영혼이 육체라는 감옥에 갇힌 모습을 표현한 것이라고 이해합니다.

미켈란젤로 말년의 걸작으로 알려진 '최후의 심판'은 사실 그리 말년의 작품이 아닙니다. 60세에 시작하여 66세에 완성하게 되니까요. 그가 우리 나이로는 90세를 살았고 죽기 전까지 왕성하게 작품 활동을 했으니까요. 그가 60세가 되던 해는 빅토리아 코론나와 만나 친교를 이루기 시작한 해입니다.

그들의 만남은 신앙적인 차원에서 아주 순수한 우정으로 이어집니다. 빅토리아 코론나가 워낙 깊은 신앙을 지닌 여성이었으니까요. 빅토리아는 이탈리아에서 아주 유명한 귀족의 딸로 태어나 17세에 결혼하였습니다. 그리고 34세가 되던 해 남편이 세상을 뜨게 됩니다.

워낙 어릴 적부터 신앙심이 깊던 그녀는 수녀원으로 들어가 오로지 영성 생활에만 마음을 쓰던 여성이었습니다. 그녀가 깊은 묵상을 통해 쓴 영적 소네트들이 이탈리아 전역에 알려지게 되면서 당대에 가장 유명한 여성이 된 것이지요. 그러면서 자연히 당대 최고의 예술가였던 미켈란젤로와 교분을 갖게 된 것입니다.

미켈란젤로는 영적으로 깊이 있는 묵상 글을 쓰는 빅토리아를 만나면서 생명의 물을 마시게 된 것 같은 경험을 하게 되었다고 고백합니다. 빅토리아를 만난 이후 그의 작품이 신앙적으로 더 깊은 경지에 이르게 된 것은 사실이지만, 그녀를 만난 이후에야 종교적인 색채를 띠게 되었다는 식의 평가는 다만 무식을 드러내는 꼴입니다.

어느 평론가는 빅토리아가 미켈란젤로의 예술에 구원에 이르는 심오한 세계로 이끌었다고 하며, 이렇게 말합니다. "미켈란젤로는 빅토리아와 함께 아름다움과 미술 작품 안에서 한 개인이 구원을 발견할 방법을 토론했다. 그는 나이가 들수록 그리스도가 자신의 피로 인류의 죄를 씻어내고 구원을 얻도록 해준 것을 주제로 한 소네트를 자주 쓰게 되었다."

미켈란젤로가 가톨릭 신자로서 종교 예술의 극치를 이루었다는 것을 인정하고 싶지 않은 일부 개신교 학자들은 빅토리아가 종교개혁의 정신과 개신교 신앙으로부터 깊은 영향을 받았고, 미켈란젤로도 그녀의 권유로 개신교의 정신을 지니게 되었다는 너무나 어처구니없는 어설픈 주장을 펼치기도 합니다.

다만 미켈란젤로가 빅토리아를 만난 이후에 종교적인 시들인 영적 소네트를 쓰게 되었는데, 그것을 엉뚱하게 개신교의 영향으로 보는 것입니다. 이것은 미켈란젤로뿐만 아니라 이탈리아라는 나라에 대한 이해가 전혀 없는 것입니다. 그는 젊은 시절부터 성경을 깊이 묵상하지 않고는 나올 수 없는 예술의 경지를 이루었습니다.

그 유명한 피에타상이 23살에 만든 작품이라는 말은 지난 글에서 언급했었습니다. 시스틴 성당의 천장화도 비교적 젊은 시절의 작품입니다. 지난 글에서 언급했습니다마는 그가 성경을 깊이 묵상하고 관상하지 않고서는, 그런 영감을 얻을 수는 없습니다.

미켈란젤로와 드로잉

미켈란젤로는 자기 작품을 통해 하느님이 계시는 천국을 향해 나아가고자 하는 열망을 표현하고자 했습니다. 그는 이런 기도문을 쓴 사람입니다. "주님, 당신의 피 없이는 제 어떤 노력도 저를 천국의 기쁨으로 이끌 수는 없나이다." 그는 깊이 있는 영적 소네트를 썼던 빅토리아를 만난 이후에 자기도 영적 소네트를 쓰게 된 것입니다.

자기는 화가가 아니라 조각가라고 했던 그가 60대 이후에는 특히 드로잉에 열정을 보입니다. 그가 쓴 소네트는 드로잉과 밀접한 연관이 있습니다. 드로잉을 그리고 그것에 대한 해설처럼 소네트를 쓴 것이지요. 그의 예술 세계에서 미술과 시가 만나서 하나로 결합하였다고 말할 수 있겠습니다.

그의 작품이 훨씬 더 시적이 되었다고도 볼 수 있습니다. 저는 시의 요체는 간결함에 있으니까 그의 작품이 비교적 간결한 선을 중심으로 하는 드로잉에 매력을 느낀 것이라고 봅니다. 드로잉은 미술에서 선으로 표현하는 전반적인 작업방식을 지칭하는 용어입니다.

미켈란젤로를 기점으로, 그 이전의 드로잉과 그 이후의 드로잉은 그 차원이 달라집니다. 그 이전까지 드로잉은 다른 미술 형식에서 다만 보조의 역할을 할 뿐이었습니다. 쉽게 말해, 주로 작가가 회화나 조각 등의 완성될 작품의 밑그림으로 사용되었습니다.

미켈란젤로는 드로잉을 그 자체로 하나의 완성된 작품으로 세상에 내어 놓은 것입니다. 물론 그 이전에 전혀 완성된 작품으로서의 드로잉이 없었다는 의미는 아닙니다. 다만 그가 드로잉에 완벽한 완성도를 추구함으로써 미술 형식에서 드로잉이 독립적인 장르로 자리매김하는 계기를 만드는 중요한 기점이 된다는 말입니다.

미켈란젤로 이후에 드로잉은 작가가 가장 단순하게 자기의 개성을 드러낼 수 있는 표현방식으로서 드로잉의 가치를 인정받게 된 것이지요. 드로잉은 직접적으로 선을 그리면서 내면의 생각을 표출할 수 있기에 작가의 개성이 적나라하게 드러나는 진솔한 미술 형식이라고 할 수 있습니다.

미켈란젤로 이전에는 드로잉에서 선이 지닌 의미는 작품의 전체적인 배열이나 분할 등이었다면, 이제 미술에서 선이 그 자체로 표현하고자 하는 대상을 담아내면서 완성을 이루게 됩니다. 동양에서는 오래전부터 선, 그 자체만으로 깊은 완성도를 이룬 작품들이 대부분이었지요.

미켈란젤로가 처음 빅토리아에게 헌정한 드로잉은 '피에타'의 모습으로 추정합니다. 이 피에타 드로잉은 십자가를 뒤로 하고 성모님이 아드님 예수님을 안고 있는 모습인데, 성모님 머리 위 수직의 십자가 나무에 이런 내용의 글이 쓰여 있습니다. "아무도 예수님의 피의 값이 얼마나 가치가 있는지를 생각하지 않는다."

미켈란젤로가 빅토리아를 만나 이후 그린 드로잉은 주로 십자가 사건과 부활이 중심 주제입니다. '십자가 처형'이라는 제목의 드로잉이 유명합니다. 이 작품도 빅토리아에게 헌정한 것으로 알려져 있습니다. 이 작품은 예수님이 절규하는 모습입니다. 이 드로잉을 받고 빅토리아가 미켈란젤로에게 편지를 보냈답니다.

"세상에 그 아무도 이보다 완성된 이미지를 보여줄 수 없을 것입니다. 저는 아직까지 이 작품보다 완성도가 높은 그림을 본 적이 없습니다."

이처럼 미켈란젤로는 빅토리아를 만난 이후에 드로잉과 시를 통해 자신의 신앙을 나누면서 자기 나름대로 영적 창의력을 드높였습니다. 어떤 친구를 만나느냐가 그 사람의 인생을 가름하게 됩니다. 미켈란젤로는 빅토리아 코론나라는 영적인 여인을 만나면서 자기도 영적으로 한 단계 도약하는 체험을 했던 것으로 보입니다.

자기 내면 깊이에서 늘 표현하고 싶었던 그리스도의 수난과 부활이라는 주제를 더 깊이 묵상하였고, 그 결과로 아주 리얼하게 표현할 수 있었습니다. 쉽게 말해, 예수님의 십자가 처형이라는 이미지는 늘 그의 내면 깊이에서 자리 잡고 있었고, 그것이 자기의 삶과 연결되면서 그의 묵상의 주제였다고 보입니다.

우리가 잘 알다시피 예수님께서는 십자가 아래에서 어머니와 사랑하시던 제자 요한을 서로 모자 관계로 맺어 주십니다. 미켈란젤로는 십자가의 참 의미가 사랑이라는 것을 이해한 사람으로 느껴집니다. 십자가에 대한 또 다른 드로잉에는 제자 요한이 아주 얼이 빠진 모습으로 보는 이를 향해 걸어오고 있는 모습이 있습니다.

어머니 마리아는 양팔을 가슴에 모으고 아들의 죽음에 대한 슬픔으로 처절한 모습입니다. 미켈란젤로는 어머니 마리아의 윤곽을 반복되게 묘사하면서 좀 더 그리스도를 이해하고 그에게 다가갈 수 있었다고 합니다. 미켈란젤로의 드로잉에서 빼놓을 수 없는 주제가 부활입니다.

미켈란젤로는 이제 죽음을 물리치고 부활하신 그리스도가 참 빛으로서 빛이 쏟아지는 하늘을 향해 두 손을 들어 올리는 모습으로 표현했습니다. '부활한 그리스도'를 주제로 다룬 작품에서는 모두 빛을 잘 표현하고 있습니다. 미켈란젤로는 빛을 부활의 상징으로 본 것이지요.

그의 삶이 늘 어둠에서 빛을 향해 나아가고자 하는 갈망이었다면 그의 작품은 그의 갈망을 표현한 것이라고 생각합니다. 육체에 갇힌 영혼을 표현하기 위해 자기의 자화상을 끔찍한 모습으로 그린 미켈란젤로는 이제 부활하신 그리스도의 모습을 빛으로 표현하면서 자기 삶 안에서도 부활의 빛을 체험했을 것입니다.

미켈란젤로의 말년은 일반적으로 알려진 것처럼 결코 비참하거나 불행하지 않았습니다. 성화 이야기를 글로 쓰는 이 요한 신부님은 이렇게 쓰고 있습니다.

"미켈란젤로의 말년은 성공한 인간의 모델이었다. 타고난 천부의 재능과 더 나은 작품을 창조하기 위한 지칠 줄 모르는 열정, 거기에다 하늘이 내려준 건강으로 당시로서는 드문 89세의 장수를 누리면서, 유럽의 실세였던 피렌체의 메디치 가문과 교황청 사이를 재치 있게 넘나들었다."

미켈란젤로는 말년에 승마를 즐겨 탔던 것으로 알려져 있습니다. 그가 타계하게 된 원인이 폐렴이라는 병인데, 바로 빗속에서 승마를 즐기다가 폐렴에 걸렸다고 합니다. 우리 나이로 90세에 빗속에서 말을 달리는 미켈란젤로의 모습을 상상해 보십시오. 그가 어찌 성격 결함으로 친구가 없는 외롭고 불행한 사람이겠습니까?

그는 하느님과의 깊은 관계 안에서 예술을 위해 고독을 선택한 사람이며, 그의 삶을 자기 신앙과 예술을 위해 불태우며 열정으로 살았던 사람입니다. 그가 79세에 자신의 제자였던 바사리에게 보낸 소네트가 있습니다. 그는 이 시를 쓴 후에 10년이나 더 살았습니다. 이 소네트를 통해 그의 내면을 읽을 수 있습니다.

"내 인생의 여정은 폭풍의 바다를 건너
지난날의 모든 삶의 궤적을 적은 기록부를 내야 하는
모든 사람이 다다라야 하는 항구에 도달했다네.
지난날 나를 가두었던 환상은 얼마나 허무했었던가!
예술을 우상이나 왕으로 여긴 환상이라네.
환각과 자만심이 나를 망쳐놓은 열망이었다네.
사랑의 꿈은 달콤한데 영혼과 육신의 죽음은 다가오는구나.
하나의 죽음은 확실하고
또 하나의 죽음이 나를 놀라게 한다네.
나의 어떤 그림이나 조각도 나의 마음을 달래지 못한다네.
이제 내 영혼은 우리를 껴안기 위해
십자가에서 두 팔을 벌린 하느님의 사랑을 향해 있다네."

"행복하십니다, ······ 믿으신 분"

오늘 무슨 날이지요. 광복절이지요? 조국이 광복된 날을 기억하며 경축해야 하겠지요. 광복절도 큰 의미를 지니지만 우리는 오늘 4대 대축일의 하나인 성모 승천 대축일을 기리기 위해 이 미사에 모였습니다. 우리는 오늘을 참되게 기리기 위해 성모님이 누구이신지를 다시 한번 새기며 그분의 전구를 청해야 할 것입니다.

가톨릭교회는 항상 신앙의 여정을 걸으면서 어머니인 성모님께 의탁을 드리고 전구를 청했습니다. 교회는 그리스도 강생 2000년의 대희년을 앞두고 그 준비의 시작을 먼저 성모 성년을 지내는 것으로 하도록 배려했었습니다. 지난 1986~87년이 성모 성년이었습니다.

하느님의 아드님께서 2000년 전에 성령의 능력으로 인간이 되시어 원죄 없으신 동정 마리아에게서 탄생하셨음을 기리는 성모 성년은 말하자면 2000년 대희년을 앞당겨 지내는 것이었고, 2000년 대희년에 더욱 충만하게 표현될 많은 것들을 담고 있었던 것입니다.

오늘 우리 신앙인들에게 마리아가 지닌 특별한 의미는 그분이 바로 우리의 어머니이실 뿐만 아니라 신앙의 선도자이시라는 것입니다. 교회는 그리스도께서 항상 우리와 함께 계시겠다는 약속을 믿으며 우리는 이 신앙 순례의 길에서 앞서가시는 어머니 마리아를 믿음과 사랑으로 바라보면서 격려와 힘을 얻는 것입니다.

성모 성년을 지내면서 교황께서 반포하셨던 회칙 [구세주의 어머니]가 우리에게 상기시켜 주었고, 새 회칙이 다시 한번 상기시키며 강조하는 것은 우리는 신앙의 여정에서 어머니 마리아께 의탁드리며 그분이 걸으신 길을 따라 걸어야 한다는 것입니다.

성모 마리아는 믿음과 사랑과 그리스도와의 일치에 있어서 교회의 모델이 되셨고 교회가 걸어가고 있는 신앙의 여정에 있어서 선도자가 되셨습니다. 우리 모두 그분을 따라 길을 걷도록 합시다. 마리아는 '순종하는 마음'으로 자신을 온전히 하느님께 맡겨 드림으로서 '주님의 어머니'이시며 우리 신앙의 선도자가 되신 것입니다.

마리아의 이 맡김, '피앗'(이루어지이다.)은 하느님께서 우리 인간의 구원을 위해서 이루시려는 신비, 곧 강생의 신비가 이루어지는데 결정적이었습니다. 마리아가 '제게 이루어지소서.'라고 고백했을 때 하느님이 인간이 되셔서 이 세상에 오시는 강생의 신비가 이루어진 것입니다.

오늘 복음에서 듣는 대로 주님이신 아기 예수를 잉태한 마리아가 엘리사벳을 방문했을 때 엘리사벳은 "행복하십니다. '주님께서 하신 말씀이 이루어지리라고 믿으신 분!"이라고 마리아께 인사를 드렸습니다. '믿으셨으니 정녕 행복하시다'라는 이 말은 사실 많은 의미를 담고 있습니다.

'행복하다.'라는 뜻은 단순히 기쁨과 평화 안에 있다는 의미는 아닙니다.

의인 시므온은 구세주를 자기의 눈으로 뵈옵는 기쁨을 표현하면서 신앙의 시련을 예고해 줍니다. 즉, '많은 사람의 반대 받는 표적'이 될 것이라는 그 말은 마리아의 고통을 미리 말하며 우리 모두의 신앙인으로서의 길에 대한 예고이기도 한 것입니다.

마리아께서는 당신이 다 헤아릴 수 없었던 많은 일을 단지 하느님에 대한 신뢰 안에서 받아들이면서 매일의 삶을 믿음 안에서 사셨던 것입니다. 때로는 불빛이라고는 보이지 않는 어두운 밤길, 곧 신앙의 여정을 묵묵히 걸어가셨던 것입니다. 마리아는 마침내 십자가 아래에서 사랑하는 아들의 죽음을 지켜보는 일입니다.

시므온의 예언대로 예리한 칼에 찔리는 듯이 아픈 마음을 그분께 드려야 했던 것입니다. 그런데 십자가가 죽음으로 끝장이 난 것이 아니라 부활의 영광으로 들어가던 것처럼, 마리아의 그 신앙의 여정은 아드님의 영광에 참여하는 것입니다. 그것이 오늘 우리가 지내는 축제 바로 성모 마리아의 승천인 것입니다.

성모 마리아께서 영육이 결합하여 그대로 하늘로 올라갔다는 믿음은 오랫동안 교회의 역사 안에서 퍼져 있었습니다. 전례적으로 가장 오래된 마리아 축일은 순교자들의 천상 탄일과 상응한 마리아의 기념이었습니다. 이는 성모님이 이승의 삶을 하직하고 천상에 드셨음을 경축하는 축일이었습니다.

어머니 마리아께서 지상에서의 마지막 여정을 사신 곳은 지금의 터키 에페소로 알려져 있습니다. 성모님께서 지상을 떠나시면서 교우들, 함께 머물던 에페소의 교우들에게 마지막으로 어떤 말씀을 하셨을까요? 사도 바오로는 마지막 고별연설을 이렇게 합니다. "나는 이제 하느님과 그분 은총의 말씀에 여러분을 맡깁니다."

공동체를 떠나면서 바오로는 자기가 뽑은 공동체 원로들이 어떻게 할지에 대해 염려하는 마음이 컸기 때문에 인간적인 연민이 가득했습니다. 그러나 그는 그들을 하느님께 맡겼습니다. 모든 것이 하느님의 손안에 달려 있고 그분이 선으로 이끄시는 분이심을 알았기에, 하느님에 대한 신뢰로 공동체를 떠났던 것입니다.

성모님은 어쩌면 당신 아드님 예수님께서 마지막으로 하신 말씀과 더불어 바오로가 했던 말씀도 덧붙이시지 않았을까 생각해 봅니다. "하느님의 은총과 자비를 굳게 믿으십시오. 하느님께 여러분을 맡깁니다." 어쩌면, 당신이 사신 삶이 온전한 하느님께 맡겨 드리는 삶이었기에 굳이 말씀이 필요하지 않았는지도 모르겠습니다.

오늘 우리는 성모 승천 대축일을 지내며 신앙인의 길을 묵묵히 걸으심으로서 천상 영광에 들었던 어머니 마리아를 생각하며 지금 우리가 걷고 있는 이 신앙의 여정이 아무리 힘들더라도 어머니의 도우심을 청하며 용기를 지니고 걸어 나갑시다. 제가 아는 어떤 분의 기도 시 한 토막을 나누며 강론을 마칩니다.

한밤중에 환한 빛무리가
방안에 내리고
조용하고 다정한 속삭임이
지친 내 영혼을 깨웁니다.

아들아! 그리고 딸아!

슬퍼하지 말아라. 내 사랑으로 너희의 상처 쓰다듬어 주리니.
삶이란 슬픔과 고통, 시련이 클수록 더 진실에 가까워지는 것
너희의 시련을 통해 진심으로 남을 사랑할 수 있는
뜨거운 가슴을 주리라.

'케 세라 세라'(Que sera sera)

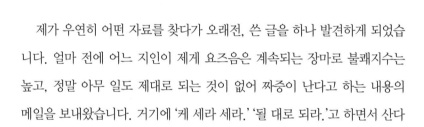

제가 우연히 어떤 자료를 찾다가 오래전, 쓴 글을 하나 발견하게 되었습니다. 얼마 전에 어느 지인이 제게 요즈음은 계속되는 장마로 불쾌지수는 높고, 정말 아무 일도 제대로 되는 것이 없어 짜증이 난다고 하는 내용의 메일을 보내왔습니다. 거기에 '케 세라 세라.' '될 대로 되라.'고 하면서 산다고 썼더군요.

그만 누군가가 그것을 우리말로 잘못 옮겨서 흔히 많은 사람이 '될 대로 되라.'라고 알고 있습니다. 사실 정확하게 의미상으로 옮기면, '무엇이 되어야 할 것은 결국 그렇게 되기 마련이다.'가 됩니다. 다시 말해, '케 세라 세라'는 될 대로 되라는 식의 자포자기가 아닙니다.

우리 삶 안에서 때로 원하지 않았던 일이 일어나거나 피할 수 없는 상황이 닥쳤다고 한다면, 그것을 자기 인생에서 하느님의 계획표 안에 들어있던 그분의 뜻임을 알고 받아들이라는 뜻으로 해석할 수 있습니다. 아직 알 수 없는 미래에 대해 너무 걱정하지 말라는 뜻이기도 하고요.

흐르는 강을 바라보십시오. 강물은 결코 거슬러 올라가지 않습니다. 다만 아래로 흘러내릴 뿐이지요. 강물은 우리에게 말없이 가르쳐줍니다. 삶에서 일어나는 일이 때로는 받아들이기 힘들지라도, 그것을 거슬러 올라가지 말고 흐름에 따라 내려가라고 가르칩니다.

아시다시피 '케 세라 세라'는 유명한 노래 제목이기도 하지요. 이 노래는 50년대부터 미국의 팝 가수로 활동하던 도리스 데이(Doris Day)가 불러 히트했지만, 그 후 이탈리아 출신 칸소네 가수 호세 펠리치아노(Hose Feliciano)가 불러 이태리 산레모 가요제에서 입상한 후 우리나라에서 더욱 유행하게 되었다고 합니다.

리듬도 그렇지만 가사도 재미있는 노래이지요. 노래 가사에서 한 부분만 옮겨 볼까요?

Que sera, sera,

Whatever will be, will be

The future's not ours to see.

Que sera, sera,

케 세라 세라

무슨 일이 일어나든지, 무엇이 되든지, 결국 그렇게 되리니

미래는 우리가 알 수 있는 우리의 것이 아니라네.

케 세라 세라

제가 오래전 [미완성 교향곡]이라는 책을 냈었습니다. 저의 제3 수련 동

안 했던 8일 피정을 이끌어주신 탐 오골만 신부님의 강의 내용이었지요. 그분이 예수회 제3 수련자들에게 피정 지도하러 오셨어요. 그때 말씀의 집에서 피정 지도를 하고 계셨지요.

저도 당시 신학생들 피정 지도 중이었지만, 면담 시간을 조정하고 오골만 신부님의 강의를 듣고 있었습니다. 그날 피정 강의 주제가 '와서 나를 따라라(Come, Follow Me)'이었습니다. 신부님께서 당신의 성소에 관해 이야기를 나누어 주셨어요. 당신이 청소년이었을 때, 자기는 절대 사제는 되지 않겠다고 생각했대요.

삼촌이 사제이고 형도 사제가 되겠다고 하는데, 자기는 형과 같은 길을 걷고 싶지 않았답니다. 그러다가 그러면, 정말 내가 되고 싶은 것이 무엇인가? 에 대해 생각하게 되면서 놀랍게도 자기 내면에서는 사제가 되기를 원하고 있다는 것을 알게 되었답니다.

예수회에 입회하면서 자기는 하나의 조건으로 내건 것이 있었답니다. 절대로 자기를 외국으로 선교를 보내지는 말아야 한다는 조건이었답니다. 예수회의 성소 담당자는 웃으면서, 예수회원이 모두 선교를 나가는 것이 아니니까 걱정하지 말라고 했답니다.

미국 안에서도 할 일이 너무 많고 너는 미국에서 사목하면 된다고 했답니다. 그래서 자기는 안심하면서 예수회에 입회했답니다. 그런데 수련자 때 이미 필리핀 선교를 청하는 말씀을 수련장 신부님께 드렸답니다. 수련장 신부님은 거절하시면서 'only the best'(최고만) 선교를 보낸다고 하셨답니다.

그 말은 '너는 최고가 아니니 꿈도 꾸지 마라.'라는 의미였으니 젊은 나이에 얼마나 자존심이 상했겠어요? 그래도 신학생 때 원장 신부님께 다시

원의를 말씀드렸더니, 관구장 신부님에게 편지를 드리라고 하여 선교를 청하는 편지를 드렸고, 그해 필리핀으로 선교 나가라는 명령을 받았답니다.

그분이 우리를 어디로 이끄시는지는 아무도 모르지요. 그분이 우리를 어디로 이끄시든지, 다만 우리는 그분을 따르면 됩니다. 그런데 그것이 참 쉽지 않지요. 그렇기에 우리에게 기도가 절실히 필요합니다. 케 세라 세라의 의미를 다시 생각합니다.

우리의 미래는 단지 우리에게 달린 것만은 아닙니다. 물론 우리는 매일 우리 나름대로 최선을 다해 살아야겠지만, 우리의 미래는 온전히 그분께 맡겨드려야 합니다. 다만 그분의 이끄심을 따라 길을 걸어갑니다. 우리네 인생은 나그네의 길이니까요.

성 바실리오와 성 그레고리오

오늘은 두 성인, 성 대 바실리오와 나지안조의 성 그레고리오의 축일입니다. 두 분은 서기 329년에 태어난 동갑내기 친구로 같은 날 죽지 않았으면서도, 친구로서 같은 날 나란히 성인들의 반열에 오른 분들입니다. 성 대 바실리오는 동방교회 수도회의 창시자이며 동방교회 전례의 아버지로 불리는 분입니다.

그는 사제로 서품된 후에 오늘날 터키의 남동부 지방인 체사리아의 대주교를 보좌하다가 그의 후계자가 되어 대주교가 됩니다. 당시 교회 역사 안에서 가장 큰 이단 세력이었던 아리아니즘이 동로마 제국의 황제 발렌티노의 등을 업고 전성기를 이루고 있었습니다.

바실리오는 탁월한 언변으로 하루에 두 번씩 군중에게 강론했고, 자신의 수도 생활의 영성을 정리한 [바실리오 규칙서]를 비롯한 저서들을 남겼습니다. 그가 타계한 지 72년 후에 열린 칼체돈 공의회에서는 그를 두고 "위대한 대 바실리오는 온 세상에 진리를 해설하여 보급한 은총의 사자"라고 선언했습니다.

[바실리오 규칙서]는 성경 말씀을 수도 삶에 어떻게 적용하고 실천할 수 있는가 하는 내용을 다루고 있다고 합니다. 그는 초대 교회의 예루살렘 공동체를 수도 삶의 이상으로 제시하면서 형제들 간의 수평적인 관계를 더욱 중요하게 여겼고, 이런 형제적 친교와 사랑을 강조한 그의 규칙서는 수도 생활에 큰 영향을 미쳤습니다.

대 바실리오의 강론의 한 대목을 인용합니다. "그대들이 먹지 않고 남겨둔 빵은 굶주린 사람들의 빵이고, 그대들의 입지 않고 옷장에 걸어둔 옷은 헐벗은 사람들의 옷이며 그대들이 금고에 깊이 넣어둔 돈은 가난한 사람들의 돈입니다. 그대들이 가난한 사람들에게 자선을 베풀지 않는 것은 불의입니다."

나지안조의 성 그레고리오는 30세에 영세한 후에 친구인 바실리오의 초대를 받아들여 함께 수도 생활을 하게 됩니다. 그 후 서품을 받게 되고 친구 바실리오가 대주교가 된 후에 보좌주교가 됩니다. 그는 삼위일체의 신비에 관한 탁월한 강론으로 유명하게 되었고, 콘스탄티노플의 대주교가 되어 정통신앙을 재건하였습니다.

그는 말년에 조용하고 검소한 생활을 하면서 영성적인 시와 기도문들을 썼습니다. 제가 한 달 전쯤에 낸 기도문들을 번역하고 제 사진을 넣어 만든 소책자 [당신의 눈길을 가르쳐 주소서]의 첫 기도문을 나지안조의 성 그레고리오의 기도문으로 실었습니다. 오늘 그의 축일을 맞아 기도문을 봉헌합니다.

하루를 당신께 바치며

나지안즈의 성 그레고리오

새벽이 밝아오는 이 시간
당신께 찬미를 드립니다.

새로이 하루를 시작하는 오늘
제가 선한 일을 하게 해주십시오.
이 순간
당신께 벌린 제 손을 내어 맡깁니다.

저는 악을 행하고 싶지 않으며
악이 가까이 오는 것도 허락하지 않겠나이다.

오늘 하루를 당신께 바치며
진정한 믿음으로 당신 곁에 서 있고자 합니다.
다만 저의 나약함이 두려울 뿐이오니
오늘 하루 제 발걸음을 이끌어주십시오.

바오로의 회심, 그 진정한 의미

오늘은 성 바오로 사도의 회심 축일입니다. 전에는 개종 축일이라고 명명했는데, 공식적으로 회심 축일로 바뀌었네요. 개종보다는 회심이 어감이 조금 더 낫게 들립니다. 그러나 '회심'이라는 단어 안에도 그의 다마스쿠스로 가는 길에서의 주님과의 깊은 만남의 사건을 다 담지는 못합니다. 언어의 한계이지요.

우리는 바오로가 극적인 회심을 한 대표적인 인물로 알고 있습니다. 사도 바오로가 회심을 통해서 초대 교회에서 가장 중요한 인물이 된 것은 두말할 나위가 없고, 사실 바울로가 없는 초대 교회는 상상하기 어렵습니다. 그가 없었다면 그리스도교는 꽤 오랫동안 유대인들의 테두리를 벗어나지 못했을 것입니다.

오늘 복음으로 듣는 회심 사건에 관한 내용도 장황하리만큼 긴 내용이 9장, 22장, 26장에 걸쳐 세 번이나 나옵니다. 오늘 복음은 22장의 성전 층계에서 하는 변호 연설, 9장은 루카가 객관적으로 회심 사건을 기록한 내용이고, 26장은 아그리파스 왕 앞에서 변론하는 내용입니다.

바오로를 보면서 제가 놀라게 되는 하나는 자신을 변호하면서도 길게 자기가 어떻게 주님을 만나게 되었는지를 설명하면서, 변론을 주님을 전하는 계기로 삼는 것입니다. 오늘 복음은 온 세상에 가서 복음을 전하라는 말씀인데, 이 말씀을 가장 잘 실천한 첫 사람이 바로 사도 바오로이지요. 한편 서간문들의 대부분이 바오로의 것들입니다. 그의 아름다운 서간문들을 읽다 보면 그의 놀라운 신앙과 열정에 매료되고 그의 인간미에 빠져들게 됩니다.

사도 바오로는 과연 어떤 인물이었을까요? 오늘 우리가 제1 독서로 듣는 다마스쿠스로 가는 길에서의 바울로의 회심은 너무나 유명한 이야기이고, 그 내용이나 서간문들에 빠지게 되면, 바오로는 그 회심 이후에 즉시 완전히 그리스도의 열렬한 사도요, 놀라운 서간문을 남긴 성인이 된 것으로 착각하기 쉽습니다.

성서 묵상 시리즈를 펴낸 유명한 예수회원 추기경 마르티니는 그의 저서 [바오로의 고백]에서 진정한 회심은 일회적인 사건이 아니며 한 번의 회심으로 전혀 다른 사람이 되는 것이 아니라 회심이 요구하는 시간이 있기마련이며 바오로도 회심 이후에 끊임없이 정화되어야 했다는 것을 아주 잘 설명해 주고 있습니다.

간략하게 마르티니 추기경의 해설을 요약하면서 묵상 안에서 바오로가 들려주는 체험이 담긴 고백을 들어보라는 추기경의 초대에 응답하고 싶습니다. 사도 바오로의 이야기는 제가 수도자와 사제로 살아온 바로 제 이야기이기도 합니다. 제가 졸저 [바오로의 기도]를 쓴 이유이기도 하지요.

우리가 잘 알다시피 사울은 원래 그리스도인들을 박해하는 사람이었습니다. 그런데 그가 바로 그리스도인들을 박해하러 다마스쿠스로 가는 길에 주님을 만나는 체험을 하게 됩니다. 갑자기 하늘에서 큰 빛이 번쩍이며 자기의 둘레를 비추자 땅에 엎드립니다. 그리고 소리를 듣습니다.

"사울아, 사울아, 왜 나를 박해하느냐?"

사울이 "주님, 주님은 누구십니까?"라고 묻자, 그분이 대답하십니다.

"나는 네가 박해하는 나자렛 사람 예수다."

사울이 박해한 사람이 예수였습니까? 정확하게 말하면, 아니지요. 그리스도인들이었지요. 그런데 예수님께서는 왜 나를 박해하느냐고 묻습니다. 예수님께서는 박해를 받는 그리스도인들과 자신을 완전히 동일시하셨습니다. 한 몸이니 서로 분리할 수 없는 완전히 하나라는 말로 알아듣게 됩니다.

하나니아스에 의해 멀었던 눈을 뜨게 된 사울은 이제 그리스도의 사도인 바오로가 되어 그리스도를 열렬히 증언하며, 자기의 열과 성을 다해 전교합니다. 다마스쿠스에서 전교하다가 유대인들이 죽이려 하자, 사람들이 바구니에 담아 성문 밖으로 달아내려 보내 목숨을 구하기도 합니다.

그는 예루살렘에 올라와 신도들의 모임에 끼어보려고 했지만, 신도들이 사울이 개종한 것을 믿지 않고 무서워하며 상대해 주지 않습니다. 원로의 한 사람이었던 바르나바의 중재로 겨우 사도들에게 받아들여진 후에야, 선교 활동을 할 수 있었습니다. 그러나 곧 말썽이 생기고 결국 고향인 타르수스로 가게 됩니다.

사도행전에 보면 사울을 타르수스로 보내고 교회가 안정을 얻게 되었다는 내용이 있습니다. 무슨 의미이겠습니까? 어렵지 않게 짐작할 수 있습니다. 바울로는 회심 이후에 여러 곳을 다니며 열정적으로 그리스도를 전하였지요. 그런데, 가는 곳마다 그 열정이 오히려 문제를 일으키지요.

초대 교회 공동체의 원로들은 바르나바의 중재로 바오로를 받아들였지만, 바오로의 존재가 못내 불편했고 더 큰 문제를 일으킬지도 모르는 불안감 때문에 결국, 그를 이제 좀 쉬는 시간을 갖는 것이 좋겠다며 고향으로 보낸 것입니다. 쉽게 말하면, 그를 쫓아버렸기 때문에 교회가 안정을 얻게 되었다는 의미이지요.

바오로는 바르나바가 찾아가서 다시 불러줄 때까지 거의 7~8년의 세월을 고향 타르수스에서 묻혀 지내야 했던 것입니다. 마르티니 추기경은 실제로 바오로에게 무슨 일이 있었을까? 라는 물음을 던집니다. "다마스쿠스와 예루살렘을 떠나 고향으로 돌아온 바오로는 깊은 고독과 번민의 때를 가져야 했을 것이다."

다마스쿠스 사건 이후의 바오로의 10년을 이렇게 표현할 수 있다고 합니다. 다마스쿠스에서의 불안, 예루살렘의 몰이해, 그리고 타르수스에서의 심한 고독과 번민의 시간이었다고. 그리고 물음을 던집니다. "바오로가 겪어야 했던 오해와 반대, 소외되고 인정받을 수 없었던 일들이 모두 주위의 탓이었을까?"

세상의 일들이 대개 그러하듯이, 여기에도 양쪽의 잘못이 있었을 것이라고 합니다. 그리스도교 공동체가 바오로와 같은 열정적인 사람이 행하는 행동을 받아들이지 못한 점이 있겠지만, 한편 바오로에게도 책임이 있었을 것이라고 합니다. 사람들은 변화를 체험하는 순간, 모든 것이 빛 속에서 새롭게 빛나는 것을 느낍니다.

그러나 아무리 완전한 회심을 체험하고 자신이 변화되었다고 하더라도 그 사람이 하루아침에 바뀌는 것은 아니지요. 열렬한 박해자였던 사울이 이제는 온 열정을 쏟으며 그리스도를 전합니다. 그런데 실은 바오로는 이제는 장소와 목적만을 바꾼 사명에 다 쏟으며, 자신이 모든 것을 다 해내는 듯한 착각에 빠진 것입니다.

열정을 지녔을 뿐만 아니라 당대의 대석학이었던 가므리엘 선생에게서 배운 뛰어난 언변과 학식을 지닌 바오로는 자기가 모든 것을 다 할 수 있다고 생각했을 것입니다. 그러나 결과는 전혀 달랐습니다. 그리스도교 공동체와 사도들이 자기를 알아주기는커녕 쫓아냈습니다.

그런데, 바오로에게 이 고향으로의 유배에서의 고독과 번민을 겪어야 했던 어둠의 시간이야말로 바로 주님께서 마련하신 카이로스, 은총의 시기였습니다. 그에게 깊은 고독과 번민을 통해 첫 회심을 깊게 하고 정화하는 은총의 시기가 필요했던 것입니다. 한마디로 요약한다면, 바울로에게 첫 회심 이후의 10년은 지나친 과시와 열정이 넘치는 선교 활동 때문에 쫓겨나서 고독과 침묵과 소외 속에서 철저하게 자기 자신이 깨어지고 그리스도 안에서 새롭게 태어나는 긴 회심의 시간이었습니다.

마르티니 추기경이 물음을 던집니다. 바울로가 오랜만에 돌아온 고향 타르수스에서 해가 저무는 강가를 홀로 거닐면서 다마스쿠스의 사건을 상기할 때 어떤 느낌을 지녔을까? 공동체에서 소외당한 고독의 시련을 겪으면서 자기에게 일어났던 사건들을 회고하면서 무슨 생각을 했을까?

마르티니 추기경은 바울로에게 자신의 체험을 이야기하게 한다면, 우선은 분노를 터뜨릴 것이라고 합니다. 자기의 넘치는 열정과 헌신을 악한 소행으로 보답한 사람들에 대한 분노와 자기를 골칫거리로 여겼던 교회 공동체와 형제라는 이름뿐이었던 그들에게 내가 왜 힘과 정열을 쏟아부었던가? 하는 울분이라고 합니다.

마음속에 맺힌 원한은 하느님에게까지 의문의 화살을 돌렸을 것이라고요. 나를 부르신 그리스도는 왜 아무 전망도 보이지 않는 타르수스의 초라한 일터에서 천막 짜는 일을 하며 파묻혀 지내도록 내버려 두시는가? 나에 대한 그리스도의 말씀은 다 헛된 꿈이었는가?

이런 물음들은 우리가 쉽게 말하지만, 정말 절박한 심정은 감히 헤아리기 쉽지 않습니다. 그런데, 처음에 울분을 터트렸던 바울로는 시련의 시기를 겪으면서 자기의 잘못을 인정하게 되었을 것입니다. 열렬한 박해자였던 사울이 온 정열을 쏟아 그리스도를 전했지요.

참된 회심은 하느님께서 자신을 새롭게 창조해 주시고 모든 것을 주님을 통해서 보도록 해 주셨음을 깨닫는 것이지요. 이 깨달음을 자신 안에 깊이 받아들이고 통합하기 위해서는 서서히 정화되는 고독과 번민의 시간이 필요한 것이지요. 바울로는 이 어려운 시기를 지내야 했던 것입니다.

그러나 이 시련의 시기야말로 모든 성인이 겪어야 했던 여정이라고 합니다. 어떤 사도도 어떤 성인도 이 내적 고뇌의 체험에서 벗어날 수는 없는 것이라고 합니다. 놀랍게도 그것이 하느님의 은총입니다. 사람들은 고독과 번민으로 속속들이 젖어들어 마음의 아픔을 겪으면서 깊은 숙고의 때를 갖게 된다고 합니다.

이 숙고 가운데서 사람들은 절망의 검은 장막 틈새를 비집고 비쳐오는 가냘픈 빛줄기를 발견하게 되지요. 성서를 수없이 읽고 묵상했을 바울로는 욥처럼 위안과 해방과 평화를 가져다주시는 하느님의 말씀으로 치유되었음에 틀림이 없습니다. 바울로는 마음 깊이에서 우러나오는 하느님의 음성에 귀를 기울이고 비추임을 받습니다.

다마스쿠스의 만남에서 체험했던 그 밝은 계시의 빛 안으로 다시 한번 들어가면서 새롭게 변모되어 갔던 것입니다. 바오로는 자기가 계획을 세우고 그 계획대로 일이 되어가고 자기가 그 일을 한다고 생각했지만, 온전히 주도권을 지니고 계신 분은 주님이라는 체험을 처절하게 한 것입니다. 후에 바오로는 이렇게 말하지요.

"아폴로나 나나 다 같이 여러분을 믿음으로 인도한 일꾼에 불과하며 주님께서 우리에게 각각 맡겨주신 일을 했을 따름입니다. 나는 씨를 심었고 아폴로는 물을 주었습니다. 그러나 그것을 자라게 하시는 분은 하느님이십니다."

고통스러운 체험을 통해 바오로는 비로소 하느님이 주인이시고, 자기는 다만 주인이 쓰시는 도구일 따름이라는 것을 인식하면서 참으로 위대한 일을 하게 될 사도로 성장합니다. 오늘 바오로 회심 축일을 맞으며, 우리는 우리 자신들의 회심의 여정을 돌아보는 시간을 마련하면 좋겠습니다.

우리는 누구에게나 회심, 또는 회심이라고 거창하게 표현하지 않더라도 그리스도를 주님으로 받아들이는 계기가 있기 마련이지요. 계기가 아주 중요하지만, 그 계기를 다시 반추하면서, 우리의 신앙을 깊여 나가는 여정이 더 중요하지 않을까 생각합니다.

주님께서는 우리를 사랑하시기 때문에 시련을 겪게 하신다는 말씀은 이해하기 힘들지만, 여전히 진리입니다. 고독과 번민의 때, 시련과 어려움의 시기를 보내시고 있는 분이 있다면 지금이 은총의 시간임을 잊지 않으시기 바랍니다. 그런 의미에서 우리는 모두 사도 바오로입니다.

제 **8** 장

휴 식

유관순과 에스테르

　오늘은 삼일절입니다. 초등학교 다니던 어린 시절, 저희는 유관순 누나의 노래를 불렀었지요. 그 추억을 떠올려 봅니다.

삼월 하늘 가만히 우러러 보면
유관순 누나를 생각합니다.

옥 속에 갇혔어도 만세 부르던
푸른 하늘 그리며 숨이 졌대요.

삼월 하늘 가만히 우러러보면
유관순 누나를 불러 봅니다.
지금도 그 목소리 들릴 듯하여
푸른 하늘 우러러 불러 봅니다.

오늘 독서는 에스테르기입니다. 에스테르기는 구약성경의 역사서의 하나로, 에스테르라는 여인이 페르시아의 왕비가 되어 유대 민족을 큰 위기에서 벗어나게 하는 내용을 담고 있는 아주 극적인 역사소설이라고 할 수 있습니다. 오늘 독서의 내용은 성경에 담겨 있는 기도문 중에 가장 절절하고 아름다운 기도인 에스테르의 기도 부분입니다.

오늘 삼일절 아침에 에스테르의 기도를 들으며 저는 유관순 누나를 떠올렸습니다. 두 사람은 모두 민족을 위해, 몸 바치려 했던 것에서 비슷합니다. 물론 유관순 누나는 실제로 몸을 바쳤고, 에스테르는 기꺼이 죽음을 각오하고 임금에게 나아갔다는 점에서 조금 다릅니다. 하지만 민족을 사랑하는 마음만은 똑같았습니다.

에스테르기는 페르시아 왕국에 포로로 잡혀간 유대인들 가운데 한 사람이던 주연 모르도카이와 에스테르, 그리고 조연으로 페르시아 왕과 페르시아의 제2 인자가 하만 등의 등장인물이 연기를 펼치는 한 편의 드라마입니다. 소설이라고 하기에는 너무나 극적인 묘미를 지닌 드라마입니다.

이 드라마에서 에스테르가 어떻게 페르시아의 왕비가 되는지에 대한 과정, 모르도카이의 꿈을 통한 하느님의 역사하심, 즉 그 과정에서 모르도카이가 어떻게 임금의 목숨을 노리는 역적모의를 알아내게 되는지에 대한 이야기는 성경 중에서 가장 흥미진진한 내용을 담고 있습니다.

모르도카이와 페르시아의 제2인자가 된 하만과의 관계, 그 사이에서 일어나는 미묘한 갈등과 암투, 음모 등은 반전에 반전을 거듭하며 극적으로 전개됩니다. 에스테르기를 직접 읽어보시기를 권하며, 이곳에서는 간략하게 그 줄거리를 소개합니다. 이 극적인 이야기는 페르시아의 수도 수사에서 일어납니다.

제1 장은 모르도카이의 꿈에 관한 이야기로 시작됩니다. 꿈을 통해 하느님께서 이루시려는 역사를 알게 된 그는 내시들이 임금을 해치려는 계획을 알게 됩니다. 그것을 임금에게 보고하여 임금은 화를 면하게 되고, 그 사실을 기억하려고 기록하여 두게 하고, 나중에 반전이 일어나는 계기를 마련합니다.

이어지는 내용이 왕비 폐위와 새 왕비 선택에 관한 이야기입니다. 크세르크세스 임금은 그의 재위 3년이 되던 해에 나라의 중요 인물들을 초대하여 큰 연회를 베푸는데, 그 자리에서 왕비 와스디의 미모를 과시하려고 그녀를 부릅니다. 그런데 그녀가 임금의 부름에 응하지 않습니다.

격분한 임금은 이를 어떻게 해결할지 고심하며, 현인들에게 자문을 듣지요. 이런 면에서 에스테르기가 지혜 문학서에 속한다고 볼 수 있습니다. 현인의 한 사람인 므무칸이 왕비의 처사가 다른 여성들에게도 영향을 미칠 것을 우려하면서 그녀를 폐위시킬 것을 주장합니다. 그래서 결국 새로운 왕비를 뽑습니다.

왕비에는 모르도카이라는 유대인의 사촌 동생이자, 양녀인 처녀 에스테르가 뽑히게 됩니다. 모르도카이는 그녀에게 자신의 출신, 즉 민족과 인척 관계 등에 대해 언급하지 말라고 당부하고, 에스테르는 자신의 출신에 대해 일체 함구합니다. 역적모의를 밝혀낸 모르도카이는 궁궐 대문에서 근무하고 있었습니다.

한편 임금은 하만이라는 자를 중용하여, 하만은 페르시아의 제2 인자의 자리에 오릅니다. 궁중의 모든 사람이 당시 최고의 권력을 지닌 하만에게 무릎을 꿇고 절을 하지만, 모르도카이는 그렇게 하지 않고 결국 하만은 자신에게 경의를 표하지 않는 모르도카이를 미워하고 죽이려고 합니다.

그는 모르도카이 하나만을 해치우는 것만으로는 눈에 차지 않아, 유대인들을 모두 몰살하려는 계획을 세웁니다. 유대인 몰살의 날이 주사위로 결정되는데, 아다르달 13일이었습니다. 그 음모를 알게 된 모르도카이는 왕비 에스테르에게 임금이 유다인들 암살 계획을 철회하도록 해주라고 요청하지요.

처음에는 부름을 받지 않은 채, 임금에게 나가면 사형이라는 법 때문에 망설이지만, 결국 하느님에 대한 믿음을 지닌 그녀는 하느님께 절절한 기도로서, 도움을 청하고, 용기를 내어 임금에게 나아갑니다. 그녀의 기도가 바로 오늘 독서의 내용인 4장에 있습니다.

에스테르가 임금에게 나아가기 전에 절절한 기도를 드린 대목에 깊이 머물게 됩니다. 그런데 사실 에스테르의 기도 앞에 모르도카이가 드린 기도도 있고, 그 기도도 에스테르의 기도와 함께 이스라엘의 정통성을 지닌 전형적인 아름다운 기도의 표본입니다. 먼저 모르도카이의 기도를 듣겠습니다.

"주님, 만물을 다스리시는 임금님! 모든 것이 당신의 권능 안에 있으며 당신께서 이스라엘을 구하고자 하시면 당신을 거스를 자 없습니다. 당신께서는 모든 것을 알고 계십니다. 방자한 하만에게 무릎 꿇고 절하지 않음은 제가 교만해서도 오만해서도 명예를 좋아해서도 아님을 주님, 당신께서는 아십니다.

이스라엘의 구원을 위해서라면 그의 발바닥에라도 기꺼이 입 맞추었으리다. 제가 그렇게 행동한 것은 인간의 영광을 하느님의 영광 위에 두지 않으려는 것이었습니다. 저의 주님이신 당신 말고는 아무에게도 무릎 꿇고 절하지 않으오리이다. 이제 주 하느님, 임금님 아브라함의 하느님, 당신의 백성을 돌보아 주소서!"

에스테르가 모르도카이에게 말합니다.

"가서 수사에 사는 모든 유대인을 모아 저를 위하여 함께 단식해 주십시오. 사흘 동안 밤이고 낮이고 먹지도 마시지도 마십시오. 저도 마찬가지로 저의 시녀들과 함께 단식하겠습니다. 그러고는 법을 거스르는 것이긴 하지만, 임금님께 나아가렵니다. 그러다 죽게 되면 기꺼이 죽겠습니다."

에스테르의 민족을 위해 기꺼이 죽음을 각오하는 결의는 유관순 누나의 결의에 결코 못지않다는 것을 보게 됩니다. 다음은 오늘 독서인 에스테르의 기도입니다. "저의 주님, 저희의 임금님 당신은 유일한 분이십니다. 외로운 저를 도와주소서. 저는 날 때부터 저의 가문에서 들었습니다.

주님, 당신께서 저희 선조들을 영원한 재산으로 받아들이시고 약속하신 바를 채워주셨음을 들었습니다. 주님, 저희 고난의 때에 당신 자신을 알리소서. 저에게 용기를 주소서. 주 아브라함의 하느님! 만물 위에 권능을 떨치시는 하느님 절망에 빠진 이들의 소리를 귀여겨들으시어 악인들의 손에서 저희를 구하소서."

민족을 구하기 위한 그녀의 절절한 기도는 모든 하느님의 역사하심 앞에는 누군가의 간절한 기도가 먼저 있었음을 상기시켜 줍니다. 에스테르가 하만이 꾸민 유대인을 몰살하려는 음모에서 민족을 구해 낼 수 있었던 가장 큰 원동력은 바로 하느님의 도우심을 비는 절절한 기도였습니다.

이 기도에 이어지는 그녀의 용기 있는 행동을 통해 우리는 단지 아름다운 용모를 지녀 왕비가 되었지만 평범하던 유대인 여인, 에스테르가 어떻게 해서 목숨을 걸고 자기 민족을 구해 낼 만큼 강하고 지혜로운 여인으로 변모되는지를 보게 됩니다. 에스테르는 자기 민족의 몰살이라는 엄청난 음모를 알게 됩니다.

그녀는 자기가 아무런 행동을 하지 않는다면, 자기도 그 음모에서 벗어날 수 없음을 알게 되고, 용기를 내어 자기 자신과 민족을 지키는 길을 향해 모험의 여정을 걷게 됩니다. 에스테르기는 일반적으로 역사서로 분류되지만, 저에게는 지혜 문학서로 느껴집니다.

에스테르가 지닌 지혜가 어디에서 오는지에 대해 묵상하게 하는 이야기이기 때문입니다. 어떤 학자들은 에스테르기를 '미드라쉬 문학'으로 보기도 합니다. '미드라쉬'는 성경 본문에 대한 해설을 이야기로 풀어가는 일종의 성경해석 방법론이지요.

에스테르기를 '미드라쉬'로 보는 학자들은 에스테르기가 요셉 이야기와 매우 유사한 줄거리로 되어있다는 점을 지적하며, 창세기에 등장하는 요셉 이야기에 대한 해설을 위한 또 다른 이야기로 보는 것이지요. 저는 이 이야기는 아름다운 기도문과 함께 훨씬 더 극적인 반전이 들어있는 탁월한 지혜문학서라고 생각합니다.

유관순 누나가 지녔던 조국에 대한 사랑과 용기, 에스테르가 지녔던 하느님에 대한 믿음과 민족을 구하려고 목숨을 내건 사랑과 용기, 저에게 오늘을 위한 묵상 거리입니다. 오늘 삼일절을 보내며 저도 진정 나라를 위한 길이 무엇인지를 성찰하며 기도하렵니다.

비둘기와 눈뜸

오늘 독서는 어제 노아의 방주, 홍수 이야기의 연속으로 이제 40일간의 홍수가 끝난 후에 이레 뒤에 땅에 물이 말랐는지 알아보려고 비둘기를 내보내는 대목입니다. 오늘 아침 저는 이 독서의 대목을 묵상하면서, 흰 비둘기의 모습을 떠올렸고, 그 비둘기가 상징하는 것이 무엇인지를 헤아리려고 그 대목에 머물렀습니다.

비둘기와 올리브 잎은 이스라엘을 상징한다고 합니다마는 저에게 비둘기는 성령의 이미지로 떠오르고, 성령께서 노아를 이끌어주시는 모습의 상징으로 느껴졌습니다. 오늘 아침 묵상을 마치고, 우연히 창문을 내다보게 되었는데, 놀랍게도 눈부시게 아주 새하얀 비둘기 한 마리가 날고 있는 모습을 보게 되었습니다.

천진의 사제관은 30층 아파트의 20층입니다. 흰 비둘기가 아래로부터 사제관이 있는 아파트를 향해 높이 날아오는데 마치 저를 향해 날아오는 것처럼, 느껴질 만큼 가까이 다가왔습니다. 비둘기가 더 높이 솟아올라 보이지 않더니, 잠시 후 건너편 아파트를 향해 날아가는 모습이 보였습니다.

아파트가 한국처럼 붙어 있지 않고, 꽤 사이 공간이 넓고, 작은 이층집들도 있지요. 그렇게 몇 차례 두 아파트 사이를 빙빙 돌더니, 멀리 날아갔습니다. 참 신기했습니다. 제가 우연이 비둘기를 보게 된 것에 제 가슴이 뛰었습니다. 성령께서 저에게 무슨 깨우침을 주시는 것이 아닌가 하는 생각이 들었기 때문이지요.

오늘 복음에서는 예수님께서 눈먼 이를 고쳐 주시는 대목의 말씀을 듣습니다. 저는 그 대목에 머물며, 내가 과연 눈 뜬 사람인가를 생각했습니다. 오늘 복음 환호송에서 "저희 마음의 눈을 밝혀주소서."라고 기도합니다. 저의 마음의 눈, 영혼의 눈은 어쩌면 아직 어두운 밤일지도 모릅니다.

오늘 복음에서의 이 치유 기적을 통해 우리의 영적인 눈을 뜨게 해주시는 것이 아닌가 생각됩니다. 예수님께서는 눈먼 이의 손을 잡아 마을 밖으로 데리고 나가시지요. 저야말로 눈먼 사람이고, 예수님께서 저를 마을 밖으로 데리고 나가시는 모습으로 그려졌습니다. 그 마을은 어둠이 가득 찬 마을입니다.

나중에 예수님께서 이제 눈을 뜬 사람에게 다시 그 마을로 들어가지 말라고 이르시지요. 그 마을은 상징적인 의미를 담고 있습니다. 이제 눈을 뜨게 되었으니, 다시 어둠에 빠지지 말라는 의미입니다. 예수님께서 눈먼 이의 두 눈에 침을 바르시고 그에게 눈을 얹으신 다음 물으시지요.

"무엇이 보이느냐?"

눈먼 이는 대답합니다.

"사람들이 보입니다. 그런데 걸어 다니는 나무처럼 보입니다."

희미하게, 말하자면, 아직 사람이 나무처럼 형체만 겨우 보인다고 말합니다. 사람이 움직이니까 그 모습이 마치 걸어 다니는 나무처럼 보인다고 대답합니다. 이 대목에서 저는 때로 다만 '걸어 다니는 나무'와 같은, 목석 같은 존재는 아니었는지도 반성하게 됩니다.

예수님께서 눈먼 이에게 당신 손을 얹으시자, 처음에 희미하게 보이지만, 다시 손을 얹으시자, 뚜렷하게 보입니다. 이제 그는 시력이 회복되었습니다. '시력이 회복되어' 뚜렷하게 보게 되었다는 대목에 머물며 저도 참으로 마음의 시력, 영혼의 시력이 회복되기를 간절히 청하게 됩니다.

제가 "손은 마음의 대행자"라는 말을 좋아합니다. 예수님의 행동을 보면, 예수님의 마음을 잘 느낄 수 있습니다. 눈먼 이를 향한 예수님의 마음, 바로 당신의 마음을 눈먼 이에게 포개시는 모습이 그려집니다. 예수님께서 당신의 마음을 우리의 마음에 포개어 주실 때, 우리도 마음의 눈, 영혼의 눈을 환히 밝힐 수 있겠지요.

유대 문헌에 나오는 이야기입니다. 어느 스승이 제자들에게 물었답니다.

"그대들 중에 누가 밤에서 낮으로 바뀌는 때가 언제인지 아는 사람이 있는가?"

한 제자가 답했습니다.

"새벽, 먼동이 트기 시작하여, 저 멀리 있는 나무가 물푸레나무인지, 자작나무인지를 알아볼 수 있는 때입니다."

스승이 말했습니다. "아니다."

다른 제자가 답했습니다.

"멀리서 한 짐승을 보고 그게 소인지 말인지 분간할 수 있게 되는 때입니다."

스승은 답했습니다. "아니다."

또 다른 제자가 대답했습니다.

"새벽 어스름 동구 밖 밭에서 일하는 농부의 모습을 보고 그가 누구네 집 아무개인지 알아볼 수 있을 때입니다."

스승이 말했습니다.

"아니다. 잘 들어라. 그대들이 잠에서 깨어나 창문 밖에 지나가는 사람들을 보면서 그들을 형제요 자매로 알아본다면, 그때가 바로 밤에서 낮으로 바뀌는 때이다."

우리가 진정 눈을 뜨게 된다면, 아니, 마음의 눈을 밝힐 수 있다면, 밤에서 낮으로 바뀌어 우리가 만나는 모든 사람을 형제요 자매로 알아보게 되겠지요. 오늘 아침 눈부시게 새하얀 비둘기는 저에게 날아와서 무슨 말을 속삭이고 간 것일까요? 왜 여러 번 제 주변을 서성이다가 멀리 날아간 것일까요?

휴식의 진정한 의미

저는 지금 잠시 쉼의 시간을 갖습니다. 월요일 새벽, 제주에 와서 어느 모임에 오전 10시에서 오후 5시까지 하루 피정 지도를 해주었지요. 피정 장소가 납읍리 다래산장이었는데, 아주 나무들이 많은 곳이었습니다. 어제 제주 강정 마을에 있는 예수회 공동체에서 형제들 만나고 미사를 같이 하고, 많은 느낌을 받았지요.

비가 쏟아지는 거리에서의 길거리 미사. 미사 중에도 100명이 넘게 둘러싼 경찰들에 의해 들려 나가는 공사장 앞에서 연좌하여, 미사 드리던 세 신부와 여러 활동가를 바라보며 그 앞에 앉아 있지 않고 그 모습을 사진 찍는 저 자신을 돌아보게 되었습니다.

혹자는 왜 길거리 미사를 하는가? 라는 물음을 던졌지요. 이에 강우일 주교님이 부활 대축일 미사에서 말씀하셨다고 해요. 오늘 예수님이 이곳 제주에 와서 미사를 참례하신다면, 주교좌 성당인 중앙성당의 이 미사에 오시겠느냐? 강정 마을의 길거리 미사에 오시겠느냐? 고 묻습니다.

오늘부터 저는 교래라는 마을에서 나무들이 아주 많은 어느 집을 빌려 쉼, 휴식의 시간을 가지려고 합니다. 잠시 일을 놓고 저 자신을 돌아보기 위해서이지요. 제주의 어느 지인이 저에게 제대로 된 쉼을 가지라고 그 집을 빌려주었지요. 거의 아무 시설도 없는 작은 집인데, 저는 아주 마음에 듭니다.

한자어, 휴식(休息)이라는 말의 의미를 새겨봅니다. 누군가의 뜻풀이를 보면서 아, 그런 깊은 뜻이 있었구나. 휴식(休息)이 바로 피정과 같은 의미로구나. 하는 감탄을 한 적이 있습니다. 피정은 영어로 retreat라고 하지요. 피정은 일상 삶에서 조금 후퇴하여 자신을 돌아보는 것입니다. 휴식이라는 한자어에는 영어 retreat, 피정의 의미가 고스란히 담겨 있네요.

휴식(休息). 쉴 휴자에, 숨 쉴 식자입니다. 그런데 글자를 가만히 바라보면 거기 깊은 의미가 그대로 드러납니다. 휴(休)는 사람(人)이 나무(木)에 기대어 있는 모양새입니다. 그리고 식(息)은 숨 쉴 식자인데, 바로 마음(心) 위에 자신(自)을 가만히 오려 놓은 모습입니다.

휴식은 나무에 기대어, 혹은 나무 옆에 앉거나 서서, 자신의 마음을 들여다보는 것입니다. 저는 휴식의 식자가 숨 쉴 자라는 것에 어떤 느낌이 왔고, 거기 마음이 와 닿아 잠시 머물게 되었습니다. 식(息)에서 스스로 자(自)는 원래 코를 나타내는 상형문자에서 나왔다고 합니다. 코로 숨을 쉬니까 코에 생명이 있다고 본 것이지요.

가만히 숨을 쉬면, 거기 휴식이 있습니다. 왜냐하면, 가만히 숨을 쉬면 자신의 모습을 바라보게 되니까요. 동서양의 사고방식이 어쩌면 이렇게 같을 수도 있는지요? 구약성경, 창세기를 보면 히브리 사람들도 하느님께서 진흙으로 사람을 빚으시고 코에 숨을 불어 넣으시자 생명이 태동하고 사람이 되었다고 본 것이지요.

우리가 숨을 쉴 때, 스스로 존재하는 자신이 되는 것입니다.

외딴집

88 서울 올림픽이 열리던 여름, 저는 샌프란시스코에서 멀지 않은 벌링 갬이라는 작은 도시에 있는 '자비의 수녀회'에서 운영하는 피정 집에서 'Internship for the Art of Spiritual Direction'(영신 지도라는 예술을 위한 연수)라는 6주 프로그램에 참여했었지요.

그 프로그램 중에 흙으로 작업하는 시간이 있었는데, 제가 예수님의 팔을 만들어 보았어요. 그런데 그 느낌을 지금도 잊지 못해요. 정말 예수님의 팔을 어루만지고 있는 느낌! 그때 제가 훗날 마지막으로 하게 되는 예술적 취미는 도조가 될 것이라고, 생각했지요. 햇살이 있기에 그림자가 질 수 있음을 생각합니다.

김숙자 선생님은 하늘, 구름, 바람, 나무보다 더 좋은 조명이 어디 있느냐고 합니다. 저도 공감합니다. 아주 작고 여린 여러 사람의 모습이 부조에 담겨 있습니다. 아래에 있는 장작에서 아낌없이 주는 나무를 떠올렸습니다. 이제 땔감이 되어 자신을 태우며 온기를 나누어 줄 것입니다.

긴 그림자. 나무의 그림자와 흙 사람의 그림자가 하나가 되었습니다. 공간이 주는 여유에 대해 생각합니다. 제 빈 자리는 이만큼 넉넉한지에 대해 반성합니다. 성산포 근처에는 유채꽃도 피어 있었습니다. 봄도 함께 있었습니다. 마음의 계절도 우리가 머무는 장소에 따라 다르지 않을까요?

지난 8일부터 10일, 3일간 제주의 어느 본당에서 대림 특강이 있었습니다. 어느 분의 소개로 표선면 성읍2리라는 작은 마을에 있는 도조 작가 김숙자 선생님의 '외딴집'이라는 곳을 찾아가게 되었습니다. 김숙자 선생님은 흙으로 작품을 만들기 때문에 도조 작가라고 불립니다. 흙으로 흙 사람을 만드는 것이지요.

몇 번 길을 헤매다가 어렵게 찾아간 입구 왼쪽에 부조로 작품처럼 '외딴집'이라는 문패가 있었습니다. 너른 마당, 정원이 모두 흙 사람들 야외 전시장이었습니다. 잔디밭에 여기저기 흙 사람들이 모여 있고, 나무 아래에 부부처럼 보이는 흙 사람 둘이 편안하게 맞아주었지요.

정작 흙 사람들의 주인장인 김숙자 선생님은 제가 흙 작업에 관심이 있는 사람인데, 작업장을 둘러볼 수 있는지 묻자 처음에 단호하게 안 된다고 하였었지요. 제가 신부라고 밝히자, 웃으시며 작업장으로 안내해 주셨지요. 최근에 서울 가나아트센터에서 부조 작품들로 전시회를 했다고 하시며, 작은 전시작품 소책자를 하나 주셨지요.

그 전시 타이틀이 제 여린 마음을 마치 산에서 바람이 얼굴을 스치듯 그렇게 스치며 울림으로 다가왔습니다. '아주 작고 여린 이에게' 다음이 작가 김숙자 선생님이 그 타이틀을 정한 연유입니다. 누구에게나 가슴 한편 깊은 곳에는 따스한 손을 그리워하는 '아주 작고 여린 이'가 살고 있습니다.

내 안의 '작고 여린 이'는 날마다 삶의 이 길, 저 길에서 필연이나 마치 우연처럼 수없이 많은 '작고 여린 이'를 만납니다. 김숙자 선생님은 말합니다. "내 모든 작품이, 내 안의 그리고 세상의 '아주 작고 여린 이'를 위한 나지막한 위로의 노래가 될 수 있기를 바랍니다."

그 작품들을 보고 있노라니, 제 작고 여린 마음도 조금 위로를 받는 느낌이었습니다. 작품도 작품이려니와 부조로 된 작품을 받치고 있는 나무판의 색감이 특이하면서도 따뜻한 위로를 주는 느낌이라 제가 참 좋다고 말씀드리고 어떻게 이런 색을 내게 되었는지 물었습니다.

마치 감을 천연 염색하여 갈옷을 만들듯이 나무판에 감으로 조금씩 여러 번 칠을 하고 다시 먹을 갈아 칠하는 과정을 거치면서 그런 색이 나온다고 하더군요. 다시 밖으로 나와 야외 전시장을 천천히 다니며 흙 사람들과 대화를 나누었습니다. 눈을 감은 듯한 모습의 흙 사람들은 하늘, 바람, 나무, 돌, 자연과 어우러져 말없이 제게 많은 말을 건네고 있었습니다.

김숙자 선생님은 "작가의 내면에 고여 있던 것들이 자연스럽게 흘러나와 스며든 실체가 바로 작품이다."라고 하며 자기는 행복한 사람이라고 합니다. 자기가 "늘 생각하고 지향하는 생명의 본질이라는 것을 비로소 제주의 땅 기운과 바람과 햇살 사이로 틔워낸 씨앗이 바로 이 흙 사람들이기 때문이다."라는 것이지요.

너무 아쉬웠지만 저는 작업을 하던 작가에게 많은 시간을 뺏을 수가 없어 오래 머물지 못하고 돌아와야 했지요. 그런데 다음 날 저를 초대했던 본당에서 본당 신부님의 배려로 수녀님과 몇 분이 제가 제주에서 가고 싶은 곳에 저에게 안내하겠다고 하였지요.

저는 '외딴집'을 다시 가고 싶었습니다. 오히려 제가 그분들을 안내하여 김숙자 선생님의 '외딴집'을 다시 찾아갔습니다. 제가 얼마나 흙 사람들과의 무언의 대화에 위로와 편안함을 느꼈는지 모릅니다. 대림 피정을 통해 사람들에게 작은 위로를 나눌 수 있으리라고 생각했는데 오히려 위로를 받고 돌아왔습니다.

개심사와 연꽃

　몇 해 전 미국에서 오신 어느 교우 부부와 함께 해미 성지에 순례 갔다가 개심사를 다녀온 적이 있습니다. 그리 크지 않은 절이지만 '개심사'라는 이름도 좋고, 자연 그대로 구불구불한 나무로 절을 지어 제 마음에 듭니다. 때로 마음이 닫히는 일이 생길 때, 개심사에 가서 한 바퀴 돌고 오면 마음이 열리는 느낌을 받지요.

　개심사 입구에 장터처럼 많은 연꽃을 펼쳐놓고 팔고 있었습니다. 실은 정확하게 이야기하면 연꽃이 아니라 수련이었습니다. 그냥 일반적으로 연꽃이라고 하지요. 제가 막 봉오리를 터트린 연꽃을 바라보고 있으니까, 그 부부가 제게 연꽃 몇 그루를 사주시겠다고 하여 처음에는 사양하다가 결국 못 이기는 척 받았습니다.

　그해 6월 초였는데 놀랍게도 10월까지 계속 꽃을 피우더군요. 매일 저녁이면 꽃잎을 접었다가 아침이면 봉오리를 여는 모습을 보며 저는 그해 여름, 가을 내내 행복했습니다. 이번 제주에서 만난 연과 연꽃은 특별히 삶과 죽음, 아니, 태어남과 삶과 돌아감에 대해 많은 묵상 거리를 던져 주었습니다.

그 모든 일을 동시에 볼 수 있었습니다. 죽음, 바로 그 곁에 생명이 태동하고 있었습니다. 연은 진흙 속에서 어찌 그리 아름다운 꽃을 피울 수 있는지 경이롭습니다. 연에는 열 가지 특징이 있다고 합니다. 우리도 아름다운 사람이 되리라는 생각에 여기 그 특징을 소개하며 제 나름대로 그 의미를 헤아려 봅니다.

첫째, 이제염오(離諸染汚)라고 합니다. 연은 진흙탕에서 자라지만 진흙에 물들지 않는다는 뜻이지요. 열악한 환경, 진흙 속에서 지리하고 있지만, 그 진흙 때문에 더러워지는 것이 아니라 오히려 진흙으로 인해 더 아름답고 깨끗하고 고고하게 꽃을 피웁니다.

둘째, 불여악구(不與惡俱)라고 합니다. 연잎 위에는 한 방울의 오물도 머무르지 않는다는 뜻입니다. 물이 연잎에 닿으면 그대로 굴러떨어집니다. 연잎 위에 그 흔적도 전혀 남지 않습니다. 우리에게 원하지 않는 악이나 악재들이 마치 비 오듯 쏟아질 때가 있습니다. 그것을 위해서 연잎처럼 아래로 향해 고개를 숙여야 합니다.

셋째, 계향충만(戒香充滿)라고 합니다. 연꽃이 피면 물속의 시궁창 냄새는 사라지고 향기가 연못에 가득하다는 뜻이랍니다. 마치 한 자락 촛불이 방의 어둠을 가시게 하듯 한 송이 연꽃이 진흙탕의 연못을 향기로 채웁니다. 매일 뉴스에서 듣는 온갖 사회악으로 금방 망해버릴 것 같은 이 세상을 연꽃 같은 향기로 채웁니다.

넷째, 본체청정(本體淸淨)이라고 합니다. 연꽃은 어떤 곳에 있어도 푸르고 맑은 줄기와 잎을 유지한다는 뜻입니다. 오물에 뿌리를 내린 연꽃의 줄기와 잎은 그 푸르고 우아한 자태를 잃지 않습니다. 늘 맑고 푸른 눈을 지닌 사람들을 만나면 마치 대나무 숲의 바람 소리처럼 우리의 가슴이 시원해지는 것을 느끼게 되지요.

다섯째, 면상희이(面相喜怡)라고 합니다. 연의 모양은 둥글고 원만하여 그 꽃을 바라보고 있으면 마음이 절로 온화해지고 즐거워진다는 뜻입니다. 우리 주변에도 그냥 그 사람을 보고 있으면 마음이 푸근해지는 사람이 있지요. 우리가 부드럽고 따뜻한 위로의 말을 건넬 줄 아는 사람이 될 수 있으면 얼마나 좋을까요?

여섯째, 유연불삽(柔軟不澁)이라고 합니다. 연의 줄기는 부드럽고 유연하기 때문에 좀처럼 바람이나 충격에 부러지지 않는다는 뜻입니다. 진짜 강함은 딱딱함이 아니라 유연함에 있습니다. 너무 곧으면 부러지기 마련입니다. 때로 융통성이 함께 있는 사람의 마음을 편안하게 합니다.

일곱째, 견자개길(見者皆吉)이라고 합니다. 연꽃을 꿈에 보면 좋은 일이 생긴다는 뜻이라고 합니다. 어떤 사람은 그 사람을 만나는 날은 괜히 좋은 일이 생길 것 같은 느낌을 주는 사람이 있지요. 누군가가 우리에게 "오늘 너를 만나게 되니, 좋은 일이 생길 것 같아."라고 한다면, 우리는 얼마나 복된 사람이겠습니까?

여덟째, 개부구족(開敷具足)이라고 합니다. 연꽃은 피면 필히 열매를 맺는다는 뜻입니다. 제가 연꽃이 많이 피는 전라도 무안을 갔다가 연이 열매뿐만 아니라 뿌리, 잎 등이 모두 쓸모 있고 다양하게 쓰이는 것을 보고 놀란 적이 있습니다. 꽃피운 만큼의 아름다운 일들은 여러 사람을 행복하게 해 줍니다.

아홉째, 성숙청정(成熟淸淨)이라고 합니다. 연꽃은 활짝 봉오리를 다 열었을 때 그 맑고 깨끗함이 더 잘 드러난다는 뜻이지요. 연꽃처럼 활짝 핀 듯한 우아하면서도 고고한 인품이 느껴지는 사람들을 만나면 우리도 우리의 마음이 맑아지고 깨끗해지는 것을 느끼게 되지요.

마지막 열 번째, 생이유상(生已有想)이라고 합니다. 연꽃은 날 때부터 그 기품이 남다르다는 뜻입니다. 아직 꽃을 피우지 않은 연도 넓은 잎에 긴 대를 지니고 있습니다. 굳이 꽃이 피어야 연꽃인지를 확인하는 것이 아니지요.

일반적으로 성모님을 장미로 그립니다마는 저는 오히려 연꽃 같은 분이 아닌가 생각합니다. 성모님은 참으로 위의 열 가지 특징을 모두 지니고 계신 분이니까요. 우리 모두 성모님을 닮아 연꽃 같은 사람이 되었으면 좋겠습니다. 연꽃이 피고 지는 시기입니다. 피고 지는 연꽃을 보며 생과 사에 대해 깊은 묵상을 하게 됩니다.

저의 짧은 시를 나눕니다.

연꽃과 성모님

연꽃은 진흙탕에서 자라지만 진흙에 물들지 않고
연꽃잎 위에는 한 방울의 오물도 머무르지 않네.

연꽃을 바라보고 있으면 마음이 절로 즐거워지네.
연꽃은 늘 푸르고 맑은 줄기와 잎과 조화를 이루어
연꽃을 바라보면 평화의 모습에 마음이 푸근해지네.

연꽃은 싹틀 때부터 그 기품이 남다르기 때문이라네.

오월의 여왕이신 성모님은 한 송이 연꽃이시어라.

아름다운 계절 성모님의 달을 보내며

성모님을 닮아 연꽃 같은 사람이 되기를 바라네.

밀밭 사이로

오늘 복음에 보면 예수님께서 밀밭 사이를 걸어가시는 대목이 나옵니다. 이어지는 바리사이들과의 논쟁은 다 잊어버리고, 그냥 밀밭 사이를 걸어가시는 예수님과 제자들의 모습을 떠올리며 풍경화를 그려보면 어떨까요? 하얀 종이에 파스텔로 색깔을 마음껏 칠해보세요. 바탕색은 옅은 주황색이 좋겠네요. 갈색이 좋겠다고요?

칼릴 지브란은 예수님과 막달라 여자 마리아가 처음 만난 장소를 밀밭으로 그리고 있지요. 여러분들도 밀밭에서 예수님과 만나 함께 걸어보세요. 그냥 말이 필요 없고 함께 길을 걸으며, 그분을 감싸고 있는 평화를 느껴보세요. 밀밭을 본 적이 없어 잘 그려지지 않으면 보리밭을 그리면 되겠지요.

가곡 보리밭의 이미지를 떠올려 보고, 그 가사 내용을 예수님과의 만남에 비추어 볼 수도 있겠지요.

보리밭 사잇길로 걸어가면

뉘 부르는 소리 있어 나를 멈춘다.

옛 생각이 외로워 휘파람 불면

고운 노래 귓가에 들려온다.

돌아보면 아무도 뵈지 않고

저녁놀 빈 하늘만 눈에 차누나

저는 노래를 잘 못 부르는 음치이지만, 듣는 것은 좋아하지요. 보리밭은 제가 가장 좋아하는 노래 중의 하나입니다. 이 노래를 들으며 가사 내용에서 '뉘'를 예수님이라고 생각하면서 이미지를 그려봐요. 내가 그분에게 휘파람을 불면 그분은 고운 노래로 응답해 주시는 분이십니다.

물론 그분이 눈에 보이는 모습으로 우리에게 나타나셔서 말씀을 건네시지는 않지요. 훗날 얼굴을 맞대고 뵐 날이 오겠지요. 그래서 돌아보면 아무도 뵈지 않고 저녁놀 빈 하늘만 눈에 차는 것으로 느껴지지만, 다시 가만히 눈을 감으면 그분의 고운 노래가 들려오지요.

기도가 별것이 아닙니다. 그냥 상상 안에서 그분의 모습을 떠올리고 가만히 함께 머물거나 함께 길을 걸어갈 수 있다면 여러분은 이미 기도의 경지에 이른 것이지요. 기도에 너무 형식이나 격식을 갖출 필요가 없어요. 그냥 마음이 움직이는 대로 따라가면서 그 중심에 그분이 계시면 그것이 기도라고 생각해요.

아침저녁으로 선선하고 스산하면서 가을이 느껴지지요. 이 가을에는 외로움이 느껴질 때마다 휘파람을 불기로 해요. 그분에게 건네는 사랑의 휘파람을 부세요. 그분이 고운 노래로 응답해 주신다는 확신을 지니고 가을 보냅시다.

비 내리는 늦은 가을날

제 사진은 빛과 그림자, 색의 조화 안에서 의미를 찾는 것을 늘 염두에 두는 편인데, 후원회의 경제적 사정으로 늘 흑백사진이라 아쉬움이 클 때가 있지요. 어떤 사진은 흑백으로는 아무 의미가 없는 그런 사진도 있거든요. 다행히 이번 12월 호는 성탄이 있는 관계로 칼라로 나와서 새벽 여명의 빛을 보여주네요. 저의 시를 여기에서 나눕니다.

콤포스텔라가 바라다보이는 언덕에 서서

달빛이 비춰주는 콤포스텔라를 바라보며
순례자인 저는 겸손한 마음으로 기도드립니다.
주님,
이제 언덕을 내려가 성 야고버를 만나게 해주소서.
그의 타오르던 열정과 희망의 노래를 듣게 해주소서!

인생이 궁극적으로 본향인 하늘나라를 향한 순례
그 여정에서 인간은 자신이 누구인지를 깨닫나니
순례란 자신의 영혼을 찾아가는 길임을 배우게 해주소서!

오늘은 온종일 비가 내렸습니다. 그래도 후원회지에 실은 글만 올리는 것은 너무 성의가 없는 것 같기도 하고, 섭섭하기도 하였습니다. 찬비가 내리고 밤이 되니, 오늘 날씨와 계절에 어울리는 시가 하나 떠올라 제가 좋아하는 김소월의 짧은 시 하나 나눕니다.

귀뚜라미

김소월

산(山)바람 소리.
찬비 뜯는 소리.
그대가 세상(世上) 고락(苦樂) 말하는 날 밤에,
숫막집 불도 지고 귀뚜라미 울어라.

       * 숫막집은 주막집의 옛말입니다.

추석과 한국 순교자 대축일

오늘부터 추석 연휴가 시작됩니다. 그리고 내일 우리는 한국 순교자 대축일을 경축 이동하여 지냅니다. 추석과 한국 순교자 대축일이 너무나 분위기가 다른, 한쪽은 기쁘고 즐거운, 다른 한쪽은 슬프고 엄숙한 느낌만은 아닙니다. 감사한 마음 가득합니다. 한국 순교자 대축일도 감사를 드리는 날이라고 생각합니다.

우리는 정말 감사를 드려야 합니다. 여러분들, 한국 순교자 대축일의 정확한 명칭을 아십니까? '성 김대건 안드레아와 성 정 하상 바오로와 그의 동료 순교자 대축일'입니다. 그냥 한국 순교자 대축일 하면 더 쉬울 텐데, 왜 굳이 두 분의 이름을 명칭에 넣었겠습니까?

성 김대건 안드레아 신부는 첫 사제일 뿐만 아니라 참으로 뛰어난 분이며 한국 교회의 자랑이요 한국 교회사에 우뚝 선 거봉으로 한국 순교 성인들을 대표하고 있는 것은 누구나 다 잘 알고 있지요. 왜 굳이 정하상 바오로의 이름이 공식 명칭에 들어가 있는가라는 생각을 해보신 분들이 있으리라고 생각합니다.

정하상 바오로라는 평신도 순교자의 이름을 대표로 넣으면서 수많은 평신도 순교자들에게 대한 감사를 되새기기 위함이라고 생각합니다. 103위 한국 순교 성인의 대표인 성 정 하상 바오로는 자랑스러운 분입니다. 그는 신유박해로 불리는 대박해로 주문모 신부를 비롯해 교회 지도자들이 대거 잡혀서 참수됩니다.

그들은 전국적으로 박해가 치열하여 위기에 놓여 있던 한국천주교회의 부흥을 위해 몸과 마음을 바쳐 정열적으로 일하다가 자신도 순교의 영예를 안은 분입니다. 그는 모든 그리스도인, 특별히 평신도들에게 사표가 되기에 사제인 김대건 신부와 더불어 평신도로서 순교 성인의 대표로 불리게 되었던 것입니다.

정하상은 아버지 정약종과 어머니 유소사 사이에 1785년 출생하여 1839년 서소문 형장에서 44세의 일기로 순교를 하게 됩니다. 그의 아버지 정약종은 우리나라가 배출한 가장 탁월한 학자이며 저술가였던 정약용 선생의 형입니다. 그런데 저는 정약종도 그에 못지 않은 탁월한 학자였다고 생각합니다.

그는 한국천주교회 창설에 참여한 초기 평신도 지도자로 명도회 회장을 역임하였고 '주교 요지'라는 교리서를 저술하여 일반 대중들이 쉽게 천주교 교리를 접할 수 있도록 했습니다. '주교 요지'는 놀라울 정도로 잘 정리된 교리서입니다. 뛰어난 학자의 작품이지요.

박해로 인해 교회를 다시 살리기 위해 1816년 북경을 다녀온 정하상은 그 후 본격적으로 천주교회 부흥 운동만을 위해 전 생애를 바치게 됩니다. 그는 우선 성직자 영입을 위해 교황과 북경에 눈물로 편지를 썼습니다. 특히 한국 교회의 대표로서 교황님께 올린 편지는 조선 교회의 비참한 실정을 소상히 기록합니다.

그는 손을 내밀어 절망의 심연에서 그들을 구해 달라고 간청하는 내용으로 교황님의 심금을 울리게 됩니다. 그 결과 우리나라 천주교회는 유방제, 모방, 샤스땅 신부들과 앵베로 주교를 모실 수 있었습니다. 또한, 모방 신부가 한국에 도착한 즉시 세 명의 신학생을 선발하여 마카오로 보낼 때 그 주도적인 역할을 했습니다.

정하상은 당시 재상에게 올리는 글인 '상재상서'라는 글을 남겼습니다. 이 글의 내용을 살펴보면 그가 어떤 신앙을 지녔으며 그의 하느님과 한국 교회에 대한 사랑과 열정을 알 수 있습니다. "우리가 마땅히 일생을 다하여 어떻게 받들어 섬겨드려야만 그 만분의 일이라도 보답할 수 있겠습니까?"

순교는 무엇보다도 신앙에 대한 증거입니다. 하나뿐인 목숨을 바쳐서까지 믿는 바에 대한 확신을 지니고 그것이 바른 행위라는 것을 증거 하는 것은 참으로 하느님의 은총이 없이는 불가능한 일이었습니다. 오늘을 사는 우리는 우리의 신앙을 돌아보고 우리는 얼마만큼 내가 믿는 바에 대한 확신을 지니는지 반성하게 됩니다.

순교는 참으로 커다란 사랑과 용기에서 나올 수 있는 결단입니다. 자기의 목숨보다도 하느님을 더 사랑하는 마음, 교회를 사랑하는 마음, 교회의 형제자매들을 사랑하는 마음과 그리고 그 사랑을 행동으로 옮길 수 있는 용기는 참으로 놀라운 것이고 이 또한, 하느님의 은총 없이는 불가능한 행위입니다.

우리 자신들의 하느님과 이웃에 대한 사랑을 돌아보며 더 큰 사랑을 지닐 것을 다짐하며 순교 성인들의 전구를 청해야 할 것입니다. 순교 정신은 한마디로 희생정신이라 하겠습니다. 희생이란 자기를 나누고 남을 위해 기꺼이 자기를 버리는 행위입니다.

순교 성월을 보내며 우리가 하느님과 교회, 그리고 우리의 이웃을 위해 나는 무엇을 희생할 수 있는지, 목숨을 바치지 않아도 되는 이 시대에 나는 내가 지닌 무엇을 나눌 수 있을 것인지 함께 생각해봅시다.

한 사람이라도 온 마음으로

언젠가 한 찻집에 들렀을 때의 일입니다. 탁자 위에 이름 모를 꽃이 놓여 있어 '꽃이 참 예쁘게 피었군요.' 했더니 찻집 주인이 이렇게 말했습니다. "제가 한 거라고는 물을 준 것밖에 없는데, 이 꽃이 저의 친구가 되어 주네요. 어느 날 봉우리를 터트리더니, 매일 저렇게 저한테 환하게 웃어 주지 뭐예요."

그 말을 하는 찻집 여주인의 얼굴은 그 꽃처럼 환하게 빛나고 있었습니다. 한 송이 꽃에 감동할 줄 아는 사람은 누구보다 행복한 사람일 것입니다. 아마도 그녀는 길가의 보도블록 틈새를 비집고 피어나는 민들레꽃이나 제비꽃을 볼 때도 환희를 느낄 것입니다.

안도현 시인은 〈제비꽃에 대하여〉라는 시에서 제비꽃은 '허리를 낮출 줄 아는 사람'에게만 보이는 것이라고 알려 줍니다. 어디 제비꽃만 그렇겠습니까? 사랑도 허리를 낮추고 찬찬히 들여다보아야 보입니다. 저는 그 찻집을 나오면서 영화 〈기도하고 먹고 사랑하라〉의 한 대사를 기억했습니다.

"얼굴로만 웃지 말고 마음으로 웃으세요. 간까지 웃어야 해요." 그러기 위해서는 진정으로 마음이 가난한 사람이 되어야 하지 않을까요? 단 한 송이의 꽃이라도 깊이 그 향기를 음미할 수 있고 단 한 권의 책이라도 집중해서 읽을 수 있으며 단 한 사람이라도 깊이 사랑할 수 있다면!

누룩의 숨은 의미

오늘 복음에서 우리는 예수님께서 "바리사이들과 헤로데의 누룩을 조심하여라."라고 경고하시는 말씀을 듣습니다. 제자들은 그 말씀을 듣고도 그 의미를 제대로 알아듣지 못하고 엉뚱하게 "빵이 없구나!"라고 하며 서로 걱정합니다. 제자들이 왜 예수님의 말씀을 제대로 알아듣지 못했을까요?

어떤 생각에 사로잡히면 거기에 매여 다른 사람의 말을 제대로 못 알아듣게 마련입니다. 보아도 보이지 않고, 들어도 들리지 않는다는 말이 그런 것이지요. 제자들은 배를 타고 호수 건너편으로 가는 중이었는데, 그만 잊어버리고 빵을 가져오지 못하여 배 안에는 빵이 한 덩어리밖에 없는 것을 알게 되었지요.

제자들은 거기에 온통 마음이 가 있었던 것이지요. 빵이 한 덩어리밖에 없다는 생각이 모든 것을 빵으로 보게 합니다. 오래전, 화곡동 신학원에서 세 명의 수사가 일주일 단식을 했답니다. 그런데 그 일주일 동안 그 수사님들이 이야기하는 모든 내용은 다 음식에 관한 것으로 시작하여, 음식에 관한 것으로 끝났답니다.

오늘 복음에서의 제자들의 상황을 비추어 보면, 우리도 마찬가지라는 사실을 인정하지 않을 수 없습니다. 빵이 상징하는 세상일에 매달리면, 주님이 우리에게 들려주시는 참 진리의 말씀은 놓치게 됩니다. 자기가 관심을 두고 있고 마음이 가 있는 어떤 것에 비추어서 전혀 엉뚱하게 알아듣게 되지요.

예수님께서 말씀하신 바리사이들의 누룩과 헤로데의 누룩이라는 말이 무슨 뜻일까요? 왜 예수님께서는 그들의 누룩을 조심하여야 한다고 하셨을까요? 동시대에 예수님을 따라다니던 제자들도 못 알아들었으니, 오늘날 우리가 알아듣는 것이 쉬운 일은 아닙니다.

언제나 성경 말씀을 제대로 알아듣기 위해서는 그 말씀의 배경과 전체적인 맥락을 살펴보아야 합니다. 우선 앞에 무슨 내용이었는지를 살피는 것이 중요합니다. 이 말씀의 앞 대목은 바리사이파 사람들이 와서 예수님께 기적을 요구하신 대목이지요. 그것이 바로 바리사이파 사람들의 누룩입니다.

바리사이들이 요구한 것은 "당신이 정말 하느님이 보내 주신 하느님의 아들, 구세주라면, 세상 사람들이 놀랄만한 기적을 보여 달라."는 것이지요. 이들이 어떤 구세주를 바라고 있었는지 우리가 알 수 있지요. 놀라운 기적을 베풀면서 이스라엘을 영광스럽게 만들어 줄 현세적인, 정치적인 해방자로서의 구세주이었지요.

헤로데의 누룩은 무엇일까요? 헤로데는 원래 유대인이 아니었는데, 교묘하게 유대인으로 입적하여 왕의 권좌에 오른 입지적인 인물입니다. 로마와는 탁월한 외교술로 식민지이면서도 경제적인 상납만을 하고 정치적으로는 자치권을 누리고 있었지요. 전형적인 정치 권력과 술수의 대명사와 같은 인물이지요.

바리사이들의 누룩과 헤로데의 누룩은 다름 아닌 이런 세속적이고 정치적인 의미에서의 구세주 상을 말합니다. 예수님께서는 당신을 따르는 제자들은 많은 사람이 기대하고 있던 그런 구세주에 대한 잘못된 생각을 조심하고 경계하여야 한다는 말씀입니다.

사실 이 대목을 바르게 알아듣기 위해서는 배경도 중요합니다. 당시 사람들이 가지고 있던 생각을 바르게 이해하는 것이 중요하다는 말이지요. 당시 유대인들에게 누룩은 좋은 이미지가 아니었습니다. 우리에게 누룩은 빵을 부풀게 하는 효소이니까 아주 좋은 것이지요.

그런데, 당시 유대인들에게는 누룩은 악의 상징으로도 사용되었다고 합니다. 누룩은 발효시켜서 부풀게 만드는 특징을 갖고 있지요. 유대인들은 그것을 부패와 연결하려 악이 번져나가는 이미지를 떠올렸기 때문에 악의 상징으로 보았던 것이지요.

이렇게 문화와 관습, 사물을 보는 관점에 따라 이해의 폭은 전혀 다르게 됩니다. 이제 예수님께서 누룩을 조심하라는 말씀을 조금 알아듣게 되지요? 바리사이들과 헤로데를 대표하는 정치 권력의 핵심에 있는 사람들의 잘못된 구세주관을 조심하라는 말씀입니다.

오늘날 우리가 조심해야 할 또 하나의 누룩은 무엇보다 T. V 광고물들의 누룩이 아닐까 생각됩니다. 이러저러한 물건을 가지면 당신을 행복하게 해줄 수 있다고 속삭이고 있는 광고 선전은 우리가 조심해야 할 대표적인 누룩입니다. 거기에 매이면 참 진리의 말씀, 참 생명을 주시는 예수님의 말씀은 별로 중요하지 않습니다.

예수님의 말씀은 그때 그 순간뿐 곧 잊어버리고 마는 하찮은 것으로 전
락하고, 물질적인 풍요가 우리를 행복하게 해줄 것이라는 현대판 구세주관
을 갖게 됩니다. 현대는 거기에 너무 속기 쉬운 세상입니다. 그러나 우리는
속지 맙시다. 야고보서는 우리에게 들려줍니다.

"속지 마십시오. 온갖 훌륭한 은혜와 모든 완전한 선물은 위로부터 오는
것입니다."

오늘 우리는 예수님의 말씀, '바리사이들의 누룩과 헤로데의 누룩을 조
심하라'라는 말씀을 새겨듣고 마음 깊이 간직하도록 해요.

선유도

제가 중국에서 돌아왔다고 바이칼 팀에서 번개를 가졌습니다. 물론 신선이 노닐었다는 군산의 선유도가 아닙니다. 한강의 선유도입니다. 한강의 선유도는 원래 선유봉이라고 불리었다고 합니다. 조선 시대에 선유도는 한강의 아름다운 경치를 이루는 명소 중의 하나였답니다.

일제 강점기인 1925년 대홍수가 났고, 그 이후 선유도의 암석을 채취하여 한강의 제방을 쌓는 데 사용하게 되었다고 합니다. 다시 말해, 홍수를 막고, 길을 포장하기 위해 선유봉의 아름다운 암석이 깎여져 나가면서 봉우리는 없어지고, 밋밋한 섬이 되어, 선유봉이 선유도가 된 것이지요.

다행히 서울시는 2002년 4월 선유도를 재활용 공원으로 새로운 모습으로 등장하게 된 것입니다. 제가 재활용 공원이라고 강조하는 것은 정수장의 구조물과 건물을 재활용하여 휴식과 함께 자연환경의 중요성을 느끼고, 배울 수 있는 환경교육의 장으로 조성한 것이 마음에 드는 까닭입니다.

저는 처음에 공원으로 조성되었다고 하여, 꼭 한 번 들린 적이 있지만,

10년 동안 그 곁을 지나면서도 한강 선유도라는 존재 자체를 잊고 살았는데, 바이칼 팀 덕분에 등잔 밑이 아름답다는 것을, 새삼 알게 되었지요. 선유도에서 가장 볼거리는 단연 '시간의 정원'입니다.

시간의 정원은 상징적인 의미를 담고 있는 이름처럼 느껴졌습니다. 시간의 정원은 계단 아래쪽의 정원 내부와 정원 위층에 만들어진 산책로를 통해, 서로 다른 전경과 느낌을 공유하도록 설계되었습니다. 옛날 정수장의 수로를 그대로 살리면서 산책로를 만들었어요.

위층의 산책로는 목재를 깔아 부드러운 질감을 살렸고, 천천히 걸으니 아래부터 뻗어 올라온 키 큰 나무들이 나란히 따라 걷는 느낌이었습니다. 우선 작은 대나무 숲이 인상적이었습니다. 어떤 할아버지가 안내를 맡은 그룹과 어우러지게 되어, 그 할아버지의 설명을 듣게 되었지요.

그 할아버지가 대나무가 나무인지, 풀인지를 물었지요. 우리 중에 한 사람은 나무라고 하고, 한 사람은 풀이라고 했고, 한 사람은 나무도 아니고 풀도 아니라고 했지요. 나무도 풀도 아니라고 한 말은 윤선도의 오우가에 나오는 구절이지요. 그 할아버지는 웃으시면서 윤선도의 오우가를 읊어 주었습니다.

나무도 아닌 것이 풀도 아닌 것이
곧기는 뉘시기며 속은 어이 비었느냐
저렇게 사시(四時)에 푸르니 그를 좋아하노라

할아버지는 나무는 모두 나이테가 있는데, 대나무는 텅 비어 있으니, 나무라고 할 수 없고, 풀이라고 하기에는 나무처럼 크다고 하였지요. 그 할아버지가 대나무는 불과 며칠 사이에 훌쩍 크고 더 안 크고 그대로 푸름을 유지한다고 했는데, 제가 알기로는 그런 종류의 대나무가 있지, 모든 대나무가 그런 것은 아닙니다.

그 할아버지는 청산유수로 사군자에 대해 풀어주시기도 했지요. 왜 사군자라고 불리게 되었는지, 대나무는 왜 사군자에 속하는지 등에 대해 좋은 설명을 들었습니다. 대나무는 곧게 자라니까 전통적으로 강직한 선비의 상징으로 사군자의 하나가 되었답니다.

시간의 공원을 지나면 나타나는 것이 정수된 물을 담아두던 정수지의 기둥 흔적이 그대로 남아 있는 '녹색 기둥의 정원'입니다. 정수지의 콘크리트 상판 지붕을 들어내고 기둥만을 남겼는데, 그 기둥들에 푸른 담쟁이를 심어 녹색 기둥이 된 것이지요. 일행 중에 한 사람이 모델이 되어 녹색 기둥 옆에 섰습니다.

우리는 녹색 기둥 정원 옆 벤치에 앉아 오래 담소를 나누었습니다. 선유도에는 박물관이 있어, 한강의 역사와 변천을 돌아보게 해주었습니다. 다음은 선유도의 또 하나의 상징이라고 하는 선유교입니다. 무지개 모양의 미관을 갖춘 아치형의 다리로 프랑스 건축가에 의해 설계되었다고 하네요.

우리나라에도 감각이 뛰어난 건축가들이 많을 텐데 한강의 다리를 왜 하필 프랑스 설계가가 했나 하는 생각은 듭니다. 무지개 모양이라 무지개 다리로도 일컬어지는 선유교는 교량 아래에서 빨강과 노랑·초록·파랑 등 4가지 빛으로 조명을 비추어 야간에 더욱 아름답다고 합니다. 언제 야간에도 한 번 와 보아야 하겠습니다.

부부 - 복음적 향기와 빛

오늘 복음의 시작이 바리사이들이 다가와 예수님을 시험하려고 이유가 있으면, 부부가 서로 헤어져도 되느냐고 묻는 물음입니다. 바리사이들이 참 교활합니다. 만약 예수님께서 부부가 어떤 이유로 헤어져도 좋다고 하면, 예수님 당신이 사람들에게 가르치는 사랑에 모순이 되는 것입니다.

부부가 헤어지면 안 된다고 하면, 모세 법에 적당한 이유가 있으면 이혼장을 써 주고 아내를 버려도 되는 것으로 쓰여 있습니다. 그것은 모세 법을 어기는 것이 되니까 예수님께서 어떻게 대답해도 그들은 트집을 잡는 것이지요. 바리사이들은 생트집에는 도가 텄습니다. 다른 좋은 일에 도가 텄으면 좋으련만!

예수님께서는 모세 법에 앞서는 창세기에 나오는 근본적인 창조주 하느님의 말씀을 인용하시면서 그들의 잘못된 생각을 지적하시며 가르침을 주십니다. 우리는 창세기에서 "이리하여 남자는 어버이를 떠나 아내와 합하여 한 몸이 되었다"라는 구절을 듣습니다.

"떠나다.", "합하다.", "한 몸을 이루다."는 말은 혼인의 본질을 이루는 세 가지 요소입니다. 떠난다는 것은 부모로부터의 정신적 자유를 의미하며, 동시에 자유로운 결단을 의미합니다. 한 몸을 이룬다는 것은, 몸과 마음이 하나가 된다는 것입니다.

오늘 복음에서 예수님께서는 창세기에서 드러나는 혼인의 본질을 분명히 하시면서 혼인의 불가해소성과 절대성을 강조하십니다. 하느님이 짝지어주신 것을 사람이 갈라놓아서는 안 된다고 하십니다. 왜 그렇습니까? 왜 안 되는 겁니까? 그 이유는 혼인이 하느님의 축복으로 이루어졌기 때문입니다.

부부 두 사람이 어떤 연유로 서로 사랑하게 되었고 서로를 자기 짝으로 택하였다고 하더라도, 근원적으로는 두 사람이 서로를 택한 것이 아니라 하느님이 두 사람을 택한 것입니다. 하느님께서 부부로서의 연을 맺게 하시고 서로 사랑하고 도우며 이웃에도 복음적 향기와 빛을 나누어 주며 자녀들을 낳고 기르도록 부르신 것입니다.

하느님께서 택해서 맺어 주신 것을 우리 인간이 마음대로 헤어져서는 안 됩니다. 그것은 하느님의 뜻을 저버리는 겁니다. 사랑은 하느님의 끊임없는 부르심이며, 결혼 생활이 이 부르심에 대한 응답이요, 하느님께 그리고 서로에 대한 헌신입니다. 그리스도께서는 당신 교회를 결혼 안에서의 사랑으로 비유하셨습니다.

이것은 단순한 비유가 아니라, 그리스도의 사랑이 결혼하는 그리스도인들 안에서 드러나는 실재이기도 합니다. 여러분들, 모두 결혼하셨거나 하실 것이니까 이것을 분명히 알아야 합니다. 결혼 생활에 기쁨만 있는 것이 아니지요. 여러분들, 신혼이라는 말이 무슨 의미인지 아세요?

넌센스 퀴즈로 말입니다. 한 사람은 신나고, 한 사람은 혼나는 거래요. 사실 한 사람만이 아니라 두 사람 모두 결혼 생활은 신날 때도 있지만, 혼날 때도 많습니다. 결혼 생활 안에서 그리스도께서 교회를 세우시기 위해 겪으셔야 했던 시련을, 부활의 영광이 있기 전에 당신이 걸으셔야 했던 십자가의 길을 걸어가게 됩니다.

우리가 그리스도인인 이상은 어쩔 수 없이 그분이 가신 길을 따라야 합니다. 두 사람의 부부로서의 결혼에로의 부르심에는 두 사람이 나누는 사랑과 기쁨뿐만 아니라 그리스도께서 겪으셨던 고통과 인내도 포함하고 있다는 것을 알아야 하고 늘 잊지 말아야 합니다.

그런데 어떻습니까? 우리는 조금 어려움만 있어도, 서로 의가 상하는 작은 일이 생기도 작은 다툼을 하고도 우선 "이렇게는 못 살아." 하며, 이혼부터 생각합니다. 왜 그렇습니까? 근본적으로 결혼이 하느님이 맺어 주신 것이라는 사실, 하느님의 축복이라는 사실을 잊고 살기 때문입니다.

여러분들, 결혼 때의 서약을 기억하십니까? 예식 안에서 여러분들이 했던 누구는 누구를 남편으로 맞이하여, 누구는 누구를 아내로 맞이하여, 즐거울 때나 괴로울 때나, 성하거나 병들거나, 일생 서로를 사랑하고 존경하고 신의를 지키기로 약속한다는 거룩한 서약입니다. 다 잊어버렸지요?

결혼 생활은 처음에는 분명 장미의 아름다움으로 피어나고 모든 것이 환상적입니다. 그러나 "괴로울 때나, 병들거나"라는 말 안에는 장미의 아름다움뿐만 아니라 가시가 있다는 것도 우리에게 상기시켜 줍니다. 두 사람 사이의 관계뿐만 아니라 다른 사람들과의 관계에서도 어려움을 겪게 될 수 있습니다.

결혼은 성장에로의 부르심입니다. 개인적인 성장뿐 아니라, 서로의 관계 안에서 놀라운 성장을 체험합니다. 내적 성장을 통해 서로의 일치가 더 돈독해질 때, 그것이 바로 하느님의 사랑을 증거하는 것입니다. 여러분들에게 어떻게 서로 사랑해야 하는지를 생각하게 하는 예화 하나를 들려드립니다.

한 총각이 처녀를 미칠 듯이 사랑했습니다. 어느 날 더 이상 견딜 수 없게 된 그는 밤늦게 연인의 집의 문을 두드렸습니다. 처녀가 그에게 물었습니다. "당신은 누구신가요?" 그가 대답했습니다. "나요" 그러자 방 안에서 처녀가 대답했습니다. "이 방은 좁아요. 한 사람밖에 들어올 수가 없답니다. 가세요!"

그는 슬픔을 잊기 위해 세상을 떠돌아다녔습니다. 그는 처녀가 왜 자기를 거절했는지 알 수가 없었습니다. 더구나 그 처녀도 자기를 사랑하는 게 분명한데. 몇 년을 떠돌아다니다가 어떤 깨달음이 왔습니다. 어느 날 밤늦게 그는 다시 처녀의 방문을 두드렸습니다. "누구요?" 하고 안에서 처녀가 물었습니다.

그가 대답했습니다. "당신입니다" 그러자 문이 열리고 연인이 뛰쳐나와 그를 껴안았습니다. "당신을 오랫동안 기다렸어요." 이 이야기는 참으로 서로 사랑할 때 부부는 이제 더 이상 둘이 아니라 하나가 되어야 한다는 것을 잘 보여주고 있습니다.

집회서와 지혜의 말씀

　매일 미사를 드리거나, 적어도 매일 미사의 독서를 읽어보시거나, 나아가 독서와 복음을 읽고 묵상을 하시는 분들은 지난주 월요일부터 듣는 집회서의 말씀들이 마음에 남아 여운을 주리라고 생각합니다. 집회서는 개신교에서는 정경으로 받아들이지 않지만, 천주교에서는 제2 정경으로 받아들이는 지혜문학서 중 하나이지요.

　집회서는 하느님 안에서 지혜를 추구하고 전통 신앙을 지켜나갈 것을 말하는 아주 중요한 내용을 담고 있습니다. 하여 부활 시기가 끝나고 연중시기가 시작되면서 교회는 거의 열흘 동안 집회서의 말씀을 듣도록 배려합니다. 집회서는 지난주 삼위일체 축일에 들은 잠언과는 어떤 차이가 있을까요?

　잠언이 우리 인간 삶에 필요한 윤리의 기준을 제시하며, 착하게 살면 축복을 받고 그렇지 않으면 벌을 받는다고 가르치는 이스라엘의 윤리 교과서입니다. 반면 집회서는 단순히 인생의 윤리문제를 넘어서, 사후세계를 포함한 신앙의 문제를 주로 다루며 하느님 안에서의 의로움과 올바름을 가르치는 지혜서입니다.

우리가 세상을 살면서 겪게 되는 여러 가지 어려움을 만나게 될 때, 하느님께 신뢰를 두는 신앙인으로서 어떻게 사는 것이 올바른 길인지를 가르치는 지혜의 지침서라고 말씀드릴 수 있습니다. 그리고 집회서는 단순히 이스라엘 사람만을 위한 윤리 교과서가 아닙니다.

집회서는 다른 민족들을 위해 기도합니다. "모든 민족 위에 당신에 대한 두려움을 펼치소서." 여기서 하느님을 두려워한다는 것은 우리에게는 진정 바른 의미의 두려움이 필요하다는 뜻입니다. 두렵고 떨리는 마음, 나아가 공포와 전율이 아니라 하느님을 경외하는 마음, 아주 조심스럽게 살피는 마음이 필요합니다.

우리말로 두려움으로 옮긴 단어가 사실 원문에서의 깊은 의미는 조심스럽게, 세세하게 살피는 마음, 경외심을 말합니다. 사실 "두렵고 떨리는 마음으로"라는 표현의 번역은 원래 원문은 두 단어가 합쳐서 하나의 숙어가 되면서 그 뜻은 "세세하게, 조심스럽게"라는 의미입니다.

두 낱말을 따로 번역하여 "두렵고 떨리는 마음으로"로 옮겼고, 거기서 "공포와 전율"까지 느끼게 했다고 합니다. 오늘 복음의 상황은 참 많은 묵상을 하게 합니다. 예수님께서 제자들과 함께 예루살렘으로 올라가고 있습니다. 예수님께서 무엇을 하러 올라가십니까? 한 마디로, 예수님께서 죽으러 올라가시는 겁니다.

예수님께서 말씀하시잖아요. "거기에서 사람의 아들은 수석 사제들과 율법 학자들에게 넘겨질 것이다. 그러면 그들은 사람의 아들에게 사형을 선고하고 그를 다른 민족 사람들에게 넘겨 조롱하고 침 뱉고 채찍질하고 나서 죽이게 할 것이다." 이런 말씀하시는 예수님의 마음을 헤아려보십시오.

참 슬픔의 상황 아닙니까? 이런 상황에서 두 제자 야고보와 요한이 와서 청합니다. 한 사람은 우의정, 한 사람은 좌의정에 앉게 해 달라고 합니다. 참 한심하기 그지없습니다. 그런데 우리 마음 안에서 이 두 사람에 대해 화가 치밀어 오른다면, 자기 자신의 마음을 잘 보아야 합니다.

우리 마음 안에 열린 마음, 자비의 빛, 지혜가 없으면 그렇습니다. 오늘 화답송이 의미심장합니다. "주님, 당신 자비의 빛을 저희에게 비추소서." 우리 안에 자비의 빛이 없으면, 우리도 야고보와 요한처럼 들어도, 듣지 못합니다. 우리가 하느님을 경외하는 마음을 지니면, 야고보와 요한과 같은 엉뚱한 말은 하지 않게 되겠지요.

예수님의 마음을 조심스럽게 세세하게 살필 수 있다면, 예수님이 지니신 슬픔을 함께 나누며 그 슬픔이 구원을 위한 준비라는 것을 우리가 알 수 있겠지요. 우리에게 윤리 교과서인 잠언과 올바름을 가르치는 지혜서인 집회서, 모두 필요함을 다시금 묵상합니다.

친구 채준호 신부를 보내면서

　그제 너무나 황망한 소식을 받고, 정신이 멍해져서 겉 다르고 속 다른 사람이 되어 지냈습니다. 겉으로는 이곳 버지니아에서 사순 특강도 해야 하고 사람들을 만나야 하니까 멀쩡한 것처럼 보였겠지만, 속으로는 도대체 무엇을 어떻게 해야 할지 몰라 마음은 한없는 구렁을 헤매었습니다.

　채준호 신부는 이미 장상이 되고 3년이 채 되지 않아, 병이 들었었지요. 저는 친구로서 아프면서도 장상 일을 해야 하는 것이 너무 안타까웠고 속이 상했기 때문에, 그에게 장상 직을 3년만 하고 그만두라고 듣기 민망할 정도로 너무 솔직하게 충고를 해주었었지요. 그런데 채 신부는 그럴 수 없었지요.

　그 일이 결국 병을 키웠다고 생각하니, 안타까운 마음이 더 큽니다. 제가 오래된 메일의 파일을 찾아보니, 오래전 제가 보낸 편지에 응답한 답장의 편지가 있네요. 그 편지를 읽으며 다시 더 마음이 아프네요. 오래전부터 참 많이 힘들었구나, 생각하니 친구의 고통을 함께 나누지 못한 자괴감도 느껴지고요.

채준호 신부가 제게 보낸 편지 한 토막을 통해 그의 내면 안으로 들어가 그의 고통에 깊이 동참하고 싶어, 그의 편지 한 토막을 여러분들과 나눕니다.

친구로서 해주는 충고 고맙고, 어렵게 해준 충고를 마음으로 받아들이도록 노력해 보겠네. 보다 하느님과 일치할 수 있는 은총과 그리고 겸손해질 수 있는 은총을 청하면서. 그러나, 참 쉽지가 않구만. 이것도 하느님 안에서 혼자 풀어야겠지. 너무 많은 북이 동시에 울리니, 참으로 그 안에서 하느님의 북소리를 듣기가 어렵고, 그리고 참으로 외롭네.

나도 가끔은 그냥 나 자신이고 싶네. 물론 장상의 역할을 행해야 하는 한, 할 수 있는 만큼 하거나, 하지 않아야겠지. 그것도 사랑의 마음을 가지고 말이야. 그런데 사실은 무엇을 하지 않는 것이, 나로서는 더 힘드네. 기도해 주게. 그리고 제발 너무 많은 것을 기대하지 말게.

사람이 살아가면서 필요한 만큼의 은혜만 하느님이 주시는 것 같네. 이제 나이 50이 된 사람이 겪어나가야 하는 것이라고 생각하고, 그냥 침묵 안에서 겪는 중이네. 그렇기에 몸에 병이 나겠지. 자네 편지 읽으면서 한편으로는 정말 고맙네. 그러나 다른 한편으로는 아파서 누워있는 사람에게 왜 일어서지 않느냐고 야단을 맞고 있는 느낌이네.

마음 안에서 누구는 일어서고 싶지 않아서 일어서지 않는 것이 아니네. 최선을 다하려고 노력하지만, 그것이 여러 사람을 만족시킬 수가 없지. 나도 가끔은 위로받고 싶고, 이해받고 싶네. 너무 무리한 요구인지도 모르지만 말일세. 자네 말대로 하느님 안에서 일치할 수 있고, 보다 더 겸손해질 수 있도록 도와달라고 기도해 주게.

나로서는 참으로 매일 매일 매달릴 만큼 매달리고 있네. 여기서 더 매달리라고 하면, 그다음은 죽음이겠지. 그리고 부활이 오겠지. 자네 편지 읽으면서 아직 몸과 마음의 힘이 남아서 제대로 죽지 못하고 있는 상태인지도 모르겠다는 이미지가 아주 강하게 올라오네. 그래서 십자가에 달려 있으면서도 제대로 죽지 못하고 있는 불쌍한 상태인지도 모르지. 기도해 주게.

이 편지에서 채 신부가 이야기하듯이 그에게 말할 수 없는 고통이 있었고, 그다음은 죽음이 왔습니다. 그러나 그는 분명히 "그 다음에는 부활이 오겠지."라고 쓰고 있습니다. 이제 곧 부활이 오고 그에게, 채 신부에게 부활이 올 것입니다. 저는 그것을 확실히 믿습니다.

하여 마냥 슬퍼하며 주저앉아 있을 수는 없습니다. 그가 몸과 마음이 아프면서도 사람들에게 보여준 사랑의 삶을 살아야 할 것입니다. 다시 한번 제 친구 채 신부를 위해 그가 부활의 영광 안에서 주님과 영원한 행복을 누리도록 기도해 주실 것을 부탁드립니다.

하느님의 계시에 대한 인간의 응답

　오늘 우리는 본기도에서 하느님, 눈먼 이에게 빛을 주시고 고통받는 이에게 기쁨을 주시며, 억눌려 신음하는 이들에게 외아드님을 자비롭고 의로우신 사제로 보내 주셨으니, 저희가 모두 아드님의 모습에서 아버지의 사랑을 깨달아, 아버지를 바라보며 나아가게 하소서. 라고 기도합니다.

　오늘 복음과 독서의 말씀을 모두 아우르고 있는 내용입니다. 기적 뒤에는 하느님이 보여주시는 계시, 즉 은총이 있습니다. 항상 하느님이 먼저 시작하십니다. 우리가 응답으로 자신을 드러내 보여주기를 기다리십니다. 하느님께서 있는 그대로를 드러내기를 원하십니다. 하느님께서는 어떻게 당신 자신을 드러내 보여주시는가?

　오늘 복음에서 예수님께서 제자들과 많은 군중과 더불어 예리코를 떠나실 때에, 티매오의 아들 바르티매오라는 눈먼 거지가 길가에 앉아 있다가 "다윗의 자손 예수님, 저에게 자비를 베풀어 주십시오." 하고 외치기 시작하였습니다. 그는 더욱 큰 소리로 "다윗의 자손이시여, 저에게 자비를 베풀어 주십시오." 하고 외쳤습니다.

예수님께서 걸음을 멈추시고, "그를 불러오너라." 하셨습니다. 사람들이 그를 부르며, "용기를 내어 일어나게. 예수님께서 당신을 부르시네." 하고 말하였습니다. 그는 겉옷을 벗어 던지고 예수님께 갔습니다. 예수님께서 "내가 너에게 무엇을 해주기를 바라느냐?"라고 물으시자, 그 눈먼 이가 "스승님, 제가 다시 볼 수 있게 해주십시오." 하였습니다.

예수님께서 그에게 "가거라. 네 믿음이 너를 구원하였다." 하고 이르시니, 그가 곧 다시 보게 되었습니다. 그리고 그는 예수님을 따라 길을 나섰습니다. 잠시 이 대목을 묵상해 보십시오. 예수님께서 예리코에 들어가서 거리를 걷고 계십니다. 바로 하느님의 계시입니다.

하느님께서 먼저 당신 자신을 드러내십니다. 티매오의 아들 바르티매오라는 장님이 예수님이 지나가시는 것을 알고, "예수님, 저에게 자비를 베풀어 주십시오."라고 외쳤습니다. 예수님이 지나가시자, 그는 있는 그대로 자신을 드러냅니다. 예수님께서 물으십니다. "무엇을 해주기를 원하느냐?"

그가 대답합니다. "제가 다시 볼 수 있기를 원합니다." 예수님의 무엇을 원하느냐는 물음이 바로 하느님의 계시입니다. 그가 대답합니다. "다시 보고 싶습니다." 그가 무엇을 보기를 원합니까? 빛을 보기를 원합니다. 그가 누구에게 빛을 청합니까? 예수님께 빛을 청합니다.

예수님께서 "나는 세상의 빛이다."라고 말씀하셨습니다. 그가 빛이신 분에게 빛을 청했고, 그 순간 그는 볼 수 있었습니다. 빛이신 예수님께서 그에게 말씀하셨습니다. "가거라. 네 믿음이 너를 구원하였다." 그러자 그가 곧 다시 보게 되었습니다. 이것이 기적입니다.

우리는 이 기적의 의미를 깊이 묵상해야 합니다. 여기서 우리는 하느님과 인간이 서로를 드러내는 것을 보게 됩니다. 이 사건을 깊이 묵상해 보십시오. 이것이 누구의 이야기입니까? 우리는 이런 상황에서 누구에게 이야기합니까? 친한 친구에게 이야기합니다.

그 시각장애인은 도움을 받을 수 없는 상황에 놓인 우리를 상징합니다. 그런데 예수님께서 우리의 도움이십니다. 예수님께서 말씀하셨습니다. "가거라. 네 믿음이 너를 구원하였다." 그러자 그 사람은 곧 보게 됩니다. 우리는 이것을 기적이라고 부릅니다.

우리는 이 기적의 의미를 잘 묵상해야 합니다. 이것은 바로 하느님의 계시에 대한 인간의 응답입니다. 단순히 기적만을 볼 것이 아니라, 더 깊은 곳으로 내려가서 거기 서로를 드러내는 모습을 보아야 합니다. 많은 교부가 말합니다. "마음을 열어라!"

우리가 마음을 열어야 합니다. 우리가 하느님께 자신을 드러내면, 하느님께서 축복을 주십니다. 사마리아 여인이나 자캐오나 니코데모의 사건은 모두 하느님의 계시 앞에 자신을 드러내는 아름다운 순간들입니다. 그런데 한편 하느님의 사랑을 받는 사람들 가운데 빈손으로 돌아가는 사람들도 있습니다.

바라사이들입니다. 그들이 왜 빈손으로 돌아갑니까? 하느님께서 그들에게 당신 자신을 드러내시지 않기 때문이 아닙니다. 다만 그들은 하느님의 계시에 자기 자신들을 드러내는 것을 실패하였기 때문입니다. 우리가 할 수 있는 것을 다 해야 합니다. 그리고 기다려야 합니다.

예수님이 우리 삶의 주인이 되도록 해야 합니다. 하느님의 말씀이 우리 가족들을 어루만지도록 해야 합니다. 그러면 우리 가정에 평화와 일치가 찾아옵니다. 가정이 우선입니다. 가정에 평화와 일치가 있으면, 더 나은 그리스도인으로 살 수 있습니다. 가족뿐만 아니라 모든 사람을 받아들여야 합니다.

우리는 생각의 지평이 넓어져야 합니다. 깊은 차원에서 하느님의 말씀이 우리 깊은 곳을 어루만져야 합니다. 그러면 우리 삶이 윤택하게 만들 수 있습니다. 그렇게 해서 우리는 더 나은 그리스도인으로서 삶을 살게 됩니다. 우리 가정 배경을 생각해보십시오. 어떻게 그물을 깊은 물에 내릴 수 있는지를 생각해보십시오.

우리는 기도해야 합니다. 성경을 읽어야 합니다. 우리가 어떻게 가족들을 위해서 기도할 수 있습니까? 성 야고보는 원로를 청해서 기도하라고 말씀하셨습니다. 누가 원로입니까? 우리에게는 사제가 있습니다. 누가 사제입니까? 이 영예는 아론과 같이 하느님에게서 부르심을 받아 얻는 것입니다.

이처럼 그리스도께서는 대사제가 되는 영광을 스스로 차지하신 것이 아니라 그분께 "너는 내 아들, 내가 오늘 너를 낳았노라." 하고 말씀하신 분께서 그렇게 해 주신 것입니다. "너는 멜키체덱과 같이 영원한 사제다." 우리는 영원한 사제인 그분의 뒤를 따라 사제가 되는 모든 분에게 존경을 드리며 위로이신 그분을 따라갑시다.

카르페 디엠

"보라, 내가 문 앞에 서서 문을 두드리고 있다. 누구든지 내 목소리를 듣고 문을 열면, 나는 그의 집에 들어가 그와 함께 먹고 그 사람도 나와 함께 먹게 될 것이다."(묵시 3, 20)

"그러므로 내일을 걱정하지 마라. 내일 걱정은 내일이 할 것이다."(마태 6, 34)

주님께서 여러분의 방문 앞에 서서 문을 두드리고 계시는 장면을 떠올려 보십시오. 여러분의 방을 찾아오셔서 문을 두드리시는 그분에게 여러분이 어떻게 반응하는지 보십시오. 반갑고 기쁜지, 아니면 두렵고 떨리는지요? 얼른 문을 열어드리는지, 잠깐 기다리라고 하고 보여 드리고 싶지 않은 것을 감추고 있지 않으십니까?

주님은 누구든지 당신의 목소리를 듣고 문을 열면, 함께 먹고 마시며 잔치를 벌이시겠다고 하십니다. 주님께서 깨끗이 청소된 방을 보시기를 원하시는 것은 아니지요. 그냥 있는 그대로의 모습을 보여 드리고 함께 있는 것을 나눌 수 있으면 되지요. 주님은 우리에게 들려주십니다. "걱정하지 마라."

옛날 옛적에 어느 작은 나라에 아주 인자하고 선정을 베푸는 왕이 살았답니다. 그는 늘 백성들이 원하는 것이 무엇인지를 알고 백성의 편에서 이해하고 나라를 다스리고 싶었지요. 그래서 저녁이 되면 아무도 모르게 변장을 하고 나라를 두루 다녔답니다.

어느 날 한 초라한 농가를 찾아들게 되었는데 울타리도 없을 뿐만 아니라 대문이 활짝 열려 있었지요. 한 남자가 노래를 부르며 막 저녁을 들려는 참이었고요. 왕이 인기척을 내고 말을 건넸답니다. "지나가는 나그네올시다. 이 집에서는 나그네를 후히 대접하시는지요?"

그 남자가 크게 웃으면서 말했답니다. "물론이지요. 어서 오십시오. 나그네는 하느님이 보내 주시는 손님이고 선물인데 어찌 환영하지 않겠습니까? 마침 막 저녁을 하려는 참이었는데 잘 되었습니다. 함께 잔치를 벌입시다. 저는 늘 넉넉하게 음식을 준비하거든요."

그래서 둘은 검소하지만 정갈하게 차려진 소박한 잔치를 벌이면서 이야기를 나누는 사이에 금방 친구가 되었지요. 왕이 그 남자의 낯선 나그네에게 허물없이 대하는 열려 있는 마음에 놀라며 물었지요. "친구여, 그대는 무엇을 하시면서 사시는지요?"

"저는 구두 수선공이라오." 그 남자는 신이 나서 자기가 하는 일을 이야기했지요. "저는 매일 연장통을 어깨에 메고 읍내를 돌아다니면서 사람들의 구두를 고쳐 주지요. 그들이 몇 푼씩 주면 그것을 받지요. 저녁이 되면 그날 번 돈을 몽땅 털어서 시장에 가서 저녁거리를 사 들고 오는 겁니다."

이 말을 듣고 왕은 믿기지 않는다는 듯이 물었지요. "아니, 날마다 번 돈을 하나도 남김없이 다 먹거리에 써버린단 말이오? 장래를 위해 저축은 하지 않고요? 내일은 어떻게 하려고 그러시오?"

"주님이 말씀하시지 않았소? '내일 걱정을 내일에 맡기라'고요. 내일은 온전히 하느님의 손에 달렸다오." 그 남자는 아주 호탕하게 껄껄 웃으며 말했답니다. "주님께서 '일용한 양식'을 달라고 기도하라고 하지 않았소? 하루하루 필요한 것은 그분이 마련해 주시고 저는 날마다 그분을 찬양하는 거지요."

밤이 늦어 왕은 그 집을 떠나면서 내일 다시 와도 되느냐고 물었지요. "물론이지요. 손님은 주님의 선물인데 어찌 제가 환영하지 않겠습니까? 제 집은 언제나 누구에게나 열려 있답니다. 더구나 당신은 이제 제 친구이지 않습니까?"

왕궁으로 돌아온 왕은 그 친구를 시험해 보고 싶은 마음이 들어 계책을 세웠답니다. 이튿날 아침, 나라에서 발급하는 허가증이 없이는 아무도 구두를 수선하지 못한다는 포고령을 내걸었답니다. 저녁이 되어 그 친구의 집을 다시 찾은 왕은 그가 여전히 흥겹게 노래를 부르면서 저녁 준비를 하는 것을 보고 놀랐지요.

그는 놀라는 빛을 애써 감추고 물었지요. "친구여, 오늘은 무엇을 하고 지냈소?" "아, 어서 오시오. 함께 음식을 나누면서 이야기를 합시다. 국왕께서 허가증 없이 구두를 수선하지 못한다는 포고령을 내리셨다는 소문을 듣고, 우물에 가서 물을 길어서 필요한 사람들에게 주었지요. 그랬더니 사람들이 몇 푼씩 내놓기에 받아서 모두 저녁거리를 샀답니다."

"그래, 오늘도 번 돈을 남김없이 다 써버렸단 말이오? 만일 내일 물을 길어 팔지 못한다면 어쩔 셈이오? 그때는 무엇을 하려고 하시오?"

"내일 걱정은 내일 하면 되지요, 내일은 하느님 손에 달렸다오."

그는 목청을 높여 마치 노래하듯이 말했지요. "하루하루 필요한 것은 그분이 다 마련해 주시지요. 저는 그냥 그분을 찬양하기만 하면 되지요."

다음 날 아침이 되자, 왕은 다시 그 친구를 시험해 보기로 했답니다. 그래서 전령을 방방곡곡에 보내 남에게 물을 길어다 주는 행위도 위법으로 금한다는 포고령을 내렸지요. 그런 다음 저녁이 되어 다시 그 집을 찾아갔지요. 그는 여전히 흥겹게 노래를 부르며 잔치를 준비하고 있었지요. 왕이 말했지요.

"나는 오늘 아침에 국왕의 포고령 소식을 듣고 친구가 걱정이 되었지요. 그래, 오늘은 무엇을 하고 지내셨소?"

"난 오늘 우리 선하신 국왕의 새 칙령을 듣고 나무를 한 짐 해서 읍내에 내다 팔았지요. 사람들이 몇 푼 주기에 그것으로 이렇게 소찬을 준비한 것입니다. 자, 함께 먹고 즐깁시다."

왕이 답답한 심정으로 말했지요. "참 걱정이 되는 사람이로군요. 내일 당장 또 나무도 못하게 되면 어쩌려고 그러시오?"

"친구여, 내일 걱정은 내일에 맡기라고 하지 않았소? 내일은 하느님 손에 달렸다오. 그분께서 다 마련해 주십니다, 걱정하지 마시오."

이튿날에도 왕의 전령들은 바빴지요. 이번에는 한 번이라도 나무를 판 적이 있는 모든 나무꾼은 즉각 왕궁에 자진 신고하고 왕의 군대에 복역해야 한다는 포고령이 내려졌지요. 그도 왕명에 복종하여 자진 신고하고 온종일 훈련을 받았지요. 저녁이 되자 한 푼도 없이 집에 돌아올 처지였지요.

훈련을 받으면서 썼던 칼은 집으로 가져가도록 허락을 받았지요. 그는 돌아오는 길에 전당포에 들려 칼을 맡기고 돈을 받아 저녁거리를 사 들고 와서 또 작은 잔치를 준비하고 있었답니다. 칼집은 맡기지 않고 가져 왔고요. 집에 와서 나무로 칼을 만들어 칼집에 넣어 두었지요.

저녁이 되어 다시 찾은 왕은 그에게 하루 지낸 이야기를 듣고 걱정스러운 얼굴로 물었지요. "내일 검을 검열받으면 어쩌려고 그렇게 하셨소?"

"내일은 하느님의 손에 달렸다오. 그분께서 다 배려하여 마련하실 것입니다."

아침이 되어 다시 훈련을 받으러 나가자 왕궁 수비대 대장이 마침 그를 지목하여 오늘의 임무로 형 집행인을 하라고 명령을 했답니다. "자네에게 오늘 사형선고를 받은 죄수의 목을 베는 임무를 준다. 자네의 칼로 여기 이 자의 목을 베도록 하라."

"대장님, 저는 아직 한 번도 사람의 목숨을 해쳐본 적이 없는 사람입니다. 제발 이 일만은 저에게 시키지 말아 주십시오."

대장은 소리를 질렀지요. "여기는 군대이고 이것은 명령이다. 시키는 대로 해라." 일행이 사형장으로 가는 동안에 그의 마음은 괴롭기 짝이 없었지요. 드디어 형을 집행해야 하는 순간이 되자, 그는 한 손에 칼자루를 쥐고 다른 한 손은 하늘을 향해 높이 들어 올리고 기도를 드렸답니다.

"전능하시고 자비로우신 하느님, 죄 있는 자와 죄 없는 자를 판단하실 수 있는 분은 오로지 당신 한 분뿐이십니다. 만일 이자에게 죄가 있다면, 제 칼에 날을 세워 주시고 제 팔에 강한 힘을 불어넣어 주소서. 하오나 만약 이 자가 무고한 자이라면, 제 칼이 나무토막으로 변하게 하소서."

그런 다음에 그는 천천히 아주 극적인 동작으로 칼을 칼집에서 뽑아 들었지요. 사람들이 칼을 보니 놀랍게도 칼날은 나무로 변해 있었지요. 이 광경을 줄곧 지켜보던 왕은 자기의 친구에게로 달려와서 자신의 신분을 밝히고 말했답니다.

"오늘부터 그대는 나에게 와서 나와 함께 먹고 마시게 될 것이오. 어제까지 내가 그대의 손님이었지만 이제 그대가 나의 손님이 되어 주오. 함께 잔치를 벌입시다. 하고 싶은 말이 있소?"

그는 크게 웃으며 대답했답니다. "폐하, 제가 드릴 말씀은 주님께서 모든 것을 마련해 주셨다는 것과, 이제 제가 폐하와 함께 날마다 그분을 찬양하게 되리라는 것뿐입니다."

"내일 걱정은 내일에 맡겨라."

참 쉽지 않은 말입니다. 다만 성경에 쓰여 있는 말일 뿐이지 현실은 그렇지 않다고 말씀하시면 사실 항변할 말이 별로 없지요. 그럼에도 불구하고 제 짧은 삶의 경험을 통해 얻게 되는 것은 실제로 내일을 걱정한다고 해서 도움이 되는 것이 없다는 것이지요.

우리가 열심히 이런저런 일을 하지만, 결국 일을 이루시는 분은 그분이라는 깨달음에 이르게 되지요. 정말 중요한 것은 오늘이지 내일은 아닙니다. 사실 내일이라는 것은 다만 개념일 뿐이지 없지요. 내일은 다시 오늘이니까요. 오늘에 충실하면 그것으로 족한 것이 우리네 인생이 아닐까요?

어느 가게에서 광고를 써 붙였답니다. "내일은 이 상품은 공짜로 드립니다."

한 사람이 그 물건을 사려다가 아, 내일 오면 공짜로 준다니 기다려서 내일 가야지, 하고 그 다음날 가서 공짜로 달라고 했답니다. 그 가게 주인이 웃으면서 "내일 오시면 공짜로 드린다고 했지요. 오늘은 돈을 내셔야 합니다."

내일은 영원히 없습니다. 내일이 되면 다시 오늘이지요. 카르페 디엠은 로빈 윌리엄스 주연의 '죽은 시인의 사회'라는 영화에서 나오면서 일반적으로 많이 알려졌지요. '오늘을 잡다'에서 '현재를 즐겨라'라는 뜻이지요. 키팅 선생님을 위해 책상 위로 하나둘씩 올라갈 때의 감동은 잊지 못할 것입니다.

간단히 줄거리를 소개하면 다음과 같습니다. 1959년 전통과 규율을 강조하며 졸업생의 80%를 미국의 명문대에 입학시키는 최고를 추구하는 사립 웰튼 고등학교에 새로 부임한 국어 선생 키팅은 다른 분이지요. 그는 학교의 명예나 학생들의 부모에게서 벗어나 스스로 꿈을 찾아주기 위한 다양한 노력을 기울입니다.

최고의 권위를 지닌 학자이며 박사가 쓴 교과서를 틀렸다고 찢게 하는 키팅 선생은 학생들에게는 참 인생의 등대가 되어 줍니다. 정말 자신이 무엇을 원하는지도, 또한 자신이 지닌 재능이 무엇인지도 모르는 채 늘 부모의 강압으로 의사나 변호사 등을 추구하는 학생들은 놀라운 충격으로 키팅 선생의 가르침을 따르게 되지요.

키팅 선생은 학생들에게 부모에 의해 내일 정해진 길을 따라가기보다는 현재의 자신을 바라보고 그 꿈을 키워가라고 가르칩니다. "카르페 디엠" 현재를 즐기라는 그의 역설은 최고에 갇혀 자신들이 까맣게 잊고 지내던 어린 시절의 꿈들을 하나둘씩 찾기에 이르게 됩니다.

녹스는 사랑하는 여자에게 사랑을 고백하기 위해 시를 쓰고, 닐은 하고 싶었던 연극 공연의 주연을 맡아 뒤늦게 찾은 열정으로 연극에 몰두합니다. 닐과 녹스를 비롯한 몇몇 학생들은 키팅 선생의 발자취를 따라 숲속 동굴에 모여 '죽은 시인의 사회'란 비밀 클럽을 조직하고 서로 시를 낭송하고 우정을 나눕니다.

'죽은 시인의 사회'를 기억하며 다시 한번 생각합니다. 삶에서 정말 중요한 것은 무엇인지를. 바로 내일이 아니라, 오늘이 아닐까요? 오늘을 즐기고, 주님을 찬양합시다.

아버지와 아들

오늘 박동규 교수가 1999년에 썼던 '가난은 아버지 가슴에 별과 시를 주었다.'라는 글을 다시 읽었습니다. 그 글의 일부를 여러분과 함께 나눕니다.

어느 해 겨울이었다. 아들을 낳아 조금 넓은 방으로 이사를 가야 하는데 돈이 없어서 쩔쩔매고 있었다. 어느 일요일 집에 들르니까 아버지가 '방을 넓혀야 할 텐데' 하고 걱정을 하셨다. 내가 '증권사에 다니는 친구가 저녁에 번역할 거리를 준다고 했어요.' 하고 대답했다. 그러자 아버지는 안색이 나빠지면서 '그런 일 하지 마라.' 하고 말렸다.

그러고는 한참 후에 이런 이야기를 들려주셨다. 아버지가 중학교 이 학년 겨울, 자취방의 방세를 내지 못하자 집주인이 나가라고 했다는 것이었다. 할 수 없이 고향에 내려가 기차 통학을 하겠다고 담임선생님에게 말씀을 드렸더니 담임선생님이 몇 시간씩 기차를 타고 어떻게 공부를 하겠느냐?고 하면서 학교 온실에서 지내라고 하셨다.

아버지가 온실에 가마때기를 깔고 누워 보니 유리창 위로 별들이 보이고 그 별들은 가슴에 와서, 이야기하더라는 것이었다. 아버지는 이 말씀 끝에 "이놈아, 내가 유리창 너머로 보이는 별을 보며 내 신세가 가련하구나! 했으면 지붕이 있는 집에 살 수 있는 사람이 되려고 했겠지.

그러나 나는 별들이 속삭이고 가는 이야기를 글로 쓰려고 했으니 시인이 되었지."라고 하셨다. 나는 아버지가 시인이 된 것은 온실 가마니 위에 누워 지붕이 없음을 한탄하기보다는 아름다운 별을 볼 수 있었기에 시인이 된 것이라고 생각했다. 그리고 내 갈 길을 찾았다.

이제 아버지가 가신 지도 이십 년이 지났다. 그러나 아들인 나는 아직도 살아 계신 아버지, 내 곁에서 나를 지켜주시는 아버지만 생각하기에 내 기억의 회상도 그쪽으로만 흘러갔음을 밝히지 않을 수 없다.(1999년 5월)

'나그네'라는 시로 우리들의 가슴에 남아 있는 시인 박목월 선생과 중학교 교과서에 실려 있는 수필 '내 생애 가장 따뜻한 날들'의 박동규 교수는 아버지와 아들입니다. 학생 시절 시험을 보기 위해서도 딸딸 외워야 했던 청록파 시인 박목월. 향토적 서정을 간결하고 선명하게 노래한 그는 시만큼이나 아름다운 사람이었습니다.

지난해 박동규 교수는 아버지와의 추억을 담은 에세이집 '아버지와 아들'을 냈습니다. 그가 아버지 박목월 시인에 관한 일화를 소개했지만, 아버지에 관한 이야기를 한 권의 책으로 묶은 것은 처음이었습니다. 박 교수는 책의 서문에서 "아버지의 실상을 진단하지 못하고 나도 떠나게 되는 것이 아닌가 하는 걱정"이라고 썼습니다.

"세월이 아무리 흘러도 변하지 않는 자식 사랑과 부모를 가슴에 품고 사랑하는 부모 사랑의 원형을 아버지 사이에서 밝혀보려고 했다"라고 덧붙였습니다. 아버지와 아들의 일기와 산문 등이 함께 실린 '아버지와 아들'에는 한 가족이 세대를 뛰어넘어 어떻게 소통하고 살았는지가 잘 나타나 있다는 평가를 받고 있습니다.

그가 그리고 있는 아버지 박목월 선생은 참으로 따뜻하고 아름다운 분입니다. 식사하려고 가족이 모이면 큰아들인 자기부터 시작해서 막내까지 자식들 머리를 다 쓰다듬고 나서야 식사를 했다고 합니다. 박동규 교수는 "표를 살 돈이 없는 아버지는 개구멍을 발견하면 얼른 아들을 들여보낸 뒤 그 앞에 내내 지키고 서 있었다."라고 회고합니다.

가난한 시인이었던 아버지는 자식들에게 마음대로 책을 사주지 못하는 것을 늘 안타까워하셨다고 합니다. 그런데 어느 해 어린이날 보자기에 싼 만화책을 건네주시며 "책이라는 것은 마음의 양식을 키우는 것이지."라고 하셨고, 지금도 그는 이 어린이날을 잊지 못하고 있다고 합니다.

그 아버지는 가난했지만, 인정도 많았고 품도 넉넉했답니다. 어느 날은 집에 도둑이 들었답니다. 집을 털려던 도둑을 붙잡았는데 아버지는 그 도둑을 앉혀 두고 네 시간이나 이야기를 나눈 뒤에, 돈을 손에 쥐어주며 돌려보냈답니다. 사정을 들어보니 그 도둑은 어머니가 병환이 나서 먹을 것을 구하러 들어왔다고 합니다.

박목월 시인은 시에서 느끼는 것처럼 정갈한 사람이기도 했습니다. 그는 산문은 만년필로 썼지만, 시는 꼭 연필을 깎아 썼다고 합니다. 아버지는 "연필을 깎으며 마음을 가다듬게 되지. 어떻게 마음가짐을 하느냐에 따라 다른 길이 열리는 거야."라는 말을 들려주었다고 합니다.

유리창을 통해 하늘이 보이는 온실에서 별을 보며 자신의 처지를 가련하게 생각하지 않고 별들이 속삭이는 이야기를 듣고 시를 쓰려고 생각했던 시인 박목월 선생의 어린 시절의 일화를 들으며, 저는 우리에게 주어진 어떤 상황도 그것을 바라보는 시각에 따라 달라질 수 있다는 사실에 새삼스럽게 경탄하게 됩니다.

감옥의 창살을 통해서도 캄캄한 어두운 밤만을 보는 사람이 있는가 하면 그 어두운 밤을 밝히는 별을 바라보는 사람이 있습니다. 가난이 오히려 아버지의 가슴에 별과 시를 주었다고 말하는 아들 박동규 교수는 그 아버지를 통해 자기의 갈 길을 찾았다고 합니다.

많은 아버지가 아들에게 높은 지붕이 있는 집만을 마련해 주려고 하는 세상입니다. 그러나 이십 년이 지나도 별과 시로 가슴에 남아 있는 아버지가 될 수 있다면! 우리가 자식들에게 삶에서 진정으로 소중한 것이 무엇인지를 보여주고 갈 길을 가르쳐 줄 수 있는 아버지가 되는 것이 더 현명하고 지혜롭지 않을까요?

제 **9** 장

하느님 그리고 시

씨 뿌리는 사람의 비유

　예수님께서는 누구십니까? 우리의 부족한 부분을 채워주시는 분이십니다. 예수님께서는 우리 마음의 문을 두드리십니다. 그분이 두드리시는 문이 열리기 위해 우리 마음의 문을 열도록 합시다. 그분께서 말씀하셨습니다. "구하여라, 그러면 얻으리라."

　오늘 복음은 '씨 뿌리는 사람의 비유'입니다. 흙과 씨의 비유입니다. 흙도 좋은 흙이고 씨도 좋은 씨입니다. 중요한 것은 어떤 땅에 그 씨가 뿌려지느냐 하는 것입니다. 우리의 땅, 그것이 문제입니다

　첫째, 길가가 있습니다.

　둘째, 돌밭이 있습니다.

　셋째, 가시덤불이 있습니다.

　마지막으로 좋은 땅이 있습니다. 여기서 씨는 무엇이고, 우리의 땅은 무엇을 상징합니까? 씨는 바로 하느님의 말씀이고, 땅은 우리의 마음입니다. 땅이 중요합니다. 씨는 이미 좋은 씨입니다. 문제는 땅입니다.

첫째, 길가를 살펴봅시다. 길가의 모습을 그려보십시오. 길은 사람들이 많이 다닙니다. 그래서 딱딱하게 굳어져 있습니다. 길가는 하느님의 말씀을 별로 상관하지 않는 사람을 가리킵니다. 많은 사람이 하느님의 말씀이 내 삶과 별로 상관이 없다고 생각합니다.

하느님의 말씀이 우리 삶에서 어떤 역할을 합니까? 길가에 씨가 뿌려진 사람은 하느님의 말씀이 우리 삶에 아무 역할도 하지 않는다고 생각합니다. 그렇기에 하느님에 대한 의무를 소홀히 합니다. 우리 삶은 순전히 우리에게 달려 있다고 생각합니다. 우리 삶은 우리 몫이니까 우리 마음대로 할 수 있다고 생각합니다. 그들은 자기 자신에게 만족합니다.

둘째, 돌밭을 살펴봅시다. 돌밭에는 흙이 조금밖에 없습니다. 흙은 좋은 흙입니다. 그래서 씨를 뿌린 후 금방 싹이 움을 틉니다. 그러나 태양이 그 돌밭에 내리쬐면 뿌리가 깊지 않기 때문에 금방 그 싹이 시들게 됩니다. 이 사람은 처음에는 하느님의 말씀을 금방 받아들이는 사람입니다.

감정이 아주 풍부한 사람입니다. 그런데 삶에서 위기가 오면 쉽게 믿음이 사라지는 사람입니다. 피정을 할 때는 기쁨이 넘치고 새로운 결심을 합니다. 그런데 일상 삶으로 돌아가면 그 기쁨에서 했던 결심들이 금방 시들해집니다. 햇볕이 내리쬐면 금방 시들어 버리는 싹과 같습니다. 그런 사람의 마음은 돌밭과 같습니다.

셋째, 가시덤불입니다. 흙은 좋습니다. 씨앗이 쉽게 잘 자랍니다. 그런데 어떤 일이 일어납니까? 가시덤불이 싹을 조여 옵니다. 무엇을 상징합니까? 좋은 의향을 지녔지만, 세상의 쾌락에 숨이 막히는 것을 상징합니다. 쉽게 말해 삶의 태도가 좋지 않습니다. 매일 텔레비전만 보거나 인터넷에 중독되는 사람입니다.

우리 삶의 모습을 살펴보면 우리 마음가짐은 착합니다. 그렇지만 동시에 우리는 세상과 적당한 타협을 하기를 원합니다. 그런데 예수님께서 분명히 말씀하셨습니다. 우리는 두 주인을 섬길 수 없다고 하셨습니다. 한 번에 한 주인만 섬길 수 있습니다. 예수님이냐, 세상이냐의 선택입니다.

우리는 물론 예수님을 선택해야 합니다. 우리가 하느님을 선택하여 우리의 삶이 달라져야 합니다. 가시덤불과 함께 신자로서 사는 것이 어렵습니다. 세상과 타협하는 사람은 신자로서 사는 것이 어렵습니다. 진정한 그리스도인은 결코 세상과 타협하지 않습니다. 항상 진리를 위해 삽니다.

마지막으로 우리가 살펴볼 땅은 좋은 땅, 비옥한 땅입니다. 이 땅에서는 열매를 맺습니다. 그런데 그 추수의 정도는 각각 다릅니다. 어떤 땅은 30배, 어떤 땅은 60배, 어떤 땅은 100배의 열매를 맺습니다. 씨가 좋은 땅에 떨어졌습니다. 농사를 짓는 사람은 농부입니다. 하느님이 농부이십니다.

예를 들어, 밭농사를 짓는다고 생각해보십시오. 우선 딱딱한 흙을 부수면서 밭을 잘 고르어야 합니다. 거기에 있는 가시덤불이나 돌을 다 제거해야 합니다. 좋은 땅은 잘 준비를 한 땅입니다. 준비하는 것이 아주 중요합니다. 잘 준비해야 하느님의 말씀이 씨 뿌려졌을 때, 그것을 받아 싹을 틔우고 열매를 맺을 수 있습니다.

사실 우리가 할 수 있는 일은 이 준비뿐입니다. 나머지는 다 하느님이 하십니다. 우리는 땅을 준비하는 일만 잘하면 됩니다. 열매를 맺을 수 있으려면 많은 준비가 필요합니다. 어떻게 준비할 수 있습니까? 우리는 교회의 연장들을 사용하여 밭을 준비하면 됩니다.

무엇이 교회의 연장들입니까? 우선 성경이 있습니다, 그리고 성사가 있습니다. 여러 신심 행위들이 있습니다. 교회는 성체성사와 고백성사 등의 보화를 지니고 있습니다. 이것이 바로 우리가 성화되기 위해서 교회가 지닌 연장들입니다. 우리는 이런 연장들을 사용하여 흙을 준비해야 합니다. 씨를 받을 준비를 해야 합니다.

말씀드린 대로 씨는 하느님의 말씀이며, 하늘에서 내려오는 은총입니다. 그런데 이 은총을 잘 받기 위해서는 밑에서 올라가는 우리의 협조가 필요합니다. 은총과 우리의 협조가 서로 만날 때, 우리 안에 변화가 일어납니다. 씨는 하늘에서 내려오는 은총입니다. 우리는 그 씨를 받기 위해 밭을 준비해야 합니다.

우리 삶에 무엇이 필요합니까? 우리에게 가장 기본적으로 필요한 것이 무엇입니까? 최소한의 경제적인 여건입니다. 필요한 기본적인 여건이 갖추어져 있습니다. 우리 삶의 원천은 바로 예수님입니다. 예수님이 우리 삶의 기초입니다. 매일 매일 우리 삶에 필요한 것은 바로 예수님입니다.

추수를 살펴봅시다. 어떤 땅은 30배, 어떤 땅은 60배, 어떤 땅은 100배의 열매를 맺었습니다. 흙은 좋은 흙입니다. 씨도 물론 좋은 씨입니다. 그런데 왜 각각 다른 열매를 맺었는가? 왜 누구는 30배, 누구는 60배, 누구는 100배의 열매를 맺었는가? 저는 얼마 전 어느 일요일 영어 미사를 갔습니다.

스티븐이라는 철학과에 방문 교수로 온 인도 신부님이 집전하였는데, 철학자다운 강론이었습니다. 강론 중에 이런 말을 했습니다. "To be is to be related. To be related is to love. To love is to reach out in sacrifice and suffering."

산다는 것은 관계를 맺는다는 것이고, 관계를 맺는다는 것은 사랑한다는 것이고, 사랑한다는 것은 희생과 고통 중에서도 손을 내미는 것이랍니다. 섹스피어의 유명한 말을 연상시켜주었습니다.

"To be or not to be."

예수님이 'To be'인가, 아니면, 'not to be'인가? 우리가 손으로 만질 수 있는 모습으로는 분명히 'not to be'입니다. 그러나 우리의 기억 안에, 우리의 가슴 안에 'to be'입니다. 그는 'to be', 살아 있습니다. 살아 있다는 것은 관계를 맺는 것이라고 했는데, 우리는 그와 다양한 방식으로 관계를 맺고 있습니다.

관계를 맺는 것은 사랑하는 것이라고 했는데, 우리는 여전히 예수님을 사랑합니다. 사랑한다는 것은 손을 내미는 것이라고 했는데, 적어도 가족들 안에 살아 있습니다. 오늘 예수님이 우리 모두에게 바라는 것이 무엇일까를 생각했습니다. 결코, 슬픔이나 눈물이 아닐 것입니다. 아픈 추억도 어두운 그림자은 더욱 아닙니다.

다만 아름다운 미소로 서로 나누었던 사랑을 잊지 않으며, "To be" 하고, "To be related" 하고, "To love" 하고, "to reach out" 하는 것입니다.

영혼의 여정 - 어린 왕자

어린 왕자. 슬퍼서가 아니라 너무 아름다워서 눈물이 나오는 책입니다. 어린 왕자를 쓴 쎙떽쥐베리는 작가이면서 조종사였습니다. 1940년대, 사하라 사막과 안데스 산맥 상공의 외로운 하늘에서 장거리 비행을 하는 조종사였습니다. 비행 중 지중해 상공 어딘가에서 행방불명이 됩니다. 그분의 품으로 비행해 간 것입니다.

저에게 조종사의 이미지는 우리 그리스도인들을 상징합니다. 조종사들은 창공을 날다 보면 별들이 빛나는 아름다운 밤을 지나기도 하지만 난기류를 만나기도 하고 폭풍을 만나기도 하지요. 여러 가지 위험을 감수하고 시련을 겪으면서 황량한 상공을 비행하여 목적지에 도달해야 하는 사명감을 지니고 있습니다.

우리 그리스도인들도 그렇습니다. 하느님을 향해 가는 여정에서 때로는 푸른 초원을 지나며 은총이 넘치는 강물을 건너기도 하지만 때로는 황량한 사막을 지나기도 하고 깜깜한 밤을 걸어야 할 때도 있지요. 그런 여정 안에서 기쁨과 슬픔, 평화와 고독을 체험하면서 사랑의 삶을 살아나가는 것입니다.

쌩떽쥐베리의 마음속에 성서의 한 구절이 떠올라 그의 영혼을 휘감았습니다. 그 구절은 "사람이 만일 온 천하를 얻는다고 해도 그 영혼을 잃는다면 무슨 소용이 있겠는가?"라는 말씀이었습니다. 그는 그 구절을 깊이 묵상한 후 인간의 영혼을 위한 작품을 쓰게 되는데 그것이 바로 어린 왕자였습니다.

〈어린 왕자〉는 바로 사람들이 영혼을 되찾기를 바라면서 쓴 작품이기에 그토록 우리의 영혼을 매혹합니다. 그는 말했습니다. "사람이 하느님을 잃을 때 모든 것이 힘들어진다." 그는 또 이렇게 말하기도 했습니다. "인간에게 빵은 중요하다. 그러나, 사랑과 생에 대한 분별과 하느님을 아는 일은 그보다 더 중요하다."

예수 승천 대축일 독서에서 우리는 부활하셨던 예수님께서 사도들이 보는 앞에서 승천하셨는데 마침내 구름에 싸여 그 모습이 보이지 않게 되었다는 이야기를 들었습니다. 하늘만 쳐다보고 있는 사람들에게 흰옷을 입은 사람 둘이 나타나 말합니다. "그대들은 왜 여기에 서서 하늘만 쳐다보고 있는가?" 이것은 무슨 의미입니까?

하느님을 향한 삶의 여정에서 그 목표를 확인하기 위하여 우리는 때로 하늘을 바라보아야 합니다. 그러나, 하늘만 바라보는 것이 그분이 원하시는 것이 아니고 바로 그분이 사셨던 사랑의 삶을 살면서 그것을 이웃과 함께 나누어야 한다는 말씀입니다.

어린 왕자에 보면, 비행사가 나오지요. 작렬하는 태양 아래 무방비 상태로 펼쳐져 있는 사막에서 우물을 찾는 비행사는 바로 우리 그리스도인들이 걸어야 하는 여정의 모습입니다. 하늘만 바라보면서 그분이 물을 쏟아 주시기만을 바랄 수 없고 우리가 우물을 찾아야 합니다.

어린 왕자는 우리에게 들려줍니다. "사막이 아름다운 것은 어딘가에 우물을 숨기고 있기 때문이야." 우리가 신앙생활을 하면서 궁극적으로 바라는 것은 무엇입니까? 아마도 영혼의 목마름에 대한 해소, 영원에 대한 동경, 사랑에 대한 갈망, 바로 그분 하느님에 대한 추구이겠지요.

제가 오늘 강론에서 어린 왕자 이야기를 여러분들과 나누고자 하는 것은 이 〈어린 왕자〉야말로 어른의 세계에 대한 깊은 물음을 던집니다. 그러면서 우리들의 마음속에 살아 있는 어린 시절의 꿈을 통해 우리 삶에서 가장 중요한 것이 무엇인지를 우리에게 들려주고 있기 때문입니다.

우리 삶에서 가장 중요한 것, 그것이 무엇입니까? 그것은 바로 하느님입니다. 사랑은 하느님과 동의어입니다. 사랑은 마음속에 지닌 어떤 것, 눈으로는 보이지 않는 영혼에 대한 어떤 것입니다. 저는 어린 왕자에서 백미가 되는 부분은 어린 왕자와 여우와의 만남이라고 생각하기에 그 대목의 일부를 들려 드립니다.

이튿날 어린 왕자가 다시 왔다.

여우가 말했다.

"같은 시간에 왔으면 더 좋았을 텐데. 가령 오후 네 시에 네가 온다면 세 시부터 나는 행복해지기 시작할거야. 시간이 지날수록 더 행복해질 거야. 그러나 네가 아무 때나 온다면 몇 시에 마음의 준비를 해야 할지 난 알 수 없을 거야. 의례가 필요한 거란다."

"의례가 뭐야?" 어린 왕자가 물었다.

"그건 어떤 날을 그 외의 날과 다르게, 어떤 시간을 그 외의 시간과 다르게 만드는 거야."

이렇게 해서 어린 왕자는 여우와 정을 나누게 되었다. 그리고 헤어져야 할 시간이 다가왔다.

"잘 있어." 어린 왕자가 말했다.

"잘 가. 내가 비밀 하나를 알려 줄게. 아주 간단해. 마음으로 보지 않으면 잘 볼 수 없다. 알맹이는 눈에 보이지 않는다." 여우가 말했다.

"알맹이는 눈에 보이지 않는다." 어린 왕자는 잊지 않으려고 따라 말했다.

"네 장미를 그토록 소중하게 만든 건 네가 너의 장미에게 정을 나누며 소비한 시간 때문이야."

"사람들은 이 진실을 잊어버렸어. 그러나, 넌 잊으면 안 돼. 네가 정을 준 것에 넌 언제나 책임이 있어."

그렇습니다. 가장 중요한 것은 마음으로, 영혼의 눈으로 보아야 한다는 것, 그리고 시간을 들여야 한다는 것입니다. 만남, 그리고 이어지는 정을 나누는 시간을 들일 때 그때 서로가 서로에게 참으로 소중해집니다. 우리가 하느님과 맺는 관계에서도 마찬가지입니다.

내가 하느님께 시간을 드리지 않을 때, 결코 하느님이 나에게 소중한 존재가 되지 않습니다. 하느님이 참으로 소중한 존재가 될 때 나는 하느님께 책임이 있는 것입니다. 또한, 여러분들과 저와 맺는 관계, 특별히 의례인 미사를 통하여 하느님 안에서 만남을 통해 서로에게 소중하게 되는 거라고 저는 생각합니다.

한번 서로가 정을 나누면 서로 떨어져 있다 하더라도 아주 떨어져 있는 것은 아니지요. 늘 서로의 마음 안에 있는 것이지요.

하바꾹의 항변 – 꽃의 소리

　한 노인이 날마다 자기 집 앞 흔들의자에 앉아 자기의 두 눈으로 하느님을 목격하기 전에는 결코 자리를 뜨지 않겠다고 결심했답니다. 어느 날 이웃집 아이 리찌가 굴러들어온 공을 집으러 왔다가 물었지요.

　"할아버지, 날마다 흔들의자 나와 앉으셔서 사방을 두리번거리시는데 무엇을 찾으세요?"

　"리찌야, 너는 말해도 알아듣지 못할 거야. 또 설령 내가 말한다고 하더라도 네가 나를 도울 수 있을 것 같지도 않고 말이야."

　"그럴지도 모르죠. 하지만 제가 가만히 들어 드리는 것만으로도 도움을 드릴 수 있을 거예요."

　"알았다. 리찌야. 실은 나는 지금 하느님을 찾고 있단다."

　리찌는 깜짝 놀라서 물었지요.

　"매일 그 흔들의자에 앉으셔서 하느님을 찾고 계시다고요? 그 말씀 정말이세요?"

"그렇단다. 나는 죽기 전에 하느님이 계시다는 것을 알아야겠어. 어떤 증거라도 발견해야 하는데 아직 하나도 찾지 못했거든."

"증거라고요? 증거라고 하셨어요?"

"그렇단다."

"할아버지. 하느님께서는요, 할아버지가 숨을 들이쉬고 내쉬실 때마다 할아버지에게 증거를 주고 계시는 거예요. 할아버지께서 새로 핀 꽃의 향기를 맡을 때도 그 증거를 주고 계시죠. 새들이 지저귀는 소리를 들으실 때도요. 또 세상의 모든 아기가 태어날 때도 그렇고요.

할아버지께서 누군가를 가슴에 껴안고 사랑의 마음을 지니실 때, 그것이 바로 하느님이 계시다는 증거이지요. 눈을 들어 사방을 바라보면 온통 하느님이 계시다는 증거투성이인데, 할아버지께서는 그것을 믿지 않으시는군요. 할아버지, 하느님께서는 할아버지 안에도 계셔요. 하느님을 찾으려고 할 필요는 없어요."

한 손을 엉덩이에 얹고 다른 한 손으로는 공중을 가리키면 리찌는 말했습니다.

"엄마는 말씀하셨어요. '리찌야, 네가 만일 어떤 거창한 것을 찾으려고 한다면 넌 이미 눈을 감은 거나 마찬가지야. 왜냐하면, 가장 단순한 것을 보는 것이 하느님을 보는 것이고, 모든 것들 속에서 생명을 보는 것이 곧 하느님을 보는 것이니까."

노인이 말했지요.

"리찌야, 넌 정말 똑똑하구나. 하느님에 대해 많이 알고 있고. 그러나 그것으로 충분하지 않아."

리찌는 할아버지에게로 다가가 자기의 작은 손을 노인의 가슴에 대고 부드럽게 말했습니다.

"할아버지, 그것은 여기 이 가슴에서 나오는 것이지 저곳에서 오는 게 아니에요. 할아버지의 가슴속에서 찾으세요. 그러면, 할아버지도 보시게 될 거예요."

리찌는 길을 건너 돌아가다 말고 노인을 쳐다보며 미소를 지었습니다. 그리고 몸을 굽혀 길가에 핀 꽃의 향기를 맡고는 소리쳤습니다.

"엄마는 항상 말씀하셨어요. '리찌야, 만일 네가 어떤 거창한 것을 찾는 다면 넌 이미 네 눈을 감은 거야.'라고 말이에요."

그렇습니다. 리찌 엄마의 말처럼 믿음이란 거창한 어떤 것이 아니라 아주 단순한 마음, 길가에 핀 한 송이 꽃에 하느님의 손길을 느낄 수 있는 마음이지요.

오늘 복음에서 제자들이 예수님께 청합니다. "저희에게 믿음을 더해 주십시오." 그러자, 주님께서는 "그대들에게 겨자씨 한 알만한 믿음이라도 있다면 이 뽕나무더러 '뿌리째 뽑혀서 바다에 그대로 심어져라.'라고 하여도 그대로 될 것입니다."라고 말씀하십니다.

여기에서 겨자씨 한 알만한 믿음이란 무엇일까요? 아시다시피, 겨자씨는 아주 작은 것의 상징이었습니다. 작은 믿음! 우리는 믿음을 저울로 달수도, 부피를 잴 수도 없지요. 어린아이 같은 단순한 마음으로 있는 그대로 받아들이는 것입니다. 단순한 마음으로 하느님께 신뢰를 지니는 것입니다.

그분이 이 세상 만물을 지으셨다는 것, 그분이 모든 것 안에 계시다는 것, 그분이 궁극적으로 우리를 선으로 이끌어 가신다는 것, 그분이 우리의 가슴 안에 살아 숨 쉬고 계시다는 것, 그것을 단순하게 받아들이는 마음입니다. 눈을 들어 바라보면 보이는 것 모두 하느님이 계시다는 증거투성이

인데도 보지 못합니다.

왜 그럴까요? 마음의 눈을 뜨지 않고는 볼 수가 없기 때문이지요. 그것이 '보아도 보이지 않는다'는 말이지요. 리찌가 그렇게 놀랄 만큼 정확하게 하느님에 대해 들려주어도 그것으로는 충분하지 않다고 말하는 할아버지처럼 우리도 마음의 눈을 감고 있는 것은 아닌지 돌아보게 됩니다.

그렇습니다. 거창한 것만을 찾는다면, 이미 눈을 감은 것과 마찬가지입니다. 믿음이란 아무런 증거도 필요하지 않습니다. 증거만 찾는다면 인생은 너무 무미건조합니다. 증거가 있어야 받아들이는 것은 지식이지 믿음은 아니지요. 믿음은 내가 다 이해하지 못한다고 하더라도 그냥 받아드리는 것입니다.

믿음이란 온전히 신뢰하는 것입니다. 비록 죽음의 골짜기를 간다고 하더라도 주님께서 나를 구해주시리라는 신뢰, 지금은 칠흑 같은 어둠 속을 걷고 있더라도 다시 여명의 빛이 비치리라는 신뢰, 새들이 지저귀는 숲속 길을 걸으며 이 모든 아름다움이 저절로 거기 있는 것이 아니라 하느님의 놀라운 솜씨라는 것을 경탄의 마음으로 받아들이는 것, 그것이 믿음입니다.

참으로 단순한 믿음을 지니기만 한다면, 우리의 삶은 바뀝니다. 어린아이의 미소에서 하느님의 평화를 체험할 것이고, 삶 안에서 우리가 부딪쳐야 하는 모든 문제 안에서 자신감을 불어넣어 주시는 하느님의 목소리를 들을 수 있을 것입니다.

오늘 제1 독서에서 하바꾹이 항의하는 소리를 들었습니다. "주님, 살려 달라고 울부짖는 이 소리, 언제 들어주시렵니까? 호소하는 이 억울한 일, 언제 풀어주시렵니까? 어인 일로 이렇듯이 애매한 일을 당하게 하시고 이 고생살이를 못 본 체하십니까?"

주님께서 말씀하십니다. "멋대로 설치지 말아라. 나는 그런 사람을 옳게 여기지 않는다. 그러나 의로운 사람은 그의 신실함으로써 살리라." 우리가 세상을 살면서 느끼는 것은 하바꾹처럼 항의하고 싶은 일들, 호소해야 할 일들이 많지요. 찬미를 드리고 감사를 드리기보다 부당하다고 호소해야 할 일이 더 많은 것처럼 느껴지는 것이 사실이지요.

제2 독서에서 바오로는 감옥에 갇혀 있으면서도 오히려 사랑하는 제자 디모테오를 격려하는 편지에서 '그대가 우리 주님을 위해서 증인이 된 것이나 내가 주님을 위해서 죄수가 된 것을 부끄러워하지 말고 오히려 하느님께서 주시는 능력을 지니고 복음을 전하는 일을 위해서 자기와 함께 고난에 참여하라'라고 격려합니다.

우리도 삶 안에서 때로 믿음을 지니기가 힘이 들 때 바오로의 말씀에 힘을 얻도록 합시다. "우리 안에 살아 계신 성령의 도움을 받아서 그대가 맡은 보화를 잘 간직하시오." 하느님께서는 우리 각자에게 보화를 주셨습니다. 그것을 간직할 뿐 아니라 다른 사람들을 위해서 사용하여야 합니다.

우리가 성령의 도움을 받아서 믿음의 눈을 지니기만 한다면 하느님께서 우리에게 주신 보화를 발견할 것이고 그것을 다른 사람들을 위해서 잘 사용하게 될 것입니다. 오늘, 믿음의 눈을 뜨고 우리 자신을 바라봅시다. 하느님께서 우리에게 주신 보화는 무엇인지? 그리고 그것에 대해 감사를 드립시다.

바르게 알아들어야

오늘 복음의 서두에서 '내가 율법이나 예언서들을 폐지하러 온 줄로 생각하지 마라. 폐지하러 온 것이 아니라 오히려 완성하러 왔다.'라고 말씀하십니다. 언뜻 보면 복음서의 여러 곳에서 예수님께서는 오히려 율법을 깨시는 행동, 특히 인권을 침해하는 안식일 법에 대해 거침없이 이제 사람의 아들이 안식일의 주인이라고 하셨습니다.

한편 정결례를 지키지 않으셨으며 율법에 매여 있는 율법 학자들과 바리사이파 사람들을 통렬히 비난하셨다는 것을 알고 있습니다. 예수님은 도대체 알 수 없습니다. 그렇다면, 오늘 복음의 말씀은 어떻게 알아들어야 하는가? 혼동스러울 수 있습니다. 마태오 복음 사가가 자기의 생각을 예수님 이름을 쓴 것이라는 것이지요. 사실은 그렇지 않습니다.

우리는 이 말씀을 바르게 알아들어야 합니다. 우선, '율법이나 예언서'라는 번역은 정확한 번역이 아니어서 오해의 소지를 주고 있습니다. '법(경전)과 예언서'라고 옮겨야 하고 그 말은 바로 성서 전체를 지칭하는 용어였습니다. 예수님 시대에 '법'을 지칭할 때 네 가지 다른 의미가 있었습니다.

첫째는 십계명만을 지칭하고, 둘째는 모세 오경만을 의미하고, 셋째는 전체 성서를 말하는데, 이때 그것을 '법과 예언서'라고 불렀습니다. 마지막으로 소위, 율법이라고 불릴 수 있는 구전 법이 있었습니다. 율법에 관해서는 설명이 필요합니다.

이스라엘 사람들에게 '법'이 참으로 중요했지만, 구약성서가 모든 법을 망라하고 있었던 것은 아니었고 오히려 성서 안에 구체적인 법규에 해당하는 내용은 그리 많지 않았습니다. 물론, 신명기나 민수기, 레위기 등에 규정들이 있지만, 삶에 지침이 되는 구체적인 법규라기보다는 근본적인 정신이 되는 내용이 더 많습니다.

십계명도 근원적인 정신이지 구체적인 법조문들은 아니지요. 예를 들면, '주일을 거룩히 지내라'라고 할 때 어떻게 지내는 것인지 구체적인 지침들이 성서 안에는 없습니다. 그래서 이스라엘 사람들 가운데 '법'을 삶 안에서 구체적으로 지킬 수 있는 법규로 만드는 것을, 직업으로 하는 사람들이 있었습니다.

그들이 거듭되는 논의를 거쳐 규정들을 만들었고 그것을 전수하고 가르쳤습니다. 그것이 율법입니다. 예수님께서 완성하시겠다고 하시는 것이 이 구체적인 규정인 율법을 말씀하시는 것이 아닙니다. 오히려, 근본적인 삶의 원칙이 되는 것, 다시 말하면 법의 정신이라고 할 수 있는 그것을 완성하러 오셨다는 말씀입니다.

율법을 조금 더 설명하면, '주일을 거룩히 지내라'라는 계명을 구체적으로 지키기 위해서 안식일 법이라는 율법이 생겨났던 것이지요. '주일을 거룩히 지내라'라는 의미를 안식일에는 일하지 말아야 한다고 생각했고 그러면, '일'의 정의가 무엇이냐는 것에 대해 논쟁을 벌였고, 온갖 종류의 일이 거론됩니다.

예컨대, '짐을 지는 것은 일이다.'고 했을 때 다시 그러면, '무엇이 짐이냐?'라는 문제가 생겼고 그들의 규정에 의하면, 마른 무화과 열매 하나 이상, 한입에 먹을 수 있는 양의 우유 등은 짐이라는 것입니다. 정신노동인 '쓰는 것'도 일인데 그러면, 얼마 이상 쓰는 것이 일이냐? 두 글자 이상은 일이다. 이런 규정들입니다.

여러분들은 웃기지만 그들에게는 매우 심각한 문제였습니다. 바리사이파들은 누구입니까? 바리사이파라는 의미는 분리된 자들을 지칭하는데, 바로 이 많은 규정을 틀림없이 지키기 위해서 모든 행동에서 분리된 사람들로, 쉽게 말해 철저하게 그 규정들을 지키기 때문에 자기들만 옳다고 생각하는 사람들이었지요.

그런데, 이 규정들이 오랫동안 성문화되지 않았고 다만 구전으로 전수되다가 기원후 3세기 중엽에야 성문화되었고 '미쉬나'라고 불리지요. 이제 예수님께서 다 이루어질 것이라고 하신 그것은 이 율법이 아닌 것은 분명하지요. 예수님께서는 율법 학자들과 바리사이파 사람들을 강하게 질책하셨던 분이시지요.

그러면, 예수님께서 없애러 온 것이 아니라 완성하러 오셨다고 하신 그것은 무엇입니까? 분명하지요. 법의 밑바탕을 흐르는 원리, 다시 말해, 그 모든 것 안에서 하느님의 뜻을 찾아야 하는 그 정신, 바로 그것을 지키기 위해서 전 삶을 투신해야 하는 바른 삶의 뿌리가 되는 원리, 그것을 완성하러 오셨다는 말씀입니다.

율법의 일점일획이라고 번역한 것도 정확한 번역이 아닙니다. 희랍어

iodh라는 말은 어간, 다시 말해 글자의 뿌리를 말합니다. 그러니까 그 의미는 오히려 율법의 근원이 되는 것을 말하는 것이지요. 구약성서에서 모든 법의 핵심이며 근원이 되는 기초는 무엇입니까?

예, 십계명이지요. 그런데, 이 십계명도 그 전체의 근본 밑바닥을 흐르는 정신은 한마디로 말할 수 있습니다. 그것이 무엇입니까? 공경심, 존경심입니다. 크게, 하느님에 대한 공경심, 그리고 사람 서로에 대한 존경심이지요. 예수님께서 완성하러 오신 것은 바로 그 공경심과 존경심, 그것입니다. 어떻게 완성하십니까?

그것을 법의 차원에 머무르지 않고 사랑의 차원으로 승화시켜서 완성하십니다. 존경심이나 공경심은 단순히 규정이나 규율을 지키지 않고 따뜻한 마음을, 다시 말해 사랑을 지니는 것이지요. 예수님께서 완성이라고 하실 때 그 의미는 이제 모든 법의 참된 정신이며 의미인 사랑을 이루시게 하시겠다는 뜻입니다.

예수님 당시에 사람들은 율법을 지키려고 애썼습니다. 그런데, 법을 지키는 데는 항상 어떤 한계가 있습니다. 규정에 어긋나지 않으면 그것으로 만족하게 됩니다. 그러나 예수님께서 당신을 따르는 제자들인 우리에게 말씀하시는 것은 그것으로 부족하다는 것입니다. 그리스도인이 추구해야 하는 것은 법이 아니라 사랑입니다.

사랑에는 한계가 없습니다. 내가 이만큼 사랑했으니까 나로서 충분히 사랑했고 그래서 만족스럽다. 그렇습니까? 그렇다면, 그것은 진정한 사랑이라기보다는 어떤 의무이지요. 진정한 사랑은 늘 미진하게 느껴지는, 더 줄 수 없는 안타까움, 늘 부족한 어떤 것이지요. 예수님이 우리에게 요구하시는 것, 이 사랑이지 법이 아닙니다.

이어서 구체적으로 말씀하십니다. '옛 법은 이러이러하다. 그러나, 나는 이렇게 말한다.'라고 하시면서 근본적인 법의 정신, 그 원칙으로 돌아갈 것을 촉구하십니다. 예컨대, '살인하지 말라'고 들었지만, 내가 이르노니, 자기 형제에 대한 존경심 없이 바보라고 무시하는 것, 그것이 바로 살인과 같은 것이라고 강하게 말씀하십니다.

그러면서 근본적인 법의 정신, 하느님의 뜻, 서로에 대한 존경심을 지녀야 하며 그것이 사랑의 마음에서 나와야 한다고 말씀하시는 것입니다. 또한, 행위 그 자체보다는 그 밑바닥에 있는 마음이 더 중요하다는 것을 보도록 촉구하십니다. 예컨대, '간음하지 말라'는 계명을 너희는 들었다. 그러나, 나는 이렇게 말한다.

누구든지 여자를 보고 음란한 생각을 품는 사람은 벌써 마음으로 그 여자를 범했다. 이 말씀을 너무 글자 그대로 알아듣기보다는 예수님께서 소중히 보시는 것은 어떤 한 번의 행동보다도 그 밑바닥에 흐르는 정신, 마음이라는 것으로 알아들어야 합니다.

여기서, 예수님께서 사람이 누구나 지닌 본능적인 성적인 충동을 말씀하시는 것은 분명 아닙니다. 계속해서 마음속에 지니고 있으면서 마음으로 범하고 또 범하는 것은 오히려 실제 행동보다 나쁠 수 있다는 것입니다. 오늘 복음 말씀을 너무 글자에 매여서 알아들으려고 하면, 참으로 어렵습니다.

예수님께서는 그 근본정신을 강조하시기 위해 강한 어법을 쓰신 것입니다. '오른 눈이 죄를 짓게 하거든 그 눈을 빼어 던져 버려라. 또 오른손이 죄를 짓게 하거든 그 손을 찍어 던져 버려라.' 눈과 손은 참으로 소중한 것이지만, 그 어떤 것도 하느님의 사랑보다 더 소중할 수는 없다는 말씀입니다.

만약 그 손이나 눈이 하느님의 사랑에서 우리를 떼어놓게 한다면 차라리 그것이 없는 것이 더 낫다고 말씀하시는 그 예수님의 마음을 헤아려야 합니다. 눈과 손, 참으로 소중한 하느님의 선물입니다. 그러나 그 소중한 하느님의 선물도 하느님의 사랑을 거스르는 죄의 도구가 될 수 있음을 생각하면서 참으로 우리는 하느님 앞에 겸손해야 하겠습니다.

모든 것은 그분의 선물이고 그 선물들은 모두 우리가 사랑이신 당신, 하느님을 향해 나아가는 도구가 되어야 합니다. 우리가 참으로 겸손할 때 오늘 복음의 마지막 말씀처럼 있는 그대로 '예' 할 것은 '예' 하고 '아니오' 할 것은 '아니오'라고 할 수 있을 것입니다. 그것이 바로 우리 그리스도인들의 삶의 길입니다.

양심 - 당신의 법

　우리는 오늘 제1 독서인 신명기에서 모세가 세상을 떠나기 전에 이스라엘 백성들을 모아 놓고 그들에게 들려주는 말씀을 듣습니다. 우리는 모세에게서 하느님의 법을 지키는 것이 어려운 일이 아니라는 가르침을 듣습니다. 성서는 모세를 통해 하느님의 법은 바로 아주 가까이 우리의 입과 우리의 마음에 있다고 가르쳐줍니다.

　하느님의 법을 지키는 일은 하려고만 하면 언제든지 할 수 있는데 우리 자신을 속이면서 하지 않을 때 우리는 스스로 죽음의 길을 걷는 것입니다. 성서는 내가 여기 생명과 죽음의 길을 내어놓는다고 하면서 야훼 하느님을 사랑하는 것이 생명의 길이요 야훼께서 새겨 놓으신 마음의 법을 저버리는 것이 죽음의 길이라고 합니다.

　그렇습니다. 하느님께서는 우리 마음 안에 당신의 법을 새겨 놓으셨습니다. 그것이 무엇입니까? 그렇지요. 바로 양심입니다. 제2차 바티칸 공의회 문헌은 이렇게 쓰고 있습니다.

인간은 마음 깊은 곳, 바로 양심 안에서 인간 스스로 제정하지 않았지만 지켜야만 하는 법이 있음을 발견한다. 그 목소리는 끊임없이 그에게 사랑하도록 부르며 선을 행하고 악을 피하도록 요청하며 바로 그 순간에 이것은 행하고 저것은 하지 말라고 내면으로부터 말해준다.

이것이 바로 인간의 마음 안에 하느님께서 새겨주신 법이다. 인간의 존엄성은 바로 이 법을 지키는데 달려 있으며 바로 그것에 의해 심판받을 것이다. 양심은 바로 인간의 가장 내밀한 지성소이다. 내면 깊은 곳 하느님의 목소리가 반향 되는 거기에서 인간은 하느님과 오로지 홀로 대면하게 된다.

양심은 바로 하느님이 우리 내면 깊은 곳에서 우리에게 들려주시는 목소리입니다. 그런데 가끔 우리는 우리 자신이 정말 양심이 없는 것처럼 행동하기도 하고 또 그런 사람들을 만나면 화가 나기도 합니다. 우리는 늘 양심의 칼날을 성서와 교회의 가르침이라는 숫돌에 갈아야 합니다. 그래서 자기 스스로 속이는 일이 없어야겠습니다.

하느님이 우리 앞에 내어놓으신 생명과 죽음, 축복과 저주 중에서 우리는 어떤 것을 택해야 하겠습니까? 두말할 필요도 없이 생명이요, 축복입니다. 그런데 그것은 우리가 스스로 택하는 것입니다. 아무도 우리를 대신해서 생명과 축복을 택해 줄 수가 없습니다.

우리의 마음 안에 심긴 하느님의 법을 따를 때 그것은 생명을 택하는 것이고 축복을 택하는 것입니다. 그러나 우리 스스로 자신의 양심을 속이고 눈앞에 보이는 꿀단지를 빨아 먹으려다가는 결국 점점 더 깊이 꿀단지 속으로 빠져 허우적거리다 죽음을 면치 못하는 파리의 신세처럼 스스로 죽음과 저주를 택하는 것입니다.

양심은 오로지 하느님과의 내밀한 만남인 까닭에 아무도 대신할 수 없고, 그렇기에 누구에게 핑계를 댈 수가 없습니다. 여러분들 어떻게 하겠습니까? 생명을 택하시겠습니까? 죽음을 택하시겠습니까? 축복을 택하시겠습니까? 저주를 택하시겠습니까?

생명을 택하는 것은 바로 오늘 복음 말씀에서 듣는 하느님을 사랑하고 이웃을 내 몸처럼 사랑하는 것입니다. 누가 우리의 이웃이냐는 율법 교사의 질문에 예수께서는 너무나도 유명한 착한 사마리아인의 비유를 들려주십니다. 이 비유를 통해 예수님께서 우리에게 들려주시는 가르침은 분명합니다.

아무도 우리가 사랑해야 할 이웃에서 제외된 사람은 없다는 것, 특별히 우리의 도움이 필요한 사람이 바로 우리의 이웃이라는 것입니다. 그 사람이 때로는 정말 내가 다가가고 싶지 않은 사람일 수도 있습니다. 그 이웃에게 우리는 사랑의 손길을 내밀어야 합니다.

우리는 이런저런 핑계를 대면서 우리의 이웃을 애써 외면하려 하지는 않는지요? 마치 사제와 레위 사람처럼 못 본 척 그냥 지나치지는 않는지요? 참으로 하느님이 손수 우리의 마음에 새겨주신 법인 양심을 따르기보다 외적인 체면이나 어떤 관습을 더 중요시하지는 않는지요?

강도를 당해 반죽음을 당한 사람을 보고 그냥 지나갔던 사제의 경우는 틀림없이 내면 안에서는 그의 양심이 가서 도와주어야 한다고 속삭이고 있었을 것입니다. 그러나 다른 한편, 혹시 이미 죽었는지도 모르는데 만약 죽은 사람이면 시체가 가장 불결합니다.

그렇기에 시체에 접근하면 정결례를 하는데, 일주일이 걸리고 그러면 나는 성전에 일주일 동안 갈 수 없고, 내가 성전 당번인데 결국 분향제도 드릴 수 없고 등등의 외적인 관습, 인간의 법이 꿀단지처럼 그를 유혹했습니다. 그 유혹에 넘어가 그냥 지나쳤던 것이라고, 저는 생각됩니다.

레위 사람도 마찬가지였지요. 당시 레위 사람들의 철칙이 안전제일이었다고 합니다. 괜히 여기서 머뭇거리다가는 나도 당할지도 몰라, 이미 당한 사람은 할 수 없고 나라도 빨리 이 자리를 피하는 것이 상책이지 하면서 자기의 양심을 속이고 떠나갔던 것이지요.

그러나 사마리아 사람, 유대인들과는 원수처럼 지내는 사이이지만 그는 하느님께서 그의 마음 안에 새겨주신 법, 양심에 따라, 가서 그에게 사랑의 손길을 내밀었던 것입니다. 사랑은 늘 용기이기도 합니다. 솔직하게 자기의 양심에 비추어서 바른 것을 행하는 용기입니다. 우리 모두 약한 인간입니다.

때로는 자기의 양심이 슬쩍 눈감아 주었으면 하고 바라는 유혹 앞에 흔들리는 갈대입니다. 그러나 용기를 지닙시다. 용기를 주십사고 늘 주님께 기도합시다. 모든 일에서 하느님을 먼저 생각할 때 그 유혹을 이겨 나갈 수가 있습니다. 그리고 정말 중요한 것은 한번 유혹에 넘어갔다고 해서 스스로 절망에 빠지지 않는 것입니다.

다시 일어서면 됩니다. 일어나서 걸어갑시다. "너도 가서 그렇게 행하여라."라는 주님의 말씀을 들으며 우리의 마음을 새롭게 합시다.

초대, 그리고 만남

　저는 마종기 시인의 시로 시작을 엽니다. 마종기 시인은 마해송 시인의
아들로서 대부분의 작품이 인간에 대한 따뜻한 공감의 시선을 보여줍니다.
도미 이후 마종기의 작품은 의사로서의 체험이 창작의 근간으로 놓여 있습
니다. 제가 개인적으로 만나서 그분의 책을 3권 선물로 받은 적이 있습니
다. 그의 시, '우화의 강'이라는 시입니다.

　　사람이 사람을 만나 서로 좋아하면
　　두 사람 사이에 물길이 튼다.
　　한쪽이 슬퍼지면 친구도 가슴이 메이고
　　기뻐서 출렁거리면 그 물살은 밝게 빛나서
　　친구의 웃음소리가 강물의 끝에서도 들린다.

　　처음 열린 물길은 짧고 어색해서

서로 물을 보내고 자주 섞여야겠지만

한세상 유장한 정성의 물길이 흔할 수야 없겠지

넘치지도 마르지도 않는 수려한 강물이 흔할 수야 없겠지

긴말 전하지 않아도 미리 물살로 알아듣고

몇 해쯤 만나지 못해도 밤잠이 어렵지 않은 강

아무려면 큰 강이 아무 의미도 없이 흐르고 있으랴

세상에서 사람을 만나 오래 좋아하는 것이

죽고 사는 일처럼 쉽고 가벼울 수 있으랴

큰 강의 시작과 끝은 어차피 알 수 없는 일이지만

물길을 항상 맑게 고집하는 사람과 친하고 싶다

마 종기 시인의 우화의 강 1을 들으니 감회가 새롭습니다. 우화의 강 2
라는 시도 있거든요. 제가 서강대학교에서 가르칠 때 수업 첫 시간 처음으
로 만나는 학생들에게 들려주곤 하던 시입니다. 만남. 그것보다 가슴 설레
는 낱말은 없을 것입니다. 노사연의 만남이라는 노래가 있지요?

'우리의 만남은 우연이 아니야.' 우리의 만남이 그냥 스쳐 지나가는 만남
일 수는 없습니다. 비록 카페에서 여러분들에게 저와의 만남이 그냥 스쳐
지나가는 만남이라고 하더라도 회원 여러분들과 주님과의 만남은 그럴 수
없고 더없이 소중하지요. 우리는 늘 주님을 만나지만 특별히 미사에서 주
님을 깊이 만납니다.

그 만남을 계속하다 보면 어느새 물길이 트이기 마련이지요. 처음 열린
물길은 짧고 어색하여 유장한 물길처럼 아주 편안할 수는 없겠지만 자주

만나 서로 물을 보내고 섞이다 보면 수려한 강물이 되는 것처럼 매일 미사에서 주님을 만나다 보면 그 만남이 수려해지고 하루라도 섞이지 않으면 어색하고 허전하게 느껴지지요.

요한의 제자 두 사람과 예수님과의 만남은 신기합니다. 이 만남은 처음에는 어색하여 몇 마디 주고받음에 그쳤지만, 하룻밤을 머물면서 서로 사이에 물길이 트였고 두 사람의 삶을 완전히 바꾸는 만남이 됩니다. 우리에게 모두 그런 만남이 있지요. 말없이 따라오는 두 사람에게 예수님께서 돌아서셔서 묻습니다.

"무엇을 찾느냐?" 이 물음 안에는 예수님의 바람이 담겨 있습니다. 그들의 마음 깊이 있는 갈증을 아시고 그것을 구체적으로 당신을 따르는 행위로 바꾸기를 바라시는 그 마음이 담겨 있습니다. 진심이 담겨 있는 그 한마디의 말씀은 마치 화살처럼 두 사람의 가슴을 꿰뚫었음에 틀림이 없습니다.

"라삐, 어디에 묵고 계십니까?" 이 단순한 대답 안에는 아직 당신이 누구신지 모르지만, 당신을 깊이 만나고 싶다는 열망이 담겨 있습니다. 예수님께서는 어디라고 말씀하시지 않고 "와서 보아라."라고 하십니다. 당신과 함께 묵으면서 당신을 만나보라는 초대입니다. 함께 묵는 가운데 당신을 알게 될 것이라는 말씀입니다.

두 사람은 따라가서 예수님이 계신 곳을 보고 거기서 예수님과 함께 지냈습니다. 함께 머물면서 내밀한 만남이 이루어졌습니다. 때는 오후 네 시쯤이었다고 복음 사가가 전해줍니다. 때는 단순히 시각을 지칭하는 것이 아니라 만남이 이루어진 시간, 은총의 시간을 의미합니다.

그 시간이 진정한 의미에서 주님과의 첫 해후가 이루어진 시간이기에 깊이 마음에 새겨 둔 그런 의미를 담고 있습니다. 우리에게도 특별한 만남의 시간은 지울 수 없는 기억으로 새겨지는 것입니다. 요한의 제자였던 두 사람은 이제 예수님의 제자들이 되어 그 순간부터 예수님을 줄곧 따라다니게 됩니다.

단순히 따라다닐 뿐만 아니라 처음에 초대받았던 그들이 이제 다른 사람을 초대하게 됩니다. 먼저 가까운 사람을 초대하게 마련이지요. 두 사람 중의 하나는 시몬 베드로의 동생 안드레아였는데 그는 먼저 자기 형 시몬을 찾아가 "우리가 찾던 메시아를 만났소."라고 말하고는 시몬을 예수님께 데리고 갑니다.

이 모든 일이 기쁨 안에서 이루어집니다. 예수님과의 만남은 그들이 발견한 너무나 귀한 보물이기에 설레는 마음으로 가까운 사람에게 나누게 된 것입니다. 주님께서 우리를 늘 새롭게 초대하십니다. 그 초대에 응답하여 그분과 함께 머무십시오. 그리고 그분과의 내밀한 만남이 얼마나 은혜로운 것인지를 떨리는 가슴으로 체험하십시오.

작품

오늘 독서의 한 구절이 제 마음의 영상에 남아 산안개처럼 온몸을 휘감아 돕니다. "우리는 하느님의 작품입니다." 여러분들, 작품이라는 단어를 들으며 어떤 이미지, 어떤 느낌이 드십니까? 저에게 처음 떠오르는 이미지는 이사야서의 어느 구절에서 읽은 후, 제 뇌리에 박혀 있는 말씀, "작품이 어찌 작가에게 항변할 수 있는가?"였습니다.

바오로 사도가 이 말씀을 이사야서에서 따 온 것인지는 저도 잘 모릅니다. 그런데 오늘 제가 독서를 읽으면서는 달리 느껴졌습니다. 사도 바오로는 단순히 이사야서를 인용하고 있는 것이 아니라 자기의 깊은 체험 안에서 우리가 하느님의 작품이라는 것을 온몸으로 느꼈고, 그것을 자기의 언어로 표현한 것이라는 느낌이었습니다.

바오로 사도가 쓰고 있는 단어 '작품'의 그리스어는 '포에바'인데, 영어 'poem'이 이 포에바에서 나왔다고 합니다. 포에바는 단순한 작품, 창작, 예술 활동으로 얻어진 결과물이 아니라 예술 작품의 정수가 되는 본질, 바로 시를 일컫는 말이지요.

그렇다면, "우리는 하느님의 작품입니다."라는 뜻은 "우리 한 사람, 한 사람이 하느님이 읊어내는 시어입니다."라는 뜻으로 볼 수 있지 않을까요? "사람이 꽃보다 아름답다."라는 말이 있고, 노래 가사도 있지요. 아무리 아름다운 언어로 수놓은 시라고 하더라도 하느님의 시어인 인간보다 아름다울 수는 없지요.

그렇습니다. 우리는 모두 하느님의 아름다운 시어입니다. 꽃보다 아름답고, 시보다 아름다운 시어입니다. 그런데 가끔 아름답기는커녕 추하기 이를 데 없는 꼴불견의 모습이 제 안에서 불쑥 튀어나오는 까닭은 무엇일까요? 하느님의 작품, 하느님의 시어임을 잊고 내가 시인이라는 착각을 하기 때문이 아닐까요?

맑은 가을날입니다. 가을 시 하나 들으며 저도 하느님의 시어임을 저 스스로 깨닫기를 바랍니다.

가을날

김현성

가을 햇살이 좋은 오후
내 사랑은 한때 여름 햇살 같았던 날이 있었네

푸르던 날이 물드는 날
나는 붉은 물이 든 잎사귀가 되어
뜨거운 마음으로 사랑을 해야지

그대 오는 길목에서

불붙은 산이 되어야지

그래서 다 타 버릴 때까지

햇살이 걷는 오후를 살아야지

그렇게 맹세하던 날들이 있었네

그런 맹세만으로

나는 가을 노을이 되었네

그 노을이 지는 것을 아무도 보지 않았네

주님의 기도 - 과거, 현재 그리고 미래

오늘 복음서는 우리에게 예수님께서 자주 한적한 곳으로 가셔서 기도하셨다는 것을 알려 줍니다. 당시 유명한 랍비들이 그의 제자들에게 그들만이 늘 하는 고유한 기도문을 만들어 주는 것이 관례였지요. 예수님께서 제자들의 청을 받아들여 기도문을 만들어 준 것이 바로 '주님의 기도'입니다.

따라서 주님의 기도는 제자들의 기도라고 할 수 있습니다. 제자들이란 다름 아닌 예수님을 따르는 사람들이고 우리 모두 예수님을 주님으로 따르니 주님의 기도는 바로 우리의 기도문이지요. 주님의 기도는 짧지만 참으로 놀랄 만큼 주님을 따르는 사람으로서 필요한 모든 것을 함축적으로 다 포함하고 있는 완전한 기도입니다.

우리가 정말 주님의 기도에 관한 의미를 온전히 이해하면서 또 그 뜻을 진정으로 마음에 새기면서 기도한다면, 하루에 단 한 번의 정성스러운 주님의 기도로도 우리는 사랑과 은혜로 충만한 삶을 살 수 있을 것입니다.

주님의 기도는 크게 두 부분으로 나누어져 있습니다. 첫 부분은 먼저 하느님과 하느님의 이름, 그분의 영광과 관련된 청원이 들어있고 둘째 부분은 우리 인간의 필요, 우리에게 관련된 청원이 들어있습니다. 우리는 주님의 기도에 대한 순서에 유념할 필요가 있습니다.

하느님에 관한 부분이 먼저 오고 그다음에야 우리 인간에 대한 부분이 따른다는 것입니다. 그 순서가 바뀌어서는 안 됩니다. 순서가 참으로 중요한 까닭은 하느님이 당연히 먼저이어야 하기도 하지만 함축적으로 내포하고 있는 의미도 간과해서는 안 되기 때문입니다.

기도는 바로 우리의 뜻이나 바람에다 하느님의 뜻을 꿰맞추는 어떤 것이 아니라 언제나 하느님의 뜻에 우리의 것을 맞추어야 합니다. 그런데 많은 사람이 저지르는 잘못이 바로 이것을 잘 모르는 것이지요. 자기들의 뜻대로 해달라고 열심히 중얼거리고는 하느님이 자기들의 기도를 하나도 들어주지 않는다고 합니다.

하느님을 자동판매기나, 또는 꼭두각시 때로는 자기의 시녀로 만들어 놓고서 자기의 말을 안 듣는다고, 그런 하느님은 안 믿겠다고 합니다. 예수님께서는 주님의 기도를 통해 우리가 어떻게 기도해야 하는지를 가르치십니다. 먼저 하느님의 이름이 거룩히 빛나시도록 그분께 영광을 드리고 그분의 나라가 임하시고 그분의 뜻이 이루어지도록 바라야 합니다.

사실 가장 먼저는 하느님을 부르는 것으로 되어있지요. 어떻게 부릅니까? 하느님을 누구라고 부릅니까? 아버지라고 부릅니다. 아버지. 다정한 이름입니다. 물론 어떤 분에게 아버지라는 이름이 다정한 이름이 아니라, 공포의 이름일 수도 있겠습니다마는 당시 이스라엘 사람들에게 아버지는 어머니보다도 오히려 더 다정한 더 친근한 이름이었습니다.

아버지는 기꺼이 자녀들의 청을 들어주시는 분이십니다. 그 청이 올바를 때 말입니다. 그다음에 아버지의 이름이 거룩히 빛나시며 입니다. 이스라엘 사람들이 이름이라고 할 때는 그 의미가 단순히 어떤 사람을 지칭하기 위해 붙여진 고유 명사의 의미를 넘어서서 그 사람의 사람됨, 인격, 성격, 특징 등을 나타내고 있습니다.

주님의 기도에 관한 둘째 부분의 바로 우리의 필요, 우리의 바람에 대한 기도인데요. 이 부분은 아주 짧으면서도 우리 삶 전체를 포함합니다.

첫째는 날마다 우리에게 필요한 양식을 주시기를 청하는 것이지요. 양식이란 두말할 나위 없이 살기 위해 절대적입니다. 우리가 유의해야 할 것은 우리가 앞으로 사는 데 필요한 충분한 양식을 달라고 청하는 것이 아닙니다. 오늘 우리에게 일용할 양식입니다.

두 번째는 무엇입니까? '우리의 죄를 용서하시고' 우리가 기도할 때 진정으로 바라야 할 것은 용서입니다. 우리는 죄를 지으며 살아가는 약한 인간입니다. 하느님 앞에 죄 없는 사람은 아무도 없습니다.

마지막으로 드리는 기도가 우리를 유혹에 빠지지 않게 해 달라는 것입니다. 우리는 우리의 미래를 온전히 그분께 맡겨드려야 합니다. 우리가 우리의 미래를 좌지우지할 수가 없습니다. 우리는 우리 삶의 어느 한 부분이 아니라 온전히 삶의 전부를 그분께 맡겨드려야 합니다. 그분이 우리 삶의 중심이 되어야 합니다.

그분을 우리 삶의 한쪽 구석에 모셔 놓았다가 다급할 때만 동전을 넣고 꺼내 쓰는 자동판매기로 만들어 드려서는 안 되겠습니다. 우리 매일 정성이 담긴 마음으로 주님의 기도를 바치며 그분의 뜻이 우리 안에서 이루어지도록 우리의 현재, 과거, 미래를 온전히 주님께 맡겨 드리도록 합시다.

그리스도왕 대축일

한 해가 저물어 갑니다. 사실 오늘 우리는 전례력으로는 한 해를 마감하는 '그리스도 왕 대축일'을 지냅니다. 그리스도께서 왕이심을 경축하는 것입니다. 세상을 구원하러 오신 구원자이신 그리스도께서 왕이시라는 그 의미가 무엇인지 함께 생각해봅시다.

왕이라는 이미지가 너무 구시대적이라고 생각한 때문인지, 새 '성경' 번역이 공동번역에서의 왕을 임금으로, 왕국을 '나라'로 옮겼습니다마는 전례력 명칭은 여전히 '그리스도 왕 대축일'입니다. 오늘 우리가 듣는 요한복음서 18장은 여러 인물이 등장하는 한 편의 드라마라는 생각을 하게 됩니다.

주연은 예수님이고, 조연은 빌라도이고, 그리고 군중이라는 많은 엑스트라가 엮는 스릴과 긴장이 감도는 드라마입니다. 장면은 재판이 열리는 법정입니다. 재판장은 로마 총독 빌라도. 원고는 유대인 군중, 피고는 예수님입니다. 그런데, 재미있는 것은 이 법정의 분위기입니다.

법정에서 재판장은 서슬이 퍼렇고, 원고는 기세등등하고, 피고는 주눅

이 들고, 기가 죽기 마련입니다. 그런데, 상황은 오히려 반대입니다. 우리를 압도하는 법정의 분위기는 피고 예수님의 어디서 오는지 알 수 없는 권위입니다. 도저히 그가 피고라고 느낄 수 없게 흐르고 있는 법정의 묘한 상황 전개에 우리는 압도됩니다.

그분의 모습을 대면하면서 뭔지 알 수 없는 힘에 우리는 경이를 느끼는 것입니다. 본시오 빌라도라는 재판장은 누구입니까? 대 로마 제국의 팔레스타인 지역의 총독입니다. 그는 천부의 재능으로 말썽 많은 팔레스타인 지역을 이전의 어느 총독보다 순탄하게 지배하며 로마 황제의 신임을 받는 탁월한 실력자였습니다.

그는 총독으로서 많은 유대인을 다루었었고, 언제나 자신만만한 인물이었습니다. 한 사람의 유대인 죄수를 다루는 것은 그에게 식은 죽 먹기였습니다. 지금까지 그의 도도한 권위 앞에 굴복하지 않은 유대인은 없었습니다. 그런데, 예수라는 인물은 전혀 달랐습니다. 그는 왠지 모르게 예수를 다른 유대인들처럼 다룰 수가 없었습니다.

잠시 법정의 모습을 상상의 눈으로 바라봅시다. 우리 앞에 펼쳐지고 있는 드라마에서, 고요함과 평정 속에서 서 있는 쪽은 피고 예수님이고, 당황스러움으로 더듬거리며 질문을 하는 쪽은 재판장 빌라도입니다. 이 재판정에서 우리는 어느 때보다도 예수님의 권위가 찬연히 빛나는 것을 느낄 수 있습니다.

"당신이 유대인들의 임금이오?"라고 묻는 빌라도에게 예수님은 당신의 왕국에 대해 아주 분명하게 말씀하십니다. "내 나라는 이 세상에 속하지 않는다. 내 나라가 이 세상에 속한다면, 내 신하들이 싸워 내가 유대인들에게 넘어가지 않게 하였을 것이다. 그러나 내 나라는 여기에 속하지 않는다."

예수님은 당신이 왕이라는 것을 인정하시며 당신의 왕국에 대해 말씀하십니다. 그러나 분명히 하시는 것은 이 세상에서처럼 강제적인 힘에 바탕을 둔 왕국이 아니라는 것입니다. 그것은 바로 사람들의 마음 안에 자리하는, 다시 말해, 마음의 왕국입니다.

예수님께서 우리를 사로잡는 것은 우리들의 마음입니다. 예수님께서는 정복해야 할 당신의 왕국이 있다는 것을 결코, 부정하지 않으십니다. 그러나 그것은 강제적인 정복이 아니라 마음을 압도하는 정복, 바로 사랑의 정복입니다. 사랑으로 우리의 마음을 사로잡는 것입니다.

오늘 복음에서 빌라도가 예수님께 "아무튼, 당신이 임금이라는 말 아니오?"라고 재차 묻자, 예수님께서는 "나는 진리를 증언하려고 태어났으며, 진리를 증언하려고 세상에 왔다. 진리에 속한 사람은 누구나 내 목소리를 듣는다."라고 말씀하십니다.

사실 마지막 부분에 대한 공동번역을 보면, "더 진리 편에 선 사람은 내 말을 귀담아듣는다."라고 되어있습니다. 새 번역은 의미상으로 조금 이상하게 들립니다. 의미상으로 볼 때, 공동번역이 훨씬 더 적절합니다. 단순히 목소리를 듣는 것이 아니라, 그분이 말씀하시는 말의 깊은 의미를 새기며 귀담아듣는다는 뜻이지요.

예수님께서 사람들에게 진리가 무엇인지를 알려주시려고 오셨다면, 그분의 왕국은 또한 진리의 왕국이기도 합니다. 하느님에 대한 진리, 삶과 죽음에 대한 진리를 말씀하시려고 오신 것입니다. 아니, 그분이 바로 진리입니다. 그분을 받아들일 때 우리는 진리 편에 서는 것이고, 진리의 왕국으로 들어서는 것입니다.

그런데, 우리네 삶의 모습을 정직하게 바라보면, 진리 앞에서 머뭇거리는 우리 자신의 모습을 보게 됩니다. 바로 오늘의 드라마에서 빌라도의 모습이 우리 자신의 모습이기도 하다는 것을 보게 됩니다. 예수님께서 당신이 진리를 위해 오셨다고 하시자, 빌라도는 "진리가 무엇이오?"라고 묻습니다.

빌라도의 이 물음은 우리 모두에게 그렇듯이 그에게 절실한 물음이었을 것입니다. 세상의 기준으로 볼 때, 그는 성공한 사람이었습니다. 그는 로마 제국의 시민으로서 거의 정상의 자리인 식민지의 총독의 자리에 올랐습니다. 세상 사람들의 기준으로만 볼 때는 남부러울 것 없는 사람이었습니다.

그런데, 그에게 뭔가 부족한 어떤 것이 있었습니다. 여기 법정에서 평정을 잃지 않고 고요하게 서 있는 피고 예수라는 인물 앞에서 빌라도는 무언가 자기가 지니고 있지 않은 어떤 것이 이 사람에게 있음을 느낍니다. 참으로 크고 중요한 것은 영원입니다. 예수님께서 지니고 계시는 어떤 것, 그것은 영원한 것이었습니다.

빌라도는 영원한 것의 목마름을 느꼈던 것입니다. "진리가 무엇이오?" 예수님은 다만 눈빛으로 답하실 뿐입니다. "바로 내가 진리이다." 그러나 빌라도는 용기가 없었습니다. 그는 이 예수라는 인물이 뭔가 소중한 것을 지니고 있다는 것을 느꼈고, 그것을 얻을 수 있는 절호의 기회인데 그것을 놓치고 맙니다.

안타깝게도 그는 더 소중한 것을 위해 작은 것을, 영원한 것을 위해 잠시 지나가는 것을 포기할 용기가 없었습니다. 예수님을 바라보며 그분이 영원한 왕이라는 것을 느꼈지만, 그것을 귀담아들으며 받아들이기 위해서는 엄청난 용기가 필요했던 것입니다.

그는 예수님의 눈을 바라보며 그분을 자기 삶의 왕으로 받아들일 용기가 없었습니다. 그것은 자기가 지닌 것을 포기해야 한다는 것을 의미하기 때문이었습니다. 우리도 그분 예수님을 진리로 받아들일 때, 그분을 우리 삶의 왕으로 받아들일 때, 용기가 필요합니다.

세상에서의 성공이라는 기준을 버릴 용기가 필요합니다. 십자가를 받아들일 용기가 필요합니다. 우리의 삶은 늘 진리 앞에 갈등합니다. 오래전에 "갈등하는 인간은 아름답다"라는 제목의 책이 나왔었습니다. 그러나 갈등을 뛰어넘어 진리로 나아가는 사람은 더 아름답습니다.

오늘 그리스도왕 대축일을 지내며, 갈등을 뛰어넘어 진리이신 그분께로 나아가도록 용기를 지닙시다. 참다운 용기를 주십사고 그분께 청합시다. "나는 오직 진리를 증언하려고 났으며 그 때문에 세상에 왔다. 진리 편에 선 사람은 내 말을 귀담아듣는다."

평신도 주일 - 표징

한국 교회에서는 연중 마지막 주일, 바로 그리스도왕 대축일 전 주일을 평신도의 주일로 정하였습니다. 많은 본당에서는 평신도가 강론하기도 하지요. 사실, 교회법에 강론, 영어로 homily는 부제 이상의 성직자가 하도록 규정되어 있기에, 평신도들이 하는 강론은 신학적 성찰이라고 말합니다.

오늘 복음인 마르코 13장은 예수님을 따르는 군중들에게 들려주는 성전에서의 마지막 가르침으로 '깨어 기도하면서' 기다리라는 말씀입니다.

표징

표징이 나타나리라
해와 달과 별에 표징이 나타나리라
검푸른 바다의 포효소리와
노도처럼 밀려오는 거친 파도에

땅 위의 뭇 민족들이 겁먹으리라

사람들은 얼굴이 하얗게 질리고
세상에 어떤 일이 닥쳐오는지를
육감으로 느끼며 두려움에 떨리라
천체가 마구 흔들리며 요동하기 때문이리라

그대들은 보리라 그때
홀연 사람의 아들이 구름을 타고 오는 것을.
찬란한 영광의 빛에 싸여
권능의 홀을 손에 쥐시고 오시리라

이제 이 일이 일어나려 하나니
그대들이여
일어나 고개를 들어라
그대들 구원의 날이 오고 있나니라

이 무화과나무와 모든 나무를 보라
잎이 돋아나고 무성해지면
여름이 다가오고 있음을 아나니
이런 표징을 보며
그대들은 알게 되리라
하느님의 나라가 다가 왔다는 것을.

진실로 이르노니
이 세대가 다 가기 전에
이 모든 일이 일어나리라
하늘과 땅은 먼지로 사라지리라
그러나 내 말은 영원히 남으리라

그대들이여 항상 경계할지니
그대들의 마음이 짓눌리지 않도록 하라
방탕하거나 술에 취하거나 세상 걱정거리로
그대들의 마음이 짓눌리지 않도록 하라

마치 순식간에 짐승을 낚아채는 덫처럼
예고 없이 그날이 그대들을 사로잡으리라
온 땅에 사는 모든 사람을 덮치리라
그러니 그대들은 깨어 기도하여라

이 모든 일이 일어날 때
재난을 피하여
사람의 아들 앞에 설 수 있도록
그대들이여 깨어 기도하여라

　　오늘 복음의 장면은 당신이 하느님의 아들이라는 것을 분명히 보여주셨
습니다. 이제 당신의 고난과 십자가를 예감하시며 이 말씀을 하신다는 것

을 염두에 두고 예수님의 아픈 마음과 사람들에 대한 연민의 마음을 헤아리며 말씀의 의미를 알아들어야 할 것입니다.

그저 단순한 마음으로, 기도하는 마음으로 예수님의 말씀에 귀를 기울여서 경청하고, 그 말씀이 바로 우리 한 사람 한 사람에게 들려주시는 말씀으로 들으면서 예수님의 마음을 헤아리면 좋겠습니다.

여러분들, 오늘 복음의 예수님 말씀을 들으시면서 어떤 느낌이 드십니까? 어떤 대목에서 어떤 느낌이 떠오른다면 그 느낌을 통해 지금 이순간 주님이 우리에게 아주 구체적이고 개인적인 어떤 말씀을 하시기도 합니다.

예를 들어, 큰 표징들이 일어날 것이라고 하셨는데, 구체적으로 어떤 표징일까요? 우리의 삶에서 일어나는 일상의 평범한 일 안에 어떤 표징이 있을 수 있습니다. 오늘 복음에 이어지는 말씀을 보면, 지진이나 박해 이외에도 해와 달과 별들에 표징이 나타날 것이라고 했습니다.

이것은 무슨 말씀일까요? 이 말씀들도 반드시 거창한 우주적 변혁을 말하는 것이 아니라 우리의 삶에서 일어나는 일일 수도 있습니다. 저는 몇 년 전 피정 중에 밤하늘의 별들을 바라보곤 하면서, 세상을 떠나신 아버지가 저 별들 사이를 걷고 계시다는 느낌을 받았습니다.

저에게 아버지가 이제 주님 안에서 평화를 누리고 계시다는 표징으로 느껴졌습니다. 비록 제 눈에 사람의 아들이 구름을 타고 오는 것을 볼 수 없었지만, 저는 그분이 주시는 평화 안에 머물 수 있었습니다.

이어지는 복음 말씀에서 예수님께서 "무화과나무와 모든 나무를 보라."고 하십니다. 당시 말씀하실 때 옆에 무화과나무와 많은 나무가 있었겠지요. 예수님은 언제나 아주 가까운 주변에서 바라볼 수 있는 일상의 일에서 예를 들어 비유로 말씀하십니다. 우리는 주변에 있는 사과나무와 다른 나무들을 바라볼 수도 있겠지요.

저는 당시 진부에서 피정을 하면서 배추를 수확한 후에 들풀들이 놀랍게 빨리 자라서 온 밭을 뒤덮는 것을 보면서 놀랐습니다. 마음의 밭에도 김을 매어주고, 가꾸지 않으면 잡풀들이 무성하게 자란다는 것을 보여주는 표징으로 느껴졌습니다. 우리는 삶의 주변에서 일어나는 표징들을 바라보며 그 안에서 하느님이 어떻게 머무시는지를 알아야 할 것입니다.

"이 세대가 다 가기 전에 이 모든 일이 일어나리라."라는 말씀은 글자 그대로 알아듣기보다는 종말론적인 말씀으로 알아들어야 할 것입니다. 우리는 당장 내일 그분이 권능의 홀을 펼치시며 오시더라도 기쁜 마음으로 맞이할 수 있는 준비를 하면서 늘 깨어 있어야 한다는 것과 늘 그런 마음으로 일상을 살아야 한다는 것을 강조하시는 말씀이지요.

예수님은 늘 우리의 마음을 가볍고 편하게 해주시기를 원하십니다. 오늘 복음 말씀은 언뜻 말씀을 들으면, 무섭고, 그렇기에 무겁게 들리기도 하지만 저는 제 기도에서 "그대들의 마음이 짓눌리지 않도록 하라."는 말씀에 오래 머물게 되었습니다. 다른 대목에서는 "무거운 짐을 지고 허덕이는 사람은 다 나에게로 오라. 내게 편히 쉬게 해 주리라."라고도 하셨지요.

우리가 삶 안에서 지는 짐은 실제로 걸머지고 가야 하는 보따리라기보다는 마음의 짐이지요. 늘 우리의 마음의 짐이 어깨를 무겁게 짓누르지요. 예수님께서는 우리의 마음이 짓눌리는 것을 얼마나 안타까워하시는지 모릅니다. 우리는 안타까워하시는 예수님의 마음을 느낄 수 있어야 합니다. 정말 예수님이 우리에게 원하시는 것은 마음의 평화일 것입니다. 그 평화를 청해야 할 것입니다.

지혜와 물 한 잔

월요일부터 제1 독서로서 집회서의 지혜에 관한 말씀을 듣습니다. 집회서는 우리에게 들려줍니다. 모든 지혜는 주님에게서 오고, 영원히 주님과 함께 있다고 속삭여 줍니다. 저는 뉴질랜드에서 돌아와서 바로 수녀님들 피정 지도하러 갔다가 새 거주지인 양평에는 엊그제 화요일에나 오게 되었습니다.

녹음이 푸르게 짙고, 풀 내음, 나무 향기가 그윽하고 산새들 울음소리가 청명하게 울리는 것을 들으니 새삼 고국에 돌아온 감회가 큰 감사함으로 다가왔습니다. 어제, 오늘 미사를 드리면서 참 지혜이신 그분께 우리에게 필요한 지혜를 청하며 미사를 시작하자고 말했습니다.

주님께서는 지혜를 만드시고 모든 창조물에게 쏟아부으셨고, 특별히 당신을 사랑하는 이들에게 선물로 주셨답니다. 우리가 주님을 알아보는 지혜도 그분이 우리에게 주신 선물입니다. 어제 독서에서는 지혜를 사랑하는 사람은 생명을 사랑하며 기쁨에 넘치리라고 들려줍니다.

제가 머무는 양평의 성모원 바로 옆에 절이 있어 스님이 가장 가까운 이웃인 셈입니다. 부처님 오신 날을 맞아 그 절에 현수막을 걸어 놓았는데, 두 개입니다. 하나는 "우는가? 웃는가?"이고 다른 하나는 "참새와 뱀이 기뻐하는구나."입니다. 그 말이 불교 경전에 있는 말인지는 제가 잘 모릅니다.

그런데 '뱀'이라면 질색을 하는 자매님 한 분이 그것에 대해 참 이상하다는 이야기를 나누어 주셨지요. 저는 뱀도 생명체이니까 생명에 대한 찬미로 여겨 별로 이상하게 못 느꼈지만, 자매님 이야기를 듣고 보니 다른 표현이 더 좋지 않았을까 하는 생각을 했습니다.

제가 강론에서 나눈 것은 이웃 스님이 조금 더 지혜를 지니셨으면 이웃이 천주교 공동체이고 천주교, 아니 성경에서는 뱀이 에와를 유혹한 유혹자의 상징이라는 정도는 알 것이니, 배려로서 뱀 대신 다른 생명체를 인용할 수도 있지 않았겠느냐? 하는 정도의 이야기를 하며 그 자매님을 이해하게 하려고 했습니다.

어제 복음을 보면, 예수님께서는 참으로 지혜로운 분이시고, 열려 있는 분이셨습니다. 예수님의 일행을 따르는 사람이 아니라고 하더라도 예수님의 이름으로 마귀를 쫓아내는 것을 막지 말라고 말씀하십니다. 넓은 포용력은 바로 참 지혜이신 그분, 당신의 아버지와 그분의 영에 늘 열려 있도록 의탁 드렸기 때문이라고 생각합니다.

오늘 독서의 내용은 글자에 매이면 죄악에 대한 진노로 볼 수 있습니다. 그러나 그것을 깊이 읽으면, 그 핵심은 지혜는 그분에게서 오며 우리의 것이 아니라는 말씀입니다. 하느님께서는 분노에 더디시고 인자함이 크시니 내 죄악이 속죄를 받으리라고, 우리 마음대로 생각하여 제멋대로 살지 말라는 말씀입니다.

정녕 자비도 분노도 그분께 있다는 말씀이 주안점입니다. 그분은 축복을 주시는 분이십니다. 하지만 주님께 돌아가지 않으면 벌을 받을 수 있으니 늘 조심하고 경계하라는 말씀입니다. 오늘의 화답송은 시편 1편인데 제가 아주 좋아하는 시편입니다.

시편 1편이 "행복하여라"로 시작됩니다. 우리말로 '행복'으로 옮겼지만, 원문을 조금 더 잘 살리면 '축복'으로 옮길 수 있습니다. 시편 1편이 '축복'으로 시작되니 시편 전체가 '축복'으로 시작되는 셈이고, 시편은 하느님의 축복에 대한 감사와 찬미의 노래라고 할 수 있습니다.

시편 1편에서 어떤 사람이 행복한가? 축복을 받는가?가 분명히 드러나 있습니다. 바로 제1 독서인 집회서가 말하는 지혜를 지닌 사람인데, 그 지혜를 지닌 사람은 바로 주님의 가르침을 좋아하고 그 가르침을 밤낮으로 되새기는 사람입니다. 그러니 한 마디로 기도하는 사람이지요. 기도하는 사람이 행복한 사람, 축복을 받는 사람입니다.

오늘 복음의 예수님의 말씀도 글자에 매이면 곤란합니다. 오늘 복음에서 가장 중요한 말씀은 첫마디에 있습니다. "너희가 그리스도의 사람이기 때문에 너희에게 마실 물 한 잔이라도 주는 이는 행복하며, 축복을 받을 것"이라는 말씀입니다.

이어지는 "네 손이 죄를 짓게 하거든 그것을 잘라 버려라. 네 발이 죄를 짓게 하거든, 그것을 잘라 버려라. 네 눈이 죄를 짓게 하거든 그것을 빼 던져 버려라."라는 말씀은 강조 어법을 쓰신 것이지, 실제로 자르고 빼어 던져 버리라는 말씀이 아닙니다. 그렇다면 예수님께서는 너무나 잔인하신 분이 됩니다. 예수님을 잔인한 분으로 만들지 마십시오.

우리는 복음서를 묵상할 때 예수님의 마음을 읽어야 합니다. 그렇게까지 말씀하시는 그분의 마음을 읽고 우리는 늘 필요한 사람에게 물 한 잔 건넬 수 있는 따뜻한 마음, 사랑을 지닌 사람이 되어야 할 것입니다.

저는 오늘 복음 묵상에서 "너희는 마음에 소금을 간직하고 서로 평화롭게 지내라."라는 말씀이 깊이 마음에 와서 닿았습니다. 마음에 소금을 간직한다는 의미는 무엇일까요? 소금은 맛을 내게 하는 역할을 합니다. 마음에 맛을 내게 하는, 인생에 향기를 풍겨주는, 물 한 잔 건네주는 마음이고, 그것이 참 지혜임을 되새기며 박철 시인의 '물 한 잔'을 가만히 읊습니다.

그대에게 물 한 잔

박철

우리가 기쁜 일이 한두 가지이겠냐마는
그중의 제일은
맑은 물 한 잔 마시는 일
맑은 물 한 잔 따라주는 일

그리고
당신의 얼굴을 바라보는 일입니다.

표지그림: **류해일**

- **개인전 30회**
  예술의전당 한가람미술관, 인사아트센터, 서울미술관, 성남아트센터,
  인사동 루벤갤러리, A&S갤러리, 네델란드 헤이그미술관, 뉴질랜드
  오클랜드대학, 몽골 울란바토르대학, 삼성플라자갤러리, MS갤러리,
  제천시민회관 등

- 2017 올해의 작가대상
- 2017 대한민국미술제 특별상 수상
- 경기도 중등학교 미술교사 27년 명예퇴임
- 2019 세계문화 교류대상

- **그룹전 및 초대전**
  2021 서울비엔날레 특별 초대작가(한국미술관) 외 300여 회

- **현재**
  탄천현대작가회 회장, 대한민국미술협회 회원, 국제순수조형협회 이사,
  성남누드크로키회원, 제미회원, 남한강전회원, 카톨릭미술가협회회원,
  제천사생회원

물과 물결 그리고 하느님 3

초판 인쇄 2022년 4월 27일
초판 발행 2022년 5월 05일

지은이 류해욱 신부
펴낸이 김재광
펴낸곳 솔과학
등 록 제10-140호 1997년 2월 22일
주 소 서울특별시 마포구 독막로 295번지 302호(염리동 삼부골든타워)
전 화 02-714-8655
팩 스 02-711-4656
E-mail solkwahak@hanmail.net

ISBN 979-11-92404-03-5 (03810)
ⓒ 솔과학, 2022

값 22,000원